D1634353

La Naissance de Vénus

Sarah DUNANT

La Naissance
de Vénus

Traduit de l'anglais par François Thibaux

Les personnages de ce roman sont imaginaires.
Toute ressemblance avec des personnes vivantes ou mortes
ne serait que pure coïncidence.

Titre original :
The Birth of Venus

À ma mère, Estelle,
et à mes filles Zoé et Georgia.

Prologue

Personne ne l'avait vue nue jusqu'à sa mort.

C'était une des règles de l'ordre : jamais les sœurs ne devaient poser les yeux sur un corps humain, le leur ou celui de quiconque. Cet interdit se fondait sur des prescriptions conçues avec la plus grande rigueur. Sous les plis ondoyants de leur habit, les religieuses portaient une longue chemise de coton qu'elles gardaient toujours sur elles, même pour se laver. Ce linge, avec lequel elles s'épongeaient, leur servait à la fois de paravent et de vêtement de nuit. Elles en changeaient une fois par mois – un peu moins rarement en été, lorsque l'air suffocant de Toscane les inondait de leur propre sueur – et s'obligeaient, en l'ôtant, à fixer fermement le crucifix accroché au-dessus de leur lit. Laisser son regard errer vers le bas constituait un péché inavouable, réservé au secret du confessionnal.

Une rumeur insinuait qu'en dépit de sa vocation la prise de voile de sœur Lucrezia n'avait pas été exempte d'une certaine ostentation. Sa dot, murmurait-on, comprenait un coffre de mariage richement orné, empli de livres et de tableaux propres à attirer l'attention de la Police somptuaire. Mais en ce temps-là, nul ne se formalisait de ce goût du luxe, ni d'autres abus. Depuis, la réforme de la vie monastique avait rendu la règle des couvents beaucoup plus stricte. Aucune des religieuses actuelles n'avait connu cette époque, hormis la révérende mère qui, devenue l'épouse du Christ à peu près au même moment que Lucrezia, s'était depuis longtemps détournée des vanités du monde.

Quant à sœur Lucrezia, elle n'évoquait jamais son passé. Pour tout dire, depuis quelques années, elle ne parlait presque plus. Sa piété et son humilité n'avaient fait que croître à mesure que l'âge voûtait et tassait sa silhouette. En un sens, c'était dans l'ordre des choses. Si un reste d'amour-propre l'avait encore tentée, où donc aurait-elle pu y succomber ? On ne trouvait pas un seul miroir dans le couvent, les fenêtres n'avaient pas de vitres et la fontaine, au milieu du jardin, projetait dans l'eau du bassin une pluie ininterrompue destinée à décourager toute forme de narcissisme. Bien sûr, même la plus sainte des congrégations n'est pas à l'abri du péché. Ainsi surprenait-on parfois des novices victimes de leur coquetterie admirant leurs traits minuscules dans les pupilles de leurs aînées. Mais, le plus souvent, l'image grandissante de Notre-Seigneur finissait par effacer ce reflet.

Il y avait longtemps que sœur Lucrezia ne regardait plus personne. Elle passait la majeure partie de son temps à prier dans sa cellule, les yeux embués par la vieillesse et l'amour de Dieu. En raison de l'aggravation de sa maladie, elle avait été dispensée des travaux manuels. Tandis que les autres religieuses accomplissaient leurs tâches, on pouvait la voir assise au fond du jardin ou dans l'enclos d'herbes aromatiques dont elle s'était jadis occupée. La semaine précédant sa mort, Carmilla, une jeune novice, s'était inquiétée de l'y surprendre, non sur le banc mais couchée à même le sol, son habit déformé par l'excroissance de la tumeur, sa coiffe à côté d'elle et le visage offert au soleil de cette fin d'après-midi. Un tel laisser-aller contrevenait de façon flagrante à la règle. Pourtant, le mal avait fait en elle de si grands progrès, sa douleur était si manifeste que la révérende mère ne pouvait se résoudre à la réprimander. Plus tard, après le départ des autorités et l'enlèvement du corps, Carmilla donna au réfectoire des détails de la scène : libérés de sa guimpe, les cheveux défaits de Lucrezia se déployaient en un halo gris autour de sa tête et ses traits rayonnaient de bonheur, à cette différence près que le sourire qui jouait sur ses lèvres exprimait moins la béatitude que le triomphe.

La dernière semaine de son existence, alors qu'elle souffrait de plus en plus, le couloir de sa chambre se mit à sentir la mort, comme si sa chair commençait déjà à se putréfier. La tumeur était devenue si douloureuse, si volumineuse que Lucrezia ne pouvait plus tenir debout. On fit venir des médecins, dont une sommité de Florence – il était licite de dénuder la chair pour soulager la peine. Elle refusa de les voir et ne partagea son calvaire avec personne.

La protubérance demeurait non seulement couverte, mais cachée. L'été était venu, aussi étouffant la nuit que le jour. Malgré la canicule, Lucrezia restait étendue, tout habillée, sous sa couverture. Nul ne savait depuis quand le mal la dévorait de l'intérieur. L'habit des religieuses avait été dessiné pour masquer toute forme féminine. Cinq ans plus tôt, avait éclaté le plus grand scandale qu'eût connu le couvent depuis les sombres jours du passé. Une novice de quatorze ans, originaire de Sienne, avait si bien réussi pendant neuf mois à dissimuler sa grossesse qu'on l'avait seulement démasquée le jour où la sœur préposée à la cuisine avait découvert des vestiges de placenta dans un coin du cellier. Craignant d'être tombée sur les entrailles d'un animal à demi dévoré, elle avait fouillé les alentours et trouvé dans la cuve du vin de messe le petit corps ballonné, lesté par un sac de farine. Quant à la pécheresse, on n'en avait plus entendu parler.

Questionnée après le malaise qui l'avait terrassée au cours des matines, un mois auparavant, sœur Lucrezia confessa que l'excroissance qui boursouflait son sein gauche et poussait sur sa peau comme un petit volcan était là depuis un certain temps. Elle ajouta, inflexible, qu'il n'y avait rien à faire. Après un entretien avec la révérende mère qui, pour cette raison, arriva en retard aux vêpres, personne n'aborda plus le sujet. Après tout, la mort n'était qu'une étape transitoire dans un voyage beaucoup plus long et, loin de la craindre, on devait, dans une maison de Dieu, l'accueillir avec sérénité.

Au cours des dernières heures, la douleur et la fièvre rendirent Lucrezia folle. Les herbes les plus puissantes ne lui procurèrent aucun réconfort. Alors qu'elle avait jusque-là supporté son martyre avec courage, on l'entendait hurler la nuit comme un animal, poussant des cris désespérés qui terrifiaient les jeunes moniales des cellules voisines et les empêchaient de dormir, ponctués de mot sans suite, de prières frénétiques où se mêlaient le latin, le toscan et le grec.

Dieu la rappela enfin, à l'aube d'un nouveau jour aussi suffocant que les précédents. Le prêtre venu lui administrer les derniers sacrements s'en était allé. La sœur soignante qui la veillait raconta que son visage, à l'instant où son âme s'envolait, s'était transformé de façon miraculeuse : les plis creusés par la souffrance s'étaient évanouis, laissant sa peau presque translucide, aussi lisse que celle de la jeune novice qui avait franchi les portes du couvent une trentaine d'années plus tôt.

Sa mort fut annoncée officiellement pendant les matines. À cause de la chaleur, torride au point de liquéfier le beurre dans la cuisine, on jugea nécessaire de l'enterrer le jour même. La coutume du couvent voulait qu'une sœur décédée s'en aille dans la dignité, le corps aussi immaculé que son âme, revêtue d'un habit neuf, parure nuptiale pour une épouse enfin unie au divin Rédempteur. Ce rituel était confié à sœur Magdalena, chargée de la pharmacie et de l'administration des remèdes, exceptionnellement autorisée, en cette sainte occasion, à contempler la nudité. Sœur Maria, une religieuse plus jeune destinée à lui succéder, la secondait. Ensemble, elles lavaient et revêtaient la dépouille, avant de l'exposer dans la chapelle où, pendant une journée, les autres membres de la communauté venaient lui rendre hommage. Cette fois-là, pourtant, on ne fit pas appel à leurs services. En effet, sœur Lucrezia avait, avant de mourir, expressément demandé que son corps ne soit pas manipulé et que lui soit laissé l'habit dans lequel elle avait, tout au long de ces années, servi le Seigneur. C'était pour le moins inhabituel. Il y eut même un débat entre les sœurs pour savoir s'il ne s'agissait pas d'une désobéissance. La révérende mère trancha, donnant son autorisation. Sa décision n'aurait pas été remise en cause si l'on n'avait appris, ce même matin, que la peste venait de frapper Loro Ciufenna, un village tout proche.

Le premier cas était apparu trois jours plus tôt. Victime d'une forte fièvre et d'une éruption foudroyante de furoncles sur l'ensemble du corps, un jeune garçon de ferme avait succombé en quarante-huit heures, après avoir contaminé son frère cadet et son voisin boulanger. La semaine précédente, ce garçon avait livré au couvent de la farine et des légumes. On en conclut qu'il y avait propagé le fléau et que la sœur qui venait de mourir en était atteinte. Même si la mère supérieure mettait ces ragots sur le compte de l'ignorance et avait les moyens de prendre des mesures rapides contre toute contagion, il lui appartenait de rester en bons termes avec le village dont le couvent dépendait pour nombre de choses. D'un autre côté, il était indéniable que sœur Lucrezia était morte dans d'atroces souffrances et à la suite d'une forte fièvre. Si, comme le croyaient les religieuses, elle était vraiment porteuse de la peste, le germe avait imprégné son habit et surgirait de sa tombe pour tuer à nouveau. Quelques années auparavant, la révérende mère avait perdu huit sœurs lors d'une épidémie. Soucieuse non seulement de la réputation de son monastère, mais aussi de ses devoirs envers ses brebis, elle ordonna, transgressant à regret les dernières volontés de Lucrezia, qu'on ôtât ses vêtements avant de les brûler, et de confier immédiatement le cadavre désinfecté à la terre consacrée.

Lucrezia gisait sur son lit, les membres déjà figés par la rigidité cadavérique. Les deux sœurs travaillèrent dans la hâte, munies de gants utilisés pour émonder les arbres du verger, seule protection que pouvait offrir le couvent contre la contamination. Elles dégrafèrent la guimpe, découvrirent le cou. En dépit de ses cheveux aplatis par la transpiration, le visage de la morte, d'un teint de lis, exprimait la même sérénité que lors de ce fameux après-midi dans l'enclos d'herbes aromatiques. Elles ouvrirent l'habit au niveau des épaules, le découpèrent le long du torse, en écartèrent les pans durcis par la sueur qu'avait provoquée la douleur. Elles prirent des précautions particulières sur la zone entourant la tumeur, où l'habit et la chemise avaient fini, en se confondant, par coller à la peau. Pendant la maladie de Lucrezia, cette partie de son corps était devenue tellement sensible que, dans le cloître, les religieuses s'écartaient d'elle pour éviter de la frôler, ce qui l'aurait fait crier. Il était étrange de la voir à présent si silencieuse, alors qu'elles tentaient d'extirper l'amas trempé de tissu et de chair, de la taille d'un petit melon et pulpeux au toucher. Il ne vint pas facilement. À la fin, sœur Magdalena, dont les doigts osseux avaient une vigueur étonnante pour son âge, tira d'un coup sec. Le tissu s'arracha de la poitrine, entraînant avec lui ce qui semblait être l'excroissance elle-même.

Lorsque cette masse d'étoffe graisseuse se retrouva dans sa main gantée, la vieille nonne en eut le souffle coupé. Elle regarda de nouveau le corps. Aussitôt, sa stupéfaction se mua en émerveillement. À l'emplacement de la tumeur, la surface de la peau était intacte : ni blessure ni sang, pas la moindre suppuration. C'était sûrement un miracle. Sans la puanteur qui régnait dans la petite cellule, Maria et elle seraient aussitôt tombées à genoux pour louer la miséricorde de Dieu. Mais l'odeur devenant insupportable, elles se concentrèrent sur la tumeur.

Elle s'affalait dans la main de Magdalena, sac distendu suintant par un côté un liquide identique à celui de déchets de boucherie en décomposition, comme si les viscères de Lucrezia s'y étaient amalgamés en s'infiltrant hors de son corps. Magdalena poussa une légère plainte. Glissant entre ses doigts, le sac s'écrasa par terre, éclata sous l'impact et projeta à travers la pièce un jet de liquide et de sang. Les deux sœurs purent alors mettre un nom sur cette masse gluante. Effectivement, il s'agissait d'abats. Même s'il y avait des années que l'aînée des deux religieuses n'avait pas travaillé à la cuisine, elle avait vu assez de carcasses disséquées pour faire la différence entre des entrailles d'animaux et des restes humains.

La révérende sœur Lucrezia n'était pas morte d'une tumeur, mais d'avoir appliqué sur son corps une vessie et des intestins de porc.

Ce qui suivit les choqua plus encore. Maria fut la première à remarquer le trait d'argent sur la peau du cadavre. Il s'infléchissait au bord de l'épaule, s'élargissait graduellement sur la clavicule avant de disparaître sous ce qui subsistait de la chemise. Cette fois, la jeune sœur prit l'initiative : elle découpa le linge puis le fendit d'un coup, dénudant entièrement la morte.

Tout d'abord, ce qu'elles eurent sous les yeux leur parut inimaginable. La chair de Lucrezia était aussi blanche que celle de la Madone dont la statue de marbre ornait l'autel latéral de la chapelle. Tout comme son corps usé, mais sans graisse superflue, sa poitrine affaissée par la vieillesse avait conservé son galbe, assez, du moins, pour préserver les proportions de la peinture. À partir de la clavicule, le trait s'étirait en s'épaississant, formant la queue puis le corps d'un serpent, d'un vert argenté et d'apparence si vivante que, sur le sein droit où il se faufilait en s'enroulant autour de l'aréole sombre, on aurait juré que ses muscles ondulaient sous la peau. Il glissait ainsi jusqu'à l'aine, où s'étalait une tête plate. Les années avaient clairsemé une toison pubienne jadis abondante, désormais réduite à une touffe de boucles rêches. Dès lors, ce qui aurait dû rester invisible au chercheur le plus attentif s'exposait en pleine lumière.

À la place de la tête du serpent, apparaissait le dessin plus arrondi, plus doux, d'un visage d'homme ; renversé, les yeux clos en une sorte d'extase. Et sa langue, aussi effilée que celle d'un reptile, jaillissait de sa bouche, plongeant vers l'ouverture du sexe de sœur Lucrezia.

Première Partie

Couvent de San Vitella
Loro Ciufenna

Testament de sœur Lucrezia

1

En y repensant, je crois que si mon père, ce printemps-là, ramena du Nord le jeune peintre, ce fut bien plus par vanité que par bonté. On venait d'achever la chapelle de notre palais et il cherchait depuis plusieurs mois la main idéale pour exécuter les fresques du chœur. Non que Florence ne pût s'enorgueillir d'artistes de renom. On ne respirait en ville que des odeurs de peinture, on n'entendait que le crissement des plumes sur les contrats. Il était impossible, à l'époque, de marcher dans la rue sans craindre de tomber dans les fossés ou les bourbiers laissés par d'innombrables chantiers. Tous ceux qui en avaient les moyens rêvaient de célébrer Dieu et la République en suscitant des chefs-d'œuvre. Ce que l'on nomme aujourd'hui âge d'or n'était en fait que la mode du jour. Mais j'étais jeune en ce temps-là et, comme tant d'autres, grisée par cette atmosphère de fête.

Les églises se taillaient la meilleure part. Dieu était partout, jusque sur le plâtre des murs préparés pour les fresques, où ressuscitaient les épisodes des Évangiles. Même si Notre-Seigneur avait vécu en Galilée, son existence était recréée chez nous, à Florence. L'ange Gabriel délivrait son message à Marie sous les arcades de loggias conçues par Brunelleschi, les rois mages traversaient la campagne toscane, et le Christ accomplissait ses miracles sur nos places. Parmi les pécheurs et les malades, figuraient des visages connus : une multitude de notables au double menton et au gros nez regardaient, depuis les parois aux couleurs éclatantes, leurs modèles de chair et d'os assis sur leurs bancs réservés, aux premiers rangs.

J'avais presque dix ans lorsque Domenico Ghirlandaio acheva ses fresques pour la famille Tornabuoni, dans la chapelle centrale de Santa Maria Novella. Je me le rappelle bien parce que ma mère me dit :

– N'oublie jamais ce moment, Alessandra. Ces peintures feront la gloire de notre ville.

Tous ceux qui eurent l'occasion de les admirer pensaient de même.

Mon père tenait sa fortune des cuves de teinture fumantes qui empuantissaient les ruelles malfamées de Santa Croce. Aujourd'hui encore, l'odeur de cochenille me rappelle la poussière des insectes écrasés, originaires de pays lointains, qui imprégnait ses vêtements quand il rentrait de la fabrique. À l'époque où le peintre vint vivre chez nous, en 1492 – je me souviens de la date parce que Laurent le Magnifique mourut au printemps de cette même année –, l'engouement des Florentins pour les étoffes flamboyantes nous avait rendus riches. Notre palais, récemment terminé, se trouvait à l'est de la ville, entre la grande cathédrale Santa Maria del Fiore et l'église Sant'Ambrogio. Il s'élevait sur trois étages, entourant deux cours intérieures, avec son propre petit jardin clos et un rez-de-chaussée où mon père réglait ses affaires. Notre écusson ornait la façade, et même si le bon goût de ma mère réfrénait en partie l'extravagance propre à l'argent nouvellement acquis, nous savions tous que nous deviendrions bientôt, dans le secret de notre demeure, des personnages du Nouveau Testament.

La nuit de l'arrivée du peintre reste gravée dans ma mémoire. C'est l'hiver. En chemise de nuit, nous grimpons les escaliers quatre à quatre, avant de nous pencher sur la balustrade couverte de givre pour assister à l'entrée des chevaux dans la cour principale. Il est tard ; la maison dort. Mais le retour de mon père mérite d'être célébré, non seulement car il nous revient sain et sauf mais aussi parce qu'il rapporte toujours, dans ses paniers remplis d'échantillons, de belles étoffes pour toute la famille. Plautilla trépigne d'impatience. Fiancée depuis peu, elle ne pense qu'à sa dot. Mes frères, eux, brillent par leur absence. Auréolés du prestige et de l'opulence de notre famille, ils vivent plus comme des chats que comme de respectables citoyens, dormant le jour, chassant la nuit. Notre servante Erila, à l'affût de tous les potins, prétend que c'est à cause d'eux que les femmes honnêtes ne s'aventurent jamais hors de chez elles après le crépuscule. Quoi qu'il en soit, lorsque mon père découvrira leur absence, ils n'auront qu'à bien se tenir.

Pas tout de suite. Pour l'heure, nous savourons la magie de ce moment. Des torches illuminent la nuit alors que les valets d'écurie calment les chevaux dont les naseaux fument dans l'air glacé. Mon père a déjà mis pied à terre, le visage strié de crasse, souriant d'une oreille à l'autre en agitant une main dans notre direction. Il se tourne ensuite vers ma mère, qui descend l'escalier pour l'accueillir, sa robe d'intérieur de velours rouge agrafée à la hâte sur sa poitrine, ses cheveux décoiffés coulant dans son dos comme une rivière d'or. Il y a du bruit, de la lumière, et un doux sentiment de sécurité, que tout le monde ne partage pas. Juché sur le dernier cheval, transi de fatigue et de froid, un jeune homme dégingandé, emmitouflé dans sa cape, vacille dangereusement sur sa selle.

Je revois encore la scène : au moment où un valet d'écurie s'approchait de lui pour s'emparer des rênes, il se redressa en sursaut et les serra brusquement, comme s'il avait été attaqué. Mon père dut aller le rassurer. J'étais trop pleine de moi-même, en cet instant, pour me rendre compte que sa situation devait lui paraître bien étrange. Je ne savais pas combien le Nord était différent, à quel point l'humidité et le soleil froid rejaillissaient sur tout, tant sur la lumière des paysages que sur celle de l'âme. Bien sûr, j'ignorais qu'il était peintre. À mes yeux, il s'agissait simplement d'un nouveau serviteur. Mais mon père, dès le début, le traita avec des égards, lui parlant d'une voix posée, l'aidant à descendre de cheval et le conduisant dans la cour intérieure, jusqu'au logement qu'il lui avait alloué.

Plus tard, tout en étalant devant nous la tapisserie flamande destinée à ma mère et les pièces de dentelle blanche et brodée qu'il nous offrait (« Les femmes de Rennes deviennent prématurément aveugles pour que mes filles soient belles »), il nous raconta l'histoire de cet orphelin élevé dans un monastère, au bord de la mer du Nord, où l'eau menace de submerger la terre. Ses dons pour le dessin avaient étouffé en lui toute vocation religieuse. Les moines l'avaient donc placé en apprentissage auprès d'un maître. À son retour, par gratitude, il avait peint non seulement sa cellule mais aussi celles de tous les autres frères. Ces peintures avaient tellement impressionné mon père qu'il avait décidé sur-le-champ de lui proposer d'embellir notre chapelle. Je dois ajouter que, s'il s'y connaissait en étoffes, il n'entendait pas grand-chose à l'art et que je le soupçonne d'avoir agi pour des raisons purement mercantiles, car il n'avait pas son pareil pour flairer un marché juteux. En allait-il de même pour le peintre ? En tout cas, d'après ce que nous en dit mon père, il ne lui restait plus de cellules de moine à décorer et la réputation de Florence, considérée à la fois comme la nouvelle Rome et la nouvelle Athènes, l'avait sans aucun doute encouragé à venir l'admirer de ses propres yeux.

Ainsi le peintre s'installa-t-il chez nous.

Le lendemain matin, nous nous rendîmes à Santissima Annunziata pour remercier le Seigneur de nous avoir rendu notre père en vie et bien portant. L'église se trouve non loin de l'hôpital des Innocents, refuge pour enfants trouvés. De jeunes femmes déposent sur la *rota* leurs bébés illégitimes, les abandonnant à la garde des sœurs. Chaque fois que nous passons devant le portail, j'imagine les pleurs de ces orphelins tandis que la petite porte à tambour pivote vers l'intérieur, scellant leur destin pour toujours. Mais mon père affirme que nous vivons dans une ville qui a fait de la charité la première des vertus, contrairement à certaines régions sauvages du Nord où l'on trouve des enfants abandonnés dans le ruisseau ou flottant au fil des rivières, comme des débris.

Nous prenons place sur l'un des bancs centraux. Au-dessus de nos têtes pendent de grandes maquettes de navires, donations

22

de ceux qui ont survécu à des naufrages. Un jour, mon père en a affronté un. Mais il n'était pas assez riche, à l'époque, pour faire installer dans l'église un de ces objets commémoratifs et, au cours de la traversée qu'il vient d'effectuer, il n'a souffert que d'un banal mal de mer.

Ma mère et lui se tiennent très droits, pénétrés tout entiers de la grandeur de Dieu. Nous, les enfants, nous montrons moins recueillis. Plautilla pense toujours à ses cadeaux. Quant à Tomaso et à Luca, on a l'impression qu'ils seraient mieux dans leur lit. Mais l'œil sévère de notre père les force à se donner une contenance.

À notre retour, nous respirons avec délices les parfums d'un repas de fête. Des fumets de sauce et de viande grillée se glissent dans l'escalier, depuis la cuisine, en haut, jusque dans la cour. Nous passons à table au crépuscule. Tout d'abord, nous rendons grâce à Dieu. Puis nous nous jetons sur la nourriture : chapon bouilli, faisan rôti, truites et pâtes fraîches suivies d'un flan au safran et d'une crème caramel. Tout le monde est d'excellente humeur. Même Luca tient convenablement sa fourchette et réprime son envie de tremper à pleins doigts son pain dans la sauce.

Je me sens déjà pleine de curiosité pour notre nouvel hôte. À Florence, on admire éperdument les peintres flamands pour leur précision et leur douce spiritualité.

– Donc, il va tous nous peindre, père ? Nous allons devoir poser pour lui ?

– Certainement. C'est en partie pour cela qu'il est venu. Je suis sûr qu'il immortalisera de façon merveilleuse le mariage de ta sœur.

– Alors, c'est moi qu'il peindra la première ! s'écrie Plautilla, tellement ravie qu'elle en asperge la nappe de crème. Ensuite, viendra le tour de Tomaso puisqu'il est l'aîné, puis de Luca et enfin d'Alessandra. Dieu du ciel, à ce moment-là, tu seras devenue une véritable asperge !

Luca lève les yeux de son assiette et sourit, la bouche pleine, comme s'il n'avait jamais entendu de plaisanterie aussi drôle.

Mais mon passage à l'église a développé en moi, à l'égard des miens, une charité inaltérable.

— En tout cas, il ferait mieux de ne pas trop tarder. Il paraît qu'une des brus de la famille Tornabuoni est morte en couches au moment où Ghirlandaio commençait à peine à la représenter sur sa fresque.

— Aucun risque en ce qui te concerne. Il faudrait d'abord que tu trouves un mari.

Assis à côté de moi, Tomaso a parlé si bas que j'ai été la seule à comprendre son sarcasme.

— Qu'est-ce que tu as dit, Tomaso ?

Ma mère l'a interrogé d'une voix calme mais sèche. Il prend son air le plus angélique.

— J'ai dit : « J'ai une soif de tous les diables. » Passe-moi le vin, ma chère sœur.

— Bien sûr, mon cher frère.

Je saisis la carafe. Au moment où elle s'incline vers lui, elle s'échappe de mes mains et éclabousse sa nouvelle tunique.

— Maman ! Elle l'a fait exprès !

— Jamais de la vie !

— Elle...

— Les enfants, les enfants... Moins fort ! Votre père est fatigué.

Vexé par le mot « enfants », Tomaso se renfrogne dans un silence maussade. Le bruit de mâchoires de Luca, qui mastique la bouche ouverte, devient assourdissant. Ma mère s'agite avec impatience sur sa chaise. Nos manières lui causent bien du souci. De même qu'à la ménagerie de la ville le dompteur de lions brandit son fouet pour se faire respecter, elle a perfectionné l'usage du regard. Elle en foudroie Luca. Mais il se goinfre avec un tel plaisir que je dois lui donner un coup de pied sous la table pour attirer son attention. Ma mère soupire. Nous sommes la chair de sa chair, sa raison de vivre. Et elle a encore tant à faire pour nous transformer en jeunes gens bien élevés...

— En tout cas, dis-je dès que je sens que nous pouvons de nouveau parler, je ne veux pas attendre davantage avant de faire sa connaissance. Père, il doit vous être infiniment reconnaissant de l'avoir amené jusqu'ici. Nous le sommes aussi. Ce sera notre honneur, notre devoir de famille chrétienne de nous en occuper et de le faire se sentir chez lui dans notre grande cité.

Mon père fronce les sourcils, échange un bref coup d'œil avec ma mère. Il est resté absent longtemps et a sans doute oublié que sa fille cadette dit tout ce qui lui passe par la tête.

– Alessandra, je le crois capable de prendre soin de lui tout seul, répond-il.

L'avertissement ne m'échappe pas. Mais le sujet me tient trop à cœur pour que je m'arrête maintenant.

– J'ai entendu dire que Laurent le Magnifique tient Botticelli en si haute estime qu'il le reçoit à sa table.

Silence. Cette fois, c'est moi que le regard foudroie. Je baisse le nez sur mon assiette. Je perçois, près de moi, le gloussement de triomphe de Tomaso.

Pourtant, c'est vrai. Sandro Botticelli partage les repas de Laurent de Médicis. Et le sculpteur Donatello se promenait en ville dans une toge pourpre que Cosme, le grand-père de Laurent, lui avait offerte pour le remercier de sa contribution à la gloire de la République. Ma mère m'a souvent raconté qu'elle voyait, jeune fille, tout le monde le saluer bien bas et s'écarter sur son passage – moins, peut-être, en raison de son talent que de son mauvais caractère. Mais le plus triste, c'est que, bien que Florence regorge de peintres, je n'en aie jamais rencontré un seul. Même si notre famille n'est pas aussi stricte que d'autres, les occasions pour une fille non mariée de côtoyer des hommes sont sévèrement réglementées. Alors, des artistes... Bien sûr, cela ne m'empêche pas de les fréquenter en pensée. Chacun sait que sont mis à leur disposition, en ville, de nombreux ateliers. Le grand Laurent en a lui-même fondé un, aux pièces et aux jardins agrémentés de tableaux et de sculptures provenant de sa collection privée. J'imagine un endroit empli de lumière, où stagnent des senteurs de peinture plus délectables qu'un civet qui mijote, un espace aussi infini que leurs rêves.

Jusqu'à présent, ma seule expérience du dessin se limite à quelques figures laborieusement gravées à la pointe d'argent sur du buis, ou tracées à la craie noire sur du papier, quand j'en trouve. La plupart m'ont paru si médiocres que je les ai détruites. Quant aux meilleures, je les cache avec soin. On m'a fait très tôt clairement comprendre que les points de croix de ma sœur avaient infiniment plus de valeur que mes malheureux croquis. J'ignore donc si je possède ou non le moindre don pour la peinture. Je ressemble à Icare sans ses ailes. Mais l'envie de voler ne me quitte pas. Je crois que je suis, depuis toujours, à la recherche d'un Dédale.

J'étais jeune, je l'ai dit : quinze ans à mon prochain anniversaire. Un simple calcul arithmétique prouvait que j'avais été conçue dans la chaleur de l'été, saison peu favorable aux débuts d'un enfant. On prétendait que pendant sa grossesse, alors que les troubles provoqués par la conjuration des Pazzi secouaient encore la ville, ma mère avait assisté à des rixes sanglantes dans les rues. J'entendis un jour une servante suggérer que la violence de mon caractère venait sans doute de là. Ou bien de la nourrice à laquelle on m'avait confiée. Tomaso, toujours avide de ragots malveillants, affirmait qu'elle avait été, par la suite, condamnée pour prostitution. Dieu seul savait, ajoutait-il, quel lait vicié j'avais tété à ses mamelles. Erila en riait, me disant qu'il ne parlait ainsi que par pure jalousie, pour se venger des innombrables humiliations que je lui infligeais en salle d'étude.

Quelles qu'en soient les raisons, j'étais, à quatorze ans, une enfant singulière, plus désireuse d'apprendre et de polémiquer que d'accomplir mes devoirs. Ma sœur qui, de seize mois plus âgée que moi, s'était mise à saigner l'année précédente, était promise à un homme de bonne famille. Les ambitions sociales de mon père grandissant avec sa fortune, on envisageait même à mon sujet, en dépit de mon indocilité croissante, une alliance aussi illustre.

Au cours de la semaine qui suivit l'arrivée du peintre, ma mère surveilla de très près ma conduite. Je n'avais le droit de quitter la salle d'étude que pour aller aider Plautilla à confectionner son trousseau. Mais, à ce moment-là, elle fut appelée à Fiesole par sa sœur, qui, épuisée par la naissance d'un bébé trop gros, avait besoin des conseils d'une femme. Elle s'en alla après avoir donné des instructions très strictes : je devais obéir en tous points à mes précepteurs et à ma sœur aînée. Je le lui promis, avec la ferme intention de n'en rien faire.

Je savais déjà où le trouver. Comme une République corrompue, notre maison prônait la vertu en public mais, en privé, récompensait le vice. On pouvait obtenir, en y mettant le prix, n'importe quelle information. Toutefois, dans le cas présent, Erila me renseigna gratuitement.

– De toute façon, on ne sait rien. Il ne sort pas, prend ses repas dans sa chambre et ne parle à personne. Maria l'a simplement vu faire les cent pas dans la cour au milieu de la nuit.

C'est l'heure de la sieste. Elle a défait mes cheveux, tiré les rideaux et s'apprête à s'en aller. Elle se retourne, me regarde droit dans les yeux.

– Nous savons toutes les deux qu'il t'est interdit d'aller le voir. Compris ?

J'acquiesce en fixant le bois de lit, où se déploie une rose sculptée aux pétales aussi nombreux que mes petits mensonges. J'aimerais, au cours du silence qui suit, pouvoir me persuader qu'Erila m'autorise tacitement à désobéir.

– Je viendrai te réveiller dans deux heures. Repose-toi bien.

J'attends que la chaleur de l'après-midi ait figé la maison. Je me glisse ensuite dans les escaliers jusqu'à la cour du fond, au pavé brûlant. Il a laissé sa porte ouverte, sans doute pour laisser entrer un semblant de brise. Je traverse silencieusement la cour et me faufile à l'intérieur.

L'endroit est sombre. Des grains de poussière dansent dans les minces rayons de soleil. C'est une petite pièce sinistre, avec juste une table, une chaise, quelques seaux dans un coin et, donnant sur une chambre plus minuscule encore, une porte entrouverte. Je la pousse un peu. Mes yeux ont d'abord du mal à s'habituer à l'obscurité. Mais j'entends son souffle profond, régulier. Il dort sur une paillasse, près du mur, la main alanguie sur des papiers épars. Les seuls hommes dont j'aie surpris le sommeil sont mes frères, et ils ronflent. Le calme de sa respiration me trouble. Consciente, tout d'un coup, du caractère choquant de mon intrusion, je recule et tire la porte derrière moi.

Par contraste, l'autre pièce paraît claire. J'aperçois, au-dessus de la table, des feuilles en lambeaux : plans de la chapelle utilisés lors de sa construction, déchirés, maculés de traces de maçonnerie. À côté pend un crucifix de bois, grossièrement taillé mais effrayant, le corps du Christ si lourdement penché qu'on a l'impression de sentir le poids de sa chair retenue par les clous. Je m'apprête à saisir les croquis qui traînent sur la table lorsque le mur opposé capte mon regard. On y a dessiné quelque chose, à même le plâtre qui s'écaille : deux personnages à demi esquissés. À gauche, un ange élancé ; légères comme de la fumée, ses ailes de plumes ondulent derrière lui. Face à lui, une Madone trop grande et d'une finesse irréelle flotte tel un fantôme, les pieds décollés du sol. Restes de bougies consumées, des flaques de cire fondue souillent le plancher. Dort-il le jour et travaille-t-il la nuit ? Cela expliquerait la silhouette gracile de Marie s'étirant à la lueur vacillante d'une flamme. Mais il a eu assez de lumière pour animer son visage. Elle a des traits nordiques. Ses cheveux fortement tirés vers l'arrière révèlent un large front, et la forme de sa tête évoque un œuf blanc à l'ovale parfait. Elle dévore l'ange des yeux et l'on perçoit chez elle un émoi semblable à celui d'un enfant qui, recevant le présent dont il n'osait rêver, ne peut y croire. Même si elle devrait témoigner un peu plus de déférence au messager de Dieu, il y a dans son regard une joie presque contagieuse. Par comparaison, ma propre *Annonciation*, sur laquelle je peine en ce moment, me paraît tellement insipide que le rouge de la honte me monte aux joues.

Une sorte de grognement me fait sursauter. Il a dû se lever sans bruit, car lorsque je me retourne il se tient dans l'encadrement de la porte. Je me souviens encore de son corps longiligne, de sa chemise déchirée et froissée. Un fouillis de cheveux noirs encadre son visage large. Il me paraît plus grand, plus farouche que la nuit où je l'ai vu pour la première fois. Il n'a pas l'air tout à fait réveillé et dégage une forte odeur de transpiration. Je suis habituée à vivre dans une maison parfumée aux essences de rose et de fleur d'oranger. Lui sent la rue. Je prenais vraiment, jusqu'à cet instant, les artistes pour de pures émanations de Dieu, des êtres à part, plus spirituels que charnels.

Le choc de sa réalité physique balaie en moi tout reste de courage. Il reste ainsi quelques secondes, clignant des yeux, puis se précipite sur moi et m'arrache les papiers des mains. Outrée, je m'exclame, tandis qu'il me pousse de côté :

– Comment osez-vous ? Je suis la fille de votre protecteur, Paolo Cecchi.

Il semble ne pas entendre. Il bondit vers la table et rassemble fébrilement les autres dessins, tout en grommelant :

– *Noli tangere... noli tangere.*

Bien sûr. Mon père a oublié de nous préciser un fait : notre peintre a été élevé par des moines et si, ici, ses yeux lui servent à quelque chose, ses oreilles restent bouchées. Je réponds d'une voix terrifiée :

– Je n'ai rien touché. Je ne faisais que regarder. Et si tu souhaites être accepté chez nous, il te faudra apprendre le toscan. Le latin est la langue des moines et des érudits. Pas des peintres.

Ma tirade le réduit au silence. À moins qu'il ne soit sidéré de m'entendre m'exprimer moi aussi en latin, que je parle couramment et qui ne connaît que le tutoiement. Les sourcils froncés, il tremble de tous ses membres. Je ne sais lequel de nous deux a été le plus effrayé. Je me serais enfuie à toutes jambes si je n'avais vu la femme de chambre de ma mère sortir de l'office et traverser la cour. Je compte de nombreux alliés parmi les domestiques. Mais j'ai aussi des ennemis ; Angelica en fait partie. Si j'étais surprise maintenant, le scandale serait énorme.

– Je t'assure que je n'ai pas abîmé tes dessins. Je m'intéresse à la chapelle. Je venais simplement voir si ton projet avait progressé.

J'ai parlé à la hâte, craignant de provoquer un nouvel éclat. Il grommelle à nouveau. J'attends qu'il répète ce qu'il vient de dire. Cela prend du temps. Finalement, il lève les yeux et me regarde. Je réalise alors, pour la première fois, à quel point il est jeune : plus âgé que moi, certes, mais à peine. Je remarque aussi sa pâleur de cire. Bien sûr, je sais que les pays étrangers engendrent des couleurs singulières. Le sable du désert d'Afrique du Nord, où elle est née, a noirci mon Erila et l'on rencontre sur les marchés de Florence, ville de commerce et d'échanges, des gens aux teints divers. Mais cette pâleur-là est différente. Elle sent la pierre humide, un ciel sans soleil. Une seule journée sous celui de Florence flétrirait et brûlerait à coup sûr cette peau délicate.

Lorsqu'il consent enfin à me répondre, ses tremblements ont cessé. Mais cet effort lui a coûté.

– Je peins au service de Dieu, débite-t-il comme un novice récitant une litanie qu'il aurait apprise par cœur sans vraiment la comprendre. Et il m'est interdit de parler aux femmes.

L'affront m'atteint de plein fouet.

– Vraiment ? Cela explique sans doute ton étrange façon de les peindre.

Je jette un coup d'œil à la Madone filiforme. Malgré l'obscurité, je devine que le coup a porté. Un instant, j'ai l'impression qu'il va de nouveau bondir sur moi ou enfreindre ses propres règles pour me lancer une réplique cinglante, mais il tourne les talons, s'empare des papiers et regagne sa chambre, claquant la porte derrière lui.

Mortifiée, je lui crie :

– Tu es aussi grossier qu'ignare ! Je ne sais pas ce qui t'a été enseigné dans le Nord, mais ici, à Florence, les artistes apprennent à célébrer le corps humain comme un écho de la perfection de Dieu. Tu ferais mieux d'étudier l'art de notre cité avant de gribouiller sur ses murs !

Puis, très fière de moi, je sors en courant pour me retrouver en plein soleil, sans savoir si ma voix a traversé la porte.

2

– Sept, huit, on tourne, un pas un avant, chassé-croisé...
Non, non... Alessandra, tu n'écoutes pas le rythme de la
musique...

Je déteste mon professeur de danse. Il est petit et sournois :
un vrai rat. Et il marche comme s'il avait un coussin coincé
entre les genoux. Il faut pourtant reconnaître qu'il joue bien
mieux la femme que moi, avec ses pas parfaits et ses mains
aussi aériennes que des papillons.

Mon humiliation serait déjà assez pénible sans la présence
auprès de moi et de Plautilla, aux répétitions du ballet prévu
pour son mariage, de Tomaso et de Luca. Si nous ne les avions
pas comme partenaires, l'une de nous deux serait obligée de
tenir le rôle de l'homme. Normalement, ce devrait être moi,
puisque je suis la plus grande. Or je danse comme un canard.
Heureusement, Luca se montre aussi empoté que moi.

– Quant à toi, Luca, tu ne sers à rien si tu restes planté là.
Tu dois lui prendre la main et guider son mouvement autour
de toi.

– Je ne peux pas. Elle a les doigts pleins d'encre. De toute
façon, elle est trop grande pour moi.

Il gémit, comme si c'était une tare.

J'ai encore grandi, semble-t-il, du moins dans l'imagination
de mon frère. Et il tient à le faire remarquer, pour que tout le
monde puisse se moquer de ma gaucherie.

– Ce n'est pas vrai. J'ai exactement la même taille que la
semaine dernière.

– Luca a raison, lance Tomaso, jamais à court d'une méchanceté à mon sujet. Elle a poussé comme du chiendent. Autant essayer de danser avec une girafe. C'est exactement ça, ajoute-t-il, encouragé par l'hilarité de Luca. Maintenant, elle en a même les yeux. Regardez-moi ça : des pupilles énormes, toutes noires, avec des cils plus épais qu'une haie de buis.

C'est perfide, mais drôle. Le maître de danse lui-même, pourtant tenu à la plus grande civilité à notre égard, éprouve quelque difficulté à garder son sérieux. S'il ne s'agissait pas de moi, je rirais moi aussi, parce que ce que mon frère dit de mes yeux est assez juste. Bien sûr, nous avons tous vu la girafe. C'est l'animal le plus exotique que possède notre ville. Un sultan de je ne sais quel pays l'a offerte à Laurent le Magnifique. Elle vit avec les lions dans la ménagerie, derrière le Palazzo della Signoria, mais on la fait parader les jours de fête, quand on l'emmène jusqu'aux couvents de la ville pour que les pieuses épouses de Dieu puissent s'extasier sur la variété de sa Création. Nous avons plus d'une fois admiré, depuis la fenêtre du rez-de-chaussée, sa démarche nonchalante, ses pattes plus longues que des échasses vacillant sur les pavés. Et je dois avouer qu'elle a les mêmes yeux que moi : profonds et sombres, trop grands pour sa tête, et bordés, effectivement, de cils touffus comme du buis. Toutefois, je ne suis pas encore immense et bizarre au point que l'on puisse me comparer à elle.

À une époque, de tels sarcasmes m'auraient fait pleurer. Mais, en prenant de l'âge, je me suis endurcie. Et puis la danse n'est qu'une des nombreuses activités où, au contraire de ma sœur, je ne brille guère. Plautilla évolue sur la piste avec la fluidité de l'eau et chante comme un rossignol. Quant à moi, alors que je suis capable de traduire un passage de latin ou de grec avant même qu'elle et mes frères aient fini de le lire, j'ai, sur scène, des pieds d'éléphant et une voix de corbeau. Pourtant, si je devais peindre la gamme, je le ferais en un clin d'œil : une feuille d'or traversant des ocres et des rouges, puis tombant sur du pourpre et du bleu presque noir.

Aujourd'hui, je n'aurai pas droit à d'autres quolibets. Au moment où le professeur de danse commence à fredonner les notes d'ouverture, les vibrations de son petit nez émettant un son à mi-chemin entre une guimbarde et une abeille en colère, quelqu'un frappe bruyamment, en bas, à la grande porte. De nombreuses voix s'élèvent jusqu'à nous. Enfin, la vieille Lodovica, hors d'haleine mais tout sourire, surgit dans la pièce.

– Mademoiselle Plautilla, votre coffre de mariée vient d'arriver ! Votre mère vous demande, ainsi qu'à mademoiselle Alessandra, de la rejoindre immédiatement dans sa chambre.

Ma sœur ne me rattrapera pas. Mes échasses de girafe me font sortir plus vite que ses jambes de gazelle. Être une grande perche a quelquefois du bon.

Tout est chaos et confusion. Au premier plan, devant la foule, une femme trébuche, la main tendue comme pour se rétablir. Pieds nus sur les pierres, elle est à demi dévêtue. Sa chemise diaphane s'enroule autour de ses jambes. Celles de l'homme qui l'enlace sont superbes. Il porte un pourpoint de brocart richement brodé où l'on peut même voir, en regardant attentivement, scintiller des perles. Le visage proche de celui de la femme, il la serre fortement par la taille, les doigts noués pour mieux la retenir. La violence de cette pose est pourtant empreinte de grâce, et tous deux ont l'air de danser. Sur la droite, des femmes à la tenue pleine de noblesse se serrent les unes contre les autres. Quelques hommes se sont déjà infiltrés dans leur groupe. L'un porte la main sur la robe de l'une d'elles, un autre approche si près ses lèvres des siennes qu'ils sont sûrement en train de s'embrasser. Je reconnais, sur les basques et les manches élégamment fendues de la femme, les fils d'or qui ornent les plus beaux tissus de mon père. Je reviens à la fille du premier plan. Beaucoup trop jolie pour être Plautilla (le peintre aurait-il osé la représenter nue ?), elle a les cheveux dénoués et bien plus clairs que ceux des autres, blondeur pour laquelle ma sœur donnerait volontiers dix ans de sa vie. L'homme est peut-être censé représenter Maurizio. Si tel est le cas, le peintre l'a flatté de façon éhontée.

Pour une fois, personne, parmi nous, ne souffle mot.

— C'est un travail impressionnant, déclare enfin ma mère, d'une voix posée où ne perce aucune trace de réticence. Votre père sera satisfait. Cette peinture honore notre famille.

— Elle est magnifique ! gazouille Plautilla.

Je n'en suis pas si sûre. Je trouve l'ensemble d'un goût douteux. Pour commencer, le coffre de mariage, trop large, me fait penser à un sarcophage. Même si les peintures elles-mêmes ont une certaine finesse, le stuc et les décorations qui les entourent – pas un pouce qui ne soit couvert de feuilles d'or – en gâchent la qualité. Que le jugement de ma mère soit altéré à ce point me surprend. Je comprendrai plus tard que son œil exercé s'attache autant au prestige social qu'à l'esthétique.

— Au fond, murmure-t-elle d'un air songeur, je me demande si nous n'aurions pas mieux fait de confier la décoration de notre chapelle à Bartolomeo di Giovanni. Il est bien plus expérimenté.

— Et beaucoup plus cher, dis-je. Père aurait de la chance s'il la voyait achevée de son vivant. Il paraît que Bartolomeo a déjà eu du mal à terminer le coffre à temps. Et l'essentiel a été peint par ses apprentis.

— Alessandra ! couine ma sœur.

— Sers-toi de tes yeux, Plautilla ! Regarde : la plupart des femmes ont la même attitude. Il est évident que ce sont des études d'anatomie faites par des novices.

En y repensant, je crois qu'il a fallu à Plautilla, au cours de notre enfance, bien du mérite pour me supporter. Mais ce qu'elle disait me paraissait si bête, si plat qu'il me semblait tout naturel de la taquiner ; et normal, aussi, qu'elle n'apprécie guère.

— Comment peux-tu dire ça ! Même si c'était vrai, je ne vois pas qui d'autre que toi l'aurait remarqué. Maman a raison. C'est très beau. Ces femmes-là sont magnifiques. Et leurs vêtements sont sublimes. La fille du premier plan est très impressionnante, vous ne trouvez pas, maman ? On m'a dit que, sur chaque coffre de mariage, un des personnages représentait toujours la mariée. N'est-il pas touchant de la voir en train de danser ?

— Sauf qu'elle ne danse pas. Elle se fait violer.

— C'est juste, Alessandra. Mais rappelle-toi l'histoire des Sabines. Elles furent invitées à un banquet qui se termina par un rapt, qu'elles acceptèrent avec résignation. C'est précisément le sens de la peinture. Rome doit sa naissance au sacrifice de ces femmes.

Je m'apprête à répondre, mais je surprends le regard de ma mère. Même en privé, elle ne tolère qu'un minimum de contradiction.

— Quel que soit le sujet, nous devons reconnaître que Bartolomeo a fait un travail superbe. Pour toute la famille. Oui, même toi, Alessandra. Je m'étonne que tu n'y aies pas encore découvert le personnage que tu as inspiré.

— Moi ? Où me voyez-vous, là-dedans ?

— La jeune fille sur le côté, isolée des autres et en grande conversation avec un jeune homme. Je n'ai pas l'impression que ses considérations philosophiques l'aident vraiment à élever son esprit, précise-t-elle d'un ton impavide.

Vexée, j'incline la tête. Ma sœur fait mine de contempler la peinture.

— Bien, conclut ma mère. Nous sommes d'accord. C'est une très belle œuvre. Prions pour que le protégé de votre père serve aussi bien notre famille.

— Comment va-t-il, maman ? Personne ne l'a vu depuis son arrivée.

J'avais attendu un moment avant de lui poser la question. Elle me jeta un coup d'œil acéré. Je me rassurai aussitôt. La scène avait eu lieu des semaines plus tôt. Si quelqu'un m'avait vue, je l'aurais su depuis longtemps.

— Je crois que cela n'a pas été facile pour lui. Après le silence de son couvent, la ville lui a paru bien tapageuse. Il a eu de la fièvre. Mais il s'est rétabli. Il a demandé la permission d'aller étudier quelques églises et des chapelles de la cité avant de poursuivre son travail.

Je baissai les yeux, au cas où elle y aurait perçu une lueur d'intérêt.

– Il pourrait venir à la messe avec nous, dis-je comme si cela me laissait de marbre. Depuis notre banc, il aurait une meilleure vue sur certaines fresques.

Contrairement à certaines familles qui fréquentent une seule église, nul n'ignore que nous en honorons plusieurs de notre présence. Même s'ils ne l'admettent ni l'un ni l'autre, cela permet à mon père de compter le nombre de Florentins qui arborent les dernières-nées de ses étoffes et à ma mère de jouir des œuvres d'art tout en comparant les prêches.

– Alessandra, tu sais très bien que ce ne serait pas convenable. J'ai pris des dispositions pour qu'il fasse ses visites de son côté.

La conversation ne roulant plus sur son mariage, Plautilla s'en était désintéressée. Assise sur le lit, elle laissait courir ses mains sur les étoffes, comparant leurs couleurs, les plaquant sur sa poitrine ou ses genoux pour juger de leur effet.

– Oh, oh... C'est ce bleu qu'il faut pour la robe de dessus. Oui, celui-là. N'est-ce pas, maman ?

Ma mère et moi nous tournâmes vers elle, reconnaissantes de son interruption, que nous avions chacune une raison de souhaiter. C'était en effet un bleu extraordinaire, strié de lueurs métalliques. Il me rappelait, en un peu plus pâle, l'outremer utilisé par les peintres pour la robe de Notre-Dame, au pigment à base de lapis-lazuli. La teinte du tissu a moins de valeur mais n'en est pas moins précieuse à mes yeux, ne serait-ce qu'en raison de son nom : Alessandrina.

Bien sûr, comme fille de marchand d'étoffes, j'en savais bien plus sur le sujet que n'importe qui, et j'avais toujours été curieuse. On racontait qu'à l'âge de cinq ou six ans, j'avais supplié mon père de m'emmener à l'endroit « d'où venait l'odeur ». C'était l'été – je m'en souviens très bien –, près d'une grande église et d'une place débouchant sur le fleuve. Les teinturiers formaient à eux seuls une agglomération misérable, aux rues sombres et aux maisons délabrées souvent penchées au-dessus de l'eau. On y croisait partout des enfants à demi nus, couverts de boue et maculés de teinture à force de touiller l'intérieur des cuves. Le contremaître de la fabrique de mon père faisait penser au démon. L'eau bouillante avait desséché des parcelles de son visage et de ses avant-bras. D'autres ouvriers avaient gravé des dessins sur leur peau, puis enduit les blessures de teintures de toutes les couleurs. On aurait dit des sauvages d'une contrée païenne. Alors que leur travail contribuait à la beauté de la ville, jamais je n'avais vu de gens aussi pauvres. Symbole de ce dénuement, le monastère d'où le quartier tirait son nom, Santa Croce, était occupé par les franciscains, qui choisissaient les lieux les plus déshérités pour y construire leurs églises.

Je n'ai jamais su ce que mon père pensait d'une telle misère. Même s'il se montrait sévère avec mes frères, ce n'était pas un homme dur. Son livre de comptes prévoyait un crédit affecté au service de Dieu, qui lui permettait de verser de larges oboles à des œuvres de charité, et il avait offert deux vitraux à notre église de Sant'Ambrogio. Ses salaires n'étaient pas pires que ceux des autres marchands. De toute façon, il n'avait pas pour vocation de soulager la pauvreté. Dans notre grande République, un citoyen qui s'enrichissait ne devait sa fortune qu'à la grâce divine et à son propre labeur. Si d'autres étaient moins favorisés que lui, c'était leur affaire, pas la sienne.

Quoi qu'il en soit, une part du désespoir de ces hommes dut pénétrer en moi. Pendant toute mon enfance, je ne pus m'empêcher, alors que je raffolais des belles couleurs de notre fabrique, de me remémorer les chaudrons aux vapeurs brûlantes, semblables aux marmites de l'enfer où l'on fait bouillir les damnés. Et je ne demandai plus jamais à retourner là-bas.

Quant à Plautilla, aucune image de ce genre ne venait troubler son amour des étoffes et, pour l'heure, il lui paraissait plus important de vérifier comment le bleu mettait sa poitrine en valeur. Il m'arrivait de penser qu'au moment de sa nuit de noces, elle admirerait plus sa chemise de nuit que le corps de son mari. Et je me demandais si cela gênerait vraiment Maurizio. Je ne l'avais rencontré qu'une fois. Il avait l'air d'un homme solide, vigoureux et gai, mais ne semblait pas avoir un don particulier pour la réflexion. Après tout, c'était peut-être préférable. Qu'en savais-je ? Tous deux semblaient satisfaits l'un de l'autre.

– Plautilla, pourquoi ne nous laisserais-tu pas, maintenant ? dit ma mère en repoussant les tissus avec un léger soupir. Il fait très chaud, cet après-midi, et un peu de soleil aurait le plus bel effet sur tes cheveux. Va donc sur la terrasse du haut avec ta broderie.

Cette suggestion sidéra ma sœur. Tout le monde savait que les jeunes femmes à la mode passaient des heures à s'abrutir au soleil, dans l'espoir absurde de transformer le brun en blond. Mais leurs mères n'étaient pas censées être au courant.

– Ne prends pas cet air étonné. Puisque, de toute façon, tu le feras sans te soucier de mon avis, autant que je te donne ma bénédiction. Bientôt, tu n'auras plus beaucoup de temps pour de telles futilités.

Depuis peu, ma mère s'adressait à elle comme si toute spontanéité allait, après son mariage, disparaître de son existence. Cette perspective semblait enchanter Plautilla, alors qu'elle me terrifiait. Elle poussa un petit cri de joie et sautilla à travers la pièce, à la recherche de son chapeau de jardin. Après l'avoir trouvé, elle mit un temps infini à l'ajuster sur sa tête, tirant ses cheveux pour les faire passer par l'ouverture centrale, ce qui exposerait chaque mèche en plein soleil tandis que son visage resterait à l'ombre. Puis elle retroussa ses jupes et se précipita dehors. Si j'avais essayé de peindre sa sortie, j'aurais entouré sa silhouette de voiles de soie ou de gaze pour suggérer le vent de sa course, comme je l'avais vu faire à certains artistes. Ou alors, je l'aurais dotée d'ailes d'oiseau.

Nous la regardâmes s'en aller. J'eus l'impression que son départ attristait ma mère, qui resta immobile un instant avant de se tourner vers moi ; je perçus trop tard l'injonction de son regard.

– Je crois que je vais aller la rejoindre, dis-je en me levant.

– Ne sois pas ridicule, Alessandra. De toute façon, tes cheveux sont noirs comme des ailes de corbeau. Si tu voulais les éclaircir, ce dont je doute, il vaudrait mieux que tu les teignes.

Voyant ses yeux glisser vers mes doigts pleins d'encre, je m'empressai de les recroqueviller.

— Et quand t'es-tu fait les mains pour la dernière fois ?

Mon apparence la consternait, comme presque tout ce qui me concernait.

— Tu es impossible ! J'enverrai Erila en ville cet après-midi. Fais-les avant ta sieste, tu m'entends ? Maintenant, reste ici. J'ai à te parler.

— Mais, maman...

— Reste !

3

Je me préparai au sermon. Combien de fois nous étions-nous déjà trouvées ici, en tête à tête ? Nous ne réglerions jamais nos comptes, elle et moi. J'avais failli mourir en naissant. Elle avait failli succomber en me mettant au monde. Finalement, après deux jours de travail, j'avais été extirpée avec des fers, hurlant aussi fort que celle qui me donnait la vie. Son corps avait tant souffert qu'elle n'avait plus jamais enfanté. Elle ne m'en aima que davantage, autant pour ma fragilité que pour sa fertilité perdue ; et longtemps avant qu'elle ne reconnût en moi une part d'elle-même, un lien puissant se tissa entre nous. Je lui demandai un jour pourquoi je n'étais pas morte, comme tant d'autres. « Parce que Dieu en a décidé ainsi. Et parce qu'il t'a insufflé une curiosité et un esprit qui t'ont poussée à survivre, quoi qu'il advienne. »

— Alessandra, il faut que tu saches que ton père a déjà approché pour toi des prétendants possibles.

Je sentis mon estomac se nouer.

— Mais comment ? Je ne saigne même pas encore !

— Tu en es bien sûre ?

— Comment pourriez-vous l'ignorer ? Maria examine mon linge sale. J'aurais du mal à le dissimuler.

— Au contraire de bien d'autres choses.

Toujours ce timbre égal. Je levai les yeux. Mais rien ne m'indiqua qu'elle comptait poursuivre dans cette voie.

— Je te protège depuis longtemps, Alessandra, tu le sais. Je ne peux pas continuer à le faire indéfiniment.

Il y avait un tel sérieux dans sa voix que j'en fus presque effrayée. Je cherchai dans son regard un indice sur le tour qu'aurait dû prendre notre conversation, mais elle ne m'en donna pas.

— Eh bien, dis-je d'un ton maussade, si vous ne vouliez pas que je devienne ce que je suis, vous auriez dû m'en empêcher.

— Et qu'aurions-nous fait ? T'éloigner de tes livres, t'arracher tes plumes des mains ? Te punir ? Tu as été trop aimée trop tôt, mon enfant. Tu aurais mal supporté un tel traitement. Et puis tu étais trop rétive. Il nous a paru plus simple, pour t'occuper, de te confier aux précepteurs de tes frères.

Elle avait dû finir par se rendre compte que la solution engendrait autant de troubles que le problème.

— Tu avais tellement envie de te mesurer à eux...

— Ils doivent vous en vouloir...

— C'est parce qu'il te reste à apprendre l'humilité, répliqua-t-elle, cette fois plus sèchement. Nous en avons déjà discuté : chez une jeune femme, l'orgueil est un défaut majeur. Peut-être que si tu passais autant de temps en prières qu'à l'étude...

— C'est ce que vous faisiez, maman ?

Elle eut un petit rire.

— Non, Alessandra. Ma famille a très vite réprimé en moi toute forme de vanité.

Elle évoquait rarement son enfance, mais nous la connaissions tous. Son père, grand lettré et adepte enthousiaste des idées nouvelles, avait donné à ses filles la même instruction, très poussée, qu'à ses fils. Le frère aîné était devenu à son tour un érudit célèbre, soutenu et pensionné par les Médicis. Cette protection avait permis à ses sœurs d'épouser de riches marchands, moins rebutés par leur éducation particulière que séduits par leur dot.

— Quand j'avais ton âge, il était encore moins admis qu'une adolescente reçoive un enseignement aussi approfondi. Si l'étoile de mon frère n'était pas montée si haut, j'aurais sans doute eu du mal à trouver un mari.

— Mais si ma naissance procédait de la volonté de Dieu, vous étiez donc destinée depuis toujours à épouser papa.

– Alessandra, pourquoi fais-tu toujours cela ?

– Faire quoi ?

– Pousser ton raisonnement bien plus loin qu'il ne le faudrait ou que tu ne le devrais.

– Mais c'est logique.

– Non, mon enfant. Justement, ce n'est pas logique. Ton attitude est beaucoup trop irrévérencieuse. Nul n'a le droit d'ergoter sur les voies de Dieu que, de toute façon, l'intelligence humaine, trop imparfaite, ne peut comprendre.

Je ne répondis rien. L'orage, que je ne connaissais que trop, passerait plus vite si je ne réagissais pas.

– Je ne crois pas que tu aies appris cela de tes précepteurs.

Je percevais la violence de son exaspération contre moi, sans en connaître encore la raison exacte.

– Maria a trouvé des dessins sous ton lit, dans ton coffre.

C'était donc ça. Elle avait dû tomber dessus en cherchant des linges cachés maculés de sang. Je fis un effort pour comprendre ce que ces dessins pouvaient bien avoir de répréhensible.

– Elle est convaincue que tu t'es promenée en ville sans chaperon.

– C'est impossible ! Comment aurais-je pu ? Elle ne me quitte pas des yeux une seconde.

– Elle affirme qu'il y a des croquis de monuments qu'elle n'a jamais vus et des images de lions dévorant un enfant sur la Piazza della Signoria.

– Et après ? Nous y sommes allées ensemble le jour de la fête. Vous le savez. Tout le monde a vu les lions. Avant qu'ils ne tuent le veau, un dompteur les tenait en respect dans leur cage et ils ne l'ont pas touché. Alors, quelqu'un nous a dit – c'était peut-être Erila – qu'un petit garçon y avait pénétré l'année précédente, une fois tout le monde rentré chez soi, et qu'ils l'avaient déchiqueté. Maria ne peut que s'en souvenir : elle a failli s'évanouir en entendant l'histoire.

– Admettons. Mais tu n'as pas pu faire tous tes dessins là-bas ce jour-là.

– Bien sûr que non. J'en ai fait d'autres par la suite. Mais ils étaient affreux. Finalement, j'ai été obligée, pour les lions, de copier une des miniatures du livre d'heures. Mais j'ai raté les pattes.

– Quelle était la leçon du jour ?

– La quoi ?

– La leçon ? Dans le livre d'heures... où tu prétends avoir déniché ces fameux lions.

– Euh... le prophète Daniel, hasardai-je.

– Tu te souviens de l'image, mais pas de la leçon. Et les monuments ?

– Je les ai inventés. Quand aurais-je trouvé le temps de les dessiner sur place ? J'ai mêlé des éléments de plusieurs bâtiments réels dont je me souvenais.

Elle me dévisagea un moment. J'eus l'impression qu'elle ne savait pas plus que moi ce qu'elle ressentait vraiment. Elle avait été la première à reconnaître mes dons artistiques, alors que j'étais encore trop jeune pour en prendre conscience moi-même. J'avais appris à dessiner toute seule, en copiant tous les tableaux votifs de la maison. S'il avait témoigné de l'indulgence pour une enfant précoce gribouillant des portraits de la Vierge, mon père avait fini par voir d'un mauvais œil sa fille, devenue grande, possédée au point de faire des razzias dans la cuisine à la recherche d'os de chapon pour gratter des morceaux de buis, ou de plumes d'oie pour les tailler avant de les tremper dans l'encre. L'art menait peut-être à Dieu, mais il permettait surtout à un marchand d'assurer son prestige et ne constituait pas un passe-temps pour une jeune fille de bonne famille. Erila était devenue depuis peu ma complice en dissimulation. Je n'avais plus la moindre idée de ce que pensait ma mère. Deux ans plus tôt, alors que je m'essayais péniblement à la pointe d'argent – si fine, si dure qu'elle ne laissait à la main et à l'œil aucune possibilité d'erreur –, elle avait demandé à voir mes essais. Après les avoir étudiés un instant, elle me les avait rendus sans un mot. Une semaine plus tard, j'avais trouvé un exemplaire du *Traité de technique*, de Cennino Cennini, dans le coffre rangé sous mon lit. Depuis, ma main était devenue beaucoup plus sûre. Pourtant, ni elle ni moi n'avions plus fait la moindre allusion à mon don.

Elle soupira.

– Très bien. Nous n'en parlerons plus.

Après un silence, elle ajouta :

– Il faut que je te parle d'autre chose. Le peintre a demandé l'autorisation de te dessiner.

Je ressentis une légère brûlure en mon for intérieur.

– Comme je te l'ai dit, il a visité des églises. Ce qu'il a vu l'a encouragé à poursuivre son travail. Il a déjà reproduit la figure de ton père. Quant à moi, je suis trop occupée par le mariage de Plautilla pour perdre mon temps avec lui. Il lui faut donc se rabattre sur les enfants. Il souhaite commencer par toi. Je présume que tu ne sais pas pourquoi ?

Je la regardai droit dans les yeux et secouai la tête. Même si cela peut sembler bizarre, il y avait pour moi une différence notable entre le silence et le mensonge.

– Il a installé un atelier provisoire dans la chapelle. Il dit qu'il doit te voir en fin d'après-midi, au moment où la lumière est propice. Il insiste beaucoup là-dessus. Lodovica et Maria t'accompagneront.

– Mais...

– Ne discute pas, Alessandra. Tu les auras toutes les deux à tes côtés. Il ne s'agit pas de le distraire ou d'échanger avec lui des considérations sur la philosophie platonicienne. D'autant que je ne vois pas dans quelle langue vous pourriez communiquer.

Ses instructions étaient strictes, mais la bienveillance avec laquelle elle me les avait données me mit de nouveau à l'aise. Cela signifiait, bien sûr, que j'évaluais mal le danger. Mais à qui d'autre aurais-je pu en parler à présent, alors qu'il était si proche ?

– Vous savez, maman, je fais souvent un rêve étrange. Cela a dû m'arriver cinq ou six fois.

– J'espère que c'est un songe pieux.

– Tout à fait. Je rêve... Enfin, je rêve, aussi curieux que cela puisse paraître, qu'en fin de compte je ne me marie pas. Au lieu de quoi, papa et vous décidez de me faire entrer dans un couvent.

– Alessandra, ne sois pas stupide ! Tu n'as aucune disposition pour la vie monastique. Ses contraintes te rendraient folle. Tu dois bien le savoir.

– Non... Oui... Mais, dans mon rêve, il s'agit d'un couvent très différent. Les religieuses peuvent y célébrer Dieu de plusieurs manières, en...

– Non, Alessandra Cecchi. Je ne veux pas en entendre davantage. Si tu t'imagines que ta mauvaise conduite nous obligera à changer d'avis sur la nécessité de te trouver un mari, tu te trompes lourdement.

Alors, sa colère monta, comme une source chaude jaillissant des entrailles de la terre.

– Tu es une enfant butée et désobéissante. Quoi que j'aie pu te dire, je regrette de ne pas t'avoir matée plus tôt, car ton mauvais caractère ne nous apportera rien de bon. Enfin, nous trouverons bien un moyen, poursuivit-elle en soupirant une dernière fois. Désormais, j'emploierai un mot que je t'ai souvent martelé : devoir. Ton devoir envers ta famille. Ton père est maintenant un homme riche, connu pour avoir rendu de nombreux services à l'État. Il a assez de fortune pour te constituer une dot qui apportera à notre nom honneur et considération. Lorsqu'il aura trouvé celui qu'il jugera digne de nous, tu l'épouseras. Pour une femme, le mariage et la maternité importent plus que tout. Tu l'apprendras sous peu.

Elle se leva.

– Allons, mon enfant. Nous ne reviendrons plus là-dessus. J'ai beaucoup de choses à faire. Le moment venu, ton père t'informera de notre choix. Ensuite, pendant un certain temps, rien ne se passera. Un certain temps, répéta-t-elle doucement. Mais sache qu'il me sera impossible de l'encourager à prolonger les pourparlers indéfiniment.

Je saisis aussitôt la perche qu'elle me tendait.

– Dans ce cas, faites en sorte qu'il choisisse quelqu'un capable de comprendre, dis-je en plantant mon regard dans le sien.

Elle secoua la tête et murmura :

– Alessandra, je ne suis pas sûre que ce soit possible.

4

Je restai muette pendant tout le dîner, punissant Maria par mon silence. Je montai tôt dans ma chambre, plaquai un fauteuil contre la porte et ouvris fébrilement mon coffre à vêtements. Il était impératif d'éparpiller mes trésors en différents endroits. Ainsi, si quelqu'un en découvrait un, il ne mettrait pas la main sur les autres.

J'avais roulé sous mes robes, au fond du coffre, ma première œuvre véritable : un grand dessin à la plume représentant la scène initiale de l'Annonciation.

Surprise par l'apparition inopinée de l'ange, Notre-Dame manifeste sa crainte et son désarroi en laissant ses mains voltiger autour de son corps tandis qu'elle tourne à demi le buste en un geste de fuite, comme si elle et Gabriel étaient liés par d'invisibles fils les rapprochant et les éloignant à la fois l'un de l'autre. Cette scène me plaît à cause de l'inquiétude palpable de la Vierge, à laquelle je m'identifie – alors que, soucieux de mon édification spirituelle, mes précepteurs insistent au contraire sur les instants suivants, tout de grâce et de soumission.

J'ai choisi pour décor notre grande salle de réception, dont la fenêtre du fond souligne la perspective. Ce choix, je ne le regrette pas. La façon dont le soleil, à certaines heures du jour, s'engouffre dans la pièce en se réfractant à travers les vitres est si belle que l'on pourrait vraiment croire à la présence réelle de Dieu. Un jour, j'ai passé des heures assise devant cette fenêtre, attendant que l'Esprit saint se révèle à moi : les yeux clos, l'âme réchauffée par la lumière, le soleil traversant mes paupières comme un rayon de sainteté. Mais, au lieu de la révélation divine, je n'eus droit qu'aux sourds battements de mon cœur et à l'incessante démangeaison d'une vieille piqûre de moustique. La grâce se refusa obstinément à moi ; je dois dire, en y repensant aujourd'hui, que j'en fus presque heureuse.

Ma Madone, elle, en est beaucoup plus digne. Elle bondit de son siège, ses mains s'élevant comme des oiseaux nerveux pour la protéger de l'irruption du souffle de Dieu, parfaite image de jeune vierge dérangée dans sa prière. J'ai apporté le plus grand soin au costume des deux personnages – même si la plus grande partie du monde me reste fermée, j'ai pu au moins étudier à loisir l'art des étoffes et du vêtement. La robe dont j'ai revêtu Gabriel, faite du plus beau linon produit par mon père, descend en mille plis minuscules des épaules à la taille, où elle se resserre mollement avant d'épouser la finesse de ses membres. J'ai paré Notre-Dame d'une élégance sobre. Fendues au niveau du coude, ses manches laissent entrevoir sa chemise légèrement bouffante, sa taille à la ceinture haute et sa robe de soie qui, tombant en cascade autour de ses jambes, s'évase sur le sol.

Quand j'aurai achevé le dessin lui-même, je commencerai les ombres et les rehauts, en utilisant diverses variétés d'encre et du blanc d'argent appliqué au pinceau. À cette étape, il sera difficile de corriger les erreurs.

La nervosité faisait déjà trembler ma main. Je sentais grandir ma solidarité avec les apprentis qui peinaient dans l'atelier de Bartolomeo. J'étais en train, pour m'accorder un peu de temps et affiner ma maîtrise de la perspective, de compléter sur la feuille le tracé fuyant du carrelage, lorsque la poignée de la porte bougea et que le bois heurta le fauteuil.

– Un moment.

Je rabattis le drap sur le dessin.

– Je... je me déshabille.

Quelques mois plus tôt, Tomaso m'avait surprise en plein travail. D'un coup de pied « malencontreux », il avait renversé l'huile de lin dans un mortier rempli de blanc de plomb qu'Erila avait réussi à trouver pour moi chez l'apothicaire. J'avais acheté son silence en lui promettant de traduire à sa place les poèmes d'Ovide sur lesquels il s'échinait. Mais cette fois, ce ne pouvait être lui. Pourquoi aurait-il perdu son temps à venir me tourmenter, alors qu'il lui fallait ce soir-là se pomponner pour plaire aux femmes de mauvaise vie qui, arpentant les rues sur leurs souliers à hauts talons, racolaient les jeunes gens en faisant tinter leur cloche ? Je l'entendais, à l'étage, marteler le plancher, hésitant sans nul doute sur la couleur de chausses la mieux assortie à la nouvelle tunique que le tailleur venait de lui livrer.

J'écartai le dossier du fauteuil. Erila se glissa dans la pièce, un bol dans une main, une pile de gâteaux aux amandes dans l'autre. Ignorant mon dessin – même si elle était ma complice, elle préférait feindre le contraire –, elle s'assit sur le lit, partagea les gâteaux avec moi. Elle remua ensuite la pâte au citron et au sucre que contenait le bol, en étala une couche épaisse sur mes mains.

– Alors ? Qu'est-ce qu'il y a ? Maria t'a mouchardée ?

– Un tissu de mensonges. Ouille ! Fais attention. Je me suis coupée. Là...

– Tant pis. Ta mère m'a dit que si elles n'étaient pas blanches d'ici dimanche, elle te ferait porter des gants de chamois pendant une semaine.

Je la laissai s'activer un moment. J'aimais la pression de ses doigts au creux de mes paumes et, plus encore, le contraste étonnant de sa peau d'un noir de jais contre la mienne, même si j'épuisais ma réserve de fusain chaque fois que je la dessinais.

Elle affirmait ne rien se rappeler de son pays natal d'Afrique du Nord, sauf que le soleil y était plus chaud et les oranges plus sucrées. Son histoire aurait pu inspirer un Homère moderne. Elle avait été amenée à Venise avec sa mère à l'âge de cinq ou six ans, avant d'être vendue, sur le marché aux esclaves de Florence, à un homme qui fut ruiné peu après par la perte de trois vaisseaux en provenance des Indes. Mon père l'avait ensuite acquise en échange d'une dette. J'étais encore un bébé le jour de son arrivée chez nous. Elle s'occupa d'abord de Plautilla et de moi, tâche moins pénible que des travaux manuels qui l'auraient harassée. Son intelligence se doublait d'un solide bon sens ; tout en m'éduquant, elle me faisait rire. Je crois que ma mère vit en elle la réponse aux vœux qu'elle formulait quand elle priait pour son étrange fille cadette. Dès lors, elle finit par m'appartenir en propre. Mais personne ne possédait réellement Erila. Même si, légalement, elle était la propriété de mon père, à qui elle devait obéir en tout, elle avait l'indépendance et la furtive discrétion d'un chat. Se promenant en ville à sa guise, elle en ramenait des ragots de première main qu'elle revendait au prix fort. Aussi loin que remontaient mes souvenirs, elle avait toujours été ma meilleure amie dans la maison, et mes oreilles et mes yeux dans les endroits où je n'avais pas le droit d'aller.

— Alors ? Tu les as ?

— Peut-être, oui ; ou peut-être pas...

— Erila !

Je savais qu'il valait mieux ne pas la presser. Elle eut un grand sourire.

— On m'en a raconté une bien bonne. Aujourd'hui, un homme a été pendu à la Porta di Giustizia. Un assassin. Il avait réduit l'amant de sa femme en bouillie. Il s'est balancé une demi-heure avant d'être décroché. Une fois dans le tombereau, il s'est redressé, s'est plaint d'un violent mal à la gorge et a demandé de l'eau.

— Pas possible ! Et qu'est-ce qu'on a fait ?

— Il a été conduit à l'hôpital, où on l'a nourri de pain dilué dans du lait, jusqu'à ce qu'il soit capable d'avaler et qu'il soit possible de le pendre à nouveau.

— Non ! Comment a réagi la foule ?

— Les gens l'ont bruyamment acclamé. Mais ce gros dominicain à la face de pierre ponce s'est mis à beugler un sermon sur les péchés de Florence, ce cloaque où le mal pousse comme du chiendent et où les bons gémissent alors que les méchants prospèrent.

— Et si ce n'était pas le mal ? Je veux dire : si c'était un exemple de l'infinie pitié de Dieu, même envers les plus abominables pécheurs ? Oh, j'aurais tellement voulu être là pour le voir ! Qu'est-ce que tu en penses ?

Elle éclata de rire.

— Moi ? Je crois que le bourreau avait mal fait le nœud coulant. Voilà, c'est fini.

Elle examina mes mains. Les ongles brillants et roses, elles étaient propres pour la première fois depuis des jours, sans être tout à fait blanches pour autant.

— Tiens.

Elle sortit de sa poche une petite bouteille d'encre (j'en consommais autant en une semaine pour mes dessins que mes frères en un mois en salle d'étude) et un minuscule pinceau de menu-vair, assez fin pour rehausser le visage et le costume de Notre-Dame. Je me jetai à son cou.

— Tu as de la chance. Je ne les ai pas payés cher. Mais ne t'en sers pas avant dimanche. Sinon, c'est moi qui aurai des ennuis.

Après son départ, je m'allongeai sur le lit, pensant au pendu et au nœud coulant mal fait. Pouvait-on y voir une manifestation de la miséricorde divine ? Je demandai à Dieu de me pardonner cette idée peut-être scandaleuse, puis suppliai la Vierge d'intercéder en ma faveur pour que ma main ait le talent de restituer sur le papier sa grâce et sa bonté. Je ne dormais pas lorsque Plautilla ouvrit le baldaquin et se coucha près de moi, empestant l'huile dont elle avait copieusement inondé ses cheveux desséchés par le soleil. Elle chuchota ses prières, litanie débitée sans faute et sans émotion, puis me poussa sur le côté, pour prendre ses aises. Une fois sa respiration devenue régulière, je la repoussai à mon tour.

Les moustiques attaquèrent peu après, attirés par l'odeur de l'huile comme les abeilles par le miel. La pommade aux herbes qui brûlait au plafond ne leur ferait bientôt plus aucun effet. Je saisis la fiole de citronnelle que je gardais sous mon oreiller, m'en badigeonnai le visage et les mains.

Un moustique se posa sur le poignet droit de ma sœur. Il s'installa confortablement sur sa chair potelée avant de la piquer. Je l'imaginai se gorgeant de son sang puis s'envolant par la fenêtre, traversant la ville jusqu'à la maison de Maurizio. Il entrerait dans sa chambre et le piquerait à la jambe ou au bras, mêlant ainsi le sang des deux amoureux. Cette vision me parut presque insupportable. Que cet échange marie les inclinations stupides de Plautilla et de Maurizio n'était pas bien grave. Malheureusement, il concernait tout le monde. J'avais étudié les moustiques. Quand on en tuait un au début de la nuit, il n'en subsistait que quelques traînées noires. Mais s'il était écrasé plus tard, il dégorgeait un liquide rouge vif. Ce que transportaient ces insectes, c'était notre sang à tous. Et ils le faisaient au hasard. Florence comptait des milliers de fenêtres. Combien de vieillards goutteux avaient déjà mêlé leur sang au mien ? Cela me fit songer à mon futur mari. Je ne voulais pas d'un homme à la jambe avantageuse qui viendrait à moi avec des perles sur son pourpoint. Il faudrait qu'il m'apparaisse sous la forme d'un cygne sauvage battant des ailes sous un ciel d'orage, comme dans l'histoire de Zeus et Léda. Si notre rencontre se passait ainsi, alors oui, je l'aimerais jusqu'à la fin de mes jours.

Comme cela se produisait si souvent, mes pensées me tinrent éveillée tard dans la nuit. Je finis par me lever sans bruit, et me faufiler hors de la chambre.

J'aime notre maison dans le noir. L'obscurité y est si profonde, les dédales si nombreux que j'ai appris à m'y repérer les yeux fermés. Je sais où sont les portes, les meubles et les marches qu'il me faut contourner. Parfois, glissant de pièce en pièce, je m'imagine marchant dans la cité endormie, dont les ruelles et les places se déroulent dans ma tête comme une harmonieuse solution mathématique. Malgré les soupçons de ma mère, je ne me suis jamais aventurée seule en ville. Bien sûr, il m'est arrivé d'échapper aux griffes de mon chaperon pour explorer une rue toute proche ou flâner sur un marché, mais ces escapades ne durent jamais longtemps et ont toujours lieu en plein jour. Lors de nos rares sorties le soir, à l'occasion de fêtes ou de messes tardives, la ville est encore animée. Et j'ignore tout de l'atmosphère qui y règne lorsque les torches s'éteignent. Erila n'est qu'une esclave ; pourtant, elle en sait plus sur ma ville que je n'en apprendrai jamais. J'ai autant de chances de visiter l'Orient que d'errer, après le coucher du soleil, dans les rues de Florence.

En bas, la cour principale ressemblait à un puits sans fond. Je descendis l'escalier. Quand je passai devant lui, un des chiens de la maison se contenta d'ouvrir un œil endormi : il était habitué depuis longtemps à mes vagabondages nocturnes. Les paons de ma mère, dans le jardin, m'inquiétaient davantage. Non seulement ils avaient une ouïe très fine, mais ils criaient aussi fort que les âmes de l'enfer. Les réveiller, c'était réveiller tout le monde.

Je poussai la porte de la salle de réception d'hiver. Le carrelage était lisse et doux sous mes pieds. La nouvelle tapisserie pendait comme une ombre lourde et la table de chêne, joie et fierté de ma mère, semblait dressée pour des fantômes. Je me recroquevillai sur le rebord de pierre de la fenêtre, tirai doucement le loqueteau. De là, la maison donnait sur la rue. Je pouvais m'asseoir et observer la vie de la nuit. Fichées dans leurs grands paniers de fer, les torches illuminaient la façade. Elles témoignaient de la nouvelle opulence du quartier, dont les habitants étaient assez riches pour éclairer le chemin des personnes rentrant tard chez elles. On m'avait raconté que dans les parties les plus pauvres de la ville, quand il n'y avait pas de lune, des gens tombaient dans les trous béants creusés entre les pavés ou se noyaient dans les ruisseaux en crue. Le vin y était probablement pour quelque chose.

Pour l'heure, il devait obscurcir la vue de mes frères, ce qu'ils compensaient par leur tapage, l'écho de leurs rires d'ivrognes heurtant les pavés et rebondissant contre les fenêtres. Parfois, le chahut réveillait mon père. Mais il n'y avait pas de tumulte cette nuit-là. Mes paupières commençaient à s'alourdir lorsque quelque chose, en bas, attira mon attention.

Venue de l'extrémité de la maison, une silhouette se profilait dans la rue. Maigre, dégingandé, l'homme était tête nue ;

je reconnus la blancheur de sa peau. Tiens donc... Notre peintre sortait la nuit. Curieuse heure pour aller étudier des œuvres d'art. Qu'avait dit ma mère, déjà ? Que la ville lui paraissait tapageuse après le silence de son monastère. Ce silence, peut-être était-ce sa façon de s'en imprégner ? Pourtant, sa façon de marcher, tête basse, et sa hâte à se fondre dans l'obscurité laissaient entrevoir d'autres desseins.

Je me sentais partagée entre la curiosité et la jalousie. Ainsi, c'était aussi simple que ça. On se drapait dans un manteau, on trouvait la bonne porte et on disparaissait dans la nuit. En se dépêchant, il serait à la cathédrale Santa Maria del Fiore en dix minutes. Après avoir dépassé le Baptistère, il pouvait prendre la direction de l'ouest, vers Santa Maria Novella, ou du sud, vers le fleuve d'où l'on entendait distinctement les petites cloches des prostituées. Un autre monde. Mais je n'aimais pas y penser, me souvenant de sa Vierge, si pleine de grâce et de lumière qu'elle parvenait à peine à maintenir ses pieds sur le sol.

J'avais l'intention de guetter son retour. Peine perdue : au bout d'une heure, le sommeil me gagna. Pour ne pas prendre le risque d'être découverte là à l'aube, je remontai dans ma chambre. En me glissant sous le drap, je notai avec une satisfaction peu charitable que la morsure, sur le poignet de Plautilla, commençait à enfler. Je me pelotonnai contre son corps chaud. Elle gémit en ronflant légèrement, comme un cheval qui renâcle, mais ne s'éveilla pas.

5

Encore en chantier, la chapelle n'a rien de religieux. Le peintre a isolé par un cordon une petite partie de la nef où la lumière, qui pénètre par la fenêtre latérale, déploie une large bande d'or. Lui-même se tient assis dans l'ombre, devant une petite table jonchée de feuilles de papier, de plumes, d'encre et de bâtons de craie noire fraîchement taillés.

J'entre avec lenteur, suivie par la vieille Lodovica. Maria, hélas, vient d'être victime d'une indigestion foudroyante. Cette indisposition me ravit. Mais je jure que je ne suis pour rien dans l'ahurissante quantité de nourriture qu'elle a ingurgitée. Voyons-y, comme pour le nœud coulant mal fait, une miraculeuse intervention divine.

Le peintre se lève, les yeux au sol. La goutte de Lodovica ralentit notre progression. J'ai d'ailleurs exigé que soit installé pour elle un fauteuil confortable. À cette heure de la journée, il ne lui faudra que quelques instants pour plonger dans un sommeil bienheureux. Lorsqu'elle se réveillera, elle aura oublié qu'elle s'est endormie, ce qui m'accordera dans l'intervalle une liberté inespérée.

Si le peintre se souvient de notre première rencontre, il n'en laisse rien paraître. Il me désigne d'un geste une petite estrade en pleine lumière, agrémentée d'un siège de bois au dossier droit et disposé en biais, pour que nos regards ne se rencontrent pas. J'y monte, déjà gênée par ma taille. J'ai l'impression que nous sommes aussi tendus l'un que l'autre.

– Dois-je m'asseoir ?

— À ta guise, grommelle-t-il en latin, en m'évitant toujours.

J'adopte une pose de circonstance, telle que j'en ai vues sur des portraits de femme : dos raide, tête haute, mains croisées. Pour les yeux, c'est moins facile. Je me force tout d'abord à fixer le mur, juste en face de moi : assommant. Je tourne alors mon regard vers la gauche, d'où j'aperçois le bas du corps du peintre. Le cuir ourlant l'extrémité de ses chausses est usé, mais ses jambes sont bien proportionnées quoique un peu longues. Comme les miennes. Quant à l'acidité de son odeur, que je commence à percevoir, elle a des relents de terre, presque de décomposition. Cela m'amène à m'interroger sur ce qu'il a bien pu faire la nuit précédente. Il est clair qu'il ne se lave pas assez, négligence que mon père reproche aux étrangers. Mais lui en faire la remarque maintenant réduirait à néant toute possibilité de conversation entre nous. Je laisse ce privilège à Plautilla qui, je n'en doute pas, se bouchera le nez.

Le temps passe. Il fait bon, là, au soleil. Je jette un coup d'œil à Lodovica. Elle abandonne un instant sa broderie, nous surveille mollement. Mais l'art ne l'a jamais passionnée, même à l'époque où elle n'était pas encore bigleuse. Je compte lentement jusqu'à cinquante. À trente-cinq, elle ronronne déjà, comme un chat qu'on caresse.

Dès lors, je peux observer le peintre à loisir. Pour quelqu'un qui a passé la nuit à errer en ville, il a l'air reposé. Il a brossé ses cheveux, un peu trop longs selon la mode de Florence, mais fournis, pleins de santé, et si sombres qu'ils accentuent sa pâleur. Il est longiligne et maigre, comme moi ; chez un homme, c'est moins grave. Au-dessus de ses larges pommettes, ses yeux en amande, d'un gris-vert tacheté de noir, me font penser à ceux d'un chat. Je ne sais même pas s'il est beau. Cela vient peut-être de sa façon de se renfermer en lui-même. Mes frères et mes précepteurs mis à part, c'est le premier homme que j'ai l'occasion de contempler d'aussi près, ce qui accélère les battements de mon cœur.

Assise, je ressemble moins à une girafe. Apparemment, il s'en moque. Il me fixe sans me voir. Seuls comptent pour lui les caprices de la lumière autour de l'estrade et le crissement intermittent de la craie sur le papier, chaque ligne tracée avec soin, sans précipitation, fruit d'une communion parfaite entre l'œil et la main. Ce silence vibrant, je le connais bien. Il me rappelle ma propre concentration, mes doigts crispés eux aussi sur la craie noire quand je m'efforce, pendant des heures, de reproduire dans les moindres détails la tête d'un chien endormi sur les marches ou l'étrange laideur de mon pied nu ; et il me rend bien moins impatiente.

– Ma mère m'a appris que tu avais eu de la fièvre ? dis-je enfin, comme si étions deux proches qui, après un bavardage d'une heure, s'efforceraient de meubler le silence.

Lorsqu'il devient clair qu'il ne répondra pas, je suis tentée d'amener le sujet sur ses escapades nocturnes, mais je ne vois pas ce que je pourrais en dire. Le crissement de la craie se poursuit. Je fixe à nouveau le mur. Le calme est tel que j'ai l'impression que nous sommes là pour toujours. Mais Lodovica finira bien par se réveiller ; et il sera trop tard...

– Tu sais, si tu veux réussir ici, monsieur le peintre, il faudra que tu consentes à parler un peu. Même avec les femmes.

Ses yeux se détournent, signe qu'il a saisi le sens de mes paroles. Je les ai prononcées sans agressivité. Elles semblent pourtant trop crues pour lui, ce qui me met aussitôt mal à l'aise. Je remue sur mon siège. Il s'arrête, attend que je me réinstalle. Incapable de retrouver une position confortable, je bouge encore, avec un petit bruit. Il s'interrompt une nouvelle fois. Le jeu, alors, commence à m'amuser. S'il s'obstine à rester muet, je ne reprendrai pas ma pose. Pour le lui faire comprendre, je lève la main gauche à hauteur de mon visage, mutilant délibérément son champ de vision.

Au bout d'un moment, lassée par mon échec, je baisse la main en tendant les doigts vers le haut, ce qui leur donne la forme de monstrueuses pattes d'araignée posées sur ma robe. Leurs jointures blanchissent, une veine se gonfle sous ma peau. Que le corps est étrange, si plein de lui-même... Jadis, nous avions une servante tartare, au caractère de chien, qui souffrait de convulsions. Ses crises commençaient par des spasmes. Puis elle s'écroulait, rigide, ses ongles griffant le sol. Sa tête se renversait avec une telle brutalité que son cou s'allongeait de façon démesurée, comme l'encolure d'un cheval. Un jour, de l'écume apparut au coin de sa bouche et il fallut coincer quelque chose entre ses dents pour l'empêcher d'avaler sa langue. Luca, dont j'ai toujours pensé qu'il s'intéressait plus au diable qu'à Dieu, la crut possédée. Ma mère nous affirma qu'elle était simplement malade et qu'il fallait la laisser reprendre ses esprits. Mon père finit par la vendre. Cette servante aurait fait un modèle parfait pour un artiste désireux de peindre le Christ chassant les démons.

Lodovica ronfle de plus en plus. Il faudrait un coup de tonnerre pour la réveiller. C'est maintenant ou jamais. Je me lève.

– Pourrais-je voir ce que tu as fait de moi ?

Il se raidit, amorce un geste pour cacher le dessin. Ce serait stupide. Que ferait-il ensuite ? Rassembler ses affaires et s'enfuir en courant ? M'agresser, comme l'autre jour ? Il se retrouverait aussitôt sur une mule, en route pour les brumes du Nord. Or, s'il ne parle guère, il n'est pas idiot.

Mon courage m'abandonne au moment où j'atteins le rebord de la table. Il est si près de moi que je distingue sa barbe de plusieurs jours. Son odeur aux relents de mort et de décomposition me rappelle sa violence de la dernière fois. Je jette un coup d'œil anxieux vers la porte. Que se passerait-il si quelqu'un entrait maintenant ? Peut-être se pose-t-il la même question. D'un geste gauche, il retourne la feuille et la pousse vers moi, pour que je puisse la contempler sans avancer davantage.

La page est remplie de croquis : un gros plan de ma tête, des esquisses de mes traits, de mes yeux aux paupières micloses, timides et provocants à la fois. Il ne m'a pas flattée, ainsi que je m'y oblige parfois avec Plautilla, pour qu'elle se taise quand elle pose pour moi. Au contraire, je suis pleinement moi-même, bien vivante, espiègle et nerveuse, comme s'il m'en coûtait de garder le silence. Il en sait déjà plus sur moi que moi sur lui.

Et puis il y a les représentations de ma main devant mon visage, les paumes, le dos, les doigts dressés comme des colonnes de chair. De la nature au papier. Son talent me donne le vertige.

– Oh, dis-je, aussi jalouse qu'émerveillée, qui t'a appris ça ?

J'examine une nouvelle fois mes doigts, les vrais puis leur image. Je meurs d'envie de savoir comment il fait, d'assister à la naissance de chaque trait sur la feuille. Rien que pour cela, je prendrais le risque de m'approcher encore. Je le dévisage. Si ce n'est pas l'arrogance qui le pousse à se taire, alors c'est la timidité. Comment peut-on être timide au point d'avoir du mal à s'exprimer ?

– Ce doit être difficile pour toi d'être ici, lui dis-je. À ta place, j'aurais le mal du pays.

Et parce que je ne m'attendais pas à une réponse, le son de sa voix me remue, plus doux que dans mon souvenir, mais plus affligé que ses yeux.

– C'est la couleur. Là d'où je viens, tout est gris. On ne sait plus où le ciel finit et où la mer commence. La couleur transforme tout.

– Mais Florence ressemble à ce que ce devait être là-bas. Je veux dire en Terre sainte, où vivait Notre-Seigneur. Tout ce soleil. C'est ce que racontent les croisés. Les couleurs y étaient certainement aussi vives que chez nous. Un de ces jours, tu devrais visiter la fabrique de mon père. Lorsque les pièces de tissu s'empilent les unes sur les autres, on a l'impression de traverser un arc-en-ciel.

C'est sans doute le discours le plus long qu'il ait jamais entendu prononcer par une femme. Me remémorant son attitude farouche de l'autre jour, la violence avec laquelle il tremblait devant moi, je m'écrie, saisie de panique :

– N'aie pas peur de moi. Je sais que je parle beaucoup. Mais je n'ai que quatorze ans ; je suis plus une enfant qu'une femme. Tu n'as rien à craindre. Et puis j'aime l'art autant que toi.

Je pose mes mains sur la table, entre nous, étalant sans hâte mes doigts sur le bois.

– Puisque tu étudies les mains, pourquoi ne pas dessiner les miennes au repos ? On les voit mieux que sur mes genoux.

Je suis sûre que l'humilité de ma requête aurait enchanté ma mère. J'attends sans bouger, paupières baissées. La feuille glisse sur la table. Tout près, un fusain s'anime. En l'entendant gratter le papier, je me risque à lever les yeux. Je n'aperçois la feuille que de travers, mais cela me suffit pour voir le dessin prendre forme. Des dizaines de traits, minuscules et fluides, descendent en pluie le long de la page ; pas une pause, pas une seconde d'arrêt entre le regard et l'exécution. Comme s'il lisait ma main sous la peau, en extirpait l'image de l'intérieur.

Je le laisse travailler un moment. Le silence, entre nous, devient moins oppressant.

– Ma mère m'a appris que tu avais visité nos églises.

Il hoche imperceptiblement la tête.

– Quelles fresques as-tu préférées ?

La main reste en suspens. Je fixe son visage.

– Santa Maria Novella. *La Vie de saint Jean-Baptiste*, répond-il sans une hésitation.

– Ghirlandaio. Ah, oui, sa *Capella Maggiore* est une des merveilles de la ville.

Il ajoute après un silence :

– Et... une autre chapelle, de l'autre côté du fleuve.

– Santo Spirito ? Santa Maria del Carmine ?

Il acquiesce une seconde fois. Bien sûr. La chapelle Brancacci. Ma mère l'a bien orienté. Sans doute a-t-elle utilisé ses relations et insisté sur son statut de frère convers pour lui permettre d'accéder à des endroits où, d'ordinaire, nul ne pénètre.

– Les fresques de *La Vie de saint Pierre*. Elles sont très prisées, ici. Tu sais, Masaccio est mort avant d'avoir pu les terminer. Il avait vingt-sept ans.

Je le sens impressionné.

– On m'a emmenée les voir quand j'étais enfant, mais je m'en souviens à peine. Laquelle as-tu le plus aimée ?

Il fronce les sourcils, comme si le choix lui paraissait trop difficile.

60

– Il y a deux scènes du jardin d'Éden. Dans la seconde, lorsque Adam et Ève sont chassés du paradis, ils pleurent tous les deux. Non, plus que ça. Ils hurlent. Je n'ai jamais vu une telle douleur exprimant la perte de la grâce divine.

– Et avant la Chute ? Ont-ils l'air aussi heureux qu'ils seront désespérés ensuite ?

– Leur joie est moins forte. Elle a été peinte par un autre artiste. Et le serpent entortillé autour de l'arbre a un visage de femme.

– Oh, oui, oui. Ma mère me l'a dit. Tu sais quand même que cette représentation ne correspond à aucun texte sacré.

La mention du diable dans la femme l'a ramené en lui-même. Il se tait. Le crissement reprend. J'observe à nouveau la feuille. D'où lui vient un tel talent ? S'agit-il vraiment d'un don de Dieu ? Doucement, je lui demande :

– As-tu toujours été aussi habile, monsieur le peintre ?

– Je ne me souviens pas.

Sa voix se change en murmure.

– Selon le père qui m'a formé, Dieu m'a insufflé ce don pour compenser l'abandon de mes parents.

– Je suis sûre qu'il était dans le vrai. À Florence, nous estimons qu'il n'y a pas de plus grand art que l'étude de Dieu dans la nature. C'est ce que pense Alberti, un de nos plus célèbres érudits. Et aussi Cennini, artiste lui-même. Chez nous, leurs traités sur la peinture sont très lus. J'en ai des exemplaires en latin, si tu veux.

Je sais ce qu'un tel étalage de connaissances a de présomptueux. Pourtant, je n'y résiste pas.

– Alberti explique que la beauté de la forme humaine reflète celle de Dieu. Bien sûr, il s'inspire en partie des idées de Platon. Mais peut-être n'as-tu pas lu Platon non plus. Si tu veux qu'on te remarque ici, à Florence, tu ne peux l'ignorer. Bien qu'il n'ait pas connu le Christ, il a beaucoup à dire sur l'âme humaine. La compréhension de Dieu chez les Anciens a été l'une des grandes découverte des Florentins.

Si elle était là, ma mère se serait déjà pris la tête entre les mains, accablée par mon manque de modestie, autant à mon sujet qu'à propos de notre ville. Mais je sais qu'il m'écoute. Je le devine à la façon dont sa main s'est figée sur la page. Je crois qu'il aurait parlé davantage sans le ronflement tonitruant de Lodovica, qui la réveille en sursaut. Nous nous pétrifions tous les deux.

– Bien, dis-je très vite en reculant d'un pas. Peut-être devrions-nous arrêter, à présent. Mais je pourrai revenir. Cela te permettra de peaufiner mes mains, si tu le souhaites.

Sans un mot, il tourne la feuille vers moi. Je comprends alors qu'il n'en a nul besoin.

6

Je sortis les livres d'Alberti et de Cennini de mon coffre, les posai sur mon lit. Impossible de me séparer du traité de Cennini : il m'était indispensable pour tout, des drapés aux mélanges de couleurs. Mais le peintre pouvait avoir celui d'Alberti.

Je proposai à Erila d'être mon messager, en échange d'une écharpe de soie rouge.

– Non.

– Comment peux-tu dire ça ? Tu adores cette couleur. Et elle te va bien.

– Non.

– Mais pourquoi ? C'est tout simple. Il te suffit de descendre et de le lui donner. Tu sais aussi bien que moi où il loge.

– Et si ta mère le trouve ?

– Elle ne le trouvera pas.

– Mais si elle le fait ? Elle saura tout de suite que ce livre vient de toi et que j'aurai servi d'intermédiaire. J'aurai droit à une bonne raclée.

– Jamais de la vie. Elle... elle comprendra que ma relation avec lui n'est fondée que sur l'amour de l'art. Que nous ne servons, l'un et l'autre, que les desseins de Dieu.

– Ce n'est pas ce que laisse entendre la vieille Lodovica !

– Elle n'a rien vu ! Elle dormait !

Elle ne répondit pas. Mais j'avais répliqué trop vite et elle ne put s'empêcher de sourire.

– Tu te moques de moi, Erila. Elle ne t'a rien dit.

– Non. Mais tu viens de tout avouer.

– Nous avons parlé d'art, Erila. Je le jure. De chapelles, d'églises, des couleurs du soleil. Je t'assure que le doigt de Dieu est sur lui.

Silence. Puis :

– Même si ses manières sont insupportables.

– C'est bien ce qui m'inquiète. Vous vous ressemblez trop, tous les deux.

Les jours suivants, l'agitation ne cessa pas. Tandis que ma mère et les servantes confectionnaient son trousseau, Plautilla passait des heures à se préparer, éclaircissant ses cheveux et sa peau avec une telle frénésie que, bientôt, elle n'eut plus l'air d'une jeune mariée, mais d'un spectre. La nuit de ma nouvelle escapade, je ne pus m'installer que très tard à la fenêtre. Je m'en souviens parce que Plautilla mit un temps fou à s'endormir, tant elle était fébrile, et que j'entendis les cloches de Sant'Ambrogio sonner l'heure. Le peintre apparut presque tout de suite, enveloppé dans le même manteau et se fondant dans l'obscurité avec la même détermination. J'étais bien décidée, cette fois, à veiller jusqu'à son retour. C'était une belle nuit de printemps, au ciel empli d'étoiles. Aussi, lorsqu'il explosa, le tonnerre sembla venir de nulle part, tout comme les éclairs qui l'accompagnèrent, striant le ciel de zébrures gigantesques.

– Oh là !

– Magnifique !

Mes deux frères se profilaient au bout de la rue. Entourés de leur joyeuse bande, ils beuglaient à la cantonade, se soutenaient les uns les autres, titubaient comme des pirates foulant la terre ferme après une tempête. Je m'écartai de la fenêtre. Trop tard. Je n'échappai pas à l'œil de faucon de Tomaso, ni au sifflement arrogant qu'il utilisait pour appeler ses chiens.

– Eh, petite sœur !

Je lui intimai l'ordre de se taire. Mais il était trop ivre pour obéir.

– Regardez par là, les amis ! Une tête aussi grosse que Santa Maria del Fiore ! Et un visage plus fripé que le cul d'un chien !

Ses amis approuvèrent bruyamment.

– Taisez-vous. Vous allez réveiller papa !

– Alors, c'est toi qui auras des ennuis. Pas nous !

– Où étiez-vous ?

– Demande à Luca.

Impossible : il ne tenait plus debout.

– Nous l'avons trouvé agrippé aux nichons de pierre de sainte Catherine et dégueulant sur ses pieds. Si nous ne l'avions pas tiré de là, il aurait été embarqué pour blasphème.

Un nouvel éclair illumina le ciel comme en plein jour. Aussitôt éclatèrent deux coups de tonnerre dont le second, assourdissant, sembla fendre le sol. Nous savions tous qu'il arrivait à la terre de s'ouvrir et que le diable en profitait pour attirer à lui des âmes égarées. Terrifiée, je bondis sur mes pieds. Mais le silence revint.

Dans la rue, les fêtards masquèrent leur frayeur par de grands cris bravaches.

– Chic, un tremblement de terre ! beugla Luca.

– Non, c'est le canon ! surenchérit Tomaso en éclatant de rire. L'armée française vient de franchir les Alpes et marche sur Naples. Quel bonheur ! Penses-y, petite sœur. Viols et pillage. Il paraît que ces ploucs de Français rêvent de se farcir les pucelles de la nouvelle Athènes.

Dans le jardin, derrière la maison, les paons s'éveillèrent avec un vacarme à ressusciter les morts. Des fenêtres s'ouvrirent le long de la rue, une lueur monta du côté de la cathédrale. Le peintre devrait attendre. Je sautai sur le plancher et courus jusqu'à ma chambre. Au moment où je me glissais dans mon lit, la voix furieuse de mon père retentit dans le vestibule.

Le lendemain matin, dans la maison, il n'était question que de la catastrophe. En pleine nuit, la foudre avait frappé la lanterne du dôme de Santa Maria del Fiore, brisant un bloc de marbre avec une telle violence qu'une moitié avait traversé le toit tandis que l'autre allait s'écraser sur une maison toute proche sans, par miracle, tuer personne.

Mais le pire restait à venir. Au même instant, Laurent le Magnifique, érudit, diplomate, homme d'État, citoyen le plus illustre et bienfaiteur de Florence, gisait dans sa villa de Careggi, terrassé par la goutte et d'affreuses douleurs d'estomac. Apprenant ce qui venait de se passer en ville, il chargea quelqu'un d'aller se renseigner pour savoir quelle pierre était tombée. Lorsqu'il l'apprit, il ferma les yeux et dit :

– La prophétie se réalise. Je mourrai cette nuit.

Et il expira.

La nouvelle frappa Florence plus fort que n'importe quel coup de tonnerre. Dans le courant de la matinée, mes frères et moi, assis dans l'étude étouffante, écoutâmes notre professeur de grec ânonner l'oraison funèbre de Périclès, inondant de ses larmes le manuscrit où il l'avait recopiée exprès pour nous. Son ton lugubre nous fit pouffer. Pourtant, même Luca avait du mal à dissimuler son émotion. Mon père ferma sa fabrique pour la journée et j'entendis, dans le quartier des domestiques, Maria et Lodovica se lamenter. La disparition de Laurent de Médicis, qui régnait déjà sur la cité bien avant ma naissance, faisait souffler un vent glacé sur nos vies.

Sa dépouille fut exposée dans la chapelle du couvent de San Marco où, toute la nuit, l'aristocratie de la ville vint lui rendre un dernier hommage. Notre famille était du nombre. Le catafalque avait été placé si haut que j'eus du mal à apercevoir le corps. Il était vêtu modestement, ainsi qu'il convenait à un membre d'une dynastie qui, tout en détenant la réalité du pouvoir, avait toujours feint de se soumettre aux lois de la République. Sur ses traits apaisés, ne subsistait aucune trace des souffrances causées par la maladie d'estomac qui l'avait emporté – pour la soigner, murmura Luca, ses médecins lui avaient prescrit des perles et des diamants réduits en poudre ; par la suite, ses ennemis racontèrent qu'il était mort après avoir avalé ce qui lui restait de sa fortune personnelle, afin que la ville ne pût s'en emparer. Mais ce qui me frappa par-dessus tout, ce fut sa laideur, beaucoup plus saisissante que sur les dizaines de médaillons où figurait son profil. Son nez aplati touchait presque sa lèvre supérieure et son menton en galoche jaillissait comme un promontoire d'une côte rocheuse.

Alors que je restais bouche bée, Tomaso chuchota à mon oreille que son visage hideux, véritable aphrodisiaque, avait toujours déchaîné la lubricité des femmes, et son amour de la poésie embrasé les cœurs les plus froids. Le fait de me trouver devant lui me rappela une fois de plus le jour où ma mère m'avait parlé, à propos de la chapelle de Ghirlandaio, d'événement historique. À présent, j'en vivais un autre. Je la cherchai des yeux dans la cohue. À la lueur des cierges, ses larmes brillaient comme du cristal. C'était la première fois que je la voyais pleurer, et cela m'émut plus encore que la présence du cadavre.

Le couvent de San Marco avait été le lieu de retraite préféré du grand-père de Laurent, qui avait dépensé des sommes folles pour le reconstruire de fond en comble. Pourtant, son nouveau prieur fustigeait les Médicis, leur reprochant sans relâche d'accorder plus de prix aux auteurs de l'Antiquité païenne qu'à la parole de Dieu. Certains prétendaient même qu'il avait refusé de donner l'absolution à Laurent sur son lit de mort. Cette rumeur s'était propagée aussi vite qu'un incendie par un brûlant après-midi d'été. Pure calomnie, je n'en doutais pas. Ce jour-là, le prieur Jérôme Savonarole n'employa que des mots imprégnés du plus profond respect. Dans un sermon passionné, il insista sur la brièveté de l'existence, comparée à l'éternelle grâce de Dieu. Il nous exhorta à nous souvenir chaque jour de l'imminence de notre mort, à mépriser les tentations de ce monde et à nous tenir prêts à comparaître devant Notre Sauveur. Ceux qui l'écoutaient approuvaient en hochant la tête. Mais je savais bien que les plus fortunés d'entre eux retourneraient immédiatement à leur passion de la bonne chère et de la vie facile. Tout comme nous.

Acquises de longue date aux Médicis, notre famille et celle du fiancé de Plautilla décidèrent de retarder le mariage. Ma sœur qui, déjà nerveuse au point de tomber en syncope, supportait mal de ne plus être le centre de toutes les attentions, se mit à errer dans la maison, plus pâle qu'un drap de lit et l'humeur aussi sombre que le diable du Baptistère.

Il y eut plus grave. La fin de Laurent provoqua en ville des phénomènes singuliers. Au cours des semaines qui suivirent, Erila nous rapporta des histoires plus cruelles les unes que les autres. La veille de sa mort, les deux lions, symboles de notre grandeur, s'étaient battus et entretués dans leur cage, derrière la Piazza della Signoria. Le lendemain, devenue folle en pleine messe, une femme avait descendu en courant l'allée centrale de Santa Maria Novella, hurlant que les cornes de feu du taureau sauvage qui la chargeait feraient bientôt s'écrouler l'église sur l'ensemble de l'assistance. Des fidèles affirmèrent avoir entendu l'écho de ses cris dans la nef longtemps après qu'elle fut emmenée.

Le plus horrible, ce fut le corps de cette jeune fille que les sentinelles de San Marco découvrirent une semaine plus tard, en pleine nuit, dans le terrain marécageux qui séparait le couvent du fleuve.

Erila ne nous épargna aucun détail, à Plautilla et à moi, alors que, brodant dans le jardin à l'ombre de la pergola, entourées des ajoncs aux fleurs jaunes que le printemps épanouissait, nous respirions le lilas et la lavande, dont les parfums délectables rendaient l'histoire plus épouvantable encore.

– Le corps était dans un état de décomposition si avancé que la chair se détachait des os. Les gardes durent se boucher le nez avec un tissu imprégné de camphre avant de l'extraire de la vase, baignant dans son sang. Selon eux, elle était morte depuis la nuit du coup de tonnerre. L'assassin n'avait même pas pris la peine de l'enterrer convenablement : les rats et les chiens s'étaient déjà acharnés sur elle ; elle avait la moitié du torse dévorée, et des marques de morsures partout.

La proclamation lue plus tard au marché disait qu'elle avait été sauvagement agressée et demandait au coupable de se dénoncer, pour le salut de son âme et le renom de la République. Des jeunes filles violées et même tuées, on en comptait par dizaines. C'était une des tristes réalités de la ville. Le diable s'emparait de l'âme de nombreux hommes en excitant leurs instincts les plus bas. Ces atrocités ne faisaient que prouver le bien-fondé de la tradition qui imposait une ségrégation stricte, avant le mariage, entre les hommes et les femmes respectables. Mais ce crime-là était différent. Selon Erila, le corps de la victime avait été mutilé de façon effroyable, ses organes sexuels arrachés et déchirés avec une telle furie qu'il était impossible de savoir si cette abomination avait été commise par un homme ou par une bête féroce.

Ce forfait paraissait si horrible que nul ne s'étonna de voir, des mois plus tard, le texte de la proclamation se détacher des panneaux sous l'effet de la pluie et finir piétiné par les porcs et les chèvres. Personne ne se dénonça, ni ne confessa un carnage qui souillait d'une tache indélébile l'âme de la cité.

7

Le mariage de Plautilla scella l'apogée de notre fortune. Chaque fois que je repense à elle, c'est en ce jour qu'elle m'apparaît, assise en habits de cérémonie dans la salle de réception et nimbée de la douce lumière du matin. Le peintre a été convoqué pour une dernière séance de pose destinée à immortaliser ce moment, que glorifieront ses fresques. Loin de manifester la moindre fatigue (elle n'a pas dormi de la nuit en dépit de la potion que lui a fait boire ma mère), Plautilla a l'air de sortir tout droit des Champs-Élysées. Sur son visage reposé à la peau merveilleusement blanche, hormis le rose vif de la joie qui colore ses joues, ses yeux clairs au maquillage rouge grenat brillent sous ses cils, dont la ligne des sourcils, étirée jusqu'aux tempes, souligne la finesse. Symbole de son admirable propension à l'indolence, l'éclat de sa bouche boudeuse, petite et tendue comme l'arc d'un chérubin, s'accorde à ses cheveux qui, éclaircis par des heures passées au soleil, ternissent la beauté des bijoux et des fleurs dont ils sont parés.

Sa robe de dessous est à la dernière mode. Son col festonné laisse entrevoir sa chair pulpeuse sous la dentelle la plus délicate produite par mon père, qui connaît à Florence un succès fou. Quant à sa longue chemise, elle est si légère que l'on entend, quand elle marche, son soupir sur le plancher. Mais rien n'égale en splendeur son ample robe de dessus, à la blancheur issue des crocus immaculés cultivés spécialement pour leur teinte autour de San Gimignano, et où les oiseaux et les fleurs fragiles brodés dessus s'entrelacent aux mailles.

Ma sœur n'a jamais été aussi resplendissante. Ravie que soit dessiné son portrait, elle se montre pourtant bien trop impatiente pour rester longtemps assise. Toute la maison étant sens dessus dessous, j'ai été chargée de lui tenir compagnie pendant qu'à l'autre bout de la pièce la main du peintre s'affaire calmement sur le papier.

Bien sûr, je m'intéresse plus à lui qu'à elle. Tout le monde a reçu une tenue neuve pour la cérémonie ; la sienne lui va à merveille, même s'il ne paraît pas s'y sentir à l'aise. Depuis que je lui ai fait parvenir le traité d'Alberti, voilà plusieurs semaines, je n'ai reçu aucune nouvelle de lui. Il me semble un peu plus enveloppé (notre cuisine est réputée) et – serait-ce un effet de mon imagination ? – relève un peu plus la tête. À mon entrée, nos regards se croisent. Je crois même discerner sur ses lèvres l'ébauche d'un sourire. Humble ainsi que l'exige son statut chez nous, il le réprime vite. Seule sa main n'a pas changé : plus concentrée que jamais, animée par la moindre ligne qu'elle trace, marquant d'un chiffre chaque pièce d'étoffe pour indiquer la couleur qu'il y ajoutera par la suite.

J'ignore toujours ce qu'il fait de ses nuits. Ma reine des ragots elle-même n'a rien à me révéler à ce sujet. Dans la maison, il continue à fuir la compagnie des autres, à tel point qu'on n'y voit plus de la timidité mais l'arrogance d'un artiste se considérant – à juste titre – comme supérieur. Je réaliserai bien plus tard que ce n'est nullement par mépris qu'il se tait, mais parce qu'il ne sait que dire. Les enfants élevés dans un monastère en compagnie d'adultes apprennent bien avant tout le monde le prix de la solitude et la sainte mais rude discipline qui les oblige à ne s'adresser qu'à Dieu.

Croisant son regard, je me rends compte que sa main s'est fixée sur moi. Il ne lui a pas été demandé, aujourd'hui, de me dessiner, et son attention me fait rougir. En tant que sœur cadette, je ne dois pas tenter d'éclipser la mariée. De toute façon, ce ne serait guère possible. Malgré tous les onguents de ma mère, ma peau reste aussi sombre que celle de Plautilla est claire. Quant à ma taille, la dextérité avec laquelle Erila

71

me lace et les gros plis des tailleurs n'y pourront rien : j'ai encore grandi.

Le peintre n'a pas le temps de finir. Une foule envahit la pièce et nous pousse dehors. En bas, le portail de la cour principale a été ouvert. Erila et moi assistons au départ de Plautilla pour le palais de sa belle-famille. Hissée sur un cheval blanc, elle laisse sa robe se répandre autour d'elle, comme un lac d'or. Des valets soulèvent son coffre de mariage – il en a fallu autant, me dit Erila, que pour porter le cercueil de Laurent le Magnifique – et la procession s'ébranle.

Sur notre passage, la foule amassée le long des rues ravit mon père, enchanté de la voir admirer ses étoffes. Mais il se réjouit bien davantage à l'idée de se mêler bientôt aux familles les plus influentes de la ville, qui, attendant le cortège devant le palais de Maurizio, ne manqueront pas de lui commander, dès le lendemain, ses tissus les plus luxueux.

De superbes tapisseries, louées pour l'occasion, ornent la façade. Le banquet a été dressé dans la cour, sur de longues tables à tréteaux. Si mon père est le roi du vêtement, le beau-père de Plautilla lui en remontre en matière de gastronomie. Des représentants de toutes les espèces d'animaux qu'il est possible de chasser en Toscane ont fini au fourneau. Parmi les mets les plus délicats, les langues de paon grillées ; le sort de ces malheureux volatiles ne m'inspire aucune pitié : leurs congénères font trop de bruit chez nous. J'éprouve, en revanche, une grande compassion pour les tourterelles et les chevreuils cuisinés aux épices, beaucoup moins fiers morts que vivants et dont les invités se goinfrent en maculant leur pourpoint de velours. Au gibier, succèdent la volaille – chapon bouilli, poulet –, du veau, un chevreau rôti puis une énorme tourte de poisson parfumée à l'orange, à la muscade, au safran et aux dattes. Cette avalanche de mets provoque des rots sans retenue. À l'image de toute cité chrétienne, Florence réprouve officiellement ces débordements. Mais, de même que son coffre de mariage dissimule aux yeux des censeurs les bijoux et les somptueuses étoffes de la jeune épousée, le festin qui suit la cérémonie est une affaire privée. Et il n'est pas rare de voir les hommes chargés de faire appliquer la loi s'empiffrer en compagnie de ceux qu'ils devraient dénoncer.

Après le repas, vient l'heure de la danse. Plautilla ouvre le bal avec une grâce virginale, mais tellement provocante que ma gaucherie me paraît sans espoir. Maurizio et elle évoluent sur la musique de *Bassa Danza Lauro*, composition de Laurent le Magnifique, affirmant de la sorte, si peu de temps après sa mort, l'allégeance de nos deux familles.

Tous les regards se braquent sur elle. Forcée de danser à mon tour, je désespère mon cavalier, homme d'âge mûr qui me guide d'une main compatissante et, en dépit de son indulgence, ne peut s'empêcher de murmurer à mon oreille, une fois le quadrille terminé :

– L'étude du grec ne prédispose guère à la souplesse.

Il sourit puis, à ma plus grande honte, me plante là pour aller courtiser une jeune fille proche de moi. Dans la mesure où personne, hors de chez nous, n'est censé connaître mes défauts, cette indiscrétion ne peut venir que de mes frères. Quant à ma mère, ses yeux de faucon ne m'ont pas quittée. Je m'attends à une réprimande muette de sa part. Elle se contente de me fixer un long moment, avant de se détourner.

Les festivités se prolongent tard dans la nuit. Les convives mangent jusqu'à ne plus pouvoir tenir debout. Le vin coule comme l'Arno en crue, rendant les hommes graveleux et grossiers. Il m'est impossible de rapporter ce qu'ils disent : j'ai été reléguée à l'étage, en compagnie de deux chaperons dodus et d'une dizaine d'adolescentes de mon âge, victimes, comme moi, de la mise à l'écart des jeunes filles non mariées – il faut protéger les fleurs encore en bouton d'une éclosion précoce de l'été. Je ne me sens aucune affinité avec elles. L'abîme qui nous sépare se creuse chaque jour. Et regardant, en bas, la soirée se poursuivre, je me jure que c'est la dernière fois que j'y assiste sans y participer.

L'avenir me donnera raison. Mais je ne me doute pas de ce qu'il m'en coûtera.

À ma grande surprise, Plautilla me manqua. Tout d'abord, les nouveaux draps de lin blanc et ma souveraineté indiscutée sur ce qui avait été notre chambre suffirent à mon plaisir. Mais bientôt le lit, sans elle, me parut trop vaste. Son sempiternel babillage, exaspérant et sans intérêt, m'avait servi si longtemps de fond sonore que le silence finit par m'angoisser. La maison ne retentit plus que du bruit de mes pas. Mon père était de nouveau à l'étranger. Profitant de son absence, mes frères passaient le plus clair de leur temps dans la rue. Quant au peintre, il était parti lui aussi, pour un atelier proche de Santa Croce où il étudierait l'art des fresques avant de commencer à orner notre chapelle. Les leçons d'un bon maître et l'appui de mon père lui ouvriraient les portes de la Guilde des médecins et des apothicaires, dont tout peintre devait être membre pour pouvoir travailler officiellement à Florence. La simple pensée d'une telle élévation me rendait malade d'envie.

En ce qui concernait mon propre avenir, ma mère tint parole : il n'y eut pas de pourparlers de mariage dans l'immédiat. Mon père rentra de voyage avec d'autres soucis en tête. La mort de Laurent le Magnifique bouleversait le jeu des influences. Il s'agissait de savoir si Pierre de Médicis aurait assez de caractère pour chausser les bottes de son père, ou si les ennemis de la famille, frustrés d'avoir été pendant tant d'années écartés du pouvoir, feraient pencher la balance en leur faveur. Il fallait également compter avec le prieur Savonarole qui ne cessait de cracher son venin, non seulement du haut de la chaire de San Marco mais aussi sous les voûtes de la cathédrale, où il prêchait désormais chaque semaine. Directement inspiré par Dieu, disait-on, le saint moine maudissait notre cité, minée par les privilèges et la vanité intellectuelle, alors que j'avais été bercée, toute mon enfance, par des sermons imprégnés de la douceur des Évangiles. La lave de ses mots incandescents me pétrifiait. Quand il traitait Platon et Aristote de païens dont les œuvres sapaient les fondements de l'Église tandis qu'eux-mêmes rôtissaient dans le feu éternel, je n'aurais pas manqué d'arguments pour les défendre. Mais ils me venaient après coup, alors que sa voix ne résonnait plus à mes oreilles. Il y avait en lui une passion proche de la possession, et sa description des affres de l'enfer glaçait le sang.

Il était difficile de prévoir ce qui en découlerait pour mon mariage à venir. Je n'étais sûre que d'une chose : on me marierait un jour. Dans cette cité lugubre et corrompue que dénonçait Savonarole, les vierges étaient plus menacées que jamais ; témoin cette pauvre fille, trouvée violée et à demi dévorée par les chiens sur les bords de l'Arno. Mes frères, eux, savaient qu'ils resteraient célibataires jusqu'à la trentaine, âge où ils deviendraient, selon les critères en vigueur, assez raisonnables pour se muer en maris après avoir défloré un nombre incalculable de servantes sans défense. Aussi prenaient-ils un malin plaisir à railler mon destin de future épouse.

Une scène reste gravée dans ma mémoire. Elle se déroula au cours de l'été qui suivit les noces de Plautilla. Le peintre avait réintégré son logement à l'issue de son apprentissage et travaillait à la décoration de la chapelle. Assise dans ma chambre, un livre ouvert sur les genoux, je réfléchissais aux moyens de lui rendre visite lorsque mes frères, qui s'apprêtaient à sortir, se plantèrent devant moi, parés pour une partie fine. La nouvelle mode des tuniques courtes mettait en valeur les jambes de Tomaso, toujours soucieux d'élégance et persuadé que le monde entier n'avait d'yeux que pour lui. Quant à Luca, il portait les étoffes de mon père avec la grâce d'un char à bœufs. La fatuité de Tomaso m'avait toujours fait rire. Je m'efforçais pourtant de n'en rien laisser paraître : j'avais trop souffert de sa méchanceté.

— Chère Alessandra, minauda-t-il avec un sourire de mauvais augure, tu lis encore ! Regarde, Luca. Quelle posture charmante... Une vraie petite épouse aux yeux baissés, telle qu'en rêvent les hommes. Prépare-toi quand même, sœurette. Il faudra bien, un jour, que tu lèves les tiens vers ton seigneur et maître.

— Pardon ? Je n'ai pas entendu.

— Je disais que tu seras la prochaine. Pas vrai, Luca ?

— La prochaine à quoi ?

— Qui le lui dit ? Toi ou moi ?

75

Luca haussa les épaules.

– À te faire mettre, rugit-il en roulant des hanches, avec l'accent de notre cuisinier.

Peu doués pour la grammaire grecque, mes frères retenaient sans peine l'argot des bas-fonds qu'ils utilisaient chaque fois que notre mère ne pouvait les entendre.

– Me faire mettre ? Qu'est-ce que ça signifie, mon beau Luca ?

– Demande à Plautilla. Maintenant, elle sait de quoi il s'agit.

La maison ne bruissait que de la grande nouvelle : elle était enceinte et offrirait bientôt un héritier mâle à la famille de Maurizio.

– Pauvre petite sœur, susurra Tomaso avec une sollicitude plus redoutable qu'une morsure. Elle ne t'a pas dit comment c'était ? Voyons voir... Je ne peux avoir qu'un point de vue d'homme. Disons que c'est aussi bon que le premier jus d'une belle pastèque.

– Et que fais-tu de la pelure ?

Il éclata de rire.

– Tout dépend si tu souhaites que cela dure longtemps ou non. Tu devrais poser cette grave question à ton peintre.

– Qu'a-t-il à voir là-dedans ?

– Tu n'es pas au courant ? Chère Alessandra, je croyais que tu savais tout. C'est ce que n'arrêtent pas de nous seriner nos précepteurs.

– Ils ne comparent ma culture qu'à votre ignorance, répliquai-je, incapable de me contrôler. Que veux-tu dire à propos du peintre ?

Ma colère lui donnait l'avantage. Il prit son temps avant de répondre :

– Ce que je veux dire, c'est que notre vertueux artiste passe ses nuits dans les quartiers pouilleux de Florence. Et pas pour son éducation artistique. Pas vrai, Luca ?

Mon frère aîné approuva, souriant comme un idiot de village.

– Comment le sais-tu ?

– Parce que nous l'avons vu, tout simplement.

– Quand ?

– La nuit dernière, se coulant sur le vieux pont.

– Tu lui as parlé ?

– Oui, je lui ai demandé d'où il venait.

– Et alors ?

– Il a eu l'air penaud et m'a dit : « Je prenais l'air. »

– C'est peut-être ce qu'il faisait.

– Petite sœur... Tu rêves. Il paraissait fourbu, avec une tête de fantôme et des taches partout. En plus, il puait le con bon marché.

Jamais je n'avais entendu ce mot. Mais je compris vaguement, à la voix de Tomaso, dont le mépris me frappa, de quoi il s'agissait.

– Tu ferais mieux de te méfier. S'il te peint de nouveau, serre bien tes jupes. Il est possible qu'il s'intéresse à autre chose qu'à ton portrait.

– En as-tu parlé à quelqu'un d'autre ?

– Tu crois que je l'ai mouchardé ? Pourquoi l'aurais-je fait ? Je suis sûr que les cuisses d'une putain l'inspireront mieux que les niaiseries de l'Évangile. Comment s'appelait cet artiste que tu apprécies tant ? Celui qui baisait la bonne sœur qui lui servait de modèle pour la Vierge ?

– Fra Filippo, répondis-je. Elle était très belle. Et il l'a demandée en mariage une fois le tableau achevé.

– Uniquement parce que les Médicis lui ont forcé la main. Et je parie que le vieux Cosme en a profité pour baisser le prix du retable.

Il était clair que Tomaso avait hérité le sens des affaires de notre père.

– Quel marché as-tu donc conclu avec le peintre en échange de ton silence, Tomaso ?

– Qu'est-ce que tu crois ? Je lui ai fait promettre de nous flatter sur les fresques, Luca et moi, de nous rendre beaux pour la postérité. Et puis de te donner un bec-de-lièvre. Et de te raccourcir une jambe, pour exalter tes talents de danseuse.

Je m'y attendais, mais sa cruauté me frappait en plein cœur, comme toujours. Jamais il ne me pardonnerait les humiliations que je lui infligeais en salle d'étude, mon refus de me laisser écraser. J'avais l'impression que ma vie entière n'était rythmée que par nos confrontations. Et chaque fois que je l'emportais, d'une certaine façon je m'avouais vaincue.

— Ne me dis pas que je t'ai choquée ! Si seulement tu savais... Nous te faisons une faveur, pas vrai, Luca ? Ce n'est pas facile de trouver un mari, pour une fille qui cite Platon mais s'emmêle les pieds. Nul n'ignore que tu vas avoir besoin de toute l'aide possible.

— Vous feriez mieux de vous méfier, tous les deux, m'écriai-je en prenant une voix grave pour ne pas montrer à quel point Tomaso m'avait mortifiée. Vous croyez pouvoir agir comme bon vous semble, persuadés que l'argent de notre père et notre blason vous protégeront de tout. Mais si vous ouvrez un tant soit peu les yeux, vous verrez que les choses changent. Dieu brandit au-dessus de la ville l'épée de sa colère. La nuit, il attache ses pas aux vôtres. Aucune de vos turpitudes ne lui échappe.

— Là, tu parles comme le moine, gloussa Luca avec un rire nerveux.

Je le foudroyai du regard, tel Savonarole du haut de sa chaire. Puis je m'écriai, singeant ses prêches et mettant à profit mes dons d'imitation :

— Tu peux rire ! Bientôt, tu pleureras. Le Seigneur enverra la peste, le déluge, la famine et la guerre pour châtier les méchants. Ceux qui se drapent dans la vertu seront sauvés. Les autres périront étouffés par des vapeurs de soufre.

Un bref instant, j'aurais juré que mon lourdaud de frère sentait autour de lui les flammes de l'enfer. Tomaso, lui, ne se laissait pas effrayer aussi facilement.

— Ne l'écoute pas, Luca. Ce moine est fou. Tout le monde est d'accord là-dessus.

— Non, pas tout le monde, Tomaso. C'est un grand prédicateur, inspiré par les Saintes Écritures. Tu devrais aller l'écouter de temps en temps.

— Impossible. Dès qu'il ouvre la bouche, je bâille.

— C'est parce que tu t'es couché trop tard la nuit précédente.

Regarde derrière toi et constate l'effet de ses sermons sur ceux qui ont dormi dans leur lit. Ils ont les yeux plus gros que des hosties. Et ils croient ce qu'il dit.

À présent, Luca écoutait. Tomaso, lui, ricanait.

– La guerre ? La famine ? Le déluge ? L'Arno déborde chaque année et si les récoltes sont mauvaises, le peuple, une fois encore, n'aura rien à manger. La volonté de Dieu n'a rien à voir là-dedans.

– Peut-être, mais s'il le prédit et que cela se produit, les fidèles feront le rapprochement. Pense au pape.

– Quoi ? Il nous annonce qu'un vieillard malade va mourir et, dès que ça arrive, il est acclamé comme un prophète ? J'aurais cru qu'il en faudrait davantage pour t'impressionner. En tout cas, c'est toi qui devrais te faire du souci. S'il condamne l'instruction chez les hommes, il voit dans les femmes l'incarnation du diable. Pour lui, elles ne devraient même pas avoir droit à la parole. Souviens-toi, petite sœur. C'est avec des mots qu'Ève a poussé Adam à la faute.

– Ne pourriez-vous cesser de vous chamailler, pour une fois ?

Ma mère venait de faire irruption dans la chambre, en costume de voyage, suivie de Maria et d'une autre servante portant des sacs en cuir.

– Vous criez comme des chiffonniers. Votre tintamarre offense les oreilles. Tomaso, arrête de t'en prendre à ta sœur. Quant à toi, Alessandra, tu es une insulte à ton sexe.

Nous la saluâmes bien bas. En m'inclinant, je jetai un coup d'œil à Tomaso. Parfois, entre nous, la solidarité l'emportait encore sur nos différends.

– Chère maman, déclara-t-il avec un charme à faire tomber n'importe quelle femme, ma mère exceptée, nous discutions simplement de religion. Nous nous demandions dans quelle mesure nous devrions tenir compte des récents sermons du vénéré prieur.

Elle eut un petit geste d'agacement.

– J'aurais espéré que mes enfants se plieraient à la volonté de Dieu sans avoir besoin des exhortations de Savonarole.

– Mais, maman, demandai-je d'un ton pressant, vous ne l'approuvez certes pas lorsqu'il clame que l'étude des Anciens bafoue la vérité du Christ ?

Elle me dévisagea un instant, l'esprit en partie ailleurs.

– Alessandra, je prie chaque jour pour que tu consentes enfin à poser moins de questions et à accepter les choses telles qu'elles sont. En ce qui concerne Jérôme Savonarole, eh bien, c'est un saint homme, tout entier tourné vers le royaume des cieux.

Elle fronça les sourcils.

– Néanmoins, je m'étonne que Florence soit allée chercher un moine de Ferrare pour fustiger ses turpitudes. Quitte à entendre de mauvaises nouvelles, autant les apprendre de la bouche de quelqu'un de la famille. Comme maintenant.

Elle soupira.

– Je dois aller chez Plautilla.

– Chez Plautilla ? Mais pourquoi ?

– Elle a des soucis avec le bébé à venir. Elle me réclame. Je passerai certainement la nuit là-bas. Je renverrai Angelica, qui vous tiendra au courant. Alessandra, tu vas arrêter de te quereller et t'apprêter pour ton professeur de danse qui, le pauvre, croit encore aux miracles. Luca, file en salle d'étude. Quant à toi, Tomaso, tu restes à la maison pour accueillir ton père. Il participe à une réunion du Conseil de la Seigneurie et rentrera tard.

– Mais, mère...

– Quoi que tu aies prévu pour ta soirée, cela peut attendre son retour.

Et mon joli frère, qui avait toujours réponse à tout, garda le silence.

8

Je veillai tard, savourant un dessert au lait volé dans l'office
– notre cuisinier m'adorait pour mon appétit et ces chapar-
dages ne pouvaient que le flatter – tout en jouant aux échecs
avec Erila, surtout pour le plaisir de papoter. C'était le seul
jeu où je pouvais la battre. Aux dés et aux cartes, elle était
redoutable, d'autant qu'elle trichait sans vergogne. Dans la
rue, elle aurait gagné des fortunes. Mais il lui aurait fallu
braver les foudres de Savonarole, qui vouait les joueurs aux
gémonies.

Elle m'aida ensuite à préparer mes lavis, puis posa pour la
robe de soie de ma Madone. Je plaçai l'éclairage sur sa gauche,
créant des ombres proches de celles du jour. Tout ce que je
savais, je le tenais de Cennini. Il était mort depuis longtemps ;
pourtant, je n'aurais pas voulu d'autre professeur que lui et je
suivais sa méthode avec la ferveur d'une novice se lançant
dans l'étude des Écritures. Fidèle à ses indications sur le drapé,
j'utilisai un lavis épais pour étaler les ombres, l'allégeant
ensuite jusqu'aux plis les plus fins, avant d'ajouter une touche
de blanc pour donner l'illusion que le tissu retenait la lumière.
Le costume de la Vierge acquit ainsi une certaine profondeur.
Mais tout cela avait un côté gauche, emprunté. Tant que je
serais à la fois mon propre maître et mon apprenti, je ne pro-
gresserais pas.

– Tiens-toi tranquille. Je n'arrive pas à capter les plis.

– J'aimerais bien t'y voir. Essaie un peu de te pétrifier
comme un caillou. J'ai mal aux bras.

– C'est parce que tu as déplacé bien trop vite les pièces de l'échiquier. Si tu posais pour un vrai peintre, tu devrais rester plus figée qu'une statue pendant des heures.

– Si je posais pour un vrai peintre, ma bourse serait pleine de florins.

Je souris.

– Je m'étonne que l'un d'eux ne t'ait pas encore enlevée dans la rue. Au soleil, tu resplendis.

– Ah ! Et, foncée comme je suis, dans quelle scène me mettrait-il ?

Je regrette, aujourd'hui, de n'avoir pas eu le courage de faire d'elle ma Madone, pour rendre l'éclat de cette noirceur. Certains, en ville, la trouvaient étrange. En nous croisant, au retour de la messe, ils se retournaient et fixaient Erila avec une insistance où il entrait autant de fascination que de répulsion. Loin de se laisser intimider, elle soutenait leur regard jusqu'à ce qu'ils se détournent. Moi, j'avais toujours trouvé son teint superbe. À une époque, je ne me lassais pas de faire glisser mon pinceau sur son avant-bras, émerveillée par le contraste entre le blanc d'argent et le noir.

– Et notre peintre ? Maman m'a dit que les fresques de la chapelle retraceraient la vie de sainte Catherine d'Alexandrie. Tu pourrais y figurer. Il ne te l'a pas demandé ?

– Ce moine maigrichon ? Faire mon portrait ?

Elle me jeta un coup d'œil inquisiteur.

– Qu'est-ce que tu en penses ?

– Je... je ne sais pas. Il apprécie la beauté.

– Il en a aussi une peur bleue. Pour lui, je suis une couleur. Rien d'autre.

– Tu crois qu'il ne s'intéresse pas aux femmes ?

Elle ricana.

– Ce serait bien le premier que j'aurais rencontré. Il est simplement paralysé par sa sacro-sainte pureté.

– Dans ce cas, je me demande pourquoi tu te donnes tant de mal pour me tenir éloignée de lui.

Elle me dévisagea un moment.

– Si on la provoque, l'innocence est souvent plus dangereuse que l'expérience.

– Tu ne sais donc pas tout ! lançai-je d'une voix triom-
phante. D'après ce que je me suis laissé dire, il passe ses nuits
avec des femmes à l'âme plus sombre que ta peau.

– Qui t'a raconté ça ?

– Mes frères.

– Peuh ! Ils ne distinguent pas leur cul de leurs coudes.
Tomaso s'aime trop lui-même et, en matière de femmes, Luca
ne trouverait pas un corbeau dans un bol de lait.

– Tu dis ça, mais je me souviens du temps où il te lorgnait.
Elle éclata de rire.

– Luca ! Il a besoin d'avaler un tonneau de bière avant
d'oser quoi que ce soit. Et, une fois dessoûlé, il me considère
comme une créature du diable.

– C'est ce que tu es. Arrête de bouger ! Comment veux-tu
que je réussisse les ombres si tu t'agites tout le temps ?

Plus tard, après son départ, une douleur lancinante lacéra
mon ventre. Était-elle due au dessert dont je m'étais goinfrée,
ou la chaleur de l'été perturbait-elle mon cerveau ? Je pensai
à Plautilla. Était-ce sa souffrance que je ressentais ? Mais pourquoi aurait-elle souffert ? Elle n'était, au mieux, enceinte que
de quatre ou cinq mois. Grâce aux bavardages d'Erila et aux
plaisanteries salaces de mes frères, j'en savais plus sur l'acte
sexuel que la plupart des adolescentes cloîtrées de mon âge.
En revanche, j'ignorais tout du développement d'un enfant
dans le ventre de sa mère. Je connaissais quand même assez
bien la mienne pour discerner, dans son regard, l'anxiété provoquée par un problème grave. La douleur revint, comme un
coup de poing au creux de mes entrailles. Je me levai et fis
les cent pas pour tenter de la calmer.

Je n'arrivais pas à chasser le peintre de mon esprit et me
remémorais le talent avec lequel il avait reproduit mes mains
au repos, leur tranquillité, l'âme qu'il leur avait insufflée. Puis
je le vis titubant sur le Ponte Vecchio, face à la bande paillarde
de mes frères. Le vieux pont avait une réputation épouvantable. Les étals des bouchers et les boutiques obscures des

fabricants de bougies répandaient au-dessus du fleuve des relents de viande pourrie et de cire bouillante. Même en plein jour, on y côtoyait une multitude de mendiants et de chiens affamés, aussi agressifs les uns que les autres. Quant aux ruelles sombres de l'autre rive, elles dissimulaient, la nuit, tous les péchés du monde.

Les prostituées respectaient un code de conduite imposé par la loi, mais leur cloche et les gants qu'elles étaient forcées de porter leur servaient aussi à séduire. Là encore, les décrets n'étaient appliqués qu'avec mollesse. Comme pour ceux de la Police somptuaire, il y avait l'esprit, et puis la lettre. Erila me racontait avec gourmandise comment des filles, à qui les agents de la force publique reprochaient d'arborer de la fourrure ou des boutons d'argent, évitaient les amendes en jouant sur les mots.

– Oh, non, monsieur, ce n'est pas de la fourrure, mais une matière toute récente qui lui ressemble. Ça ? Non, il ne s'agit pas de boutons. Voyez vous-même : il n'y a pas de boutonnière. Ce sont plutôt des agrafes. Vous avez sûrement entendu parler de cette merveilleuse nouveauté. Vous n'êtes pas pour rien citoyen de Florence, la ville la plus civilisée du monde.

Cependant, des officiers fraîchement nommés restaient sourds à de telles subtilités. La pureté redevenait à la mode et les yeux myopes des autorités retrouvaient leur acuité.

Je n'avais croisé de courtisane qu'une seule fois. Le Ponte alle Grazie, endommagé par des crues, avait été fermé et nous avions dû traverser l'Arno au Ponte Vecchio. La nuit allait tomber. Lodovica avançait devant Plautilla et moi, Maria fermant la marche. Nous longeâmes la boutique ouverte d'un fabricant de bougies, dont l'intérieur sinistre donnait sur le fleuve par une fenêtre laissant entrer le soleil couchant. Une femme était assise en contre-jour, la poitrine nue. À genoux devant elle, comme en adoration, un homme enfouissait sa tête sous ses jupes. Nimbée par le crépuscule, elle était ravissante. Elle tourna la tête en direction de la rue et vit que je la regardais. Elle sourit. Elle paraissait si apaisée, si sûre d'elle, que je me sentis troublée comme je ne l'avais jamais été.

Je m'interrogeai plus tard sur l'insolence de cette beauté. Si Platon avait raison, était-il possible qu'une femme de mauvaise vie reflète une telle splendeur ? Au moins, la maîtresse de Filippo Lippi, quand on lui on avait demandé de poser pour sa Madone, était une religieuse au service de Dieu. Et, dans une certaine mesure, elle continuait à le glorifier, puisque son image appelait les fidèles à la prière. Elle était magnifique ! Les yeux clairs, si paisible, portant son fardeau avec élégance et gratitude, elle illuminait des dizaines de tableaux. Je la préférais de loin à la Vierge de Botticelli qui, élève de Fra Filippo, avait néanmoins choisi un autre modèle, une femme dont tout le monde savait qu'elle avait été la maîtresse de Julien de Médicis. Quand on connaissait son visage, on commençait à le voir partout : dans les nymphes du maître, ses anges, ses héroïnes de la mythologie et même ses saintes. La Madone de Botticelli appartenait, semblait-il, à tous ceux qui la contemplaient. Celle de Fra Filippo, au contraire, n'appartenait qu'à Dieu et à elle-même.

La douleur poignarda de nouveau mon ventre. Ma mère conservait dans l'armoire à pharmacie de sa garde-robe une liqueur digestive qui me soulagerait peut-être. Je quittai ma chambre et descendis silencieusement les escaliers.

Au moment où je tournais en direction des appartements de ma mère, un rai de lumière passant sous la porte de la future chapelle, sur ma gauche, attira mon attention. La chapelle était interdite aux domestiques. Mon père et ma mère étant partis, une seule personne pouvait s'y trouver. Je ne sais plus si cette certitude me fit d'abord reculer ou m'incita tout de suite à entrer...

À l'intérieur, une rangée de bougies illumine le mur du fond. Le silence est si profond que je m'entends avaler ma salive. Enfin, une lueur minuscule s'élève au-dessus de la rangée. Un tout petit bâton de cire embrase à nouveau une mèche puis une autre, jusqu'à ce que des langues rougeâtres s'étalent sur le mur, faisant enfin sortir de l'ombre la silhouette longiligne du peintre.

Pieds nus, je m'avance vers lui. Je suis habituée à me déplacer la nuit. Lui aussi, semble-t-il. Il redresse la tête, avec la brusquerie d'un animal reniflant une senteur menaçante. La rudesse de sa voix accélère les battements de mon cœur.

– Qui est là ?

Je marche vers la lumière. Les bougies projettent des ombres sur ses traits et font scintiller ses prunelles, comme celles d'un chat dans la pénombre. Nous ne sommes, ni l'un ni l'autre, vêtus pour une conversation policée. Lui n'a pas de tunique. Le col ouvert de sa chemise laisse entrevoir la sueur de son torse, qui brille comme des perles. Quant à moi, dans ma chemise de nuit froissée, je ne suis qu'une godiche frigorifiée aux cheveux dénoués jusqu'aux reins. Je respire son odeur lourde, qui m'a tant marquée le jour où j'ai posé pour lui. À présent, grâce à Tomaso, je sais d'où elle vient. Quelle expression a-t-il employée, déjà ? « Con bon marché. » Et Erila, que m'a-t-elle dit ? « Sa sacro-sainte pureté le paralyse. » Mais pourquoi un homme qui a tellement peur des femmes aurait-il à ce point les traits tirés ? Est-il ici pour expier ?

– J'ai vu de la lumière depuis le couloir. Qu'est-ce que tu fais là ?

– Je travaille, répond-il d'un ton bourru.

Derrière lui, j'aperçois le carton collé contre le mur est du chœur, dessin grandeur nature de la fresque dont il a piqué les contours pour les reproduire au fusain sur la paroi. Ce que j'ai si bien assimilé en théorie se matérialise devant moi. Sa science nouvelle me donne envie de pleurer. Je sais bien que je ne devrais pas être là. Qu'il soit débauché ou non, si quelqu'un nous trouve ensemble maintenant, le scandale nous séparera pour toujours. Mon avidité et ma curiosité l'emportent néanmoins sur la crainte, et je passe devant lui pour étudier le dessin de plus près.

À présent, je peux l'admirer à loisir : toute la gloire de Florence rendue par une centaine de traits à la plume, d'une sûreté sans pareille. En arrière-plan, deux groupes de personnages se faisant face se penchent vers une civière où gît une jeune fille. Les obscénités de Tomaso résonnant encore à mes oreilles, je ne peux m'empêcher de me demander où le peintre a trouvé son modèle. Peut-être ne recherche-t-il des femmes que pour les dessiner ? Existe-t-il vraiment des prostituées aussi jeunes ? Que celle-là soit encore une adolescente crève les yeux. On sent, sous sa chemise de nuit, sa poitrine bourgeonner ; et il y a dans son corps une gaucherie anguleuse, comme si sa féminité avait éclos trop tôt. Mais ce qui frappe le plus, c'est son absence totale de vie...

Je pousse une petite exclamation de surprise, impossible à réprimer.

– Tu as beaucoup appris, dans notre ville. Comment arrives-tu à ça ? Comment se fait-il que je sache qu'elle est morte ? Cela semble évident. Mais quelles sont les lignes qui me le révèlent ? Montre-moi. Quand je dessine des corps, il m'est impossible de différencier le sommeil de la mort. La plupart du temps, ils ont l'air éveillé, mais avec les yeux clos.

Voilà. J'ai parlé, enfin. Je m'attends qu'il me rie au nez ou me témoigne son dédain de mille autres façons. Le silence s'épaissit et j'ai aussi peur que lorsque nous nous trouvions dans le noir. Pourtant, je murmure d'un ton calme :

– Il ne s'agit pas d'une confession à la face de Dieu, monsieur le peintre, dans la mesure où Il est déjà au courant. C'est à toi que je me confie. Peut-être pourrais-tu dire quelque chose ?

Après tout, cette chapelle nue vaut n'importe quel endroit. Ses murs en entendront d'autres, bien pires, dans les années à venir.

– Tu dessines ? demande-t-il.

– Oui. Oui. Mais je veux faire plus. Je veux peindre. Comme toi.

J'ai soudain l'impression que c'est la chose la plus importante du monde à lui dire.

– Est-ce si terrible ? Si j'étais un garçon et si j'avais du talent, on m'aurait déjà envoyée en apprentissage chez un maître. Tout comme toi. Alors, moi aussi je saurais illuminer ces murs avec de la peinture. Au lieu de ça, je reste confinée dans cette maison tandis que mes parents me cherchent un mari. Ils finiront par en acheter un, de bon lignage. Je m'installerai chez lui, je m'occuperai de sa maison, je mettrai ses enfants au monde et je me fondrai dans sa propre existence, comme une couleur fade dans une tapisserie. Pendant ce temps, à Florence, des dizaines d'artistes exalteront la gloire de Dieu. Et je ne saurai jamais si j'aurais été capable de faire la même chose. Même si je n'ai pas tes dons, monsieur le peintre, j'ai ta vocation. Il faut que tu m'aides. Je t'en prie.

Et je sais qu'il a compris. Il ne rit pas, ne me méprise pas. Mais que peut-il dire ? Qui, d'ailleurs, pourrait me dire quoi que ce soit ? Je suis si arrogante, même dans mon désespoir...

— Si tu as besoin d'aide, demande-la à Dieu. C'est une affaire entre Lui et toi.

— Je la lui ai déjà demandée. Et Il t'a envoyé vers moi.

Les flammes jouent sur son visage et m'empêchent de voir son expression. Je suis trop jeune, trop vive pour supporter longtemps son silence.

— Ne comprends-tu pas que nous sommes alliés, toi et moi ? Si j'avais voulu te nuire, j'aurais pu raconter à mes parents la façon dont tu m'as agressée le premier après-midi.

— Sauf que tu étais aussi coupable que moi. Tu t'es montrée indiscrète. Et nous péchons encore aujourd'hui, puisque nous sommes ensemble.

Il rassemble ses affaires et s'éloigne de moi, prêt à souffler les bougies.

— Pourquoi me méprises-tu autant ? Parce que je suis une femme ?

Je reprends ma respiration.

— J'ai pourtant l'impression que, grâce à elles, tu en as beaucoup appris ces derniers jours.

Il se fige, mais sans se retourner, ni me signifier, par un geste quelconque, qu'il m'a bien entendue.

— Je parle... je parle de cette fille sur la civière. Je me demande combien tu l'as payée pour qu'elle s'allonge.

Il pivote et me fixe, blême. Je ne peux plus reculer.

— Je sais ce que tu fais la nuit, monsieur le peintre. Je t'ai vu quitter la maison. J'ai parlé à mon frère Tomaso. Je crois que mon père serait mécontent d'apprendre que son artiste passe ses nuits à traquer les putes dans les bas-fonds de la ville.

Je le sens près de fondre en larmes. Le doigt de Dieu est peut-être sur lui, mais en quoi cela lui sert-il face à la fourberie de notre ville ? Il a dû être tellement déçu, en arrivant dans la nouvelle Athènes, de se heurter à la corruption, au péché... Savonarole avait sans doute raison. Ne l'avons-nous pas, en le prenant égoïstement à notre service, soumis aux pires tentations ?

— Tu ne comprends rien, dit-il d'une voix pleine de chagrin.

— Tout ce que je te demande, c'est de jeter un œil sur mon travail. Dis-moi ce que tu en penses, sans mentir. Si tu le fais, je n'en soufflerai mot à personne. Mieux : je te protégerai contre mon frère. Il peut être bien plus retors que moi et...

Nous sursautons tous les deux. Au rez-de-chaussée, la grande porte de la maison s'est ouverte avec fracas. Affolés, nous éteignons les bougies. Si quelqu'un entrait maintenant... Comment ai-je pu prendre un tel risque ? Je chuchote, dans le noir qui nous recouvre :

— C'est mon père. Il rentre d'une réunion à la Seigneurie.

Sa voix se répercute déjà dans la cage d'escalier. Plus près de nous, une deuxième porte s'ouvre. Tomaso a dû s'endormir en l'attendant. Leurs voix se mêlent. Puis une autre porte se referme. Tout redevient calme.

Dans l'obscurité, le bâton de cire brandi par le peintre luit comme un feu follet. Nous sommes si proches l'un de l'autre que son haleine frôle ma joue. Son odeur m'enrobe tout entière, chaude, aigre. Je ressens un soudain haut-le-cœur. En étendant les mains, je pourrais toucher la peau de son torse. Comme s'il m'avait brûlée au fer rouge, je recule brusquement, renversant une bougie sur les dalles. Le bruit est affreux. Un instant plus tôt et...

— Je sors la première, dis-je en tremblant de peur, après avoir retrouvé mon équilibre. Reste là jusqu'à ce que tu aies entendu la porte se fermer.

Il approuve d'un grognement, enflamme une mèche qui éclaire son visage par en dessous, soulève le bougeoir et me le tend. Nos regards se croisent. Avons-nous conclu un pacte ? Je n'en ai pas la moindre idée. Je me précipite vers la porte. Puis je tourne la tête. L'ombre agrandie de sa silhouette se profile contre le mur tandis qu'il décolle le carton de la paroi, bras ouverts comme ceux d'un crucifié.

9

Je regagnai ma chambre, suivie par l'écho, dans l'escalier de pierre, des voix de mon frère et de mon père, provenant de son bureau. La douleur vrillait de nouveau mon ventre. Je pouvais à peine tenir debout. J'attendis la fin de la dispute avant de ressortir, décidée à atteindre l'armoire à pharmacie de ma mère.

Je n'étais pas seule. Tomaso descendait les escaliers avec autant de finesse qu'un taureau blessé. Pourtant, il faisait des efforts. Concentré sur son désir de se montrer le plus discret possible, il me heurta de plein fouet, se redressa en me jetant un regard coupable. Situation avantageuse pour moi : j'aurais de quoi marchander.

— Alessandra ! murmura-t-il. Morbleu, tu m'as fait peur ! Qu'est-ce que tu fais là ?

— Je t'ai entendu te disputer avec père, mentis-je sans sourciller. Cela m'a réveillée. Où vas-tu ? Le jour va bientôt se lever.

— Je... j'ai quelqu'un à voir.

— Qu'a dit père ?

— Rien.

— A-t-il des nouvelles de Plautilla ?

— Non, non, aucune.

— Alors, de quoi parliez-vous ?

Ses lèvres se serrèrent un peu plus. Je répétai d'un ton légèrement menaçant :

— Tomaso, de quoi père et toi avez-vous parlé ?

Il me considéra sans inquiétude, comme pour me montrer que, si mon chantage ne lui échappait pas, y céder ne lui coûtait pas grand-chose.

— Il y a du grabuge en ville.

— Quel genre ?

— Mauvais. Les sentinelles de nuit de Santo Spirito ont découvert deux corps. Un homme et une femme. Assassinés.

— Où ?

— Dans l'église.

— L'église ! Que s'est-il passé ?

— Personne n'en sait rien. On les a trouvés ce matin, sous les bancs. Égorgés.

— Oh !

Il y avait pire encore. Je le voyais dans ses yeux. Je ne pus m'empêcher de penser à la jeune fille à demi dévorée par les chiens.

— Quoi d'autre ?

— Ils étaient nus. Et on avait enfoncé quelque chose dans la bouche de la femme, ajouta-t-il d'un air sinistre.

Il se tut, comme s'il en avait assez dit. Je fronçai les sourcils, montrant que je n'avais pas compris.

— C'était la bitte de l'homme.

Il observa ma confusion puis, avec un petit sourire lugubre, crispa les mains sur son bas-ventre.

— Tu saisis, maintenant ? Le tueur lui a tranché la queue et l'a fourrée dans la bouche de la fille.

— Oh !

J'avais poussé un cri d'enfant. Mais, en ce moment précis, je me sentais redevenir une enfant.

— Qui a pu faire une chose pareille ? À Santo Spirito !

Nous connaissions tous les deux la réponse : le même fou qui avait affreusement mutilé la jeune fille des marais, tout près de l'église Santa Croce.

— C'était la raison de la réunion à laquelle a assisté père. La Seigneurie et le Conseil de Sécurité ont décidé de déplacer les corps.

— Les déplacer ?

— Pour qu'on les trouve à l'extérieur de la ville.

— C'est ce que père t'a dit cette nuit ?

Il acquiesça. Mais pourquoi père avait-il parlé ? Quand on veut garder une telle horreur secrète, on ne se confie à personne. Et surtout pas à des jeunes gens comme Tomaso, qui passaient la moitié de leur vie dans les rues : des jeunes gens que leur conduite, s'ils n'en changeaient pas, allait mettre en péril... Ma douleur au ventre avait visiblement embrumé mon cerveau.

— Mais pourquoi les déplacer ? Si on les a découverts là, ne devrait-on pas...

— Qu'est-ce qui t'arrive, Alessandra ? Tu deviens bête la nuit ? Réfléchis. Une telle profanation provoquerait une émeute.

Il avait raison. Quelques semaines plus tôt, un jeune homme avait été surpris en train d'ébrécher dans leurs niches des statues de la façade de la vieille église d'Orsanmichele. Il avait échappé de justesse à la furie de la foule. Selon Erila, il avait été pris d'un coup de folie, mais Savonarole avait enflammé la ville en condamnant ce blasphème et, trois jours plus tard, après un procès sommaire, le bourreau avait pendu le malheureux sans autre forme de cérémonie, lui accordant le privilège d'un trépas rapide. Un autre sacrilège serait, pour le moine, du pain bénit. Quels mots avait-il prononcés à propos de Florence ? *Lorsque le diable gouverne une cité, il prend la luxure pour épouse et le mal prolifère, ne laissant que fange et désespoir.*

J'avais mal, j'avais peur. Je m'efforçai de n'en rien laisser paraître.

— Tu sais, Tomaso, dis-je avec un petit rire, certains frères épargneraient à leurs jeunes sœurs des histoires de ce genre.

— Et certaines sœurs vénéreraient leurs frères.

— Quel avantage en tirerais-tu ? Tu trouverais ça très ennuyeux.

Pour la première fois, je me demandai ce qu'auraient été

nos vies si nous ne nous étions pas, de tout temps, comportés en ennemis. Il haussa les épaules, amorça un mouvement pour me dépasser.

– Tu ne vas pas sortir maintenant, en sachant ce qui s'est passé ? Ce pourrait être dangereux.

Il resta silencieux.

– C'est pour ça que père et toi vous vous êtes disputés, non ? Il t'a interdit de quitter la maison ?

– J'ai un rendez-vous, Alessandra. Il faut que j'y aille.

– Quelle que soit cette personne, tu peux attendre.

Il me scruta dans la pénombre, puis sourit.

– Tu ne saisis pas, petite sœur. Moi, je pourrais attendre. Elle, non. Bonne nuit.

Il s'apprêtait à s'en aller. Je posai une main sur son bras.

– Sois prudent.

Il laissa un instant ma main où elle était, puis la repoussa sans agressivité. S'apprêtait-il à ajouter quelque chose, ou l'avais-je seulement imaginé ? Soudain il recula, s'écarta de moi.

– Mon Dieu, Alessandra, que s'est-il passé ? Tu es blessée.

– Quoi ?

– Regarde-toi. Tu saignes.

Je baissai les yeux. Une tache sombre s'étalait sur le devant de ma chemise de nuit.

Je compris bientôt. Ce n'était pas la douleur de Plautilla que j'avais ressentie, mais la mienne. Le moment que je redoutais le plus était venu. Une bouffée de honte monta en moi comme un accès de fièvre. Le visage en feu, je croisai les mains sur ma chemise, la froissant jusqu'à ce que la tache disparaisse entre mes doigts. Et je sentis un liquide chaud se faufiler entre mes cuisses.

Bien sûr, rien n'échappa à Tomaso. L'idée qu'il tenait sa revanche me remplit de terreur. Mais au lieu de cela, il eut un geste que je n'ai jamais oublié. Il se pencha vers moi, toucha ma joue.

– Eh bien, dit-il presque gentiment, j'ai l'impression que

nous avons tous les deux nos secrets, à présent. Bonne nuit, petite sœur.

Il descendit les marches. En bas, une porte se referma sans bruit. Je regagnai mon lit. Et je restai là, attentive à mon sang qui coulait.

10

Nous dormions tous lorsque ma mère rentra. Elle et mon père prirent une collation derrière des portes closes. À dix heures, Erila me réveilla et m'annonça que mon père me convoquait dans son cabinet. En apercevant le sang, elle eut un sourire espiègle, changea mes draps et m'apporta un linge pour protéger mes dessous.

– Pas un mot, déclarai-je. À personne, jusqu'à ce que je te le dise.

– Alors, tu ferais mieux de te dépêcher. Maria te reniflera en un rien de temps.

Le cabinet de mon père était situé au fond de son magasin, où les dames de la ville choisissaient ses nouveautés en compagnie de leurs tailleurs. Provenant de pommades qui répandaient leur arôme depuis le plafond, une odeur de camphre, destinée à chasser les mites, imprégnait la pièce. D'ordinaire, cette partie de la maison restait fermée aux enfants, spécialement à Plautilla et moi ; bien sûr, je ne l'en aimais que davantage. Depuis son étroit bureau tapissé de parchemin, mon père dirigeait un petit empire commercial dont les ramifications s'étendaient à travers l'Europe et même jusqu'en Orient. Il importait de la laine et du coton d'Angleterre, d'Espagne et d'Afrique. À cela s'ajoutait l'essentiel des teintures dont il avait besoin : orseille et cochenille de Méditerranée, vermillon de la mer Rouge, noix de galle des Balkans et, venue de la mer Noire, la pierre d'alun pour les fixer. Une fois les tissus terminés, les rouleaux qui ne servaient pas à vêtir les Florentins reprenaient la mer pour aller alimenter les luxueux marchés de leurs pays d'origine. Mon père portait en permanence le poids du monde sur ses épaules. Notre prospérité restait à la merci de mauvaises nouvelles. Parfois, la disparition d'un navire, victime d'une tempête ou de pirates, l'empêchait de dormir et notre mère nous obligeait, le matin, à marcher sur la pointe des pieds pour ne pas le réveiller. Je garderai toujours l'image de cet homme penché sur ses livres de comptes, étudiant ses profits et ses pertes, ou sur les lettres qu'il expédiait à des marchands, des agents et des fabricants vivant dans des villes dont je pouvais à peine prononcer le nom, situées parfois dans des contrées où on ne croyait pas que Jésus-Christ fût le fils de Dieu, même si les doigts païens de leurs habitants savaient reconnaître, dans un ballot d'étoffe, la perfection et la beauté. Ces lettres quittaient chaque jour notre maison comme des pigeons voyageurs, signées, scellées et protégées des éléments par des tissus étanches, recopiées et classées avec soin au cas où elles s'égareraient en cours de route, victimes de mésaventures imprévues.

Il n'était pas étonnant que mon père, accablé par tant de soucis, consacre si peu de temps aux affaires domestiques. Pourtant, ce matin-là, il paraissait particulièrement abattu, le visage plus ridé, semblait-il, plus épais qu'à l'ordinaire. De dix-sept ans plus âgé que ma mère, il devait avoir, à l'époque, une cinquantaine d'années. Il était riche, considéré, et avait exercé deux fonctions publiques mineures, dont la dernière au sein du Conseil de Sécurité. S'il avait su faire jouer son réseau d'influences, il aurait pu monter plus vite, mais son commerce l'accaparait tout entier. En outre, c'était un homme simple, plus attiré par le commerce que par la politique. Je crois qu'il éprouvait pour ses enfants un amour sincère. Il ne rechignait pas à sermonner Tomaso et Luca quand leur conduite laissait à désirer, mais se sentait plus à l'aise dans ses ateliers que chez lui.

Le discours qu'il nous tint ce matin-là fut donc, pour lui, long et difficile. Et je le soupçonne de l'avoir longuement réfléchi avec ma mère.

– Tout d'abord, j'ai de bonnes nouvelles à vous donner. Plautilla va bien. Votre mère a passé la nuit à son chevet, elle est totalement rétablie.

Assise très droite, les mains sur les genoux, ma mère l'écoutait. Elle avait, depuis longtemps, perfectionné l'art de l'impassibilité féminine.

– Mais il y en a d'autres, que nous avons décidé de vous transmettre avant que vous ne les appreniez par la rumeur.

Je jetai un coup d'œil en direction de Tomaso. Mon père allait-il vraiment parler de femmes nues avec des verges dans la bouche ? Impossible.

– La Seigneurie s'est réunie cette nuit, à la suite d'événements étrangers qui menacent notre sécurité. Le roi de France a envahi le nord du pays à la tête d'une armée, pour faire valoir ses droits sur le duché de Naples. Il a anéanti la flotte napolitaine à Gênes, et signé un traité avec Milan et Venise. Pour pénétrer plus au sud, il doit traverser la Toscane. Il nous a envoyé des plénipotentiaires en nous demandant d'appuyer ses revendications et de laisser passer ses troupes.

Le sourire satisfait de Tomaso me prouva qu'il en savait plus que ce qu'il m'avait révélé la nuit précédente. Car les femmes, c'est bien connu, n'entendent rien à la politique.

– Alors, on va se battre ! s'écria Luca, dont les yeux brillaient comme des pièces d'or. Il paraît que les Français sont des guerriers redoutables.

– Non, Luca. Personne ne va se battre. Il y a plus de gloire dans la paix que dans la guerre, répondit sèchement mon père, conscient, sans aucun doute, du manque à gagner qu'entraînerait pour lui une diminution de la demande en étoffes précieuses. Sur les conseils de Pierre de Médicis, la Seigneurie proposera au roi sa neutralité, mais sans soutenir ses exigences. Nous montrerons ainsi notre sagesse, confortée par notre puissance.

Prononcé six mois plus tôt, le nom de Pierre de Médicis nous aurait rassurés. Mais nous savions tous, même moi, que sa réputation s'était défaite depuis la mort de son père. On racontait qu'il avait du mal à chausser ses propres bottes sans

La Naissance de Vénus

gémir ou pousser de hauts cris. Où aurait-il trouvé le charme et la ruse indispensables pour négocier avec un souverain qui, loin d'avoir besoin de flatter notre République, pouvait la piétiner à sa guise ?

— Si nous nous fions à Pierre, autant ouvrir les portes de la ville et accueillir tout de suite les envahisseurs.

Mon père soupira.

— De quel imbécile tiens-tu cette ânerie, Tomaso ? Je vous dis que la Seigneurie fait toute confiance au nom des Médicis. Nul ne peut inspirer autant de respect à un monarque étranger.

— Moi, je ne crois pas qu'on devrait les laisser passer. Il faut leur rentrer dans le lard ! s'exclama Luca qui, comme d'habitude, avait écouté sans entendre un mot.

— Non, nous ne les combattrons pas. Nous parlerons avec eux et nous arriverons à un accord. Leur guerre n'est pas la nôtre. Il s'agira d'un arrangement entre égaux. Ils pourraient même nous offrir quelque chose en échange.

— Et quoi donc ? Pensez-vous vraiment que Charles épousera nos querelles et délivrera Pise à notre place ?

Jamais je n'avais entendu Tomaso s'opposer ainsi à notre père. Ma mère lui lança un coup d'œil chargé de reproche, dont il ne tint aucun compte.

— Il fera ce qu'il voudra. Il sait qu'il n'a qu'à menacer pour que notre République s'aplatisse comme un château de cartes.

— Tu n'es qu'un gamin qui cherche à s'exprimer comme un homme et qui se couvre de ridicule, dit mon père. Tant que tu n'auras pas grandi, tu ferais mieux de garder pour toi tes opinions de renégat. Je ne veux plus les entendre chez moi.

Suivit un silence pesant, pendant lequel je m'efforçai de ne pas les regarder.

— Très bien, père, grommela Tomaso d'un air maussade.

— Et s'ils viennent quand même ? hasarda Luca, qui suivait son idée. Est-ce qu'ils pénétreront à l'intérieur de la ville ? Les laisserons-nous aller aussi loin ?

— La décision sera prise quand nous en saurons davantage.

— Et Alessandra ? dit ma mère.

— Ma chère, si les Français se présentent à nos portes, nous l'enverrons dans un couvent, avec toutes les autres jeunes filles de la ville. Nous avons déjà prévu ce transfert...

— Non ! m'écriai-je.

— Alessandra...

— Non. Je ne veux pas qu'on m'éloigne. Si...

— Tu feras ce que je jugerai bon, coupa mon père, cette fois très en colère, stupéfié par un tel degré de rébellion, auquel sa famille ne l'avait pas habitué.

Sans doute avait-il oublié que nous avions grandi. Plus pragmatique, plus sage, ma mère se contenta de fixer ses mains croisées et déclara :

— Je crois qu'il serait bon, avant que nous en disions davantage, que vous sachiez que votre père a d'autres nouvelles à vous communiquer.

Ils se tournèrent un instant l'un vers l'autre et elle eut un sourire. Il saisit avec gratitude la perche qu'elle lui tendait.

— Il est possible que je sois élevé, dans un futur proche, à la dignité de *priore*.

Membre du Conseil des Huit. Un honneur insigne, même si le fait qu'il connaissait à l'avance l'imminence de sa promotion prouvait la corruption des méthodes de sélection. Il y avait dans sa voix une telle fierté qu'il aurait été désobligeant de penser qu'en ces temps de crise notre ville aurait peut-être été mieux servie par des hommes plus compétents et mieux expérimentés. Le reconnaître nous aurait forcés à admettre qu'il y avait vraiment quelque chose de pourri dans notre République. Et aucun de nous, en cet instant, pas même Tomaso, ne souhaitait s'aventurer jusque-là.

— Père, dis-je lorsqu'il devint clair qu'aucun de mes frères ne le ferait, cette nomination honore grandement notre famille.

Je m'agenouillai devant lui et lui baisai la main, en fille consciente de ses devoirs. Puis je me relevai, sous l'œil approbateur de ma mère.

— Merci, Alessandra, dit mon père. J'aurai toujours ces paroles à l'esprit lorsque je siégerai au gouvernement.

Je ne pus m'empêcher, en lui rendant son sourire, de penser à ces corps martyrisés, à tout le sang répandu sous les bancs de Santo Spirito et au parti que pourrait en tirer Savonarole, considéré par le peuple, depuis la menace d'invasion étrangère, comme un prophète.

Assise près de la fenêtre de sa chambre, ma mère semble en prière. Aussi loin qu'il m'en souvienne, son calme, quand elle se retrouve seule, lui donne presque l'air absent. Je n'ai pas le courage de lui demander si elle prie vraiment, ou si elle réfléchit. L'observant depuis l'encadrement de la porte, je constate à quel point elle est encore belle, même si elle n'est plus dans sa première jeunesse et si sa beauté paraît plus fragile dans la lumière crue du matin. Que ressent-on quand sa famille se disperse et que sa fille aînée va devenir mère ? La joie d'avoir mené les siens à bon port ou l'angoisse de la solitude à venir ?

Grâce à Dieu, j'étais encore là pour lui donner du souci.

J'attendis qu'elle eût perçu ma présence, ce qu'elle fit sans se retourner.

— Je suis très fatiguée, Alessandra. Si ce n'est pas important, je préférerais que tu reviennes plus tard.

— Je tiens à ce que vous sachiez que je n'irai pas dans un couvent.

— Cette décision n'est pas pour tout de suite. De toute façon, quand nous l'aurons prise, tu feras ce que nous t'ordonnerons.

— Mais vous avez déclaré vous-même...

— Non ! Je refuse de parler de cela maintenant ! Tu as entendu ton père. Si les Français arrivent, ce qui, pour le moment, est loin d'être une certitude, la ville ne sera plus sûre pour les jeunes femmes.

— Il a affirmé qu'ils ne viendraient pas en ennemis. Si nous signons une trêve...

— Écoute, lança-t-elle en se tournant enfin vers moi, les femmes n'ont pas à donner leur avis sur les affaires de l'État. Surtout toi. En montrant que tu t'y intéresses, tu ne ferais que te desservir un peu plus. Cela étant, cela ne signifie pas que tu doives te montrer stupide en privé. Une armée n'occupe jamais une ville sans s'arroger certains droits sur elle. Les

101

soldats, en temps de guerre, ne se comportent pas en citoyens mais en mercenaires, ce qui met les jeunes vierges en grand danger. Tu iras dans un couvent.

— Et si j'étais mariée ? Si je n'étais plus une vierge, mais une épouse protégée par un mari ? Alors, je serais en sécurité.

Elle ne cacha pas sa surprise.

— Tu ne souhaites pas te marier.

— Je ne veux pas être envoyée au loin.

— Tu es encore jeune.

— Seulement en apparence.

Pourquoi, pensai-je, faut-il toujours qu'il y ait, entre femmes, deux sortes de conversations ? L'une en présence des hommes et l'autre quand ils ne sont pas là ?

— Dans certains domaines, je suis plus âgée que toutes les autres. S'il faut que je marie pour pouvoir rester, je le ferai.

— Ce n'est pas une raison suffisante.

— Maman, tout a changé. Plautilla est partie. Je suis en guerre avec Tomaso et Luca vit dans son propre brouillard. Je ne peux pas étudier jusqu'à la fin des temps. Je suis peut-être prête.

Et, en cet instant, je le croyais vraiment.

— Tu sais bien que non.

— Si, maintenant, je le suis, répliquai-je brusquement. J'ai commencé à saigner cette nuit.

— Oh...

Ses mains s'agitèrent de bas en haut, comme chaque fois qu'elle cherchait à se dominer.

— Oh...

Et puis elle rit, se leva. Tout en riant, elle pleurait.

— Oh, ma chère enfant, murmura-t-elle en me prenant dans ses bras. Ma chère, très chère enfant...

11

La panique provoquée par la présence de Charles et de son armée à la frontière toscane suscita chez les habitants de Florence un regain de ferveur.

Il y avait tellement de monde à Santa Maria del Fiore, en ce dimanche, que la foule dégorgeait jusque sur les marches du parvis. Ma mère assura qu'elle n'avait jamais vu de rassemblement aussi important pour un office. J'eus l'impression, quant à moi, que nous attendions le Jugement dernier. Levant les yeux vers le Dôme, dont les dimensions semblaient brouiller toute perception, je ressentis, comme toujours, un vertige soudain. Au dire de mon père, la merveille de Brunelleschi restait une énigme pour l'Europe entière, où l'on se demandait comment une structure de cette envergure avait pu être élevée sans utiliser, contrairement à la tradition, de poutres de support. Aujourd'hui encore, quand j'évoque la Résurrection des morts, s'impose à moi la vision de Santa Maria del Fiore, remplie de bienheureux surgissant du tombeau et du Dôme animé par les battements d'ailes des anges. J'ose quand même espérer que le dernier jour sentira moins mauvais. Car, ce matin-là, la puanteur des corps entassés flottait dans l'air comme un encens chargé de crasse. Déjà, nombre de femmes parmi les plus pauvres s'étaient évanouies, victimes du jeûne prescrit par Savonarole pour ramener la cité vers Dieu. Les dames riches mettraient plus de temps à tourner de l'œil. Je remarquai néanmoins qu'elles avaient pris soin de s'habiller simplement : ce n'était guère le moment, pour elles, d'être accusées de vanité.

Lorsque Savonarole gravit les marches de la chaire, un murmure de dévotion monta vers les voûtes, suivi d'un silence de mort au moment où il se montra enfin aux fidèles. Ironie suprême, l'homme le plus pieux de la ville en était aussi le plus laid. Mais l'éloquence de ses prêches faisait oublier son corps de gnome, ses petits yeux enfoncés et son nez en bec d'aigle. Lui et son vieil ennemi Laurent auraient fait de superbes gargouilles. On pouvait presque imaginer le diptyque qui les représenterait de profil, face à face, avec leur nez aussi monstrueux que leur personnalité et, en arrière-plan, Florence, champ de leur affrontement. Mais quel peintre, à l'époque, se serait risqué à réaliser une telle œuvre ? Et qui aurait osé la commander ?

Ses ennemis prétendaient qu'il était si petit que, pour se grandir, il empilait des livres sous ses pieds, des traductions d'Aristote et d'auteurs classiques que ses moines se procuraient pour lui et qu'il foulait avec délices. D'autres affirmaient qu'il utilisait le tabouret de sa cellule, une des rares pièces de mobilier que, dans son ascétisme implacable, il s'autorisait à posséder. On racontait que sa cellule était la seule, à San Marco, à ne pas comporter d'image de piété, tant il se méfiait de l'art qui, selon lui, souillait la pureté de la foi, et qu'il étouffait en lui toute tentation charnelle en se flagellant chaque jour. Certes, l'Église a toujours compté en son sein des êtres avides de mortification ; mais une telle soif de souffrance n'est pas l'apanage de tout un chacun. D'ailleurs, nous, Florentins, formons un peuple fasciné bien plus par le plaisir que par la douleur, même si, en temps de crise, la peur attise notre désir de pénitence.

Savonarole demeura muet un moment, les mains crispées sur le rebord de pierre, toisant la foule qui l'entourait.

— Il est écrit que le prieur doit accueillir son troupeau. Mais aujourd'hui je ne vous souhaite pas la bienvenue.

Tout d'abord proche du sifflement, sa voix s'affermit d'un

mot à l'autre, remplissant petit à petit la cathédrale et s'élevant enfin jusqu'au sommet du Dôme.

— Car si vous affluez aujourd'hui dans la maison de Dieu, c'est uniquement parce que la peur et le désespoir rampent à vos pieds comme les flammes de l'enfer et que vous quémandez ardemment la Rédemption. Ainsi donc, vous venez à moi. Moi, homme de peu, dont l'absence de mérite n'égale que la générosité de Dieu, qui s'exprime par ma bouche. Oui, le Seigneur m'apparaît, m'accorde le privilège insigne de contempler Sa face et me dévoile l'avenir. L'armée qui campe à nos frontières était annoncée. Elle est le glaive que j'ai vu se dresser au-dessus de la cité. « Ils fondront leur argent dans les rues et leur or leur sera enlevé. Et leur argent et leur or ne leur seront d'aucun secours le jour où la colère de Dieu s'abattra sur eux. » Et Florence gît comme une carcasse grouillant de mouches sur le chemin enflammé de Sa vengeance.

Même ceux qui connaissaient les Écritures avaient du mal à le suivre. Il transpirait, le capuchon rejeté en arrière, son nez remuait de haut en bas comme un grand bec s'acharnant sur des moineaux. Au début, disait-on, lorsqu'il avait commencé à prêcher, son timbre était poussif et grêle. Les vieilles femmes s'endormaient en écoutant ses sermons et les chiens hurlaient aux portes des églises. Depuis, il avait trouvé sa voix, qu'il faisait gronder comme le tonnerre. Pour lui, le péché était le grand niveleur, qui sapait pouvoir et richesse. Il savait à merveille mêler son message au levain de la politique. Voilà pourquoi les privilégiés avaient tellement peur de lui. Toutefois, ces pensées ne venaient qu'après coup. Sur le moment, tout le monde se contentait de l'écouter.

Il tira un petit miroir de sa robe et le brandit en direction de la foule, captant l'éclat des cierges dont il renvoya le reflet aux fidèles.

— Regarde, Florence. Je tends un miroir à ton âme. Et que montre-t-il ? Charogne, pourriture. Cette ville jadis sainte charrie dans ses rues plus d'immondices que l'Arno en crue. « N'empruntez pas les sentiers du mal et ne suivez pas le chemin des impies. » Mais Florence s'est bouché les oreilles, refusant d'entendre la parole du Seigneur. Quand la nuit descend, la bête se met en marche et le combat pour son âme commence.

Près de moi, Luca s'agita sur le banc. En salle d'étude, il ne s'intéressait qu'aux textes où il était question de guerre et de sang versé. S'il devait y avoir une bataille, il demanderait à en être, quel que fût l'ennemi.

— Dans chaque ruelle sombre d'où l'on a chassé la lumière de Dieu, s'engouffrent l'outrage et le péché. Souvenez-vous du corps déchiqueté de cette malheureuse. Voilà que règnent la violence et la sodomie. « Foudroie leur infamie, Seigneur, et qu'ils expient leurs péchés dans les tourments du feu éternel. » Voici la luxure, voici la fornication. « De la bouche de l'inconnue coule le miel, mais sa morsure est plus amère que l'armoise, plus tranchante que l'épée. Elle a la mort pour compagne et ses pas conduisent aux gouffres de l'enfer. »

Même Tomaso écoutait : Tomaso, l'enfant gâté dont les œillades attiraient les femmes comme la flamme des bougies fascine les phalènes. Quand avait-il pensé à l'enfer pour la dernière fois ? En tout cas, maintenant il y pensait. L'image de ces cadavres mutilés et la menace de l'armée française à nos portes balayaient sa belle insouciance. Je l'observai, intriguée par son anxiété toute neuve. Sentant sur lui mon regard insistant, il me jeta un regard mauvais puis baissa la tête.

Derrière lui, apparut alors un autre visage. Un homme me fixait, les yeux brillants. Ses traits me rappelèrent immédiatement quelque chose, mais il me fallut un moment pour le reconnaître. Bien sûr. Au mariage de Plautilla. Celui qui m'avait parlé de grec et m'avait fait danser. Il inclina discrètement la tête ; je crus discerner, sur ses lèvres, un léger sourire. Son attention manifeste m'emplit de confusion et je me tournai de nouveau vers la chaire.

— Interrogez-vous, hommes et femmes de Florence. Pourquoi Dieu pousse-t-Il vers nous les soldats du roi de France ? Il le fait pour nous montrer que notre ville a oublié le message du Christ ; notre cité qui, envoûtée par de faux dieux, a placé le savoir au-dessus de la piété, la pseudo-sagesse des païens plus haut que la parole divine.

Alors que ce flot de colère se déversait une fois encore sur nous, un concert de plaintes jaillit de l'ensemble de la cathédrale, comme un chœur désespéré.

– « Voici ! Parce que vous avez bafoué mes commandements, je rirai de votre affliction. » Ainsi parle le Seigneur. « Je me réjouirai en entendant vos supplications le jour où fondront sur vous les tornades de la destruction, et lorsque vous hurlerez de détresse et d'angoisse, je ne répondrai pas. » Ô Florence, quand ouvriras-tu les yeux, quand retourneras-tu enfin dans le giron de Dieu ?

La plainte s'amplifia. Luca lui-même se mit à gémir. Je regardai une nouvelle fois en direction de l'homme. Il n'écoutait pas Savonarole. Il me fixait toujours.

12

Quatre jours plus tard, les cadavres de l'homme et de la femme furent découverts dans un bois d'oliviers, non loin de la route qui relie Florence au village d'Impruneta.

La chaleur torride, qui régnait depuis trop longtemps, faisait craindre une sécheresse et la ruine des récoltes. Les autorités ecclésiastiques avaient organisé une procession au cours de laquelle serait amenée en ville, pour des prières et une messe, la statue miraculeuse de Notre-Dame d'Impruneta. Si Dieu était courroucé contre Florence, Il se montrerait peut-être sensible à l'intercession de la Madone.

Alors que la procession grossissait à mesure qu'elle approchait des portes de la cité, des traînards quittèrent la file et se dispersèrent dans la campagne. C'est ainsi qu'un garçon se retrouva en bordure d'un carré de vigne planté au centre de l'oliveraie et aperçut, sous les ceps, de la chair sanglante. Si j'avais été mon père siégeant au Conseil de Sécurité, j'aurais sans doute demandé quel idiot avait autorisé le transport des corps dans un endroit aussi exposé ; mais, bien sûr, personne ne fit de commentaire.

Le crime ayant été officiellement perpétré hors des murs de la ville, il ne relevait pas, à proprement parler, des autorités de Florence. Il n'y eut donc aucune proclamation sur la place du Dôme. La nouvelle du meurtre se répandit néanmoins comme la peste. La femme était une prostituée. Quant à l'homme, il s'agissait d'un de ses clients. Leurs cadavres puaient, leurs plaies grouillaient d'asticots. Les Florentins n'étaient pas des âmes délicates. Si la femme avait été condamnée, pour conduite licencieuse, à avoir le nez tranché, ils se seraient précipités sur le lieu de son supplice ; le spectacle d'entrailles répandues au nom de la justice les laissait de marbre. Mais la violence de ce crime blasphématoire enflamma les esprits et sembla confirmer les sombres prophéties du moine. Quel homme avait pu faire une chose pareille ? C'était un acte d'une telle perversité qu'il ne pouvait s'agir que d'un châtiment. Surgi de l'enfer, le diable arpentait les rues et réclamerait bientôt son dû.

À la maison, mon père nous réunit de nouveau. Il nous annonça que les émissaires français étaient venus puis repartis, chargés de présents et avec une promesse de neutralité, mais sans sauf-conduit. Cela suffirait-il ? Ou bien Charles, furieux, envahirait-il la Toscane ? On ne pouvait qu'attendre. Et la chaleur se prolongeait. L'intercession de Notre-Dame n'avait pas, semblait-il, porté ses fruits.

Je m'étais réfugiée dans ma chambre. J'avais terminé mon *Annonciation* qui, déjà, ne me satisfaisait pas. J'avais réussi à rendre assez bien le trouble de la Vierge, et l'Ange avait une certaine vivacité dans les gestes, mais leur monde était mono-chrome, et je ne rêvais que de couleurs. J'avais fait de mon mieux, par le passé, avec ce que j'avais sous la main. J'avais utilisé des jaunes d'œuf chapardés dans la cuisine (le cuisinier connaissait ma passion pour les meringues) et qui, mélangés à du blanc d'argent, produisaient une teinte proche de celle de la peau. J'avais fabriqué mon propre noir avec des dépôts d'amandes grillées et de la suie prélevée sur ma lampe à huile de lin. J'avais même obtenu du vert-de-gris convenable en versant du vinaigre dans des bols en cuivre. Mais la couleur en question donnait une peinture de qualité douteuse. De toute façon, quelles scènes aurais-je pu illustrer en n'employant que du noir, du blanc et du vert ?

Presque une semaine s'était écoulée depuis que le peintre et moi nous étions rencontrés dans la chapelle. Les ouvriers avaient commencé à dresser les échafaudages qui allaient lui permettre d'entreprendre son travail. Je ne pouvais attendre plus longtemps. Je convoquai Erila.

Depuis l'apparition de mes règles, mon sort lui importait au plus haut point. Une fois qu'un mari m'aurait été choisi, elle se retrouverait dans une maison où sa maîtresse régnerait sans partage. Dès lors, sa propre influence n'aurait plus de limite. Son appétit de vivre dépassait de loin celui des autres esclaves. Il faut dire qu'elle avait eu une existence beaucoup moins pénible que la leur. Dans certaines maisons, on aurait, dès sa puberté, abusé d'elle. On ne comptait plus, à Florence, les filles au ventre rond qui avaient servi leur maître aussi bien au lit que dans la salle à manger. Mais mon père ne ressemblait pas à ces hommes et lorsque Luca avait tenté sa chance auprès d'Erila, il avait piteusement rebroussé chemin, l'oreille mordue jusqu'au sang. Quant à Tomaso, à ma connaissance, il n'avait même pas essayé. Il était trop vaniteux pour se lancer dans une entreprise de séduction sans être sûr de sa victoire.

— Et quand j'aurai trouvé le peintre, que suis-je censée lui dire ?

— Demande-lui quand je peux les lui apporter. Il saura ce que cela signifie.

— Toi aussi ? répliqua-t-elle.

— Erila, je t'en prie. Fais-le encore une fois pour moi. Il reste peu de temps.

Elle me jeta un regard noir, mais s'exécuta. Elle revint un peu plus tard pour m'annoncer qu'il serait dans le jardin tôt le lendemain matin. Je la remerciai et ajoutai que je m'y rendrais moi-même.

Je me levai à l'aube. L'odeur de pain frais qui flottait dans la maison me tordit l'estomac. Situé à l'arrière de la maison, le jardin était une des joies de ma mère. Tout récent, il avait connu à peine six étés, mais les plantes et les arbres provenant de sa villa, que mon père y avait transplantés, lui donnaient déjà un aspect ancien. Il s'y trouvait un jeune figuier, un grenadier et un noyer, du buis piqué de myrte, un enclos d'herbes aromatiques assez fourni pour approvisionner la cuisine en sauge, menthe, romarin ou basilic, et un parterre de fleurs dont les couleurs changeaient avec les saisons. Ma mère, peut-être sensible aux idées de Platon, pensait que les jardins étaient proches de Dieu et ne cessait de vanter les vertus de la contemplation pour les jeunes esprits. Je m'y installais surtout pour en dessiner les arbustes et les fleurs, assez variés pour peupler une dizaine d'Annonciations et de Nativités.

Ce petit paradis présentait un inconvénient : ma mère l'avait peuplé d'oiseaux ; des colombes aux ailes rognées et, surtout, ses paons adorés, deux mâles et trois femelles. Ils lui témoignaient du respect, et même de l'affection ; mais à elle seule. Ils reconnaissaient son pas et, quand elle arrivait, en général avec un sac de grain, accouraient vers elle. Une fois rassasiés, ils s'en allaient d'un air majestueux, se pavanant en son honneur. Je les détestais. Je les trouvais vaniteux et sournois. Un jour, alors que j'étais encore enfant et que leurs couleurs m'émerveillaient, j'avais essayé d'un apprivoiser un. Il m'avait mordue. Depuis, leur bec hantait mes cauchemars. Pensant aux cadavres transportés dans la campagne ou à la jeune fille que les animaux avaient mise en pièces, je ne pouvais m'empêcher d'imaginer ce que les becs des paons auraient fait de leurs yeux.

Ce matin-là, ils étaient occupés ailleurs. Le peintre s'était assis sur un banc de pierre avec, à ses côtés, des pinceaux et une dizaine de minuscules pots de peinture. Devant lui, les paons picoraient les graines qu'il leur lançait, leur queue fermée retombant derrière eux. Il les étudiait avec soin. En m'apercevant, l'un d'eux poussa un cri irrité et, déployant son plumage en une danse de menace, pivota dans ma direction.

– Surtout, ne bouge pas, dit le peintre, saisissant d'une main ses pinceaux et mélangeant les couleurs dans sa tête avant même que son autre main n'ait atteint les pots de peinture.

Mais ma paralysie était bien réelle.

Chacun son tour. C'était à lui, à présent, de me voir dans la détresse. Il me fixa un moment, partagé entre ses pinceaux et ma panique, puis exhuma quelques graines d'une bourse en émettant un curieux petit bruit de gorge. L'oiseau redressa la tête et, en se pavanant, s'avança vers les doigts ouverts.

— Tu ne dois pas avoir peur d'eux. Ils sont inoffensifs.

— C'est ce que tu crois. La cicatrice que je garde à la main prouve le contraire.

Je l'observais. Il fallait un certain cran pour laisser ces oiseaux venir manger dans sa paume. Avant lui, je ne l'avais vu faire qu'à ma mère.

— Comment arrives-tu à les amadouer ? Il est si injuste que Dieu t'ait donné à la fois le talent de Fra Angelico et les dons de saint François.

— Dans mon monastère, j'avais pour tâche de nourrir les animaux.

— Pas ce genre-là.

— Non, dit-il, toujours fasciné par l'extravagant plumage de l'oiseau. Je n'avais jamais vu de ces créatures auparavant. Mais j'en avais entendu parler.

— Pourquoi as-tu besoin de les peindre ? Sainte Catherine ne communiquait pas avec les bêtes.

— Les ailes des anges, précisa-t-il. Pour l'*Assomption*, au sommet du retable. J'ai besoin de plumes.

— Dans ce cas, tu devrais prendre garde à ce que tes anges n'offusquent pas la majesté de Dieu.

En disant cela, je me réjouissais de la facilité avec laquelle nous parlions, comme si le malaise créé par l'obscurité de la chapelle avait été dissipé par le soleil du matin.

— De quoi te servais-tu, dans le Nord ?

— De colombes... D'oies, de cygnes.

— Bien sûr. Gabriel, ton ange blanc.

La fresque rudimentaire de sa chambre me revint en mémoire. À présent, il apprenait à jongler avec les couleurs. Je le voyais sur ses doigts. Que n'aurais-je donné pour avoir les ongles salis par le sang séché de tant de teintes ! Gavé, le paon s'éloigna, m'ignorant avec dédain. L'air radieux du matin était toujours entre nous, mon élan aussi frais que la rosée sur les feuilles. Il reprit ses pinceaux et je m'approchai encore un peu.

— Qui mélange tes couleurs, monsieur le peintre ?

– Moi.

– C'est difficile ?

Il secoua la tête. Ses doigts remuaient très vite.

– Au début, peut-être. Plus maintenant.

J'avais tellement envie de plonger les miens dans la peinture que je serrai les poings.

– Je suis capable de nommer toutes les couleurs de tous les murs de Florence et je connais la recette d'une dizaine d'entre elles. Mais, même si je pouvais me procurer leurs ingrédients, je ne saurais qu'en faire : je n'ai pas d'atelier où les préparer. En plus, je ne dispose pas d'une minute à moi. On m'épie sans cesse... Je suis lasse de la plume et de l'encre, ajoutai-je après un silence. Cela donne des teintes sans vie et rend triste tout ce que je dessine.

Cette fois, il leva la tête. Nos yeux se croisèrent. Et, tout comme dans la chapelle, il comprit. Mon rouleau de dessins me brûlait la paume. J'avais apporté mon *Annonciation* et une dizaine d'autres scènes, choisies autant pour leur ambition que pour leur précision. C'était maintenant ou jamais. L'appréhension faisait transpirer l'intérieur de mes mains, ce qui me rendit plus cassante que je ne l'aurais voulu. Je les lui tendis.

– Pas de diplomatie. Je veux la vérité.

Il ne bougea pas. Le silence qui suivit me fit comprendre que je venais d'abîmer quelque chose qui avait grandi entre nous, mais j'étais trop nerveuse pour parvenir à me comporter autrement.

– Je regrette. Je ne peux les juger pour toi. Ma compétence se limite à mon propre travail.

Il ne s'était pas exprimé méchamment. Pourtant, ses mots blessèrent mon âme comme l'aurait fait le bec des paons.

– Alors, mon père s'est trompé sur ton compte. Tu seras toujours un apprenti. Jamais un maître.

J'avais toujours la main ouverte. Je laissai tomber les feuilles sur le banc, près de lui.

– Ton opinion ou ta réputation. Tu ne me donnes pas le choix, monsieur le peintre.

– Et toi, quel choix me laisses-tu ?

Cette fois, il ne se détourna pas. Nous nous regardâmes longtemps, bien au-delà de la politesse, jusqu'à ce que je me sente obligée de baisser les yeux.

Erila apparut au fond du jardin. Pour sauver les apparences, je l'interpellai violemment en italien, alors que je savais qu'elle nous surveillait depuis le début.

— Tu nous espionnais !

— Madame, s'il vous plaît, ne vous mettez pas en colère, minauda-t-elle avec une humilité exagérée. Votre mère vous cherche.

— Ma mère ? À cette heure-ci ? Que lui as-tu dit ?

— Que vous dessiniez des feuilles dans le jardin.

— Oh !

Revenant au latin, je m'adressai au peintre.

— Je dois m'en aller. Vite. Il ne faut pas qu'elle te trouve ici.

— Et tes feuilles ?

Il avait fait des progrès en italien. Il s'empara d'un morceau de fusain. L'oranger de ma mère grandit sous ses doigts, avec des fruits si lourds qu'on les aurait crus sur le point de tomber. Quand il m'offrit le dessin, je ne savais si je devais rire ou pleurer. Il rassembla ses pots de peinture, les fourra dans un sac posé près de lui, y glissa aussi ma liasse.

— Je ne me formaliserai pas de ce que tu diras, lui lançai-je. Simplement, ne me mens pas.

Le pain frais du cuisinier s'accordait à merveille aux tranches de coing confit. Je mangeai trop. Nerveuse, ma mère se contenta de boire du vin coupé d'eau. La lettre avait été apportée tôt le matin par un messager, mais elle avait dû en prendre connaissance bien avant : ma sœur Plautilla invitait notre famille et des amis à une petite fête. Le bébé ne tarderait pas. Il était temps de montrer les étoffes et le beau linge acquis en prévision de l'événement. Alors que je n'y pensais déjà plus, cette invitation semblait obséder ma mère. Elle ordonna à Erila de me coiffer et de choisir ma toilette.

— Si cela ne t'agrée pas, tu ferais mieux de trouver vite une bonne raison, suggéra ma servante, des épingles plein la bouche, en tentant de démêler mes cheveux avec un gros peigne de nacre.

– Que veux-tu dire ?

– T'a-t-on déjà troussée comme un poulet pour aller rendre visite à ta sœur ?

Elle effila ma deuxième boucle avec des pincettes chaudes. Dans le miroir, nous la regardâmes descendre en se tortillant le long d'une de mes joues. Un bref instant, les deux boucles restèrent parfaitement symétriques, puis la seconde glissa plus bas que sa jumelle.

Confrontée au résultat, ma mère ne chercha pas à dissimuler son anxiété.

– Mon Dieu ! Tes cheveux sont bien trop sombres ! Nous aurions peut-être dû les teindre. Enfin, je suis sûre que nous pourrons faire mieux avec ta robe. Voyons cela. Le taffetas doré est toujours à la mode, mais je pense que ton père préférerait une soie plus éclatante. Le rouge incarnat sied à ton teint.

Même s'il ne trouvait que des avantages à ce que ses filles portent ses articles, mon père n'avait jamais émis, à ma connaissance, la moindre remarque sur ma façon de m'habiller.

– Ne croyez-vous pas que ce serait un peu voyant ? Je ne voudrais pas provoquer la colère des dévots dans la rue.

– Le prêcheur ne gouverne pas encore la ville, répliqua ma mère, et c'était la première fois que je percevais, dans sa bouche, une nuance de dédain à son égard. Nous avons encore le droit, en privé, de nous vêtir comme bon nous semble. Cette couleur te va bien. Et soigne un peu ton visage. Une touche de poudre blanche, peut-être, pour éclaircir ton teint... Erila le fera pour toi, si vous ne perdez pas trop de temps à jacasser.

– Maman, si, par hasard, un homme est en cause, il serait plus simple de choisir un aveugle.

– Tu te trompes, ma chérie. Tu es ravissante. Vraiment. Ton esprit te donne beaucoup d'éclat.

– Je suis futée, répliquai-je avec aigreur. Ce n'est pas la même chose. On me l'a assuré plusieurs fois.

– Qui t'a dit ça ? Ce n'est pas Plautilla ? Elle n'est pas méchante à ce point.

– Non, pas Plautilla.

– Tomaso ?

Je haussai les épaules.

Elle y réfléchit un instant.

– Ton frère a la langue bien pendue. Il aurait peut-être mieux valu ne pas t'en faire un ennemi.

– Cela ne vient pas de moi, grommelai-je. Il fait exprès de se vexer pour un rien.

– Enfin, peu importe. Quand il s'agit d'affaires importantes, la voix du sang l'emporte sur tout le reste, conclut-elle. Bien, pensons à tes souliers.

13

Plautilla ressemblait à un navire aux voiles gonflées par le vent. Même son visage était dodu. Sa propre chair semblait l'engloutir. Ses cheveux avaient perdu leur blondeur. Elle n'avait plus le temps de se teindre. Avec son embonpoint, elle aurait eu toutes les peines du monde à monter jusqu'au toit, mais cela n'avait pas l'air de la chagriner. Elle était placide et lourde, comme un animal affalé devant une mare. Trop grosse pour remuer. De toute façon, il faisait horriblement chaud.

Nous fûmes les premiers à arriver. Ma mère avait apporté des entremets et des amandes au sucre. Plautilla s'empressa de nous montrer la nouvelle décoration de sa chambre. Il y avait des tapisseries neuves aux murs et, sur le lit, des draps brodés à la main, marqués aux armes de la famille et ornés d'un liseré superbe. Le berceau du bébé trônait juste à côté, protégé par un couvre-pied frangé d'or et d'argent. Le coffre de mariage avait été placé bien en évidence. La danse de ses Sabines paraissait à présent trop vive pour la température ambiante. La canicule alanguissait-elle le désir des maris ? En tout cas, un enfant conçu en plein cœur de l'été était toujours considéré comme suspect, la chaleur rendant torride, prétendait-on, la propension des femmes à la luxure. Mais j'étais encore trop jeune pour avoir appris ce genre de choses. Mon éducation viendrait plus tard.

Je savais par Tomaso que Maurizio avait parié trente florins contre quatre cents que le bébé serait une fille. Ainsi, ses gains compenseraient sa déception, même si je me demandais s'ils pourraient couvrir le prix de ses largesses. Rien ne manquait : vins blancs parfumés pour la future mère et, destiné à la nourrir juste après la naissance, un couple de jeunes pigeons à la chair facile à digérer. On avait retenu la sage-femme, on s'était mis en quête d'une bonne nourrice et l'on avait meublé la chambre avec de ravissants objets, des tableaux religieux et de petites statues de piété pour que, pendant l'enfantement, Plautilla ne voie que de belles choses, ce qui rejaillirait sur la beauté et le tempérament du nouveau-né. J'étais très impressionnée. Il faut reconnaître que Maurizio avait offert à son épouse joufflue tout ce qu'elle pouvait souhaiter.

— Maman m'a dit que le peintre avait terminé le plateau d'accouchement, ajouta-t-elle, hors d'haleine, à la fin de la visite. Il paraît qu'il est magnifique. J'ai souhaité qu'il peigne le jardin d'amour sur une face et un échiquier sur l'autre. Maurizio aime jouer, gloussa-t-elle comme une gamine, en riant bêtement de ses propres paroles.

M'exprimerais-je ainsi une fois mariée ? Je considérai ma sœur grassouillette et comblée avec une sorte d'horreur. Elle en savait tellement plus que moi ! Comment m'y prendre pour la questionner ?

— Ne te tracasse pas, me dit-elle en tapotant mon bras d'un geste complice. Maintenant que tu saignes, tu comprendras tout très bientôt. Mais je dois te prévenir : cela n'a rien à voir avec la lecture d'un livre.

Alors comment est-ce ? eus-je envie de demander. Dis-moi tout.

— Est-ce que ça fait mal ? soufflai-je presque malgré moi.

Elle pinça les lèvres et me dévisagea, savourant son pouvoir.

— Bien sûr. C'est ce qui prouvera ta pureté. Mais ça passe vite. Ensuite, ce n'est pas si désagréable.

Elle avait l'air sincère. Je me rendis compte que ma sœur stupide et vaine avait enfin trouvé, dans la vie, une chose qu'elle était capable de bien faire. Cela me réjouit pour elle et, en ce qui me concernait, me terrifia encore plus.

L'arrivée de nouveaux invités interrompit notre conversation. Des amis de la famille, apportant chacun son petit cadeau. Plautilla passa de l'un à l'autre, riant et souriant. Ensuite, les hommes nous rejoignirent.

Il portait un manteau pourpre, plus beau que celui qu'il arborait dans la cathédrale et qui aurait certainement plu à mon père. Il paraissait plus âgé que les autres fois : la lumière du jour est plus cruelle que les bougies ou les lampes. Il remarqua tout de suite ma présence, mais fit d'abord ses compliments à ma mère. Mains croisées, elle lui accorda toute son attention. Ce n'était sans doute pas la première fois qu'ils se rencontraient. Cela me surprit-il ? Je n'en suis pas certaine. Quelqu'un m'affirma plus tard que nous reconnaissons toujours, au premier coup d'œil, ceux qui vont bouleverser notre vie. Même s'ils ne nous plaisent pas du tout. Je l'avais remarqué. Et il avait posé les yeux sur moi. Que Dieu nous aide.

J'attrapai au vol Plautilla, qui virevoltait à travers la pièce, la coinçai contre le mur le plus proche et me collai à elle, du moins aussi près que le permettait son ventre.

– Qui est-ce ?

– Qui ?

– Plautilla, je ne peux pas te pincer maintenant. Cela pourrait précipiter ton accouchement et je n'ai aucune envie de supporter tes cris. Mais quand ton bébé sera né, je pourrai le pincer, lui, en toute impunité et il ne me le reprochera pas avant des années.

– Alessandra !

– Alors, qui est-ce ?

Elle soupira.

– Il s'appelle Cristoforo Langella. Il est issu d'une noble famille.

– Je n'en doute pas. Pourquoi donc s'intéresserait-il à moi ?

Il me fut impossible de poursuivre. Il avait déjà quitté ma mère et s'avançait vers nous. Plautilla s'éloigna et se remit, tout sourires, à déambuler parmi les convives. Je restai là, raide comme un piquet et regardant mes pieds, défiant toutes les lois du charme et de la féminité.

– Madame, dit-il en s'inclinant devant moi, je crois que nous n'avons pas été présentés dans les règles.

– Non, murmurai-je en le regardant à la dérobée.

De lourdes pattes d'oie encadraient ses yeux. Au moins, pensai-je, il sait rire. Mais le fera-t-il avec moi ? Je retournai à la contemplation du parquet.

– Eh bien, comment vont vos pieds aujourd'hui ? ajouta-t-il en grec.

– Vous devriez peut-être le leur demander, répliquai-je sur un ton qui me rappela les accès de colère de mon enfance.

Je sentais que ma mère m'observait, me suppliait en silence de bien me comporter. Même si elle n'entendait rien, elle me connaissait assez pour deviner, à l'expression de mes traits, si je répondais poliment ou de façon sarcastique.

Il s'inclina de nouveau, cette fois bien plus bas, s'adressa à l'ourlet de ma robe.

– Bonjour, pieds, comment allez-vous ? L'absence de musique doit vous soulager.

Il se tut puis se redressa et sourit.

– Nous nous sommes vus dans la cathédrale. Comment avez-vous trouvé le sermon ?

– Si j'avais été une pécheresse, j'aurais senti l'odeur de l'huile bouillante.

– Alors, vous avez de la chance de ne pas en être une. À votre avis ?

– Pas beaucoup. Mais si j'avais été pauvre, je crois que j'aurais d'abord entendu les cris des riches.

– Ah... Vous pensez qu'il prêche la révolte ?

– Non. Plutôt la menace.

– Exact. Il ne s'acharne pas seulement sur les puissants et les craintifs, mais sur tout le monde. Il peut se montrer très critique vis-à-vis de l'Église.

– Peut-être le mérite-t-elle.

– Très juste. Savez-vous que le pape a une Vierge peinte au-dessus de l'entrée de sa chambre ? C'est une Madone un peu particulière : elle a le visage de sa maîtresse.

– Vraiment ? dis-je, séduite par ce ragot de haute volée.

— Oui. On raconte que sa table croule sous le poids de tant d'oiseaux chanteurs que les bois des alentours de Rome sont devenus silencieux et qu'il accueille ses enfants dans son palais, comme si le péché n'était qu'une galéjade. Mais le péché est humain, ne trouvez-vous pas ?

— Je n'en sais rien. Je suppose que le confessionnal est là pour ça.

Il s'esclaffa.

— Connaissez-vous les fresques d'Andrea Orcagna, dans le réfectoire de Santa Croce ?

— Non.

— Son *Jugement dernier* montre des têtes de nonnes entre les dents du diable. Et Satan semble souffrir d'indigestion après avoir avalé un nombre incalculable de cardinaux.

Malgré moi, j'eus un petit rire.

— Dites-moi donc, Alessandra Cecchi, appréciez-vous l'art de notre belle cité ?

— Oh, je l'adore. Et vous ?

— Tout autant. Voilà pourquoi les paroles de Savonarole ne glacent pas mon âme.

— Vous n'êtes pas un pécheur ?

— Bien au contraire. Je pèche souvent. Mais je crois au pouvoir de l'amour et de la beauté, autre voie vers Dieu et la Rédemption.

— Vous suivez les préceptes des Anciens ?

— Oui, répondit-il dans un murmure théâtral. Mais n'en parlez à personne. La définition de l'hérésie s'élargit de jour en jour.

— Votre secret sera bien gardé, chuchotai-je, amusée par son ton de conspirateur.

— Je savais que je pouvais compter sur vous. Dites-moi... Quel argument devrions-nous opposer à notre moine fou quand il affirme que les vieilles femmes illettrées en savent plus sur la foi que tous les penseurs grecs et romains réunis ?

— Offrons-lui un exemplaire de la *Défense de la poésie*, de Boccace. Dans ses traductions des légendes de la mythologie, on ne trouve que vertus chrétiennes et vérités morales.

Il s'écarta, me scruta avec un étonnement admiratif.

— J'avais entendu dire que vous étiez la fille de votre mère.

— Cela ne devrait pas me rassurer. Mon frère raconte partout qu'alors qu'elle m'attendait, elle a assisté dans la rue à des scènes de violence qui m'ont pétrifiée dans son sein.

— Votre frère est méchant.

— Oui. Cela ne l'empêche pas de dire parfois la vérité.

— Admettons. Mais en l'occurrence il se trompe. Vous aimez l'étude. Il n'y a rien de mal à cela. Vous intéressez-vous uniquement aux classiques ou lisez-vous aussi nos propres écrivains ?

— Pour moi, Dante Alighieri est le plus grand poète que Florence ait jamais enfanté.

— Ou enfantera jamais. Nous ne nous disputerons pas sur ce point. Connaissez-vous *La Divine Comédie* par cœur ?

— Pas en entier ! Je n'ai que quinze ans.

— Tant mieux. Si vous pouviez la déclamer du début à la fin, nous serions encore là le jour du retour du Christ.

Il m'examina un moment.

— On m'a dit que vous dessiniez ?

— Je... Qui vous a raconté ça ?

— Ne soyez pas si nerveuse. Je vous ai déjà confié mes secrets. Je n'ai abordé le sujet que parce que je suis impressionné. C'est inhabituel.

— Cela ne l'a pas toujours été. Dans l'ancien temps...

— Je sais. Autrefois, la fille de Varron, Maria, était considérée comme une grande artiste. Plus près de nous, celle de Paolo Uccello travaillait dans l'atelier de son père. On l'appelait le « petit moineau ».

Il sourit. Puis :

— Peut-être pourriez-vous, un jour, me montrer votre travail. J'en serais ravi.

Frôlé par un serviteur qui proposait des sucreries et du vin épicé, il s'empara d'un verre, me le tendit. Mais le charme était rompu. Nous nous tûmes un long moment, chacun regardant dans une direction opposée. Le silence s'éternisa. Enfin, de la voix calme qu'il avait eue lorsqu'il m'avait fait danser, il me dit :

– Vous savez, Alessandra, pourquoi nous nous rencontrons aujourd'hui...

Mon estomac se serra. Bien sûr, j'aurais dû répondre non, ainsi que ma mère me l'aurait sans doute appris. Mais en fait, je savais. Comment aurait-il pu en être autrement ?

– Oui. Je crois que oui.

– Serait-ce acceptable pour vous ?

Je levai les yeux vers lui.

– J'ignorais que mes sentiments seraient pris en considération.

– Eh bien, ils le sont. C'est pourquoi je vous pose la question.

– Vous êtes délicat, seigneur.

Et je me sentis rougir.

– Non. Pas vraiment. Mais j'aimerais pouvoir me trouver au moins loyal. Nous sommes tous deux étrangers à ce monde. Le temps de l'affronter seul touche à sa fin. Parlez à votre mère. Nul doute que nous nous reverrons.

Il s'éloigna de moi et, peu après, s'en alla.

14

— Il est recommandable à tous points de vue, Alessandra.
Son père et sa mère sont morts. Tu seras donc entièrement
maîtresse chez toi. Il a de l'éducation. Il compose de la poésie,
il aime l'art et protège les artistes.

Ma mère était trop agitée pour garder les mains sur ses
genoux. Quant à moi, j'avais eu une nuit et un jour pour
ruminer mon anxiété.

— À vous entendre, il est le plus beau parti de Florence.
Pourquoi n'est-il pas déjà marié ?

— Je crois qu'il écrivait quelque chose et que cette activité
mobilisait toute son énergie. Mais, récemment, deux de ses
frères sont morts sans héritier. Il porte un nom connu et tient
à le transmettre.

— Il lui faut un fils.

— Oui.

— Voilà pourquoi il a besoin d'une épouse.

— Oui. Mais je crois aussi qu'il désire vraiment se marier.

— Il ne l'a pas voulu jusqu'à présent.

— Les gens changent, Alessandra.

— Il est vieux.

— Plus âgé que toi, oui. Mais ce n'est pas toujours un
inconvénient. J'aurais cru que tu le comprendrais mieux que
quiconque.

J'étais assise sur un banc à haut dossier, aux motifs sculptés.
On était en milieu d'après-midi, le reste de la maison dormait.
Peinte d'un vert frais évoquant la nature, notre loggia d'été,

au sommet de la maison, était ouverte au peu de brise que nous offrait la canicule. Mais même là, il faisait trop chaud pour réfléchir. À cette époque de l'année, nous nous trouvions d'habitude à la campagne, dans la ferme de mon père. Que nous n'ayons pas quitté la ville était un autre signe de l'anxiété qui y régnait.

— Que pensez-vous de lui, maman ?

— Alessandra, je le connais peu. Il est de bonne famille, ce qui plaide en sa faveur. Je sais simplement qu'il t'a vue au mariage de Plautilla et a approché ton père il y a quelques semaines. Il ne fait pas partie de notre cercle. J'ai entendu dire que son érudition ne l'avait jamais poussé à s'impliquer dans la vie politique. Mais il est cultivé, sérieux. Si l'on considère les tensions actuelles, ces qualités n'en sont que plus précieuses. Pour le reste, il est un inconnu autant pour moi que pour toi.

— Des rumeurs doivent quand même courir sur son compte. Qu'en dit Tomaso ?

— Ton frère persifle tout le monde. J'ai pourtant constaté avec intérêt qu'il ne faisait aucune remarque désobligeante sur son compte. Cela étant, je ne suis pas sûre qu'il le connaisse. Mais cet homme a quarante-huit ans. Il a déjà toute une vie derrière lui. Cela, nul ne peut le contester.

— Les hommes vivent, les femmes attendent.

— Ma fille, tu es trop jeune pour tenir des propos si désabusés. Ce n'est pas si tragique. Tu apprendras à organiser ton existence. Peut-être se satisfera-t-il de sa propre compagnie, et toi de la tienne.

— Il s'agira donc d'une union fondée sur l'absence.

— Ce ne sont pas les pires. Tu sais, il y a des choses que tu ne comprends pas encore, même si cela te paraît impensable.

Nous échangeâmes un sourire. Le pacte qui nous liait remontait à ma prime enfance. En privé, elle fermerait les yeux sur les vertus que je ne possédais pas – et la liste était longue : silence, obéissance, modestie, timidité –, à condition que je ne lui fasse pas honte en public. Elle m'avait élevée du mieux qu'elle avait pu. Et j'avais essayé de m'améliorer. Vraiment.

Je me demandai si nous avions en ce moment la conversation qu'une mère et une fille doivent avoir avant son mariage, et quand nous en arriverions à la nuit de noces. Je tentai, en esprit, de franchir cet abîme. Je me vis m'éveillant dans un lit inconnu, près d'un étranger, ouvrant les bras pour rendre grâces à un nouveau jour...

— Je veux qu'Erila fasse partie de ma dot.

— Tu l'emmèneras avec toi. Il a ses propres esclaves, mais je suis certaine qu'il fera tout pour que tu te sentes chez toi. Lorsqu'il a parlé à ton père, il a beaucoup insisté là-dessus.

Suivit une longue pause. Il faisait trop chaud. La sueur mouillait mes cheveux et ma peau me brûlait, comme si on l'avait aspergée d'eau bouillante. On murmurait déjà, dans la rue, qu'il s'agissait là encore d'un châtiment de Dieu : qu'Il avait arrêté les saisons pour nous montrer l'étendue de Sa colère. Je ne rêvais que de prendre un bain avant de m'allonger sur mon lit et de dessiner le chat affalé sur le couvre-pied, trop indolent pour bouger d'un pouce. Par ma propre volonté, ma vie allait se trouver bouleversée et j'étais presque trop fatiguée pour m'en inquiéter.

— Donc, tu es décidée, Alessandra ? demanda ma mère.

— Je ne sais pas. Tout semble si rapide.

— C'est ce que tu désirais. Selon ton père, si les Français se mettent en marche, ils seront là d'ici un mois. Cela nous laissera peu de temps pour la cérémonie.

— Je croyais pourtant que ce mariage avait pour but, entre autres, de renforcer notre prestige. À présent, cela risque d'être compromis.

— Tu as raison. Quoique, dans le climat actuel, ton père pense que ce ne peut être une mauvaise chose. J'ai du mal à croire que tu aies vraiment envie de parader dans les rues sous les yeux des badauds, après avoir été lavée, frottée et pomponnée pendant des semaines.

Je me rendis compte, tout à coup, à quel point il me serait difficile de vivre sans la seule personne qui me connaissait presque aussi bien que je me connaissais moi-même, même si elle ne l'admettait pas toujours.

– Maman, s'il ne tenait qu'à moi, je préférerais rester ici, lire mes livres, peindre mes tableaux et mourir vieille fille. Mais je sais que c'est impossible ; et puisqu'il me faut prendre quelqu'un, autant que ce soit lui. Je crois qu'il sera... gentil. C'est le mot. Et si, par malchance, je me trompe, puisqu'il est vieux, il peut fort bien mourir bientôt. Alors, je serai libre.

Furieuse, elle s'écria :

– Ne souhaite jamais cela. Même pour rire ! Il n'est pas si vieux. Et tu dois savoir que le veuvage ne procure aucune liberté. Mieux vaudrait pour toi entrer au couvent.

Je lui jetai un regard stupéfait. Avait-elle envisagé cette possibilité ?

– Vous savez que je caresse toujours ce rêve... d'un monastère idéal, poursuivis-je en soupirant, où l'on m'autoriserait à faire ce que je voudrais, tout en honorant Dieu pour Le remercier de ce privilège.

– Si ce couvent existait, Alessandra, la moitié des Florentines demanderaient à y entrer, dit-elle avec une certaine aigreur. Bien. C'est décidé ? Parfait. Je vais l'annoncer à ton père. Je pense que ton futur mari donnera lui aussi son accord pour que soient rapidement célébrées les noces. Nous n'aurons pas le temps de commander un coffre de mariage. Nous devrons en trouver un de seconde main ou ayant déjà servi dans la famille. Au cas où il le demanderait, as-tu une préférence pour un type de peinture en particulier ?

– La scène m'importe peu, s'il ne s'agit pas de cette pauvre fille qui, dans l'histoire de Nastagio, se fait éventrer par des chiens. Mais que l'œuvre soit belle.

Je me vis, encore une fois, dans une chambre étrangère en compagnie d'un inconnu, et soudain mon courage vacilla.

– Quand je serai mariée, murmurai-je d'une toute petite voix, à qui pourrai-je parler ?

Ma question la frappa et sembla l'attrister.

– Ma chère Alessandra, tu t'adresseras à Dieu, comme il se doit. Cela te viendra tout naturellement, puisque tu seras seule. Et Il t'écoutera. Comme Il le fait toujours. Comme Il m'a écoutée, moi. Il t'aidera à parler à ton mari. Ainsi, tu deviendras une bonne épouse et une bonne mère. Et tu ne souffriras pas. Je te le promets.

Silence. Puis :

— Je ne le permettrai pas.

Je suis persuadée qu'elle y croyait, du moins autant que cela lui était possible.

Elle eut cette nuit-là un entretien avec mon père, et le contrat entre nos familles fut établi dans le courant de la semaine. Il stipulait que la dot serait constituée d'ici un mois, le mariage célébré et consommé le même jour.

C'était aussi bien ainsi. Cinq jours après notre entretien, Charles VIII donna sa réponse aux offres de neutralité de Florence. Après avoir franchi la frontière toscane, il marcha sur la forteresse de Fivizzano, saccagea la ville et massacra toute la garnison.

Dans la cathédrale, Savonarole hurla :

— Et voici, Florence, que le fléau s'est abattu. Les prophéties se réalisent. Elles ne procédaient pas de moi, mais de Dieu, qui mène les armées. Le glaive a frappé... À présent, il vient. Maintenant.

15

Je ne revis pas mon futur époux jusqu'au matin de notre mariage. Ce fut une période affreuse. Le gouvernement semblait tous les jours sur le point de s'effondrer, et le fatalisme planait sur la ville comme un orage prêt à éclater. Pierre de Médicis exhortait Florence à se défendre, mais ses plus fidèles partisans eux-mêmes se détournaient de lui et envisageaient de négocier avec l'ennemi. Mon père était en plein désarroi. Sa nomination au Conseil des Huit se faisait attendre. L'influence des Médicis s'affaiblissait si vite que quiconque leur restait attaché signerait bientôt sa propre ruine.

À la fin du mois d'octobre, Pierre de Médicis quitta la ville avec les membres de son entourage et prit la direction du campement français. En salle d'étude, notre précepteur nous demanda de prier pour qu'il revienne sain et sauf. En chaire, Savonarole appelait ouvertement de ses vœux l'arrivée de Charles, instrument, selon lui, de la volonté de Dieu, chargé de sauver l'âme de Florence et de la débarrasser d'une famille qui avait détruit notre pieuse République.

L'attente, en se prolongeant, plongeait la cité dans l'angoisse. Trois jours plus tôt, mon père nous avait lu une proclamation de la Seigneurie prescrivant, si l'armée française pénétrait dans la ville, la réquisition de certaines demeures. Des officiels les sélectionnèrent et, à la craie, marquèrent de croix blanches un si grand nombre d'entre elles que l'on aurait pu croire à une épidémie de peste. Et, comme en ce cas, influence et richesse n'offraient aucune protection. Mon ancien et mon nouveau foyers furent tous deux choisis. L'irruption des Français, si elle se produisait, coïnciderait avec mes débuts de maîtresse de maison.

Chaque jour, des Florentins mettaient leurs filles, et parfois leurs femmes, à l'abri derrière les murs d'un couvent. Ma mère ne cachait pas son scepticisme. Je l'entendis murmurer un jour, alors que la panique atteignait son paroxysme :

— Pourquoi une armée d'envahisseurs respecterait-elle la sainteté des monastères ?

Et nous n'étions plus qu'à deux semaines de la date de mon mariage, prévu pour le 26 novembre.

La veille, la chaleur était enfin tombée, remplacée par des pluies diluviennes. Assise à ma fenêtre, mes objets personnels autour de moi, je regardai l'eau boueuse gonfler les rigoles en me demandant s'il s'agissait, là encore, d'un plan de Dieu pour purifier la ville. Erila m'aida ensuite à remplir mon coffre.

— Tout s'est joué très vite.

— Oui, dis-je. Cela t'inquiète ?

— Tu n'étais pas obligée de choisir le premier prétendant venu.

— Vraiment... Faisaient-ils la queue à la porte ? Tu aurais peut-être préféré me voir égrener mon chapelet au fond d'une cellule ? J'aurais pu exiger que tu viennes avec moi.

Elle ne répondit rien.

— Erila ? Il sera aussi ton maître. Si tu sais sur lui quelque chose que j'ignore, tu ferais mieux de me le dire maintenant.

— On nous a déjà vendues toutes les deux. Il ne nous reste plus qu'à nous en accommoder du mieux possible.

J'avais l'impression que ma vie coulait comme du sable entre mes doigts, qu'elle se figerait bientôt pour toujours. Je n'avais plus eu de nouvelles du peintre. Son silence ressemblait à une souffrance que je tentais d'ignorer. Plusieurs fois, pourtant, au plus fort de la chaleur, elle m'avait terrassée dans mon lit. Je m'étais alors retrouvée dans la fraîcheur de la chapelle, revoyant sa peau dont la sueur scintillait à la lueur des bougies ou respirant dans le jardin les parfums de l'aube tandis que ses doigts couraient sur la page et animaient, sous mes yeux émerveillés, les ailes des anges. Ces nuits-là, j'avais mal dormi et je m'étais éveillée couverte d'une moiteur à la fois brûlante et glacée.

La franchise étant le meilleur moyen de dissimuler, je demandai à ma mère l'autorisation de visiter la chapelle avant mon départ. Elle était trop occupée pour m'accompagner et bien sûr, à présent, un chaperon ne s'imposait plus. Erila ferait l'affaire.

Mi-chantier, mi-antre de sorcière, la chapelle avait changé. Contre les murs du chœur, à tous les niveaux, des échafaudages soutenaient des poutres où l'on pouvait marcher. Au milieu, un petit feu enfumait la pièce. Au-dessus, éclairée par les flammes, une grille de fer noire, tendue sur toute la longueur de l'édifice, projetait son ombre sur les voûtes. Hissé jusqu'au sommet par une sorte de harnais, le peintre peignait ces ombres au plafond. Lorsqu'il avait en terminé une, il ordonnait aux ouvriers de relâcher ou de tendre la corde pour le faire évoluer d'une extrémité à l'autre.

Clouées sur place, Erila et moi observâmes son ballet. Concentré, plus adroit qu'une araignée tissant une toile aux proportions parfaites, il se déplaçait vite, s'efforçait d'éviter la chaleur des flammes. Un des murs comportait déjà des silhouettes tracées au sinople rouge, prêtes pour le plâtrage. En bas, penché sur une table, un garçon à peine plus âgé que moi pilait le colorant dans un mortier. L'élaboration de la fresque proprement dite nécessiterait la présence d'autres assistants. Pour l'heure, un seul suffisait. De là-haut, le peintre l'interpella. Le garçon se tourna dans notre direction, interrompit sa tâche et s'avança vers nous.

Il s'inclina très bas.

— Le maître dit qu'il ne peut pas s'arrêter maintenant. S'il brûle trop longtemps, le feu risque de roussir le plafond. Il doit donc terminer la grille cet après-midi.

— Qu'est-ce qu'il fait ? murmura Erila, horrifiée par le spectacle.

— Il quadrille le plafond de façon à avoir des points de

référence pour la fresque, répondit le garçon avec enthousiasme.

Son visage était sale, mais ses yeux brillaient. À quel âge avait-il senti pour la première fois une démangeaison dans ses doigts ?

Erila, qui n'avait rien compris, haussa les épaules.

– La courbe du plafond fausse la vision, lui expliquai-je. Il est impossible d'évaluer correctement la perspective. Le quadrillage permettra au peintre de reproduire de façon exacte son dessin d'origine. Il lui servira de plan, en quelque sorte...

Le garçon me jeta un coup d'œil. Je le lui rendis. « Ne discute pas avec moi, disait le mien. J'ai lu tout ce qui se rapporte au sujet et j'en sais plus là-dessus que tu n'en sauras jamais, même si c'est toi, et non moi, qui couvres finalement les voûtes de visions du paradis. »

– Va dire au maître que nous l'attendrons en le regardant travailler, déclarai-je sèchement. Tu pourrais peut-être nous apporter de quoi nous asseoir.

Il eut l'air un peu affolé mais ne répondit rien. Il retourna vers le chœur, dénicha deux chaises à peu près convenables. Alors qu'il nous les apportait, le peintre lui cria quelque chose. Il s'arrêta un instant, ne sachant à qui obéir. Pour mon plus grand plaisir, le maître l'emporta. Le garçon retourna à son mortier, abandonnant les chaises au milieu de la pièce. Erila alla les chercher.

Le peintre s'activa encore une heure. Imprévisible, la paille de mauvaise qualité qui servait de combustible pouvait s'embraser en une seconde. Encore suspendu, il cria une ou deux fois que les flammes montaient trop haut. Les ouvriers s'empressèrent de les couvrir, provoquant une fumée qui le fit tousser. J'avais entendu parler, à ce stade, de terribles blessures, et l'habileté de ceux qui le hissaient était aussi capitale que la sienne. Il finit par leur faire signe de le redescendre. La corde tournoya tandis qu'il se laissait glisser jusqu'au sol. Il s'arracha du harnais et sauta à terre, en proie à une toux incontrôlable, crachant ses glaires en essayant de reprendre son souffle. Quelle femme serait en mesure de faire ce genre de choses ? La fille d'Uccello avait peut-être peint les drapés de *La Maison de Marie-Madeleine*, mais elle ne se serait certes pas retrouvée suspendue sous des voûtes. Les hommes agissent, les femmes applaudissent.

Le peintre s'assit, la tête entre les mains. Puis, laissant son regard errer dans la chapelle, il nous aperçut, attendant toujours. De nouveau debout, il épousseta ses vêtements du mieux qu'il put et marcha à notre rencontre. Il paraissait différent, comme si ses contorsions d'araignée avaient affermi son corps, et sa fonction dissipé sa timidité. Erila se leva pour l'accueillir, dressant un instant une barrière entre lui et moi. Le visage plus noir que le sien, il sentait la sueur et le brûlé, aussi assuré, semblait-il, que le diable en personne.

– Je ne peux pas m'arrêter maintenant.

Il avait la voix cassée par la fumée.

– J'ai besoin non seulement du feu, mais de la lumière du jour.

– Tu es fou, dis-je. Tu vas finir par avoir un accident.

– Pas si je me dépêche.

– Mon père possède des miroirs qui lui servent, lorsqu'il travaille la nuit, à accentuer l'éclat des bougies. Je vais lui demander de t'en envoyer un.

– Merci, dit-il en inclinant la tête.

Les ouvriers lui posèrent une question depuis le chœur et il leur répondit en dialecte.

– Ton italien s'améliore.

– Avec le feu, on apprend vite.

Sous la crasse de son visage, se dessina l'ombre d'un sourire. Suivit un long silence.

– Pourrais-tu nous laisser un moment ? demandai-je enfin à Erila.

Elle le fixa méchamment puis baissa les paupières et se dirigea vers l'autel, roulant des hanches avec ce balancement caressant qu'elle appuyait quand elle voulait attirer le regard des hommes. Le garçon n'arrivait pas à s'en détacher. Le peintre, lui, n'y prêta aucune attention.

– Tu les as regardés ?

Il hocha légèrement la tête, mais je ne pus rien lire dans ses yeux que la fumée avait injectés de sang. Il se détourna, fit mine de surveiller le feu.

— Si tu ne le fais pas maintenant, alors quand ? Je m'en vais dans quelques jours.

— Tu t'en vas ? Où ?

De toute évidence, il n'était au courant de rien.

— Je me marie. Tu ne le savais pas ?

— Non.

Silence.

— Non, je ne le savais pas.

Son isolement était tel que même les bavardages des domestiques ne parvenaient pas jusqu'à lui.

— Alors, peut-être ignores-tu aussi que des envahisseurs menacent notre ville. Et que le diable arpente les rues, tuant et mutilant.

— On m'a rapporté des histoires, oui, murmura-t-il, perdant un instant son assurance.

— Tu vas à l'église, non ? Tu l'as donc entendu prêcher.

Il acquiesça mais, cette fois, sans me regarder en face...

— Tu devrais te méfier. Le moine pourrait remplacer tes pinceaux par un livre de messe.

Erila revint en faisant claquer sa langue avec irritation. Son rôle consistait à me garder pure jusqu'au lit conjugal et elle ne tenait pas à se faire berner par une intrigue entre un artiste et moi. J'ajoutai très vite :

— Alors, quand, monsieur le peintre ? Ce soir ?

— Non, répliqua-t-il. Ce soir, je ne peux pas.

— Tu as un autre rendez-vous, peut-être ?

Je laissai la question en suspens.

— Demain, alors ?

Il hésita.

— Après-demain, quand j'aurai terminé le quadrillage et enlevé le feu.

Un ouvrier l'appela. Il nous salua et tourna les talons. D'où nous nous tenions, nous sentions encore la chaleur des flammes.

16

Bien sûr, je l'attendis. Il s'en alla tard, une fois les torches éteintes, et si je n'avais pas laissé la fenêtre ouverte, je n'aurais sans doute pas entendu grincer la porte latérale. Je ne l'aurais donc pas vu disparaître dans l'obscurité. Combien de fois l'avais-je suivi en imagination ? C'était facile. Je connaissais chaque pas, chaque pavé jusqu'à la cathédrale et, contrairement à la plupart des filles de mon âge, je n'avais pas peur du noir.

Toute la soirée, j'avais, en pensée, anticipé sur ma propre bravoure. J'étais restée habillée pour être prête à tout moment. D'ici peu, je me retrouverais captive de la vie de quelqu'un d'autre, dans une maison étrangère et dans une partie de la ville dont je n'avais pas le plan en tête, privée de ma chère liberté nocturne. Sur le fauteuil proche de la fenêtre, j'avais posé le chapeau de Tomaso, subtilisé dans sa garde-robe. Pendant des heures, je m'étais entraînée à m'en coiffer de façon à dissimuler mon visage. Quant à ma robe, je la cacherais sous un des longs manteaux de mon père. En marchant vite, je ne pourrais être vue que si je tombais sur... Sur quoi ? Une lumière ? Une silhouette ? Un groupe d'hommes ? Je m'efforçai de ne pas y songer. J'avais conclu un pacte avec moi-même. Si je devais me marier et finir enterrée vivante, je ne mourrais pas sans avoir vu ne fût-ce qu'un petit peu de mon Orient. Je me devais bien ça. Et si le diable parcourait la ville, il aurait sûrement d'autres pécheurs à châtier qu'une fille qui, désobéissant à ses parents, partait respirer l'air de la nuit pour garder le souvenir d'un instant de liberté.

Je descendis les escaliers et traversai, à l'arrière de la maison, la cour d'où la porte des domestiques donnait sur la rue. D'ordinaire, à cette heure, elle était verrouillée de l'intérieur. Le peintre prenait donc un risque en l'empruntant pour sortir. Si quelqu'un s'éveillait et la trouvait ouverte... Je me rendis compte qu'il me suffirait de pousser le verrou pour provoquer sa perte. Au lieu de cela, je le suivis.

Je me faufilai dehors. Derrière moi, la porte était toujours entrebâillée. Je la tirai, avant de l'ouvrir à nouveau pour être sûre qu'elle ne se bloquait pas.

Je restai immobile un instant, attendant que s'apaisent les battements de mon cœur.

Je fis ensuite quelques pas. Derrière moi, la porte se fondit dans l'ombre. En même temps, ma vision s'affina. Il n'y avait qu'un petit croissant de lune, suffisant pour éclairer vaguement les pavés ronds, juste devant mes pieds. J'accélérai l'allure. Quinze pas, vingt... Trente. Du bout de la rue à l'entrée d'une autre. Le silence était plus profond que la nuit. Tout à coup, je sentis un mouvement vif sur le bas de ma robe. Je ne pus m'empêcher de pousser un petit cri. Je savais bien, pourtant, qu'il ne pouvait s'agir que d'un rat. Qu'avait dit le moine ? De la nuit surgissait la vermine de la ville, la luxure qui empoisonnait le cœur des hommes. Mais pourquoi la nuit ? Même si les hommes y cachaient leurs turpitudes, échappaient-ils pour autant au regard de Dieu ? Et la débauche était-elle le lot de tout le monde ? Les prostituées n'étaient-elles que des femmes ordinaires s'attardant dehors après le coucher du soleil ? Ridicule. Pourtant, je me sentis saisie d'un frisson de terreur.

Je pris une grande inspiration. Le parfum de la liberté se mêlait à des relents d'urine et d'aliments pourris. Les Florentins laissaient dans la rue des traces de leur passage, comme des chats marquant leur territoire. Mais la peur ne m'arrêterait pas. Au cours de leurs escapades nocturnes, mes frères, quoique grossiers et stupides, n'avaient jamais connu la moindre mésaventure. Il me suffirait de singer leur assurance en m'aventurant jusqu'au Dôme puis, de là, jusqu'au fleuve. Ensuite, je rentrerais. Je ne serais pas allée trop loin, au risque de me perdre, mais assez loin tout de même pour que, lorsque mes propres filles me raconteraient leurs rêves de liberté, je puisse leur répondre qu'il n'y avait pas de quoi s'effrayer, et rien à regretter. C'était simplement la même ville, sans lumière.

La rue devenait étroite. Je pressai encore l'allure. Mes talons résonnaient sur les pavés disjoints, le manteau de mon père balayait le sol. Où était le peintre, à présent ? J'avais attendu un moment avant de le suivre. Il devait déjà avoir traversé le pont. Combien de temps lui faudrait-il pour effectuer l'aller et retour ? Tout dépendrait de ce qu'il ferait dans l'intervalle. Mais je n'allais pas penser à ça maintenant.

Au bout de la rue apparut l'énorme masse de la cathédrale, la courbe sombre du Dôme plaquée contre le ciel. À mesure que je m'approchais, elle prit des proportions monstrueuses, comme si la ville entière se blottissait sous elle. Je pouvais presque l'imaginer s'élevant sous mes yeux comme un grand oiseau noir, survolant les maisons, la vallée, et montant jusqu'au paradis ; une ascension de brique et de pierre, apothéose finale témoignant du miracle de sa construction.

Je chassai ces mirages en traversant rapidement la place, la tête baissée. Après avoir dépassé le Baptistère, je longeai, plus au sud, l'église Orsanmichele dont les saints, prisonniers de leur niche, me contemplèrent de leurs yeux de pierre. Pendant la journée se tenait là un marché animé où se côtoyaient marchands de tissus, banquiers et prêteurs aux interjections ponctuées par le claquement des bouliers. À ses débuts, mon père y avait possédé une échoppe. Je lui avais rendu visite une fois, en compagnie de ma mère, émerveillée par la bousculade et le chahut. Il avait paru si heureux de me voir ! J'avais enfoui mon visage dans les ballots de velours, fille d'un marchand ambitieux, gâtée et fière. Pour l'heure, la place était déserte et me renvoyait l'écho de mes pas, englouti par les grandes poches d'ombre qui stagnaient sous les arches.

— Tu es très en retard, petit jouvenceau. Tes parents savent que tu es là ?

Pétrifiée, je m'arrêtai. Épaisse comme de la mélasse, la voix avait jailli de nulle part. J'aurais pu regagner en quelques instants la place du Baptistère. Mais, en m'enfuyant, j'aurais avoué ma peur.

La silhouette d'un moine émergea des ténèbres. C'était un homme de haute taille, en robe de dominicain, la tête recouverte de son capuchon. De nouveau, je me hâtai.

— Il n'y a nulle part où tu puisses te réfugier sans que Dieu te voie, mon petit monsieur. Enlève ton chapeau et montre-moi ton visage.

J'avais presque atteint le coin de l'église. La voix, impérieuse, me poursuivit tandis que je m'enfonçais dans le noir.

— C'est ça. Cours et rentre chez toi, mon garçon. Et prends bien soin d'avoir ton couvre-chef sur la tête quand tu viendras te confesser, pour que je sache à qui j'infligerai une pénitence.

J'avalai plusieurs fois ma salive tout en me concentrant, pour oublier ce moine, sur le plan que j'avais dans la tête. Je tournai à gauche, bifurquai une seconde fois. La ruelle était haute et étroite. J'étais sans doute revenue dans les parages de la cathédrale lorsque j'entendis un rire, avant de distinguer deux hommes. Mon sang se glaça. Ils marchaient dans ma direction, enlacés, si fascinés l'un par l'autre que, tout d'abord, ils ne me remarquèrent pas. Je risquais, si je rebroussais chemin, de retomber sur le moine, et il n'y avait pas de rue adjacente entre eux et moi. Autant accélérer et les croiser le plus rapidement possible.

L'un d'eux m'aperçut. Il dégagea son bras de la taille de son compagnon et s'avança vers moi. Le second l'imita, le rejoignit. Je les vis s'approcher d'une démarche parfaitement synchronisée. Quand ils furent tout près de moi, je baissai la tête jusqu'à ce que le chapeau de Tomaso dissimule entièrement mes traits. J'avais du mal à respirer, mon sang battait à mes oreilles. Je les entendis, plutôt que je ne les vis, se séparer et se placer, l'un à ma droite, l'autre à ma gauche. Je rentrai la tête dans les épaules et, mentalement, comptai mes pas.

Ils murmuraient à mes côtés, sifflaient de façon menaçante, comme des animaux. J'émis un gloussement de petite fille. C'était tout ce que je pouvais faire pour ne pas crier. Je sentis leurs corps frotter le mien.

Ils disparurent soudainement. Je perçus leur rire rauque, moqueur. Regardant par-dessus mon épaule, je les vis s'enlacer de nouveau, leur jeu oublié, déjà uniquement préoccupés d'eux-mêmes.

J'étais saine et sauve, mais la tension avait dissipé ce qui me restait de courage. J'attendis qu'ils fussent hors de vue avant de reprendre le chemin de la maison, courant si vite que je trébuchai sur les pavés et m'étalai presque par terre. Enfin, la façade rustique de notre palais se profila devant moi, avec sa châsse où la Vierge tendait les bras aux égarés fourbus, et me précipitai jusqu'à l'entrée. Au moment où je fermais la porte, mes jambes se dérobèrent sous moi. Idiote, triple idiote. Je n'avais aucune audace, aucun cran. Le diable jetait peut-être son dévolu sur les imprudents, mais les pleutres mourraient sûrement d'ennui. Et de frustration.

Provoquées à la fois par la nervosité et la fureur, les larmes me montèrent aux yeux. Je me redressai et poursuivis ma course. J'avais traversé la moitié de la cour lorsque la porte s'ouvrit à nouveau.

Je me recroquevillai dans l'obscurité. Ce ne pouvait être que lui. La porte se referma sans hâte et j'entendis le bruit du verrou. Il y eut un bref silence, puis des pas furtifs dans la cour. J'attendis qu'il fût parvenu à ma hauteur. Il respirait lourdement. Il avait peut-être couru lui aussi. Si j'étais restée immobile, il serait passé devant moi sans me voir. Pourquoi fis-je le contraire ? Parce que je m'étais comportée comme une poule mouillée ? Pour me prouver que je n'étais pas brave seulement en paroles ? Ou par pure méchanceté, parce que j'avais besoin de voir quelqu'un aussi effrayé que moi, un moment plus tôt ?

– Tu t'es bien amusé ?

Je lui barrai la route. Il sursauta et laissa tomber quelque chose de dur, ce qui parut le contrarier plus encore que ma présence. Il se baissa et chercha ce qu'il avait perdu. Plus prompte que lui, je ramassai l'objet. Mes doigts se refermèrent sur la couverture rugueuse d'un livre. Nos mains se rencontrèrent. Il retira aussitôt les siennes, comme s'il s'était brûlé à mon contact. Je poussai le livre vers lui et il s'en empara.

– Qu'est-ce que tu fais là ? siffla-t-il.

– Je t'espionne.

– Pourquoi ?

– Je te l'ai dit. J'ai besoin de ton aide.

– Je ne peux pas t'aider. Tu ne comprends pas ?

Il y avait de la frayeur dans sa voix.

– Pourquoi ? Que se passe-t-il, là-bas ? Qu'as-tu vu ?

– Rien. Rien. Laisse-moi passer.

Il se releva, me poussa sur le côté. Mais nous avions fait trop de bruit. Une voix s'éleva, nous figeant sur place.

– Taisez-vous, qui que vous soyez ! Allez forniquer ailleurs !

Je restai accroupie. La voix mourut. Quelques secondes plus tard, le peintre s'éloigna. J'attendis le retour du silence avant de me redresser. Alors que je m'appuyais sur les mains, je trouvai par terre une feuille de papier qui avait dû glisser de son livre. Je la saisis, puis gagnai silencieusement l'escalier de service.

Une fois en sûreté dans ma chambre, j'allumai à tâtons la lampe. Il fallut un certain temps pour que sa lueur devienne assez vive pour me permettre de voir.

Je dépliai le papier et le défroissai sur le lit.

Déchiré en son milieu, il coupait en deux le dessin qui y figurait : le corps sans tête d'un homme ; ses jambes nues, le torse jusqu'à la base du cou, le tout tracé à la craie de façon rudimentaire, à la hâte, comme si le temps avait été compté. Mais ce qu'il montrait ne pouvait s'oublier. Une blessure profonde, au couteau, descendait de la clavicule à l'aine. Comme celle d'une carcasse d'animal pendue à l'étal d'un boucher, la peau écorchée se retroussait de chaque côté, libérant les organes et les entrailles.

Je me mordis la main pour étouffer un gémissement. Je sentis alors l'odeur sur mes doigts. Je reconnus ce relent de pourriture qui émanait du peintre le jour de la séance de pose dans la chapelle ; séance qui, je m'en souvenais à présent, avait eu lieu après une de ses expéditions nocturnes. Ainsi appris-je que ce que notre pieux artiste faisait de ses nuits avait plus à voir avec la mort qu'avec le sexe.

17

À peine quelques heures plus tard, des cris dans la rue me réveillèrent. Je m'étais endormie tout habillée sur mon lit, la feuille dans la main. La lampe à huile brûlait toujours et le ciel se striait de rose. On cognait à la grande porte du palais. J'enfilai une robe d'intérieur par-dessus mes vêtements et quittai ma chambre. Dans l'escalier, je tombai sur mon père.

— Retourne te coucher ! m'ordonna-t-il.

— Que se passe-t-il ?

Il m'ignora. Dans la cour, un valet avait déjà sellé son cheval. Ma mère se tenait sur le palier, encore en tenue de nuit.

— Maman ?

— Ton père est convoqué. Pierre de Médicis a regagné la Seigneurie.

Bien sûr, impossible de dormir après cela. N'ayant aucune autre cachette, je glissai la feuille au milieu de mes dessins, déjà rangés dans mon coffre. Je verrais plus tard ce que j'en ferais. Pour l'heure, il était d'autres urgences. En bas, Tomaso et Luca s'apprêtaient à sortir. Je croisai de nouveau ma mère et la suivis dans sa chambre, bien décidée à lui demander l'impossible.

— Vous m'avez dit un jour qu'il ne fallait jamais manquer une occasion historique. C'était dans la chapelle de Ghirlandaio. Aujourd'hui, quelque chose de plus important encore se produit dans notre ville. N'aurons-nous pas le droit d'y assister ?

– C'est hors de question. Ton père affirme que Pierre a regagné Florence, une épée à la main et des spadassins à ses bottes. Il va y avoir de la violence et du sang. Ce n'est pas un spectacle pour les femmes.

– Que faire, alors ? S'asseoir et broder notre linceul ?

– Ne dramatise pas, Alessandra. Cela ne te va pas. Oui, tu peux coudre, si tu veux. Mais tu ferais mieux de prier. Pour toi et pour la cité.

Que répondre ? Je ne savais plus ce qui était juste. Tout ce qui, jusque-là, m'avait paru solide s'écroulait sous mes yeux. Les Médicis gouvernaient la ville depuis un demi-siècle, mais ils n'avaient jamais porté les armes contre l'État. Au mieux, Pierre agissait en piètre politique ; au pire, c'était un traître. Tomaso avait raison. La République s'effondrait comme un château de cartes. Que restait-il de sa gloire, de sa richesse, de sa culture ? Savonarole était-il dans le vrai ? Tout l'art du monde ne pouvait rien contre une armée d'invasion. Étaient-ce nos péchés et notre arrogance qui nous avaient menés là ?

Ma mère partit s'occuper de la maison. J'aperçus, dans les escaliers, Erila qui s'en allait.

– On parle d'effusion de sang dans la rue, lui dis-je. Sois prudente. Ma mère affirme qu'une femme n'a pas sa place là-bas.

– Je m'en souviendrai, répondit-elle avec un grand sourire, en se couvrant la tête de son manteau.

– Emmène-moi avec toi, murmurai-je alors qu'elle se glissait dehors.

Elle hésita un instant. Puis elle se détourna et disparut.

Je restai à l'affût à ma place habituelle, contre le rebord de la fenêtre de la salle de réception. Peu après midi, la grande cloche de la Seigneurie commença à sonner. Je ne l'avais jamais entendue. Pourtant, je la reconnus tout de suite. *La Vacca* : la vache, à cause de son timbre lugubre et bas. En dépit de ce nom moqueur, elle annonçait la fin du monde puisqu'elle se déclenchait seulement en cas de crise dramatique. Elle appelait tous les citoyens de Florence à se réunir sur la place de la Seigneurie si le gouvernement se trouvait en péril.

En courant, ma mère me rejoignit. Déjà, des gens se pressaient dans la rue. Elle était aussi agitée que moi, et si pâle que, tout d'abord, je la crus malade.

– Que se passe-t-il ?

Elle ne répondit rien.

– Que se passe-t-il ? répétai-je.

– Il y a si longtemps que je ne l'ai pas entendue, dit-elle faiblement.

Elle secoua la tête, comme pour mettre de l'ordre dans ses pensées.

– Ils l'ont fait sonner le jour de l'assassinat de Julien et de l'attentat contre Laurent dans la cathédrale. La ville était en effervescence. Partout des cris, des hurlements...

Elle fit un effort pour poursuivre. Je me souvins tout à coup de ses larmes devant le corps de Laurent. Qui était-elle, alors ?

– J'étais enceinte de toi. Lorsque la cloche s'est mise à sonner, je t'ai sentie remuer violemment. Je crois que tu voulais regarder, toi aussi.

– Qu'avez-vous fait ? murmurai-je, me remémorant les rumeurs chuchotées à l'office sur son attitude ce jour-là.

– Je suis allée à la fenêtre, tout comme toi... J'ai regardé la populace traîner le long des rues l'un des assassins, un prêtre, le père de Bagnone, jusqu'au gibet. Il saignait là où ils l'avaient châtré...

Ainsi, c'était vrai. J'avais été, dans son sein, frappée d'horreur et d'effroi. Presque machinalement, je m'éloignai de la fenêtre.

– Et le choc a fait de moi un monstre.

– Non, tu n'as rien de monstrueux, Alessandra. Tu es simplement curieuse. Comme moi à l'époque... Si cela peut te conforter, j'ai été moins choquée, ou effrayée, que pleine de tristesse pour lui. Que quelqu'un puisse ressentir une telle terreur, une telle douleur... Je sais ce que l'on raconte, mais j'y ai beaucoup pensé depuis. Je crois que si je t'ai transmis quelque chose, c'est la compassion pour la souffrance.

Je m'assis près d'elle et elle passa son bras autour de moi.

– Que va-t-il nous arriver, maman ?

– Je n'en sais rien. Je crains fort que Pierre n'ait ni la force ni le pouvoir de sauver le gouvernement. Peut-être parviendra-t-il quand même à sauver sa propre vie.

– Et les Français ?

– Selon ton père, ils sont en route. Pierre a conclu avec eux un pacte humiliant qui leur octroie toute liberté sur la ville, leur cède la forteresse de Pise et leur garantit un prêt important pour les frais de campagne de Charles.

– Tout ça ! Comment a-t-il pu ? Quand seront-ils là ?

– Ce n'est qu'une question de jours.

Elle me fixa comme si elle me voyait pour la première fois.

– Je crois que nous nous devrons nous résoudre à célébrer ton mariage plus tôt que prévu.

Comme toujours, ce fut Erila qui rapporta les nouvelles. Il était si tard que même ma mère se rongeait les sangs. Pour une fois, elle n'eut pas le cœur de m'envoyer dans ma chambre.

– Pierre est parti, madame. Il a fui la ville avec ses hommes. Quand les membres de la Seigneurie ont pris connaissance des termes de l'accord, ils l'ont jeté dehors, mais il a refusé de quitter la place et ses hommes ont tiré l'épée. Voilà pourquoi on a fait sonner la cloche. Vous auriez dû voir la foule... La moitié de Florence était là en cinq minutes. On a voté la formation immédiate d'un nouveau gouvernement. Sa première décision a été de bannir Pierre et de mettre sa tête à prix pour deux mille florins. Je suis rentrée en passant par la Via Tornabuoni. Le palais Médicis est déjà assiégé. On dirait la guerre.

Savonarole ne s'était donc pas trompé. Le glaive était sur nous.

Je me levai à six heures du matin. Je refusai les services de Maria, et cela pour toujours. Après m'avoir habillée, Erila décora mes cheveux. Nous étions toutes les deux épuisées. Je venais de passer ma deuxième nuit quasiment sans sommeil. Dans la cour, les valets harnachaient les chevaux et un groupe d'hommes, que mon père avait engagé pour me servir d'escorte, se restaurait dans les cuisines. La moitié de la ville était toujours dans la rue. On parlait de pillage au palais Médicis. Personne ne songeait à un jour de noces.

Je me contemplai dans le miroir. Mon époux n'ayant pas eu le temps de me constituer une nouvelle garde-robe, ainsi que le voulait la coutume, j'avais dû me contenter de la mienne. En quelques mois, j'étais devenue trop grande pour mon plus beau brocart cramoisi. Je réussis pourtant à y entrer. Les manches étaient si étroites que je pouvais à peine bouger les bras. Aucun rapport avec la robe de soie froufroutante et la peau claire de ma sœur. Je n'avais ni beauté ni grâce. De toute façon, ce n'était guère le moment de faire peindre d'orgueilleux portraits de famille. C'était aussi bien ainsi. Comment aurais-je pu poser calmement pour un homme qui, la nuit, dessinait des corps pantelants se vidant de leurs entrailles ?

Cette seule pensée me donnait la nausée.

– Reste tranquille, Alessandra. Si tu continues à t'agiter, comment veux-tu que j'entrelace les fleurs dans tes cheveux ?

Mes contorsions n'y étaient pour rien ; les fleurs commençaient tout simplement à se faner. Des fleurs de la veille pour la mariée du jour. Je surpris son regard dans le miroir. Elle ne souriait pas et je savais qu'elle avait aussi peur que moi.

– Erila ?

– Nous n'avons plus le temps. Tout ira bien. C'est un mariage, pas une mise en bière. Souviens-toi que tu as préféré cela au couvent.

Elle ne plaisantait que pour se donner du courage. Lorsqu'elle vit mes larmes, elle me consola et, une fois ma coiffure terminée, proposa d'aller me chercher des marrons chauds et du vin. Ce fut seulement à ce moment-là que je me souvins du peintre et de notre rendez-vous, plus tard dans la journée.

– Dis-lui...

Qu'y avait-il à dire ? Que je quittais la maison de mon père alors que lui passait ses nuits dans la puanteur de la mort, des viscères et du sang ?

– Dis-lui qu'il est trop tard, maintenant.

Et ce fut tout.

Peu après le départ d'Erila, la porte s'ouvrit. Tomaso s'immobilisa sur le seuil, comme s'il craignait de faire un pas de plus.

– Quoi de neuf, dehors ? lui demandai-je d'une voix égale, sans me détourner du miroir.

– On croirait que l'invasion a déjà eu lieu. La foule arrache les armoiries des Médicis de tous les bâtiments et peint à la place l'emblème de la République.

– Serons-nous en sûreté ?

– Je n'en sais rien.

Il enleva son manteau, avec lequel il s'épongea le visage.

– J'ai l'impression que tu n'es pas vraiment habillé pour mon mariage, ajoutai-je, presque heureuse d'avoir une raison de me chamailler avec lui. Sale comme tu es, tu auras du mal à jouer les jolis cœurs Tu n'en auras peut-être même pas l'occasion : les circonstances risquent de réduire le nombre des invités.

Mon ironie ne le troubla pas.

– Ton mariage, répéta-t-il. Il me semble que je suis le seul à ne pas t'avoir félicitée.

Nous nous regardâmes dans le miroir.

– Tu es très... en beauté.

De sa part, un tel compliment paraissait si incongru que je ne pus m'empêcher de rire.

– Tu veux dire : assez bonne pour me faire mettre ?

Il fronça les sourcils, comme si ma crudité l'indisposait. Il s'avança, de façon à me voir, non plus dans le miroir, mais face à face.

– Je me demande toujours pourquoi tu l'as fait.

– Fait quoi ?

– Accepté de l'épouser.

– Pour m'éloigner de toi, bien évidemment, lançai-je d'un ton enjoué.

Il ne réagit pas. Je haussai les épaules.

147

— Parce que je mourrais à petit feu dans un couvent et qu'ici je n'ai pas de vie. J'en aurai peut-être une avec lui.

Il eut un raclement de gorge, comme si ma réponse ne l'avait aidé en rien.

— J'espère que tu seras heureuse.

— Vraiment ?

— C'est un homme cultivé.

— Je l'ai entendu dire.

— Je crois... je crois qu'il te donnera la liberté que tu désires.

Sa remarque ressemblait à une phrase qu'avait prononcée ma mère.

— Et qu'est-ce qui te fait penser ça ? Tu le connais, non ?

— Un peu.

— Non. Plus qu'un peu, je pense.

Bien sûr. Il s'était passé tant de choses que je n'avais pas fait le rapprochement. Comment, autrement, mon époux aurait-il été au courant de mes études et su que je peignais ? Qui d'autre que Tomaso aurait pu lui fournir tous ces renseignements ?

— C'est toi qui lui as tout raconté sur moi, hein ? Que je parle grec. Que je dessine. Et que je n'aime pas danser.

— Ta façon de danser parle d'elle-même. Quant à ton savoir, petite sœur... Eh bien, ton savoir est légendaire.

Je retrouvais l'ancien Tomaso, aux sarcasmes plus acérés qu'un poignard.

— Dis-moi, Tomaso, pourquoi nous querellons-nous toujours ?

— Parce que... Parce que... Je ne m'en souviens plus.

— Tu es plus âgé que moi, tu as plus de liberté, plus d'aisance, tu danses même mieux que moi... Et tu es beaucoup plus joli... Ou tu te regardes beaucoup plus souvent dans la glace, conclus-je en riant.

Il aurait pu rire en retour. C'était maintenant ou jamais. Mais il garda le silence.

— Bien, dis-je avec douceur. Mieux vaut ne pas faire la paix maintenant. Cela serait un trop gros choc pour nous, et le monde est déjà plein de choses choquantes.

148

Il n'y avait plus rien à dire. Pourtant, il s'attarda.

– Sincèrement, Alessandra... Tu es très en beauté.

– Je me suis apprêtée, voilà tout. Même si je ne suis pas certaine d'être prête. Enfin... La prochaine fois que nous nous rencontrerons seul à seul, je serai une femme et Florence sera une ville occupée. Tu devrais, pendant un certain temps, t'abstenir de traîner dans les rues. Tu pourrais bien te retrouver au bout d'une épée française.

– Je viendrai donc te rendre visite, déclara-t-il d'un ton sentencieux.

– Tu seras toujours le bienvenu chez moi.

Je me demandai combien de temps il faudrait pour que cette expression me paraisse naturelle.

– Dans ce cas, je viendrai souvent... Salue ton mari pour moi.

– Je n'y manquerai pas.

Je sais maintenant que cette conversation le laissa plus déconcerté que moi.

Il était difficile de parler de cortège nuptial.

Même si j'avais été hissée sur un cheval, les gardes groupés autour de moi me masquaient presque entièrement et personne, dans la rue, ne s'arrêta pour m'admirer. La ville avait d'autres soucis. Il y avait des attroupements à tous les coins de rue. Quand nous arrivâmes devant la cathédrale, on nous arrêta pour nous ordonner de prendre un autre chemin : des soldats interdisaient l'accès de la place.

Le barrage n'était pas complet. À travers une brèche, je pus voir ce qui se passait.

Une silhouette gisait sur les marches du Baptistère, affalée contre les portes sculptées de Ghiberti. Un manteau couvrait sa face. Pourtant, la longueur de ses jambes et la couleur de ses vêtements indiquaient clairement qu'il s'agissait d'un jeune homme. Il aurait presque pu avoir l'air de dormir après une nuit de beuverie, sans la mare de sang noir qui, sous son corps, suintait comme de l'eau.

Effrayé par l'odeur de ce sang, mon cheval se braqua en renâclant, frappa le sol de ses sabots. Le valet qui le tenait par la bride tenta de le calmer. Je m'accrochai à la selle, regardant le cadavre. À ce moment-là, le manteau glissa et révéla un visage sanglant, mutilé, la tête à moitié séparée du torse, avec un trou béant à la place du nez. Un autre corps mutilé près d'une autre église. Savonarole avait raison : Florence était en guerre avec elle-même, et le diable parcourait la cité pendant les heures sombres.

Le valet tira la tête du cheval et nous poursuivîmes notre chemin.

18

Le palais de mon mari était vieux, humide et plein de courants d'air. Mon intuition sur le nombre d'invités se vérifia. Ce ne fut pas seulement l'annonce hâtive du mariage qui éclaircit leurs rangs, mais une prudence liée aux anciennes allégeances. Le gouvernement ayant changé de main, l'on ne tenait guère à être vu en compagnie de membres de la vieille garde dont mon père, en dépit de ses fonctions modestes, faisait partie. Je ne peux dire que cela me perturba. Peu nous importaient les spectateurs. La cérémonie fut simple et brève. Plus agité que nous, le notaire ne cessait de regarder pardessus son épaule chaque fois qu'un bruit ou un cri retentissait dans la rue. Il remplit néanmoins son office, supervisa la signature des contrats et l'échange des anneaux. La fébrilité des préparatifs n'avait pas laissé à mon mari le temps d'apporter sa contrepartie de la dot, mais il avait fait ce qu'il avait pu, et je crois que ma mère fut touchée par la petite broche d'ambre, bijou de famille hérité de sa propre mère, qu'il lui offrit. Luca reçut une flasque, et Tomaso une ceinture d'argent tout à fait seyante, avec promesse d'autres présents à venir.

Contrastant avec le tumulte qui régnait en ville, la vieille demeure de Cristoforo était paisible et raffinée. Ce calme lui ressemblait. Pendant la cérémonie, il me traita avec courtoisie, plus en amie qu'en épouse. Preuve de son honnêteté et de ses bonnes dispositions, sa sollicitude me rassura. Nous nous tenions côte à côte et il était assez grand pour que je n'aie pas à me voûter afin d'accorder ma taille à la sienne. Contrairement à moi, il avait belle allure. Il avait dû être très séduisant dans sa jeunesse et gardait, en dépit de ses rides et de son teint rougeaud, des restes de sa beauté d'autrefois.

Après la cérémonie fut servi un repas froid très simple, fait de porc en gelée et de brochet fourré aux raisins secs. Rien de comparable avec un banquet de noces. Je constatai toutefois, d'après le visage de mon père, que la cave contenait des vins de qualité supérieure. On dansa ensuite dans le salon d'hiver. Plautilla se risqua sur la piste, mais elle renonça vite. Gênée par son gros ventre, elle finit par s'asseoir et contempla les autres danseurs et les musiciens. Mon époux m'entraîna dans le *Balli Rostiboli*. Je ne m'étalai pas de tout mon long et ne manquai aucun pas. Ma mère m'observait d'un air serein. À son côté, mon père faisait mine de s'intéresser à ce qui se passait autour de lui, mais son esprit était ailleurs. J'essayai d'imaginer le monde à travers ses yeux. Il avait construit toute son existence sur l'élévation de sa famille et la gloire de l'État. À présent, ses filles étaient dispersées, ses fils menaient une vie de bâton de chaise, la République était en crise, l'armée française à un jour de marche de Florence. Et nous ne pensions qu'à danser, comme si nous n'avions rien eu de mieux à faire.

Les festivités se terminèrent tôt, à cause du couvre-feu. Ma famille s'en alla après nous avoir étreints, mon mari et moi. Ma mère m'embrassa solennellement sur le front. Je crois qu'elle aurait souhaité me parler plus avant, mais je m'obstinai à fuir son regard. De plus en plus nerveuse, je rendais tout le monde, sauf moi, responsable d'une situation qui m'angoissait.

— Sois courageuse, m'avait-elle dit dans la précipitation, ce matin-là, en inspectant une dernière fois ma toilette. Il sait que tu es jeune ; il fera attention. La nuit de noces peut être un peu douloureuse. Mais elle sera vite passée. C'est une grande aventure, Alessandra. Elle va changer ta vie. Si tu y mets du tien, elle t'apportera une paix et des satisfactions que l'avenir, autrement, t'aurait refusées.

Elle n'en paraissait pas convaincue. De mon côté, j'étais si perturbée que je ne l'avais écoutée que d'une oreille distraite.

– Eh bien, Alessandra Langella, qu'allons-nous faire maintenant, vous et moi ?

Il détaillait les débris de la fête. Le silence, après la musique, avait quelque chose d'inquiétant.

– Je ne sais pas.

Je le sentais conscient de mon anxiété. Il se versa une autre coupe. « Je t'en prie, ne t'enivre pas », pensai-je. Même si j'étais une oie blanche, je n'ignorais pas que, si un mari devait s'abstenir d'aller vers sa femme poussé par un désir incontrôlable (et il n'en avait manifesté aucun signe ; depuis la cérémonie, il ne m'avait touchée qu'une fois, tandis que nous dansions), il ne devait pas non plus l'honorer après avoir bu. Quant aux autres interdits, eh bien, je les apprendrais certainement plus tard.

– Peut-être pourrions-nous, pour commencer, explorer nos goûts communs. Aimeriez-vous admirer quelques œuvres d'art ?

– Oh, oui !

Mon visage s'était sans doute illuminé, car il rit de ma gaucherie, comme on rit de l'impatience d'un enfant. Je me dis qu'il avait sûrement bon caractère et qu'une fois devenus mari et femme, nous pourrions de nouveau converser comme chez Plautilla, passant nos heures de loisirs assis l'un près l'autre, à lire ou à élever notre esprit, et qu'il serait le frère que je n'avais jamais vraiment eu. Même si l'État s'écroulait autour de nous, nous garderions en nous une part de l'ancienne Florence ; et, de toute cette horreur, naîtrait un bien.

À mesure que nous montions l'escalier, le froid se fit plus vif.

Sa collection de sculptures se trouvait au premier étage. Il lui avait consacré une pièce entière. Elle comprenait cinq statues : deux satyres, un *Hercule* de marbre aux muscles noueux et un *Bacchus* impressionnant dont le corps, en pierre, avait l'air plus charnel que le mien. Mais la plus belle était celle du jeune athlète : nu, son poids reposant tout entier sur un pied, le buste pivotant, prêt à lancer le disque que tenait sa main droite. Sa souplesse et sa grâce auraient ému Savonarole lui-même. Sculpté, de toute évidence, bien avant le Christ, il avait dans sa perfection quelque chose de divin.

– Vous l'aimez ?

– Oui, énormément ! De quand date-t-il ?

– Il est récent.

– Non, il est...

– Antique ? Je sais, on s'y tromperait. Il prouve à lui seul ma naïveté de philistin.

– Que voulez-vous dire ?

– Je l'ai acheté à Rome. À un homme qui m'a juré qu'on l'avait exhumé deux ans plus tôt en Crète. Le thorax portait encore des traces de terre et de moisissure. Vous voyez les doigts ébréchés de la main gauche ? Je l'ai payé une fortune. Puis, quand je l'ai rapporté à Florence, un de mes amis, familier du jardin Médicis, m'a dit qu'il s'agissait de l'œuvre d'un jeune artiste local. Une copie d'une pièce appartenant à Cosme. Apparemment, ce n'était pas la première duperie du genre.

Je levai les yeux vers le jeune athlète. On pouvait presque l'imaginer tournant la tête vers nous et souriant de sa propre supercherie. Ce sourire aurait été charmant.

– Qu'avez-vous fait ?

– J'ai félicité le sculpteur et gardé la statue. Elle vaut largement l'argent qu'elle m'a coûté. Venez. J'ai d'autres objets, qui vous intéresseront davantage encore.

Il me conduisit dans une pièce plus petite. Il extirpa, d'une armoire fermée à clé, une superbe coupe de malachite et deux vases d'agate au support en orfèvrerie d'or, gravé à son nom. Il ouvrit ensuite de petits tiroirs en marqueterie, révélant une collection de monnaies et de bijoux de l'époque romaine. Mais il gardait le plus précieux pour la fin : un grand portfolio qu'il déposa avec précaution devant moi, sur une table.

– Ce sont les illustrations d'un texte destiné à devenir un

livre. Imaginez-vous la gloire qu'elles apporteront une fois le volume achevé ?

Je les sortis une à une, en étalai une dizaine sur la table. Le parchemin était assez fin pour révéler les lignes inscrites au verso, mais je n'avais pas besoin de les lire pour deviner de quel livre il s'agissait. Les dessins à l'encre représentaient des visions célestes : une Béatrice délicate et sublime tenant Dante par la main et le guidant, à travers un essaim d'âmes, jusqu'à la Divinité.

– *Le Paradis.*

– Exact.

– Y a-t-il aussi *Le Purgatoire* et *L'Enfer* ?

– Bien sûr.

Je revins en arrière, chant par chant. En approchant de l'enfer, les dessins devenaient plus complexes, plus sauvages : personnages dénudés tourmentés par des diables, hommes changés en arbres ou dévorés par des serpents. Même si je connaissais Dante par cœur, jamais je n'aurais rêvé d'une telle floraison d'images magnifiant la magie des mots.

– Qui est l'auteur de ces merveilles ?

– Vous ne reconnaissez pas son style ?

– Je suis moins experte que vous.

– Alors, regardez ceci.

Il choisit, dans le portfolio, une image du *Paradis* où les cheveux torsadés de Béatrice flottaient autour de son visage avec la même exubérance que les plis de sa robe enveloppant sa silhouette. Empreints à la fois de coquetterie et de sérénité, ses traits avaient le charme un peu sulfureux non d'une égérie mais d'une maîtresse.

– Alessandro Botticelli ?

– Bravo. Elle est vraiment sa Béatrice, vous ne trouvez pas ?

– Mais... Quand a-t-il fait ces dessins ? J'ignorais qu'il avait illustré *La Divine Comédie*.

– Notre Sandro éprouve le même amour pour Dante que pour Dieu. Malheureusement, je me suis laissé dire que le fouet de Savonarole avait changé tout cela. Botticelli a réalisé ces illustrations voilà quelques années, après son retour de Rome. Il y a consacré beaucoup de temps. Et, comme vous pouvez le constater, ils sont inachevés.

– Comment sont-ils parvenus jusqu'à vous ?

– Je n'en suis, hélas, que le dépositaire. Ils m'ont été confiés par un ami qui s'occupe de politique et craint qu'ils ne soient victimes de la violence qui se développe un peu partout.

Je brûlais d'envie de connaître le nom de cet ami, mais il n'en dit pas davantage. Je pensai à mon père et à ma mère, à tout ce qui les séparait. Elle était plus cultivée que lui, mais il y avait des choses qu'il ne partageait pas avec elle et à propos desquelles elle ne lui posait aucune question. J'apprendrais bien assez tôt où se situait la frontière.

Je revins aux dessins. La découverte du paradis était pleine de grâce, profonde, même, mais mon attention se focalisait surtout sur l'enfer. Toutes ces pages pleines de souffrances et de larmes : ces corps noyés dans des fleuves de sang, ces cohortes d'âmes perdues éternellement poursuivies par des vents de feu tandis que Dante et Virgile, dans des vêtements aux couleurs presque aveuglantes, du moins dans certaines illustrations, longeaient des précipices léchés par les flammes.

– À votre avis, Alessandra, dit mon mari en regardant par-dessus mon épaule, pourquoi l'enfer fascine-t-il bien plus que le paradis ?

Je me remémorai toutes les peintures et les fresques que j'avais vues, les horreurs édifiantes qu'elles représentaient : diablotins accroupis aux ailes et aux griffes de chauve-souris, mordant les chairs et croquant les os. Ou le diable lui-même, au corps bestial et velu, fourrant dans sa gueule, comme s'il avalait des carottes, des pécheurs hurlant de terreur. En comparaison, quelles images gardais-je du paradis ? Des multitudes de saints et d'anges en extase, en rangs serrés, unis dans une béatitude inexprimable.

– Peut-être parce que nous souffrons tous, répondis-je. Alors qu'il nous est plus difficile de comprendre le sublime.

– Ah, pour vous, le sublime serait donc l'opposé de la souffrance ? Que faites-vous du plaisir ?

156

– Je crois... je crois que le plaisir est un mot trop faible pour qualifier l'union avec Dieu. C'est un concept terrestre. Nous ne l'éprouvons que lorsque nous cédons à la tentation.

– Très juste.

Il éclata de rire.

– Les souffrances de l'enfer nous rappellent donc les plaisirs terrestres : la vie, pour tout dire.

– Mais aussi le péché.

– Oui, hélas, soupira-t-il. Le péché... Le péché et la vie. Ils sont intimement liés, comme le lierre et l'écorce.

Cette pensée n'avait pas l'air de l'attrister outre mesure.

– Et vous ? Où irez-vous ?

– Moi ? Là où je trouverai la meilleure compagnie. Celle des philosophes, précisa-t-il en souriant. Donnez-moi les Anciens jusqu'à la fin des temps.

– Impossible. Ces grands esprits, nés avant la venue du véritable Sauveur, errent dans les limbes. Ils n'éprouvent aucune douleur, mais se désespèrent de n'avoir aucun espoir de transcendance. Même le purgatoire leur est refusé.

Il rit une nouvelle fois.

– Bien joué. Mais je dois vous avouer que j'avais deviné votre piège et que j'y suis tombé pour vous être agréable.

Cette conversation me ravissait. Si elle constituait un péché en elle-même, c'était un péché délicieux.

– Si Dante doit être notre Virgile dans l'autre monde, poursuivit Cristoforo, vous conviendrez avec moi que l'on a, en enfer, de bons compagnons de causerie.

Nous étions à présent tout près l'un de l'autre, une centaine de corps nus au bout des doigts.

Et nous ne nous lassions pas de les admirer : mari et femme au désir sanctifié par le mariage. S'il devait y avoir un contact physique entre nous, il pourrait très bien, loin d'être un péché, nous aider à faire un pas vers la Divinité. Nous avions tous deux lu Marsilio Ficino. *Vinculum Mundi* : l'amour liant toutes les créatures de Dieu, Platon et la chrétienté réunis dans la joie. L'acte d'amour entre un homme et une femme menait à l'extase de l'union finale avec Dieu. Moi qui avais si souvent rêvé de transcendance, je sentais tout à coup aller et venir en moi une oppression étrange, mélange de douleur et de plaisir.

Peut-être, après tout, fallait-il y voir la main de Dieu. Si mon mari, jusque-là, avait préféré le désir à l'amour, ma pureté pourrait nous conduire ensemble au salut. À travers nos deux esprits, nous trouverions nos corps et, à travers nos corps, nous nous élèverions vers Dieu.

— Où avez-vous rencontré mon frère ? demandai-je.

Si notre union devait être la fusion de deux âmes, j'avais besoin de savoir.

— Je crois que vous ne l'ignorez pas.

— Dans une taverne ?

— Cela vous scandalise ?

— Pas vraiment. J'ai vécu près de lui jusqu'à aujourd'hui. Je sais qu'il passe le plus clair de son temps dans de tels endroits.

— Il est jeune, murmura-t-il avec un soupir. Je n'ai pas cette excuse.

— Ce que vous avez fait avant de me connaître ne me concerne pas, répondis-je, heureuse de ma propre douceur.

— Comme vous l'avez délicieusement dit...

Il me sourit. Oui, pensai-je. Les femmes le trouvaient certainement attirant. Sa façon de séduire devait être subtile, discrète. Nous nous tûmes. Nous savions tous deux que le temps était venu. Il restait sur sa réserve, mais j'avais envie qu'il me touche. Un contact anodin : des vêtements qui se frôlent, des mains qui se rencontrent au-dessus d'un parchemin. Je l'aurais souhaité plus pur, mais j'avais besoin, à présent, de son expérience. Je bâillai.

— Vous êtes fatiguée ?

— Un peu. La journée a été longue.

— Alors, nous allons nous retirer. Je vais faire appeler votre esclave. Comment s'appelle-t-elle ?

— Erila.

— Erila. Elle vous aidera à vous préparer.

J'acquiesçai. Ma gorge se nouait. Je fis un pas de côté et me concentrai sur les illustrations tandis qu'il sonnait la cloche. Les corps jetés en enfer se tordaient sous mes yeux, torturés par l'âpre souvenir du plaisir. Pour l'heure, un homme bien vivant, dont j'étais la femme, m'invitait à partager sa maison. Ses années d'expérience allaient m'être d'un grand secours. Oui, j'aurais pu tomber plus mal.

Elle enleva d'abord mes souliers, dégagea de l'intérieur de la semelle le florin d'or que ma mère y avait placé pour apporter prospérité et fertilité à mon mariage. Posé dans le creux de ma paume, ce symbole de mon foyer perdu me fit presque pleurer. Ensuite, elle me délaça, m'ôta ma robe et ma chemise. Je me retrouvai nue devant elle. Le froid qui régnait dans la pièce me donnait la chair de poule. Ma chemise nuptiale attendait sur le lit. Erila s'en empara et la brandit devant moi. Elle m'habillait depuis mon enfance, avait assisté, année après année, à mes métamorphoses. Elle examina la courbure accentuée de mes hanches, ma toison pubienne qui s'était encore épaissie.

— Oh, maîtresse, lança-t-elle sur le ton de la plaisanterie, regarde-toi. Tu ressembles à une pêche bien mûre.

Je ne pus m'empêcher de rire.

— Je suis grasse comme un moine. Et je me sens plus gonflée qu'une outre.

— Ça vient et ça part avec la lune. Mais cela te va bien. Tu es prête.

— Oh, pas toi, Erila ! J'ai déjà eu mon lot avec Tomaso. La seule chose qui ait changé chez moi, c'est que je saigne comme un porc que l'on égorge. Pour le reste, je suis la même qu'avant.

— Pas tout à fait, dit-elle en souriant.

Une fois de plus, je regrettai qu'elle ne fût pas ma mère. J'aurais pu l'interroger sur tout ce que je ne connaissais pas et cela aurait pu sauver, sinon ma vie, du moins ma dignité au cours des heures qui allaient suivre. Mais il était déjà trop tard. Je saisis la chemise, la fis passer par-dessus ma tête. En se déroulant jusqu'au sol, la soie, œuvre de mon père, caressa mes hanches et mes jambes nues. Ainsi vêtue, je paraissais presque gracieuse.

159

Je m'assis pour qu'Erila dénoue mes cheveux, si épais, si rebelles que, lorsque les dernières épingles cédèrent, ils s'affalèrent lourdement dans mon dos.

– On croirait un fleuve de lave noire, dit-elle en commençant à les brosser, démêlant ce fouillis de mèches sombres.

– Plutôt une armée de corbeaux.

– Dans mon pays, le noir est la plus belle couleur.

– Alors, emmène-moi là-bas. J'ai une meilleure idée, ajoutai-je en la fixant dans le miroir. Pourquoi, cette nuit, ne prendrais-tu pas ma place auprès de lui ? Dans l'obscurité, il ne verra pas la différence. Nous avons à peine échangé vingt mots. Arrête de rire. Je suis sérieuse. Tu es presque aussi potelée que moi. Aussi longtemps qu'il ne te parlera pas grec, ce sera tout simple.

Elle avait toujours eu un rire contagieux. Il nous fallut du temps pour dominer notre hilarité. Qu'aurait-il pensé s'il nous avait entendues ? Je bloquai ma respiration, fermai les yeux. Lorsque je les ouvris, elle me souriait. L'anxiété m'assaillit de nouveau.

– Crois-tu que je sois trop jeune pour ça, Erila ?

– Tu as l'âge.

– Quand t'est-ce arrivé pour la première fois ?

Elle fit la moue.

– Je ne me souviens pas.

– Vraiment ?

– Vraiment.

Je soupirai.

– Donne-moi au moins quelques conseils. Dis-moi comment agir.

– Surtout, ne prends aucune initiative. Sinon, il croira que tu l'as déjà fait et demandera la résiliation du contrat.

Une nouvelle fois, nous éclatâmes de rire.

Elle mit de l'ordre dans la pièce puis se mira dans la glace, plaquant contre elle ma robe de mariée avec un mouvement suggestif du bassin. Le vêtement lui allait mieux qu'à moi. Quand elle trouverait un époux, avant ou après avoir gagné sa liberté, je lui en offrirais une semblable, pour sa dot. Une tenue majestueuse, qui s'harmoniserait avec sa crinière et sa peau de velours. Que Dieu ait pitié du mari.

– Que m'as-tu dit, avant le mariage de Plautilla ? Que ce n'était pas plus pénible qu'une dent arrachée, mais que cela pouvait être plus délectable...

– Que la note ultime d'un luth.

Je ris encore.

– Quel poète a écrit ça ?

– Celui-là, répondit-elle en montrant l'intérieur de ses cuisses.

– Que dirais-tu, alors, de « plus délicieux que le premier jus d'une pastèque » ?

– Quoi !

– Ce sont les termes de mon frère Tomaso.

– Il ne sait pas de quoi il parle, grommela-t-elle.

– En tout cas, il prétend s'y connaître.

– Trêve de balivernes, dit-elle en lissant ma chemise et mes cheveux. Ton mari t'attend.

– Et toi ? Où seras-tu ? m'exclamai-je, un peu fébrile.

– En bas, avec les autres esclaves. Là où, je dois te l'avouer, il fait plus froid et plus humide que chez ton père. Tu ne seras pas la seule à chercher, dans ta nouvelle demeure, le moyen de te réchauffer.

Elle avait encore pitié de moi. Elle me pinça la joue et conclut :

– Tout se passera bien. Ça ne te tuera pas. Arrête de te ronger les sangs. Les femmes fortes n'en meurent jamais. Souviens-toi de cela.

19

Je me glissai entre les draps brodés et craquants en prenant soin de ne pas retrousser ma chemise. Aucun signe de mon mari. J'attendis. La veille, je n'avais pas la moindre idée de l'aspect de sa maison. Dans une heure, je saurais tout ce que j'ignorais encore. Une heure suffirait-elle ? En fait, en dépit de tous les bavardages, je ne savais rien du tout.

La porte s'ouvrit. Toujours habillé, il avait plutôt l'air de s'apprêter à sortir qu'à aller au lit. Il se dirigea vers une table où l'on avait déposé une carafe de vin, remplit deux verres. Pendant un instant, je ne fus même pas sûre qu'il m'avait vue. Il marcha vers moi, s'assit sur le lit.

– Comment vous sentez-vous ?

Son haleine empestait le vin.

– Bien. Un peu fatiguée, peut-être...

– Vous l'avez dit : la journée a été longue.

Il but une gorgée, me tendit l'autre verre, que je refusai.

– Vous devriez boire, me dit-il. Cela vous détendra.

Détendue, je ne l'étais pas. Le serais-je tout à l'heure ? Je fis quand même ce qu'il me proposait. Le vin avait un goût plus fort que celui auquel j'étais habituée. Je n'avais pas beaucoup mangé lors du souper, qui remontait à plusieurs heures. Le liquide me brûla l'intérieur de la gorge. Un peu étourdie, j'observai Cristoforo par-dessus le verre. Il scrutait le plancher, comme s'il avait l'esprit ailleurs. Il posa son verre. Lui non plus ne semblait pas très assuré. Si je n'étais pas sa première pucelle, j'étais, en tout cas, sa première épouse vierge.

– Vous êtes prête ? Vous savez ce qui va se passer maintenant, n'est-ce pas ?

– Oui, murmurai-je, baissant les yeux et rougissant malgré moi.

– Bien.

Il se rapprocha, rabattit le drap jusqu'au pied du lit. Seuls mes orteils dépassaient de ma chemise. Ils me firent penser à Béatrice s'envolant pieds nus vers Dieu, telle que l'avait, avec allégresse, dessinée Botticelli. Mais Dante l'avait trop aimée pour avoir avec elle des relations charnelles. D'autant qu'elle était mariée à un autre homme. Qu'avait dit Erila ? Arrête de penser... Les femmes fortes n'en meurent pas.

Il posa une main sur ma jambe, touchant ma peau à travers la soie. Son contact était moite. Il la laissa là un moment. Puis, à deux mains, il repoussa lentement ma chemise, dénudant mes jambes presque jusqu'au sexe, avant de caresser mon mollet. J'avalai ma salive, regardant ses doigts plutôt que son visage, essayant d'empêcher mon corps de se raidir. Sa main remonta vers mon genou, atteignit le rebord de ma chemise, qu'elle retroussa encore un peu plus, dévoilant ma toison aussi sombre que mes cheveux. Plautilla s'était-elle teinte là aussi ? Maintenant, il est trop tard, me dis-je. Mon instinct me poussait à me couvrir de nouveau. On m'avait trop longtemps enseigné la pudeur pour que j'y renonce tout d'un coup. Il enleva sa main, m'étudia un moment. Je perçus un malaise, comme si quelque chose lui avait déplu. Cela venait-il de lui ou de moi ? Je pensai à ses statues, à leur chair de marbre si parfaite, si jeune. Peut-être était-il rebuté par les imperfections de mon corps encore adolescent et par notre différence d'âge...

– Vous ne vous déshabillez pas ? hasardai-je.

Je me souvins de la courtisane et de l'homme à la tête enfouie sous ses jupes. Et je me sentis mal. Je me demandai s'il allait m'embrasser maintenant. C'était sûrement le moment. Mais il n'en fit rien.

Il s'éloigna du rebord du lit, dégrafa son pourpoint. Il y plongea la main et sortit son pénis, qui s'étala mollement au creux de sa paume. Je me redressai, affolée, ne sachant si je devais regarder ou me détourner. Bien sûr, j'avais déjà vu des pénis sur des statues. Comme toutes les jeunes filles, j'avais été sidérée par leur flétrissure et leur laideur, ne comprenant pas bien comment cette chose aussi racornie qu'une limace pouvait se transformer en une arme assez dure pour pénétrer une femme. Pourquoi Cristoforo ne se couchait-il pas ? Erila m'avait dit qu'un homme et une femme pouvaient accomplir l'acte conjugal de multiples façons, mais celle-là, je ne la reconnaissais pas. Il agrippa son membre et lui imprima un mouvement de va-et-vient presque saccadé, laissant son autre main inerte sur ma jambe.

Paralysée, je le regardai faire. Lui ne me regardait plus. Il avait l'air en transe, semblait se contempler lui-même. Les yeux mi-clos, la bouche à demi ouverte, il émettait de petits grognements. Il finit par ôter sa main de ma jambe, pour l'utiliser elle aussi. Ses yeux croisèrent une fois les miens. Ils étaient vitreux et le sourire qui découvrait ses dents ressemblait à un rictus. J'essayai de sourire à mon tour. Mais une panique incontrôlée montait en moi, et il s'en rendit compte. Mes jambes se collèrent l'une à l'autre.

Il s'activait de plus en plus et son pénis commençait à grossir.

Riant à moitié, il respira plusieurs fois avec force.

– C'est mieux, murmura-t-il.

Il se rapprocha de moi tout en continuant à triturer son membre. Il libéra une de ses mains, la tendit vers la petite vitrine toute proche, saisit un flacon de verre bleu. Après en avoir ôté le couvercle, il y plongea ses doigts, en ramena une substance blanche. Il s'en enduisit, plongea encore une fois sa main dans le flacon et s'approcha un peu plus. Involontairement, je reculai. Il me dit sèchement :

– Ne bougez pas.

Je frissonnai. Ses doigts atteignirent ma toison, cherchèrent mon sexe. L'onguent était gras, et si glacé qu'il me fit pleurer.

– Vous ne pouvez pas avoir mal, ajouta Cristoforo entre deux halètements. Je n'ai encore rien fait.

– C'est froid, répondis-je en ravalant mes larmes. C'est froid.

Il s'esclaffa. Je l'imitai, absolument terrifiée.

– Mon Dieu, ne riez pas maintenant. Sinon, tout mon travail n'aura servi à rien.

Mon rire s'étrangla.

– Vous êtes vierge, n'est-ce pas ?

– Oui.

– Je vais donc déchirer votre hymen. Cela rendra ma pénétration plus facile. Vous comprenez ?

J'acquiesçai. Qu'enseignait-on aux jeunes femmes ? « La vertu est une dot bien plus précieuse que tout l'or du monde. » Mais ces belles paroles ne m'aidaient en rien.

Il glissa deux doigts en moi. Les traits agités de tremblements, il ne parvenait plus à masquer son dégoût. Il poussa brutalement. Une douleur brûlante, suivie d'une sensation de déchirement, m'arracha un cri, comme si on tranchait un morceau de ma chair. Je pensai à une dent arrachée, et sûrement pas à la note ultime d'un luth.

– Brave petite, grommela-t-il d'une voix épaisse. Brave petite.

Il poussa davantage. Je criai encore, moins fort, car la douleur n'était pas aussi aiguë. Il répéta :

– Brave petite.

Il me parlait comme à une bête, une chienne ou une chatte en train de mettre bas. Il retira sa main. Je remarquai sur ses doigts un mince filet de sang. Je notai aussi que son pénis s'affaissait petit à petit.

– Merde, dit-il, presque furieux, en s'en emparant à deux mains. Merde.

Il grimpa sur moi, plaça son membre au-dessus de mon sexe et, le cajolant toujours, l'introduisit en moi, y enfonçant également ses doigts. Même si j'avais perdu mon hymen, je n'étais ni assez large, ni assez lubrifiée pour sa taille. Je fondis en larmes. Lui s'enfonça encore. Je fermai violemment les yeux, comme un enfant attendant que le danger soit passé. Une vague

165

de honte me traversa. Mais Cristoforo était trop occupé pour se soucier de moi.

Il besognait en grognant, jurait entre ses dents.

– Nom de Dieu, nom de Dieu...

En dépit de ma douleur, je le sentis se durcir. Il retira ses doigts et s'activa encore, soufflant comme un cheval harassé. J'ouvris les yeux. Au-dessus de moi, semblable à une tête de mort, son visage grimaçait comme s'il allait me mordre. Soudain, il hurla. Un liquide chaud se répandit sur mes cuisses alors qu'il se retirait et roulait lourdement sur le côté, cherchant de l'air, tel un homme sauvé de la noyade.

Il reprit son souffle, moitié riant, moitié suffocant.

C'était fini. J'étais déflorée. Erila avait raison. Je n'en étais pas morte.

Quelques instants plus tard, Cristoforo se leva et traversa la pièce. Je crus qu'il s'en allait. Mais il se dirigea vers la table, où se trouvait un broc d'eau et un linge. Me tournant en partie le dos, il s'essuya, puis glissa son pénis dans ses chausses. Il semblait m'avoir déjà oubliée. Il poussa un profond soupir, comme pour chasser le souvenir de ce qui venait de se passer. Quand il se tourna de nouveau vers moi, ses traits étaient calmes et il avait l'air presque satisfait de lui.

Je pleurais toujours. J'avais trop mal pour refermer mes jambes. Je tirai ma chemise de nuit vers le bas et, poussant une légère plainte, me penchai pour attraper le drap, notant, à ma grande honte, la tâche rosâtre qui maculait le drap.

Cristoforo m'observa un moment, remplit de nouveau deux verres et but une longue gorgée. Il revint vers le lit, me tendit le second.

– Buvez. Cela vous fera du bien. Buvez.

Sans être déplaisante, sa voix se faisait impérieuse. Je m'exécutai. Le vin se mêla à mes larmes et je toussai violemment.

– Encore une fois.

J'obéis. Ma main tremblait si fort que je renversai un peu de vin sur le drap. Encore du sang rouge partout. Mais, cette fois, le liquide envoya une onde de chaleur dans ma gorge et mon estomac.

— Assez, dit Cristoforo.

Il reprit le verre, le posa sur la table de chevet. Je me renversai contre les oreillers. Il me regarda un moment, puis s'assit sur le lit. J'eus un mouvement de recul.

— Vous allez bien ? dit-il après un silence.

J'acquiesçai.

— Parfait. Alors, vous pourriez peut-être cesser de pleurer. Je ne vous ai pas fait si mal que ça, n'est-ce pas ?

Je secouai la tête, retins mes sanglots, avalai ma salive.

— Est-ce que... Est-ce que je vais avoir un bébé maintenant ?

— Mon Dieu, espérons-le, s'exclama-t-il en riant. Ainsi, nous n'aurons plus, vous et moi, à supporter cette épreuve.

Il aperçut le sang sur ma peau. Son rire se figea.

— Alessandra ?

Je compris à ce moment-là que quelque chose n'allait pas. Quelque chose de pire encore que ce qui avait eu lieu entre nous.

— Je... Êtes-vous en train de me dire que vous ne saviez pas ?

— Savoir quoi ? sanglotai-je. De quoi parlez-vous ?

— De moi. Je vous demande si vous étiez au courant.

— Au courant ?

— Par le sang du Christ !

Il enfouit sa tête dans ses mains, de sorte que j'entendis à peine ce qui suivit.

— Je croyais que vous saviez. Que vous saviez tout.

Levant les yeux, il ajouta :

— Il ne vous a rien dit ?

— Qui ne m'a pas dit quoi ?

Il eut un cri de colère qui m'effraya.

— Je vous ai déplu, murmurai-je d'une toute petite voix.

— Alessandra !

Il gémit, se pencha, fit un mouvement pour me prendre la main. En tremblant, je la repoussai. Nous restâmes ainsi un moment, unis dans une même détresse. Enfin, il reprit, plus calmement, mais avec fermeté :

– Écoutez-moi. Vous devez entendre ceci. M'écoutez-vous ?

J'acquiesçai, tremblant toujours.

– Vous êtes une jeune femme extraordinaire. Vous avez un esprit brillant comme un florin neuf, un corps doux et jeune. Et si les corps féminins jeunes et doux étaient ce que je désirais, alors, sans aucun doute, je vous désirerais... Mais ce n'est pas le cas.

Il soupira.

– Souvenez-vous du quatorzième chant. « Je vis une foule innombrable d'âmes nues qui versaient des larmes amères, et paraissaient condamnées à des supplices différents. Les unes étaient couchées, renversées sur le dos ; quelques autres étaient péniblement accroupies et ramassées sur elles-mêmes ; d'autres marchaient circulairement sans s'arrêter... Les damnés, en plus petit nombre, qui ne pouvaient marcher, faisaient entendre des cris plus animés. Sur toute la surface du sol sablonneux, tombaient avec lenteur de larges flammes... La pluie de feu éternel descendait sur les coupables... Leurs misérables mains, dans une agitation continuelle, se fatiguaient à repousser et à secouer la pluie de feu qui venait brûler à chaque instant toutes les parties du corps... » Je préfère Dante à Savonarole. Pourtant, notre moine est plus clair. « Et ainsi les sodomites rôtiront en enfer, châtiment trop clément pour eux, car leur perfidie insulte la nature. »

Silence.

– Vous comprenez, maintenant ?

J'avalai ma salive. Une fois la chose dite, qui aurait pu ne pas comprendre ? Bien sûr, j'en avais entendu parler, comme tout le monde. Des histoires salaces, des plaisanteries cruelles... Le pire des péchés, impossible à évoquer au sein d'une famille honorable. Ainsi donc, mon mari était un sodomite. Un homme qui repoussait les femmes et, possédé par le diable, n'aimait que la chair d'autres hommes.

Si c'était la vérité, cela avait moins de sens que jamais. Pour quelles raisons avait-il agi ainsi ? Pourquoi s'être infligé le dégoût que j'avais lu sur ses traits ?

– Je ne comprends pas. Si ce que vous venez de m'avouer est vrai, pourquoi...

– Pourquoi vous ai-je épousée ?

– Oui.

– Utilisez votre brillante intelligence. Les temps changent. Vous avez entendu le moine distiller son venin. Je suis surpris que vous n'ayez pas remarqué les boîtes de dénonciation dans les églises. Jadis, on n'y trouvait que quelques noms, déjà connus de la police. Tout s'arrangeait avec un peu d'argent. D'une certaine façon, nous étions les sauveurs de la cité. Grâce à nous et à la tolérance qui nous était témoignée, les jeunes gens encore célibataires ne remplissaient pas les hospices d'enfants non désirés. Après tout, Florence n'était-elle pas la nouvelle Athènes ?... C'est fini. Bientôt, les sodomites brûleront sur le bûcher avant de rôtir en enfer. Les jeunes gens feraient mieux de garder leurs distances. Quant à nous, leurs aînés, quelles que soient notre position ou notre fortune, nous serons les premiers à être frappés d'infamie et livrés à la vindicte publique. Savonarole a pris ses leçons chez saint Bernard : « Si un homme adulte et bien portant ne se marie pas, voyez-y un signe du démon. »

– Il vous fallait donc une épouse pour détourner l'attention.

– Tout comme vous aviez besoin d'un mari pour gagner votre liberté. Cela semblait un échange équitable. Il m'a dit...

– Il ?

Mon cœur se souleva.

– Oui. Lui. Ne me dites pas que vous ne saisissez toujours pas...

Évidemment. Qui se serait encore interrogé ? Comme souvent dans notre belle ville, c'était une affaire de famille.

Tomaso. Mon frère si mignon, si bête. Mais l'idiote, en l'occurrence, c'était moi... Tomaso, qui aimait tant se pavaner la nuit dans de beaux vêtements, qui rentrait si souvent comblé par la luxure et le plaisir de la conquête. Si j'y avais prêté attention, j'aurais vu, dans sa coquetterie, plus la joie de se sentir désiré que le désir proprement dit. Comment avais-je pu être aussi aveugle ? Un homme qui parlait de « baise » et de tavernes, mais méprisait tellement les femmes que le mot « con » lui restait en travers de la gorge...

Tomaso, ce joli cœur, ce flagorneur jamais à court de nouvelles parures, comme cette ceinture d'argent offerte spécialement pour le mariage de sa sœur. Je le revis ce matin-là face à mon miroir – était-ce vraiment le même jour ? –, gêné parce qu'il ne parvenait pas à passer aux aveux.

– Non. Il ne me l'a pas dit.

– Mais il...

– Vous avez sans doute mal évalué la haine qu'il me voue.

Cristoforo soupira, se frotta le visage à deux mains.

– J'y verrais moins de la haine qu'une forme de crainte. À mon avis, il a peur de votre intelligence.

– Pauvre petit trésor...

Bien sûr. Plus j'en apprenais, plus les choses devenaient limpides. L'inconnu qui, avant de m'inviter à danser, savait déjà tout sur moi, de mon mauvais caractère à ma maîtrise du grec. La jubilation de Tomaso la nuit où il avait découvert le sang sur ma robe et y avait vu un moyen de sauver son amant, tout en rendant à sa sœur la monnaie de sa pièce. Le matin où, à l'église, il avait baissé la tête sous les accusations de Savonarole, me permettant de croiser le regard de Cristoforo. Mais ce n'était pas moi que mon futur époux admirait. Non. Son sourire empli d'adoration s'adressait à mon frère. Mon frère stupide, flatteur, vaniteux, vulgaire et vicieux.

Je recommençai à pleurer.

Cristoforo eut assez de compassion pour ne pas tenter de m'arrêter. Cette fois, je laissai sa main se poser sur la mienne.

– Je suis désolé. Je ne voulais pas que cela se passe ainsi.

– Vous n'auriez jamais dû lui faire confiance, dis-je après avoir repris mon souffle. Quel mensonge vous a-t-il débité sur mon compte ?

– Simplement que cela nous arrangerait tous les deux. Que vous souhaitiez votre liberté et votre indépendance plus qu'un mari. Que vous étiez prête à tout pour les obtenir.

– Il avait raison. Mais je n'aurais tout de même pas fait n'importe quoi.

Nous nous tûmes un instant. Dehors, des cris éclatèrent. On courait dans la rue. Suivit un hurlement de douleur, qui me rappela le spectacle du jeune homme baignant dans son sang contre les portes du Baptistère. À présent, Florence se dévorait elle-même. Plus personne n'était à l'abri.

– En dépit de mes péchés, sachez que je ne suis pas un méchant homme, murmura Cristoforo.

– Et au regard de Dieu ? Ne craignez-vous pas le sable incandescent et les orages de feu ?

– Comme nous le disions, en enfer, nous garderons au moins la mémoire du plaisir. Vous seriez sidérée de constater à quel point, là-bas, nous sommes nombreux. Les plus grandes civilisations de l'Antiquité ont sanctifié le trou du cul de l'homme.

Je grimaçai.

– Pardonnez ma crudité, Alessandra. Mais il vaut mieux, maintenant, que vous me connaissiez. Car nous allons passer beaucoup de temps ensemble.

Il retourna remplir son verre. À présent, sa beauté et son élégance affectée me semblaient presque ironiques. Pourquoi n'avais-je rien remarqué ? Vivais-je assez enfermée en moi-même pour ne pas discerner les signes qui m'entouraient ?

– Le jour du Jugement dernier, poursuivit-il, je tenterai ma chance. En vain, je le crains. Même si je n'avais pas eu le goût des jeunes garçons, je n'aurais pas eu ma place au paradis. Peu importe. En enfer, j'aurai le plaisir de partager mon châtiment avec mes frères sodomites. Et je serai en dévote compagnie. Vous n'imaginez pas la multitude de têtes tonsurées qui partage nos appétits.

– Non !

– Pour une jeune fille très savante, vous êtes d'une naïveté charmante.

Pas pour longtemps, pensai-je. Sa répugnance s'était évanouie. Il avait retrouvé son humour et sa bonne humeur ; et je ne pouvais m'empêcher de l'apprécier de nouveau.

– Au moins, vous n'aurez pas à mettre en avant la répugnance de votre femme pour justifier votre conduite.

Il eut l'air stupéfait.

– Le sodomite dont Dante parle au seizième chant... ne déclare-t-il pas quelque chose d'approchant ? J'ai oublié son nom.

– Bien sûr. Luca Rusticci. Un homme sans valeur. Selon la rumeur, il était plus marchand qu'érudit.

Son sourire s'accentua.

– Tomaso m'avait promis de me trouver une femme qui connaîtrait sa *Divine Comédie* aussi bien que moi.

Je baissai la tête.

– Je suis navré. Entendre son nom vous fait de la peine.

– Je vivrai, dis-je à voix basse.

Des larmes brûlantes me piquaient les yeux.

– Je l'espère. Je m'en serais voulu de provoquer la mort d'une intelligence aussi pointue.

– Sans parler d'un paravent si commode.

Il éclata de rire.

– Enfin, je vous reconnais ! Je préfère votre vivacité à votre apitoiement. Vous êtes une jeune femme remarquable, vous savez. Bien... Parlons de l'avenir. Ainsi que je vous l'ai dit, cette maison est désormais la vôtre. Sa bibliothèque, ses œuvres d'art, tout vous appartient. Hormis mon bureau, vous pourrez l'arpenter à votre guise. Cela fait partie du pacte.

– Et vous ?

– Je ne vous importunerai pas souvent. En public, nous apparaîtrons ensemble lors de quelques manifestations officielles, s'il existe encore un État assez indépendant pour les organiser. En dehors de cela, je serai sorti la plupart du temps. C'est tout ce que vous avez besoin de savoir.

– Viendra-t-il ici ?

– C'est votre frère. En tant que membre de la famille, ce serait normal. Disons, ajouta-t-il après un silence, qu'il redeviendra un jour un familier de cette demeure. Mais pas tout de suite.

– Vous êtes diplomate.

– L'homme doit traiter ses esclaves en tyran, ses enfants comme un roi et...

– Sa femme en fin politique, conclus-je, terminant sa phrase. Je ne suis pas sûre que c'est ce qu'Aristote avait en tête.

Il rit.

– Très juste. Pour le reste, cela dépendra de vous. De votre choix. Ne le laissez pas détruire votre vie, Alessandra. Vous seriez étonnée d'apprendre ce qui se passe dans les chambres de notre vertueuse cité. De tels mariages ont toujours existé et personne ne s'en est plaint. De toute façon, vous ne sauriez être comme les autres. Si mes assiduités vous imposaient le fardeau de dix enfants, vous ne le supporteriez pas. Donnez-moi un seul héritier et je vous laisserai en paix pour toujours... En ce qui concerne votre propre plaisir, cela vous regarde. Tout ce que je vous demande, c'est la discrétion.

J'avais moins mal que tout à l'heure, mais la brûlure persistait. Comment savait-on que l'on portait un bébé dans son ventre ? Il avait parlé de mon propre plaisir. Que désirais-je le plus dans la vie ?

– Vous me permettrez de peindre ?

– Je le répète : vous ferez ce que vous voudrez.

– Et je veux voir les Français. Les voir vraiment. Quand l'armée de Charles défilera, je veux être là, dans la rue, et regarder passer l'Histoire.

– Très bien. Je suis certain que nous assisterons à une entrée triomphale.

– Viendrez-vous avec moi ?

– Ce serait plus sûr.

– Et Tomaso ?

– Vous et moi sommes mari et femme. Qu'on nous voie ensemble paraîtra tout naturel.

Il hésita.

– Je lui en parlerai. Il comprendra.

Je baissai les yeux, pour qu'il ne perçoive pas la lueur de plaisir qui les éclairait.

– Bien. Avez-vous d'autres requêtes, ma chère épouse ?

– Non... mon cher époux.

– Parfait. Voulez-vous que je fasse venir votre esclave maintenant ?

Je secouai la tête. Il se pencha. Je me demandai s'il allait m'embrasser sur le front. Il se contenta de frôler ma joue du bout des doigts.

– Bonne nuit, Alessandra.

– Bonne nuit.

Il me laissa. Un instant plus tard, j'entendis la porte d'entrée s'ouvrir puis se refermer derrière lui.

Au bout d'un moment, la sensation de brûlure entre mes jambes s'atténua. Je me levai pour aller me nettoyer. Marcher me faisait encore un peu mal, la peau des cuisses m'irritait là où la semence de Cristoforo s'était répandue. Toutefois, elle n'avait pas taché ma chemise, qui m'enrobait avec douceur.

Je me lavai sans oser m'examiner. Après avoir laissé retomber une nouvelle fois ma chemise, je passai mes mains sur mon corps, uniquement pour jouir de la soie contre ma peau. De ma poitrine et mes hanches, mes doigts descendirent vers mon ventre. Mon mari m'avait-il infligé une blessure qui ne se cicatriserait pas ?

J'hésitai, glissai ensuite ma main un peu plus bas, écartant les doigts et réalisant que celui du milieu s'insinuait mieux en moi. Il rencontra ce qui me sembla être une petite excroissance de chair qui, lorsque je la touchai, provoqua un tremblement brutal. Ma respiration s'accéléra. Avec prudence, j'imprimai à mon doigt un mouvement de rotation. Je ne savais si j'éprouvais du plaisir ou de la douleur, mais cela me coupa le souffle. Était-ce ainsi que son pénis m'avait abîmée, dénudant une terminaison nerveuse à l'extrême bord de mon sexe ?

À qui le demander ? Qui aurait pu m'expliquer ce qui s'était passé entre nous ? Je retirai rapidement ma main, envahie par le souvenir de ma honte. Mais la curiosité l'emporta et, cette fois, je soulevai ma chemise avant que mes doigts n'errent encore pour retrouver l'endroit. À l'intérieur de mes cuisses, un filet de sang mêlé d'eau, aussi rose que le ciel de l'aube, s'étalait sur ma peau, comme un lavis. Je suivis sa trace jusqu'à ma toison. La tendresse de ma propre caresse me fit monter les larmes aux yeux. Je recroquevillai mon doigt. Lorsque je l'atteignis, la chair semblait presque à vif. Je pressai doucement, me préparant à la douleur. La chair parut se gonfler à mon contact. Aussitôt, se déclencha une vague d'une volupté si intense qu'elle me plia en deux. Je poussai une nouvelle fois le bout de mon doigt. La vague me recouvrit encore, telle une série d'ondulations rapides à la surface de l'eau. Je m'agrippai à la table toute proche pour ne pas perdre l'équilibre et laissai venir mes halètements, noyée dans ce délice.

Lorsque ce fut fini, j'avais les jambes si faibles que je dus m'asseoir sur le lit. La disparition des ondes me laissait une étrange sensation de perte et je fondis de nouveau en larmes, sans savoir pourquoi, car ce que j'éprouvais n'avait plus rien de triste.

L'anxiété ne tarda pas à me submerger. Qu'allais-je devenir ? J'avais quitté mon foyer, ma ville sombrait dans l'anarchie, et je venais d'épouser un homme que mon corps révulsait mais qui se pâmait en pensant à mon frère. Dans un conte édifiant, j'aurais probablement été sacrifiée maintenant, mourant de chagrin et de honte, de telle sorte que mon mari pût être amené à la pénitence et à Dieu.

Je me dirigeai vers mon coffre de mariage, objet monstrueux qui avait jadis appartenu à sa mère. Il avait été transporté de chez lui à chez moi, puis rapporté ici en fin d'après-midi. Mon père avait constaté avec satisfaction qu'il pesait aussi lourd que celui de ma sœur, même s'il était plus riche de livres que de velours et de soie. J'y dénichai le recueil de prières de ma mère, sur lequel elle m'avait appris à déchiffrer les lettres à une époque où je parlais à peine. Que m'avait-elle dit le jour de la chute du gouvernement ? Que lorsque je me retrouverais seule dans la maison de mon mari, il me serait plus facile de parler avec Dieu. Que notre conversation ferait de moi une bonne épouse et une bonne mère.

Agenouillée près du lit, j'ouvris le volume. Mais alors qu'ils

me venaient d'ordinaire si facilement, les mots me manquè-
rent. Que pouvions-nous nous dire, Dieu et moi ? Mon mari
était un sodomite. Mon devoir m'ordonnait de le dénoncer,
pour le salut de son âme et de la mienne. Impossible : en
agissant ainsi, j'aurais entraîné mes proches dans sa perte.
Même si je détestais mon frère, allais-je détruire ma propre
famille ? Accablé par le déshonneur, mon père n'y aurait pas
survécu.

Non. Seule mon obstination m'avait conduite là où je me
trouvais, et je devais garder le secret, vivre avec lui. Ce serait
mon châtiment. Je reposai le recueil dans le coffre. Dieu et
moi n'avions pas besoin de mots.

Je pleurai encore un peu, mais la nuit avait presque tari mes
larmes. Je me rabattis sur ce qui me réconfortait le plus. Je
fouillai dans mes affaires, déplaçant les vêtements et les livres
à la recherche de mes esquisses, de mes plumes et de mon
encre.

Ainsi passai-je le reste de ma nuit à dessiner. Aisée et fluide,
ma plume me procura une satisfaction sereine. Pourtant, on
aurait pu croire, en contemplant l'image qui naissait sous mes
doigts, qu'elle scellait ma désunion d'avec Dieu.

Au centre de la feuille, une jeune femme vêtue de soie,
allongée sur son lit nuptial, regardait l'homme assis à ses côtés.
Le pourpoint dénoué, il serrait entre ses mains son membre
nu. Son visage exprimait une souffrance proche de l'extase,
comme si, à ce moment-là, le divin pénétrait en lui.

Je n'avais pas fait de dessin aussi vrai depuis longtemps.

Deuxième Partie

Charles VIII et son armée pénétrèrent dans Florence le 17 novembre 1494. Alors que l'Histoire s'en souviendrait comme d'un jour de honte pour la République, l'atmosphère qui régnait en ville évoquait plus une fête qu'une humiliation.

Le parcours qui, partant de la porte San Frediano, traversait le fleuve, longeait la cathédrale Santa Maria del Fiore et aboutissait au palais Médicis était noir de monde. Parmi les spectateurs de ce grave événement, se trouvait le nouveau couple Langella : Cristoforo, gentilhomme érudit, accompagné de sa tendre épouse Alessandra, fille cadette de la famille Cecchi qui, dans tout son éclat de jeune mariée, fendait la foule au bras de son époux. Les yeux brillants comme du cristal, elle ne se lassait pas d'admirer l'animation et les couleurs bariolées des ruelles. Devant la cathédrale, son mari la serra étroitement contre lui tout en se frayant un chemin à travers la multitude, jusqu'aux gradins de bois dressés en hâte à l'extrémité de la place.

Là, il déposa deux florins dans la paume d'un homme posté au bas de la tribune – un prix énorme, mais à Florence, crise ou non, personne ne perdait le sens du commerce. Les nouveaux époux s'installèrent tout en haut, ce qui leur offrait une vue imprenable non seulement sur la façade de la cathédrale mais aussi sur l'ensemble des rues où les Florentins verraient défiler, dans moins d'une heure, leurs premiers et, sûrement, derniers envahisseurs.

Ainsi mon mari se montra-t-il fidèle à sa parole.

20

Cristoforo était rentré ce matin-là alors qu'Erila et moi déballions mes affaires, nous interrompant de temps à autre pour aller voir à la fenêtre la marée humaine déferler vers la place. Il ne vint pas tout de suite me saluer, mais me fit dire par sa servante de ne pas m'inquiéter : je ne manquais rien ; il savait de source sûre que l'armée de Charles VIII, quoique considérable, était si lasse qu'elle avait ralenti sa progression vers la ville et n'arriverait que peu avant le crépuscule.

Depuis la nuit de noces, Erila et moi n'avions guère communiqué. Après avoir dessiné jusqu'à l'aube, j'avais dormi presque toute la journée. Elle avait, tout naturellement, mis mon réveil tardif sur le compte de l'épuisement provoqué, croyait-elle, par mes ébats nocturnes. Lorsqu'elle s'enquit de mon état, je lui répondis que j'allais bien et baissai les yeux, signifiant clairement que je ne désirais pas en dire davantage. J'aurais pourtant donné dix ans de ma vie pour tout lui raconter, ainsi que je l'avais toujours fait. Cependant, je ne lui avais jusque-là confié que de petits secrets, qui ne comptaient que pour moi. Même si nous étions proches, elle restait une esclave et la tentation du bavardage aurait pu l'emporter sur la loyauté. C'était du moins l'excuse que je m'étais donnée en me réveillant en milieu d'après-midi dans mon lit nuptial, mes dessins éparpillés autour de moi. À la vérité, peut-être n'avais-je aucune envie de me souvenir de ce qui s'était passé, et encore moins de le partager avec quelqu'un.

Quand Cristoforo nous rejoignit à la fenêtre, elle avait donc déjà des raisons d'éprouver des soupçons. Elle se leva et quitta la chambre sans même le gratifier d'un regard. Il attendit, avant de s'adresser à moi, qu'elle eut refermé la porte derrière elle.

– Vous êtes très liées, vous et votre esclave.

J'acquiesçai.

– J'en suis heureux. Elle vous tiendra compagnie. Mais sans doute ne lui dites-vous pas tout ?

C'était autant une injonction qu'une question.

– Non, répondis-je. Je ne lui dis pas tout.

Je m'apprêtai en silence, les yeux au sol. Ensuite, avec la sollicitude d'un mari souriant à son épouse bien-aimée, il me donna le bras. Et nous descendîmes ensemble l'escalier pour nous mêler, une fois dehors, à la cohue.

Si j'avais été le roi de France, j'aurais été ravi de l'accueil de mon nouvel État vassal. Peut-être aurais-je quand même châtié mes généraux pour ne pas avoir entrepris plus tôt notre marche triomphale. En effet, au moment où il débouchait sur la place, le soleil était presque couché. Une faible lumière faisait à peine scintiller son armure dorée et le grand dais d'or que brandissaient au-dessus de lui ses chevaliers et ses hommes d'arme. Lorsqu'il mit pied à terre pour monter les marches de la cathédrale, la foule le vit mal. Il faut dire que, pour un roi, il paraissait singulièrement petit, surtout après être descendu de son gigantesque cheval noir, choisi sans aucun doute pour le grandir.

Ce fut le seul moment où les Florentins, connus pour leur inconstance, lui témoignèrent bruyamment leur enthousiasme. Les persiflages commencèrent dès que ce petit monarque se dirigea vers l'entrée de notre immense cathédrale. Il boitait comme un homme difforme, ce qu'il était d'une certaine façon puisqu'il avait les pieds disproportionnés par rapport à sa taille. Bientôt, tout Florence sut que le conquérant envoyé par Dieu pour nous absoudre de nos péchés était en réalité un nain doté de six orteils à chaque pied. Je m'enorgueillis d'avoir fait partie de ceux qui répandirent la rumeur aux quatre coins de la place. Ainsi appris-je comment s'écrit l'Histoire.

En dépit des rumeurs, on ne pouvait qu'être ébahi par le spectacle. Des heures après que le roi eut quitté la place pour gagner le palais Médicis, aux cris de « *Viva Francia* » qui s'élevaient derrière lui comme des cantiques, Florence retentissait encore de l'arrivée de l'infanterie et de la cavalerie. Il y avait tant de chevaux que l'air était empli de l'odeur de leur crottin, écrasé sur les pavés par les pièces d'artillerie qu'ils tiraient. Les archers et les arbalétriers nous impressionnèrent plus encore. Ils formaient une cohorte de milliers de paysans armés, au point que je me demandai s'il ne restait plus que des femmes pour protéger la France. Mon mari me détrompa en me révélant que la plupart des soldats n'étaient pas français, qu'il s'agissait de mercenaires enrôlés pour la campagne, payés très cher dans le cas de la garde suisse, beaucoup moins en ce qui concernait les combattants écossais. J'appris avec soulagement qu'aucun de ces hommes ne logerait chez nous. Jamais je n'avais vu de colosses aussi effrayants que ces géants du Nord aux cheveux de paille, noirs de crasse et à la barbe plus rouge que les teintures de mon père.

L'occupation dura onze jours. Les deux chevaliers originaires de Toulouse qui s'installèrent chez nous avec leurs serviteurs se comportèrent à peu près correctement. Ils soupèrent à notre table dès le premier soir. Nous leur avions réservé les couverts les plus précieux et la plus belle argenterie de mon mari. Attention superflue : ils ignoraient à quoi pouvait servir une fourchette. Ils me traitèrent avec une déférence appuyée, m'embrassant la main et me complimentant sur ma beauté. J'en conclus qu'ils étaient aveugles ou menteurs. Comme ils n'eurent aucun mal à repérer la carafe de vin, j'optai pour la seconde solution. Erila me raconta que leurs domestiques mangeaient eux aussi comme des cochons, mais n'avaient jamais eu le moindre geste déplacé. On avait dû donner à l'armée des instructions très strictes. En tout cas, on ne constata, neuf mois plus tard, aucun afflux de bébés français abandonnés sur la *rota* de l'hôpital des Innocents. Néanmoins, les troupes du roi Charles ne quittèrent pas la ville sans nous laisser, en guise de cadeau, un mal beaucoup plus douloureux que l'apparition sur terre de quelques âmes supplémentaires.

Au cours du repas, nos hôtes parlèrent avec passion de leur grand roi et de sa glorieuse campagne. Puis, le vin aidant, ils finirent par avouer leur mal du pays et leur perplexité. Jusqu'où la fièvre guerrière de Charles les conduirait-elle ? En Terre sainte, but ultime de l'expédition ? Eux se seraient volontiers contentés des délices de Naples où tout, femmes et richesses, leur tendait les bras. Quant à la grandeur de Florence, bien sûr, elle les éblouissait. Mais ils étaient des hommes de guerre plutôt que des amateurs d'art. Je dois préciser, pour être honnête, qu'un des chevaliers évoqua avec enthousiasme les merveilles de la cathédrale et parut captivé lorsque je lui révélai l'existence, au-dessus du portail, d'une statue dorée de saint Louis, patron de sa ville natale, œuvre de notre grand Donatello. J'ignore s'il la chercha ou non. En revanche, je sais que son compagnon et lui mangèrent et burent beaucoup au cours de ces onze jours, car la cuisinière tint le compte de ce qu'ils avaient englouti en prévision du remboursement par les Français, prévu par les accords, de leurs frais de séjour.

Au début, la ville se montra à ses envahisseurs sous son meilleur jour. Il fut donné, à Santa Felicità, une représentation spéciale de *L'Annonciation*. Mon mari réussit à nous obtenir des places, performance de taille puisque je ne remarquai, dans l'assemblée, aucun autre partisan des Médicis. J'avais déjà assisté, enfant, à un spectacle de ce genre à Santa Maria del Carmine. Je me souvenais des nuages de gaze déployés dans la nef de l'église. Soudain était apparu, suspendu au milieu des nuées, un chœur de petits garçons vêtus comme des anges. L'un d'eux était si terrifié qu'au moment où les autres avaient commencé à chanter, il avait poussé de tels hurlements qu'il avait fallu le redescendre.

Ce jour-là, à Santa Felicità, il y avait aussi des angelots, mais pas un ne pleura. L'église était transformée. Semblable à un second toit, une coupole à l'intérieur peint d'un bleu profond pendait des poutres qui surplombaient la nef centrale. Cent petites lampes y donnaient l'illusion d'un firmament constellé d'étoiles. Debout sur de petits socles, douze angelots entouraient sa base. Mais le plus stupéfiant restait à venir. Au moment de l'Annonciation, une seconde sphère pivota lentement vers le sol, portant huit anges, figurés par des garçons plus âgés. Enfin, de l'intérieur de cette sphère se détacha une dernière coupole enfermant l'ange Gabriel, représenté par un adolescent. En descendant, il remuait doucement les ailes, faisant scintiller autour de lui une myriade de lumières, comme s'il apportait avec lui toutes les étoiles du ciel.

Alors que j'étais assise près de lui, plus étonnée que Marie elle-même, mon époux me fit observer que chaque sphère respectait les règles de la perspective : de la plus grande, en bas, à la plus petite, au sommet. Nous pouvions ainsi admirer non seulement la gloire de Dieu, mais la perfection des lois de la nature et la maîtrise qu'en avaient nos artistes. Il ajouta que cette technique élaborée avait été inventée par le grand Brunelleschi en personne et que son secret, depuis sa mort, ne se transmettait qu'à quelques initiés.

Nul ne sait ce qu'en pensa le roi de France, mais nous, Florentins, ne pûmes dissimuler notre fierté. Il m'est difficile de déterminer ce qui me combla le plus : le bonheur que me procura le spectacle ou l'érudition de mon mari, sa façon de m'apprendre à regarder de façon plus approfondie des merveilles qui, autrement, m'auraient échappé. Sur le chemin du retour, en pleine nuit, il me prit le coude et me guida à travers les rues encombrées. Une fois rentrés, nous nous assîmes pour parler de tout ce que nous avions vu. Il m'accompagna ensuite jusqu'à ma chambre, m'embrassa sur la joue et me remercia de lui avoir tenu compagnie, avant de se retirer dans son cabinet. Repensant, couchée dans mon lit, à tout ce qui m'emplissait encore les yeux, je pus presque croire que ma liberté méritait le sacrifice que j'avais fait pour l'obtenir ; et que Cristoforo, quelle que fût son attitude à l'avenir, avait inauguré notre pacte de façon parfaite.

Le gouvernement passa les jours suivants à abreuver le roi de compliments, tout en ratifiant un traité qui transformait l'occupation de Florence en invitation et accordait au souverain une large contribution à son trésor de guerre, sans doute pour le remercier de ne pas avoir mis la ville à sac. Alors que les officiels rivalisaient de politesse, l'atmosphère, dans la rue, se détériora rapidement. De jeunes apprentis combattants lancèrent des pierres aux envahisseurs qui répondirent à coups d'épée, tuant une dizaine de Florentins. Il ne s'agissait pas exactement d'un massacre, ni même d'une glorieuse résistance, mais, au moins, de la preuve que toute flamme n'avait pas disparu. Conscient de l'hostilité grandissante de la population, conseillé par Savonarole qui lui affirma que Dieu continuerait à le soutenir s'il déguerpissait au plus vite, Charles rassembla son armée et quitta la ville à la fin novembre, avec beaucoup moins de cérémonie et devant une foule bien plus clairsemée que lors de son arrivée. Cette froideur s'expliquait peut-être par le fait que les Français, y compris notre noble hôte toulousain, s'éclipsaient sans avoir payé leurs dettes. Menteurs jusqu'à la fin.

Deux jours plus tard, mon mari qui, pendant toute cette période, avait dormi chez nous pour veiller, en vrai gentilhomme, à la sécurité de sa femme, s'en alla à son tour.

Sans lui et nos envahisseurs, le palais redevint austère et froid. Les pièces étaient sombres, les lambris tachés par le temps, les tapisseries mitées, et les fenêtres trop petites pour laisser entrer la lumière. Le matin suivant, pour éviter que la solitude ne m'amène à m'apitoyer sur moi-même, je réveillai Erila à l'aube et, toutes les deux, nous sortîmes pour savourer, dans les rues, ma nouvelle liberté de femme mariée.

21

Victime d'un fou autant que d'un assoiffé de sang, l'homme que les moines découvrirent pendu à un pilier proche de la petite chapelle du pont Santa Trinità avait déjà, en partie, rassasié l'appétit des chiens. Selon Erila, on ne pouvait que lui souhaiter la grâce d'avoir succombé avant d'être éventré. Rien n'était moins sûr. Car s'il avait hurlé tandis que ses intestins se répandaient, le bâillon enfoncé dans sa bouche avait alors étouffé ses cris. Les charognards étaient arrivés peu après la fuite de l'assassin. Au moment où nous parvenions sur place – la nouvelle atteignit le marché au lever du jour et nous n'eûmes qu'à suivre le flot des curieux –, ce qui restait de ses entrailles jonchait déjà les pavés. Les soldats avaient chassé les chiens à coups de bâton, mais les plus féroces traînaient encore dans les parages, la tête basse et le ventre touchant le sol, feignant l'indifférence, les pattes agitées de soubresauts. L'un d'eux surgit devant la foule et saisit un morceau d'abats entre ses mâchoires avant qu'un coup de pied ne l'expédie, gémissant et sa proie toujours dans la gueule, au milieu du pont.

Aussi brutaux envers la foule, les soldats éprouvèrent quelque difficulté à maintenir les gens à distance. Erila me força à rester en arrière, son bras solidement accroché au mien. Rien ne la rebutait. Si elle avait été seule, elle se serait faufilée au premier rang, mais elle tenait à me protéger. Quant à moi, ce corps ravagé me souleva le cœur. J'avais été tellement couvée, à la maison, que je n'avais jamais assisté à une exécution publique. Je m'efforçai quand même de me dominer. Je n'avais pas poursuivi aussi loin ma quête de liberté pour être renvoyée chez moi, sanglotante, à la première vue du sang ou de la violence.

— C'est le cinquième, dis-je fébrilement à Erila.

— Le cinquième quoi ?

— Le cinquième cadavre depuis la mort de Laurent.

— Balivernes, répondit-elle en faisant claquer sa langue. Des gens meurent dans la rue tous les jours. Si tu ne fourrais pas sans cesse ton nez dans les livres, tu l'aurais remarqué.

— Pas comme ça. Réfléchis : la fille à Santa Croce, le couple à Santo Spirito, d'où les corps ont été transportés à Impruneta, et puis le jeune homme du Baptistère, il y a trois semaines. Chacun tué à l'intérieur ou près d'une église, tous horriblement mutilés. Il doit y avoir un lien.

Elle s'esclaffa.

— Pourquoi pas le péché ? Deux putains, un client, un sodomite et un maquereau. Peut-être allaient-ils à confesse. En tout cas, celui-là a épargné aux moines le récit de ses turpitudes.

— Comment ? Tu le connais ?

— Tout le monde le connaît. Pourquoi crois-tu que tant de gens se soient précipités jusqu'ici ? Marsilio Trancolo. Tout ce dont tu as besoin, Trancolo te l'obtient. Ou l'obtenait. Du vin, du jeu, des femmes, des hommes, des petits garçons. Sans délai et à bon prix. Le proxénète le plus en vue de Florence. D'après ce que j'ai entendu, il s'est démené comme un damné au cours des deux dernières semaines pour approvisionner les étrangers. Maintenant, il sera en bonne compagnie en enfer. Eh ! cria-t-elle à un homme qui nous poussait du coude pour se rapprocher. Bas les pattes, chien !

— Bouge ta carcasse noire de là, souillon ! brailla-t-il en la repoussant. On ne veut pas de femmes de la couleur du diable dans la rue. Regarde où tu mets les pieds si tu ne veux pas être la prochaine à te faire étriper.

— Pas avant qu'on ait accroché tes couilles à l'écusson des Médicis, marmonna-t-elle en me tirant en arrière.

— Mais, Erila...

— Il n'y a pas de mais. Je te l'ai dit, ce n'est pas un endroit pour une dame. Si ta mère apprend ça, elle me fera pendre au pilier à côté de lui.

Nous nous éloignâmes du pont. La foule s'effilocha le long du fleuve, puis s'étoffa de nouveau quand nous traversâmes la place della Signoria. Tout de suite après le départ des Français, elle avait grouillé de citoyens impatients de voter pour un nouveau gouvernement, contrôlé en sous-main par Savonarole. À présent, ses partisans siégeaient au palais communal et élaboraient de nouvelles lois destinées à transformer en ville pieuse cette cité sans foi. Depuis la salle du Conseil, ils avaient une vue plongeante sur le pont Santa Trinità. Légiférer si près d'une manifestation de la colère divine les aidait à se concentrer sur leur tâche.

Au cours des journées suivantes, mon désir de retourner dans la rue exaspéra Erila.

— Je ne peux pas être dehors avec toi toute la journée. J'ai du travail dans la maison. Et toi aussi, si tu tiens à en être la maîtresse.

Toujours vexée par mon laconisme sur ma nuit de noces, elle me le faisait sentir. Elle n'était pas la seule à s'en prendre à moi. Les serviteurs me regardaient d'étrange façon. Durant les premiers jours de mon mariage, je m'étais efforcée de jouer mon rôle d'épouse, m'inquiétant des dépenses et donnant des ordres à qui voulait bien m'écouter, mais mon manque de confiance en moi me trahit. Une gouvernante, qui s'était débrouillée seule pendant des années, réagit vertement à mes interventions puériles. Les autres riaient sous cape dans mon dos, comme s'ils savaient que je ne me livrais à cette comédie que pour préserver la réputation de mon mari.

Mortifiée, je me réfugiai dans la bibliothèque. Nichée sous la loggia du dernier étage, à l'abri de l'humidité ou des inondations, c'était la seule pièce vraiment agréable de la maison. Certains des cent volumes qu'elle contenait remontaient au début du siècle. Le plus extraordinaire était un exemplaire des premières traductions de Platon par Ficino, commandées par

Laurent le Magnifique en personne, et rendu plus précieux encore par une inscription tracée d'une main exquise :

À Cristoforo, dont l'amour de l'étude égale presque sa passion pour la beauté.

Elle datait de 1477, année précédant ma naissance. La signature constituant en soi une œuvre d'art, de qui d'autre aurait-elle pu être, sinon de Laurent lui-même ? J'étudiai l'encre avec soin. Si Laurent avait vécu, il aurait eu à peu près l'âge de mon mari qui, je venais de l'apprendre, avait été un de ses intimes et un familier de sa cour. S'il rentrait un jour, quelles conversations nous pourrions avoir à ce sujet...

Je lus quelques chapitres du texte. Alors que leur sagesse m'aurait enthousiasmée quelques mois plus tôt, je dois reconnaître, à ma grande honte, que de telles œuvres philosophiques me paraissaient à présent poussiéreuses ; vénérables, mais ayant perdu toute influence sur un monde qui s'était éloigné d'eux.

Des livres, je me tournai vers l'art. Je brûlais d'envie de revoir les illustrations de Dante par Botticelli. Mais le grand cabinet où mon mari gardait le portfolio était verrouillé. Lorsque j'appelai son serviteur pour lui demander la clé, il prétendit n'en rien savoir. Fut-ce un effet de mon imagination ou me répondit-il avec un petit sourire en coin ?

Il revint une heure plus tard et m'annonça :

— Vous avez de la visite, madame.

— Qui est-ce ?

— Un homme. Il n'a pas donné son nom. Il attend en bas.

Mon père ? Mon frère ? Le peintre ? Le peintre... Une chaleur subite me monta aux joues. Je me levai d'un bond.

— Introduisez-le dans le salon.

Debout près de la fenêtre, il contemplait la tour qui s'élevait de l'autre côté de la rue étroite. Nous ne nous étions pas revus depuis la veille de mes noces. Je m'étais obligée, chaque fois que son image s'imposait à moi, à la chasser avec vigueur, comme on souffle les cierges après la messe. Pourtant, je me sentis frissonner lorsqu'il se tourna vers moi. Il n'avait pas l'air d'aller bien. Il avait encore maigri. Déjà naturellement pâle, son teint était aussi blanc qu'un fromage de chèvre et de grands cernes creusaient le rebord de ses yeux. Maculées de peinture, ses mains serraient un rouleau de dessins enveloppé dans de la mousseline. Mes dessins. Je parvins à peine à reprendre mon souffle.

— Sois le bienvenu, dis-je en m'installant dans l'un des durs fauteuils de bois. Ne veux-tu pas t'asseoir ?

Il fit un petit bruit, que j'interprétai comme un refus puisqu'il ne bougea pas. Qu'y avait-il entre nous pour que nous nous comportions si nerveusement et avec une telle gaucherie chaque fois que nous nous rencontrions ? Que m'avait dit Erila sur les dangers de l'innocence, plus redoutable que l'expérience ? Innocente, je ne l'étais plus. Et, songeant à l'homme éventré de son dessin nocturne, je savais que, d'une façon ou d'une autre, il ne l'était pas non plus.

— Tu es mariée, déclara-t-il enfin, retrouvant la timidité presque agressive derrière laquelle il se réfugiait.

— Oui.

— Dans ce cas, j'espère que je ne te dérange pas.

— En quoi me dérangerais-tu ? Mes jours m'appartiennent, maintenant.

Il hocha la tête, grommela quelque chose que je n'entendis pas. Puis :

— Je... je te les ai rapportés.

Il me tendit les dessins d'un geste maladroit. Ma main, lorsque je les pris, tremblait légèrement.

— Les as-tu regardés ?

Il acquiesça.

— Et...

— Tu comprends que je ne suis pas juge... Mais je trouve... Je trouve ton œil et ta plume pleins de vérité.

Mon cœur sursauta. Je ressentis, blasphème suprême, la même émotion que notre sainte Madone, foudroyée, lors de l'Annonciation, par une nouvelle si inouïe qu'elle provoquait en elle autant de terreur que de joie.

191

– Oh, tu trouves... Tu vas donc m'aider ?

– Je...

– Je suis mariée, à présent. Et mon mari, attentif à mes moindres désirs, te donnera, je le sais, l'autorisation de m'instruire. Je pourrais peut-être même t'assister dans la chapelle. Je...

– Non ! Non ! Ce n'est pas possible.

Il avait réagi avec une véhémence épouvantée, aussi forte que mon excitation.

– Pourquoi ? Tu sais tellement de choses, tu...

– Non. Tu ne comprends pas. Je ne peux rien t'apprendre.

Son horreur était telle qu'on aurait pu croire que je venais de lui faire une proposition d'une indécence inimaginable.

– Tu ne peux pas ? Ou tu ne veux pas ? répondis-je en le fixant droit dans les yeux.

– Je ne peux pas, murmura-t-il avant de le répéter à voix haute, en détachant chaque mot, comme s'il s'adressait autant à lui qu'à moi.

J'étouffais. Avoir tant espéré et me retrouver subitement privée de tout ce qui m'était offert...

– Je vois. Bien.

Je me levai, trop fière pour lui laisser deviner l'étendue de ma détresse.

– Tu as sans doute beaucoup à faire.

Il s'attarda un moment, comme s'il avait quelque chose à ajouter, puis pivota et marcha vers la porte. Mais là, il s'arrêta.

– Je... Il y a autre chose.

J'attendis.

– L'autre nuit, juste avant ton mariage...... Quand tu étais dans la cour.

Même si je connaissais la suite, j'étais trop furieuse pour l'aider.

– De quoi s'agit-il ?

– J'ai fait tomber quelque chose... Un bout de papier. Un dessin. Je te serais reconnaissant de me le rendre.

– Un dessin ?

Ma voix se fit plus distante. Il venait de briser mes espérances. À mon tour de détruire les siennes.

– J'ai bien peur de ne pas me souvenir. Peut-être pourrais-tu me rafraîchir la mémoire ? Me dire ce que ce dessin représente ?

– C'était... Rien... rien d'important.

– Assez important, quand même, pour que tu souhaites le récupérer ?

– Seulement parce que... Il a été fait par un ami... Il faut que je le lui restitue.

Mensonge éhonté, le premier et peut-être le seul que je lui aie jamais entendu proférer. Il n'osa même pas affronter mon regard. La feuille déchirée surgit devant moi : le corps de l'homme ouvert de la gorge à l'aine, ses viscères exposés comme sur un croc de boucherie. Cette image en rejoignait une autre : le maquereau le plus célèbre de la ville pendu au pilier de la chapelle, les chiens fouillant ses entrailles. Même si le croquis précédait le meurtre de plusieurs semaines, l'éventration était presque identique. Les paroles de mon frère retentirent à mes oreilles :

– Ton cher peintre paraissait fourbu, avec une tête de fantôme et des taches partout.

Un visage décharné et des yeux injectés de sang pouvaient caractériser non seulement un homme errant la nuit dans les rues, mais aussi quelqu'un ne parvenant plus à trouver le sommeil.

– Je suis navrée. Il m'est impossible de t'aider.

Refus glacé, aussi tranchant que le sien. Il resta pétrifié un moment, tourna enfin les talons. J'entendis la porte se refermer derrière lui. Je m'assis, le rouleau sur les genoux. Puis je le jetai à travers la pièce.

22

Je n'eus guère le temps d'y repenser. Fidèle à un emploi du temps froidement programmé, mon mari revint quelques jours plus tard. Les sermons de Noël de Savonarole commençaient le lendemain matin : mieux valait, pour les fidèles, être vus à l'église sortant du lit de leur femme que de celui de leur amant.

Ce même soir, Cristoforo poussa les précautions jusqu'à me proposer une promenade, pour que l'on nous voie ensemble en public. J'en avais rêvé depuis si longtemps : déambuler dans les rues au crépuscule, à cette heure magique où les ultimes rayons de soleil illuminent la vie de la ville. Mais, si la lumière était belle, les rues manquaient d'éclat. Il y avait moins de gens que je ne l'avais imaginé. Presque toutes les dames étaient voilées et, pour une personne habituée aux étoffes étincelantes de mon père, vêtues de façon terne. Quant aux rares femmes non accompagnées, elles marchaient tête baissée, pressées de rentrer chez elles. Sous la loggia de la place Santa Maria Novella, nous croisâmes un jeune godelureau habillé à la dernière mode et coiffé d'un chapeau à plumes, qui chercha avec insistance à attirer l'attention de mon mari. Cristoforo détourna aussitôt les yeux et m'entraîna, le laissant derrière nous. Au moment où nous atteignîmes notre maison, à la nuit tombée, la ville était presque déserte. Le couvre-feu des esprits se révélait aussi efficace que n'importe quelle loi. L'ironie voulait que j'aie négocié ma liberté au moment où Florence n'offrait plus rien à explorer.

Nous passâmes le reste de la soirée assis dans le salon

humide chauffé par un feu de myrte, à commenter la situation politique. Alors qu'une part de moi-même, blessée, souhaitait punir mon époux de son absence, ma curiosité était trop vive et sa compagnie trop intéressante pour que je lui résiste longtemps. J'ai toutes les raisons de penser que ce plaisir fut réciproque.

– Il faudra que nous arrivions là-bas tôt, pour trouver une bonne place. Je suis prêt à parier, Alessandra – mais, bien sûr, ce serait aujourd'hui illégal –, que la cathédrale sera bondée.

– Y allons-nous pour voir ou pour être vus ?

– Un mélange des deux, comme la plupart des gens. On ne peut que s'émerveiller de la piété soudaine des Florentins.

– Même des sodomites ? lançai-je, fière de mon courage.

Il sourit.

– Je constate que vous éprouvez un plaisir rebelle à prononcer ce mot à haute voix. Je vous suggère néanmoins de le bannir de votre vocabulaire. Les murs ont des oreilles.

– Comment ? Vous croyez vos serviteurs capables de vous trahir ?

– Quand on propose aux esclaves leur liberté en échange d'informations sur leurs maîtres, l'Inquisition triomphe.

– C'est ce que stipulent les nouvelles lois ?

– Entre autres. Les châtiments pour fornication sont devenus sévères. Plus encore pour sodomie. Pour les plus jeunes, flagellation, amende et mutilation. Pour les pécheurs plus âgés et plus endurcis, le bûcher.

– Le bûcher ? Mon Dieu ! Pourquoi une telle différence ?

– Parce que, ma chère épouse, les jeunes gens sont considérés comme moins responsables de leurs actes que leurs aînés. Tout comme on blâme moins les jeunes filles déflorées que leurs séducteurs.

Ainsi, la démarche suggestive de Tomaso ne serait pas aussi condamnable que le désir de mon mari pour lui. Pourtant, même s'il était de mon sang, je me souciais moins de son sort que de celui de l'homme qui le convoitait.

– Soyez prudent.

– J'en ai bien l'intention. Votre frère m'a demandé de vos nouvelles, ajouta-t-il comme s'il avait lu dans mes pensées.

– Que lui avez-vous répondu ?

– Qu'il n'avait qu'à vous interroger lui-même. Mais je crois qu'il a peur de se retrouver devant vous.

« Parfait, pensai-je. J'espère qu'il tremble entre vos bras. » Cette image, que je m'étais jusque-là interdit d'évoquer, m'apparut dans toute sa crudité. Tomaso dans les bras de mon mari. L'épouse, donc, c'était mon frère. Et moi, qu'étais-je ?

– Tout a été calme, avec la maison si vide, dis-je enfin.

Les suites de la traque déclenchée par Savonarole, nous les connaissions. Plus encore qu'autrefois, les pécheurs agiraient dans l'ombre.

– Si vous préférez, vous n'êtes pas obligée de le voir.

– C'est mon frère. S'il se présentait ici, on trouverait étrange que je ne le reçoive pas.

– C'est vrai.

Il fixait le feu, les jambes étendues. Cet homme éduqué, cultivé, avait plus de cervelle dans son petit doigt que mon frère dans tout son corps d'éphèbe. D'où lui venait ce désir dont l'assouvissement le poussait à prendre tous les risques ?

– Je pense que vous n'avez rien de neuf à m'annoncer, murmura-t-il après un silence.

Oh, mais si. En milieu d'après-midi, des élancements douloureux avaient labouré mon ventre. Au lieu d'un prématuré, j'avais simplement laissé échapper un filet de sang. Mais je ne savais comment le lui dire.

– Non. Rien de neuf.

Je fermai les yeux, revoyant le dessin de notre nuit de noces. Lorsque je les rouvris, il me regardait intensément, avec affection et compassion.

– J'ai appris que vous aviez séjourné dans la bibliothèque en mon absence. J'espère que vous vous y êtes plue.

– Oui. J'y ai trouvé un volume de Platon par Ficino, agrémenté d'une dédicace à votre intention.

– Ah, oui. Vantant mon amour de la beauté et du savoir.

On a du mal à concevoir que, jadis, nos princes aient cru à ce genre de choses.

– Donc, c'était vraiment Laurent le Magnifique ! Vous le connaissiez !

– Un peu. Ainsi que le suggère l'inscription, il aimait s'entourer de gens de goût.

– Savait-il... pour vous ?

– Quoi ? Sur ce que vous prenez tant de plaisir à appeler ma sodomie ? Laurent n'ignorait rien de ses proches. Il étudiait l'âme des gens autant que leur esprit. Vous auriez été confondue par son intelligence. Je m'étonne que votre mère ne vous en ait pas parlé.

– Ma mère ?

– Oui. Quand son frère était à la cour, elle lui rendait parfois visite.

– Vraiment ? Vous l'avez donc fréquentée ?

– Non. J'étais, euh... occupé ailleurs. Mais je l'ai rencontrée plusieurs fois. Elle était très belle. Elle avait quelque chose de la vivacité et de l'érudition de son frère. On l'appréciait beaucoup, autant qu'il m'en souvienne. Elle ne vous a rien dit de tout cela ?

Je secouai la tête. De toute ma vie, elle n'y avait jamais fait allusion.

– Alors, j'espère ne pas avoir parlé à mauvais escient. On m'a dit également que vous aviez demandé les clés de mon cabinet. Je suis désolé de vous décevoir, mais je crois que le manuscrit s'en ira bientôt.

– Où ?

– Chez son propriétaire.

– Qui est-ce ?

Puis, comme mon mari ne répondait pas :

– Si vous me croyez incapable de garder vos secrets, vous avez mal choisi votre épouse.

Ma logique le dérida.

– Il s'appelle Piero Francesco de Médicis. Il fut, un temps, le mécène de Botticelli.

Le cousin de Laurent. Et l'un des premiers à avoir fui vers le camp français.

— À mes yeux, il fait partie des traîtres.

— Alors, répliqua-t-il, vous êtes plus écervelée que je ne le pensais. Vous devriez surveiller vos propos, même ici. Croyez-moi, les partisans des Médicis craindront bientôt pour leur vie. D'un autre côté, vous ne connaissez que la moitié de l'histoire. Après l'assassinat de son père, ses biens furent confiés à Laurent, qui puisa dans sa fortune lorsque les affaires de la banque Médicis périclitèrent. La rancune et la déloyauté de Piero Francesco n'ont donc rien de surprenant. Mais ce n'est pas un mauvais homme. Et, en tant que mécène, la postérité pourrait très bien le mettre sur le même plan que Laurent.

— Je n'ai rien vu de ses dons à la ville.

— Pour l'instant, il les garde pour lui. Sa villa de Cafaggiolo contient des tableaux de Botticelli dont l'artiste pourrait se repentir jusqu'à sa mort. Il y a un panneau où Mars, conquis par Vénus, semble frappé d'une telle langueur que l'on ne saurait dire si elle vient de vaincre son corps ou son âme. Et puis il y a Vénus elle-même, surgissant nue des vagues, au milieu d'un coquillage. En avez-vous entendu parler ?

— Non. À quoi ressemble-t-elle ?

— Je ne m'y connais guère en femmes. Disons qu'elle correspond plutôt à la vision artistique de Platon qu'à celle de Savonarole.

— Est-elle belle ?

— Très belle, oui. Mais elle est bien plus que cela. Elle relie l'âge classique et le christianisme. Si sa nudité est pleine de modestie, sa gravité a un aspect enjoué. Elle invite et résiste à la fois. Même sa connaissance de l'amour paraît innocente, quoique les hommes qui la regardent souhaitent sûrement plus l'emmener au lit qu'à l'église.

— Je donnerais tout pour pouvoir l'admirer !

— Espérez plutôt que personne ne la verra pendant un certain temps. Si on apprenait son existence, notre saint moine s'empresserait de la détruire. Espérons que Botticelli lui-même ne se sentira pas obligé de la livrer à l'ennemi. D'après ce que j'ai entendu, il penche déjà fortement pour le parti des Pleur-nichards.

— Les Moinistes ! Les adeptes de Savonarole ? Lui ?

— Oui. Vous seriez sidérée par le nombre de Florentins illustres qui s'apprêtent à suivre son exemple. Et pas seulement parmi les artistes.

— Mais pourquoi ? Je ne comprends pas. Nous étions en train de construire une nouvelle Athènes. Comment peuvent-ils supporter sa chute ?

Il contempla longuement le feu, comme si la réponse pouvait s'y trouver.

— Parce que, dit-il enfin, ce moine fou mais habile leur offrira une autre vision. Un rêve qui parle directement à tous les hommes, et pas seulement aux riches ou aux grands esprits.

— Lequel ?

— L'édification de la nouvelle Jérusalem.

Mon mari, qui semblait depuis toujours se savoir destiné à l'enfer, eut l'air presque triste. Et je sus qu'il avait raison.

23

Le lendemain matin, nos serviteurs furent si nombreux à demander à assister au sermon qu'il ne resta presque plus personne pour garder la maison. Un voleur audacieux aurait pu, ce jour-là, amasser un tombereau de butin s'il s'était assez peu soucié de l'enfer pour pécher en un tel moment, ce qui aurait équivalu à profiter de l'obscurité suivant la crucifixion du Christ pour faire les poches de ceux qui assistaient à son supplice.

Les pauvres avaient revêtu leurs plus beaux atours. Les riches, au contraire, s'étaient pour l'occasion habillés modestement, retroussant leur col de fourrure vers l'intérieur et s'assurant que leurs bijoux étaient assez bien cachés pour ne pas enfreindre les récentes Lois somptuaires. Avant de partir, je vérifiai, avec Erila, que notre tenue ne dissimulait rien de suspect ou de frivole mais je compris, en arrivant, que cette discrétion ne suffirait pas. La place de la Cathédrale était noire de monde. Des injonctions hargneuses ponctuaient des cris de femmes. Nous nous apprêtions à monter les marches lorsqu'un homme de forte carrure, aux vêtements grossiers, nous barra le chemin.

– Elle ne peut pas entrer, dit-il avec insolence à mon mari. Les femmes ne passent pas.

Il y avait une telle agressivité dans sa voix que je me demandai un instant s'il ne savait pas quelque chose de particulier, ce qui me glaça les sangs.

– De quoi s'agit-il ? répondit froidement mon époux.

— Le frère va prêcher l'établissement de la Cité de Dieu. Ce n'est pas pour ses oreilles.

— S'il exalte la vertu, m'écriai-je, en quoi ses propos pourraient-ils m'offenser ?

— Les femmes ne sont pas admises, répéta l'homme, m'ignorant et s'adressant à Cristoforo. Les affaires de l'État ne concernent que les hommes. Les femmes sont faibles, fantasques. Elles doivent être maintenues dans l'obéissance, la chasteté et le silence.

— Eh bien, dis-je, si vraiment...

— Mon épouse est un modèle de probité, affirma Cristoforo en me pinçant le bras. Il n'est rien, dans ce qu'enseigne le vénéré prieur Savonarole, qu'elle ne pratique déjà naturellement.

— Dans ce cas, elle ferait mieux de rentrer chez vous et de s'occuper de votre maison, rétorqua l'homme. Quant à son voile, il devrait ne pas avoir de liséré et couvrir correctement son visage. Notre nouvelle République s'appuie sur la décence. Et nous n'avons que faire des caprices des riches.

Six mois plus tôt, une telle impudence lui aurait valu le fouet. À présent, il était le maître. La même scène se reproduisait tout autour de nous, sur le parvis, en dix endroits différents : des citoyens éminents humiliés par cette piété fruste, sans nuances. Tout se déroulait selon une logique très simple : dès lors que les riches courbaient la tête, les pauvres ne les respectaient plus. Si nous vivions la naissance de la nouvelle Jérusalem, la révolution à laquelle nous assistions n'était pas seulement spirituelle.

Mon mari, qui s'en rendait compte aussi bien que moi, jugea plus sage de ne pas s'emporter. Il se tourna vers moi et me sourit.

— Ma chère, dit-il avec une niaiserie affectée, que Dieu vous accompagne jusque chez nous, où vous prierez pour notre salut. Je vous rejoindrai plus tard et vous rapporterai les propos susceptibles, s'il y en a, de vous intéresser.

Je m'inclinai. Erila m'imita et nous nous en allâmes, tandis qu'il disparaissait dans la pénombre du porche.

Nous nous retrouvâmes au bas des marches, au milieu de femmes déchirées entre la piété et l'indignation d'avoir été exclues. J'en reconnus certaines, que ma mère aurait considérées comme ses égales ; des femmes charmantes, honorables. Quelques instants plus tard, un groupe de garçons aux cheveux ras, attifés plus comme des pénitents que comme des jeunes gens, nous refoulèrent vers l'extrémité de la place, prenant prétexte de leur sainteté pour se comporter à notre égard avec un mépris qu'ils ne se seraient jamais permis auparavant.

— Par là, souffla Erila. Si nous restons ici, nous ne rentrerons jamais.

— Il y a des gardes partout !

— Peut-être, mais toutes les issues ne sont pas réservées aux riches. Avec un peu de chance, ils auront mis moins de sbires pour la plèbe.

Je la suivis à travers la cohue vers une porte où la foule, moins huppée, se pressait avec une telle force qu'il était impossible aux bedeaux postés à l'entrée de contrôler tous ceux qui s'engouffraient dans l'édifice. Tout à coup, alors que nous jouions des coudes, une clameur immense retentit sous les voûtes. Savonarole venait d'apparaître devant l'autel. La bousculade s'amplifia, tandis que le grand portail de la cathédrale se refermait avec peine.

Une fois à l'intérieur, Erila m'attira dans l'ombre et me plaqua contre le mur, près de la porte grillagée par où nous venions de nous faufiler. Une minute plus tôt, nous aurions été repérées ; une minute plus tard, nous serions restées dehors. Nous n'étions pas les seules à défier l'interdit. Il y eut soudain un grand tumulte sur notre gauche, suivi par l'expulsion d'une vieille femme insultée par les gardes. Nous baissâmes un peu plus la tête en nous coulant dans l'ombre.

Lorsque arriva le moment du sermon, un silence de plomb s'abattit sur l'assistance. Le petit moine monta en chaire. C'était son premier prêche depuis la formation du nouveau gouvernement. Sans modifier sa stature (pour être honnête, je dois préciser que, de là où je me trouvais, je ne le voyais pas), cet événement lui avait insufflé une force supplémentaire. À moins qu'elle ne lui vînt directement de Dieu, dont il parlait avec une telle familiarité...

– Bienvenue à vous, hommes de Florence. Nous nous rencontrons aujourd'hui pour réaliser notre grand dessein. Tout comme la Vierge se mit en route pour Bethléem afin de se préparer à la naissance de notre Sauveur, notre cité vient de faire le premier pas sur le chemin de la Rédemption. Réjouissez-vous, citoyens de Florence, car la lumière est proche.

Un grondement parcourut la foule.

– Le voyage a commencé. Le navire du Salut a pris la mer. J'ai passé ces derniers jours en compagnie du Seigneur, écoutant sa parole et quémandant son indulgence. Il ne m'a pas quitté un instant, de jour comme de nuit, et je me suis prosterné devant Lui, attendant ses injonctions. « Ô Dieu ! me suis-je écrié, confie cette tâche immense à un autre. Laisse Florence affronter elle-même cette mer impétueuse et laisse-moi regagner mon havre solitaire. – C'est impossible, m'a répondu le Seigneur. Tu es le pilote et le vent dans les voiles. Il ne peut y avoir de retour en arrière. »

Une clameur d'approbation s'éleva vers lui. Je ne pus m'empêcher de penser à Jules César qui, chaque fois qu'il rejetait le pouvoir suprême, incitait le peuple à le lui offrir de nouveau, avec plus de ferveur encore.

– « Seigneur, Seigneur, lui ai-je dit, puisqu'il le faut, je prêcherai. Mais pourquoi me mêlerais-je du gouvernement de Florence ? Je ne suis qu'un pauvre moine. » Alors, le Seigneur tonna d'une voix terrible : « Prends garde, Jérôme. Si tu veux faire de Florence une ville pure, sa piété doit reposer sur des fondations plus fermes que le roc : un gouvernement d'une vertu irréprochable. Telle est ta mission. Même si elle t'effraie, Je suis avec toi. Quand tu parles, ce sont Mes mots qui sortent de ta bouche. Et ainsi les ténèbres seront percées, jusqu'à ce que les pécheurs n'aient nulle part où se cacher. Et cette tâche immense sera menée à bien par les hommes. Car la corruption de l'homme commence avec celle de la femme, dont des mains puissantes doivent brider la faiblesse et la vanité. Ne trouvera grâce à Mes yeux qu'un État où les femmes resteront derrière des portes closes, car leur salut repose sur le silence et l'obéissance. Tout comme la fine fleur de la chrétienté a pris les armes pour aller reconquérir Ma Terre sainte, la glorieuse jeunesse de Florence livrera dans les rues le combat contre le péché. Elle formera une armée de preux, dont les pas feront vaciller le sol. Et les tièdes, les joueurs, les fornicateurs et les sodomites, tous ceux qui bafouent Mes commandements sentiront Mon courroux. » Ainsi s'exprima le Seigneur. Et ainsi lui ai-je obéi. Loué soit Son Nom, sur la Terre comme au Ciel. Louée soit la nouvelle Jérusalem, que nous sommes appelés à édifier.

Si ce n'était pas celle du Très-Haut, j'ignore quelle puissance le transfigurait. Il avait l'air possédé. Tous mes membres frissonnèrent. En cet instant, je songeai à déchirer mes dessins, à implorer le pardon et la lumière de Dieu, submergée, en fait, moins par la joie du salut que par la peur.

Je me tournai vers Erila en me demandant si elle était aussi remuée que moi. Les hommes hurlaient leur enthousiasme, comme lors des compétitions de jeu de balle que la ville organisait tous les ans sur la place Santa Croce. L'un deux changea de position pour mieux voir. Son regard croisa le mien et je sus immédiatement que nous étions découvertes. Les fidèles groupés autour de nous se mirent à chuchoter. Plus habituée que moi à la violence masculine et à la rapidité avec laquelle elle se propageait, Erila me tira vers la porte entrebâillée. Et nous nous précipitâmes dehors, tremblantes mais saines et sauves sous le soleil froid d'un lumineux matin de décembre, dans la nouvelle Jérusalem.

24

Pendant que, du haut de sa chaire, le moine prêchait sa Cité idéale, Erila et moi passâmes notre temps dans la rue. L'idée de vivre derrière des portes fermées, dans la piété et la réclusion, me terrorisait. Je ne me sentais pas de taille à me conformer aux exigences du Dieu de Savonarole, à sa ténébreuse rigueur.

Nous allions au marché presque tous les jours. Même si les femmes ne constituaient, pour les dévots, que des objets de tentation, il fallait bien qu'elles se ravitaillent et il était difficile de distinguer, derrière leur voile, les simples curieuses des bonnes ménagères. Je ne sais à quoi ressemble aujourd'hui le Mercato Vecchio de Florence, mais à l'époque c'était un enchantement ; une floraison de sensations, un lieu imprégné, comme le reste de la ville, de tous les désordres de la vie. D'élégantes loggias entouraient la place, chacune construite et décorée par la corporation qu'elle abritait. Des médaillons représentant des moutons ou du bétail surmontaient la loggia des bouchers, des images de poissons ornaient celle des poissonniers. On respirait toutes sortes de parfums en déambulant devant les boulangers, les tanneurs et les maraîchers, en longeant les étals fumants des rôtisseurs où l'on pouvait se procurer de tout, de l'anguille chaude, du brochet frit pêché dans le fleuve, des tranches de porc farci au romarin découpées dans les carcasses cuites à la broche et dégoulinantes de jus. Les odeurs de levure et de cuisine se mêlaient à des effluves de mort, de pourriture. Je n'ai jamais rien connu de comparable. Durant ces sombres jours d'hiver, les premiers du royaume de Dieu à Florence, cette explosion de saveurs représenta tout ce dont j'avais rêvé et que je craignais le plus de perdre.

Tout le monde avait quelque chose à vendre, et ceux qui ne possédaient rien vendaient leur misère. Il n'existait pas de loggia pour les mendiants ; ils avaient néanmoins leur propre territoire, sur les marches des quatre églises qui, telles des sentinelles, se dressaient autour de la place. Erila m'apprit que leur nombre s'était accru depuis que Savonarole contrôlait la ville. Il était difficile de savoir si cette augmentation découlait d'une aggravation de la pauvreté ou d'un espoir en une charité plus grande, provoquée par la piété.

Celui qui me fascinait le plus était le lutteur. Il paradait près de l'entrée ouest de la place, sur une estrade déjà cernée par une foule de badauds. Erila me dit qu'elle le connaissait depuis longtemps. Avant de devenir saltimbanque, il avait gagné sa vie en affrontant, sur les rives boueuses du fleuve, tous ceux qui relevaient son défi. Son mentor prenait les paris et le combat commençait, sous les cris et les huées des spectateurs. Les deux adversaires trébuchaient et grognaient dans la vase dont ils finissaient par émerger, noirs comme des diables. Elle me raconta plus tard qu'elle l'avait vu enterrer si profondément la tête d'un homme que le vaincu n'avait pu lui demander grâce qu'en agitant les bras.

De tels spectacles étaient fondés sur le jeu, désormais proscrit par les nouvelles lois. Le lutteur avait donc dû trouver un autre moyen d'exploiter sa superbe anatomie. Il était nu jusqu'à la taille et de la buée sortait de sa bouche. Avec ses muscles apparents et son cou de taureau, son torse ressemblait davantage à un poitrail d'animal qu'à un thorax d'homme. Il m'évoquait le Minotaure attaquant Thésée au centre du Labyrinthe.

Il avait huilé sa peau. Sur cet épiderme luisant, le long des bras et de la poitrine, se déroulait un grand serpent peint en vert et noir, qui ondoyait et se gonflait à chacun de ses gestes. Magique et monstrueuse, cette vision me transporta à tel point que, repoussant les gens agglutinés devant moi, je m'avançai jusqu'au bord de l'estrade.

Attiré par la richesse de ma mise, qui indiquait une bourse bien garnie, il se pencha vers moi.

— Regarde, ma jolie. Et lève ton voile. Tu verras mieux.

J'écartai ma mousseline. Il me gratifia d'un large sourire, dévoila, à la place de ses dents, un trou plus vaste que l'Arno et allongea les bras dans ma direction, faisant ramper le serpent, que j'aurais presque pu toucher.

— Le diable est un reptile. Garde-toi du péché et du plaisir cachés dans les bras d'un homme.

Je repoussai Erila, qui me tirait par la manche.

— Comment as-tu fait ça ? Quelle peinture as-tu utilisée ?

— Mets une pièce d'argent dans la boîte et je te le dirai.

Le serpent s'étira jusqu'à son épaule. Je fouillai dans ma bourse et jetai dans la boîte un demi-florin qui scintilla au milieu des ternes pièces de cuivre. Raillant ma crédulité, Erila m'arracha ma bourse et la fourra dans son corsage.

— Allez, dis-moi ! insistai-je. Ça ne peut pas être de la peinture. Alors, c'est quoi ? De la teinture ?

— De la teinture et du sang, clama-t-il d'une voix caverneuse en s'accroupissant à quelques pouces de mon visage, me laissant voir et sentir le mélange d'huile et de sueur qui l'imbibait. D'abord, on entaille la peau par petits coups. Tac, tac, tac... Et puis on pique les couleurs.

— Ça fait mal ?

— Aïe ! Mais une fois qu'ils ont commencé, je n'ai pas pu les arrêter. Et, de jour en jour, mon serpent a grandi, est devenu plus souple. Sais-tu que celui du diable a une tête de femme ? C'est pour tenter les hommes. La prochaine fois que je me livrerai au couteau, j'exigerai qu'il dessine tes traits.

— Flagorneur ! s'écria Erila avec mépris. Tout ce qu'il veut, c'est un autre florin.

Je lui donnai un coup de pied.

— Je sais qui a fait ça, dis-je à l'homme. Ce sont les tanneurs de Santa Croce. Tu en es, non ?

– J'en étais, répondit-il en me dévisageant. Comment le sais-tu ?

– J'ai vu leurs tatouages. Je suis allée une fois là-bas, étant enfant.

– Avec ton père. Le marchand d'étoffes.

– Oui, oui !

– Je me souviens de toi. Une mioche autoritaire qui fouinait partout.

Je m'esclaffai.

– Vraiment ! Tu te souviens de moi ?

– J'ai récupéré sa bourse, imbécile ! cria Erila. Adieu, pièces d'argent !

– Je me moque de ton argent, sale catin ! J'en gagne plus en montrant mes muscles que toi en aguichant les gogos la nuit, quand on ne voit plus la couleur de ta peau.

Puis, revenant à moi :

– Oui, je me souviens très bien de toi, ma mignonne. Malgré tes beaux habits, tu étais revêche et laide. Mais tu n'avais peur de rien.

Ses mots me frappèrent en plein cœur. Avant que j'aie pu reculer, il rapprocha encore son visage du mien.

– Laisse-moi quand même te dire une chose. Je ne t'ai pas trouvée moche. Bien au contraire. Alléchante : voilà ce que tu étais.

Il se déhancha en faisant onduler son serpent vers ma bouche, se lécha les lèvres avant d'agiter le bout de sa langue : un geste d'une telle obscénité que j'en eus la nausée. Son rire gras me poursuivit tandis que je tournais les talons et courais vers Erila.

Elle était tellement furieuse qu'elle ne m'adressa pas la parole pendant un long moment. Enfin, alors que la foule s'étiolait, elle se tourna vers moi.

– Ça va ?

– Très bien, murmurai-je sans conviction.

– Parfait. Tu sais maintenant pourquoi les dames ne sortent jamais sans chaperon. Quant à ce charlatan, ne te tracasse pas pour lui. Ses jours sont comptés. Lorsque les nouveaux vigiles mettront la main sur lui, ils le pendront si vite que ses deux serpents dont il se gargarise tant en deviendront mous de terreur.

Je ne parvenais pas à chasser de mon esprit la beauté de son corps et la justesse de ses commentaires à mon endroit.

– Suis-je vraiment laide, au point qu'il m'ait reconnue après toutes ces années ?

Elle éclata de rire, me serra brusquement contre elle.

– Ce n'est pas de ta laideur qu'il se souvenait mais de ton courage. Dieu fasse qu'il te cause moins d'ennuis que ton apparence.

Et elle m'entraîna dans la rue qui conduisait chez nous.

Cette nuit-là, obsédée par la peau de cet homme, je dormis mal. Le serpent hanta mes cauchemars jusqu'à ce que je m'éveille en sursaut, me sentant enlacée par lui. Trempée et glacée, ma chemise collait à ma peau. Je l'enlevai et allai en chercher une autre dans ma garde-robe. Dans la faible lumière que projetaient les torches extérieures, je captai, renvoyé par le miroir poli accroché au lambris, le reflet de ma silhouette. L'image de ma nudité m'arrêta un instant. De grandes ombres creusaient mon visage, mes cheveux dissimulaient ma poitrine. Songeant à ma sœur le jour de son mariage, si sûre de sa beauté, je ne pus supporter la comparaison. Le lutteur avait raison. Je n'avais rien pour attirer le regard. J'étais si laide que les hommes ne se souvenaient que de ma disgrâce, et que je n'inspirais à mon mari que du dégoût. Je me remémorai le peintre me décrivant Ève chassée du paradis, ses gémissements dans les ténèbres, sa honte, soudain, de se trouver dévêtue. Elle aussi avait été tentée par la langue et la lascivité d'un serpent. Je regagnai mon lit, me roulai en boule. Je glissai mon doigt entre mes cuisses, cherchant dans mon propre corps un réconfort que nul ne m'offrirait jamais. Mais la nuit, à présent, était pleine de péché et cette volupté me fit peur. Je fondis en larmes avant de m'endormir enfin, avec ma solitude.

25

Au cours des semaines suivantes, Dieu et le diable s'affrontèrent dans les rues de la ville. Savonarole prêchait tous les jours. En son nom, des bandes de jeunes garçons, hérauts de la nouvelle Église, battaient les Florentins soupçonnés d'impiété et renvoyaient les femmes dans leurs foyers, où elles garderaient leurs opinions pour elles.

Ma sœur Plautilla, qui avait toujours eu un talent particulier pour se mettre en avant, choisit ce moment pour se surpasser. Erila me réveilla à l'aube, le matin de Noël, et m'annonça la nouvelle.

— Ta mère vient d'envoyer un messager. Ta sœur a donné, cette nuit, naissance à une petite fille. Ta mère se trouve auprès d'elle et passera nous voir en rentrant chez elle.

Ma mère. Je ne l'avais pas vue depuis mon mariage, six semaines plus tôt. Même si son amour m'avait paru parfois implacable et strict, personne d'autre ne comprenait aussi bien mon caractère et, en dépit ou peut-être à cause de lui, ne m'avait témoigné une plus grande sollicitude. Cette même femme, à présent, avait un passé qui la reliait à mon mari et un fils qui avait orchestré le malheur de sa propre sœur. Lorsqu'elle arriva, en début d'après-midi, je redoutais presque de me retrouver face à elle. L'absence de mon époux, qui avait quitté la maison la nuit précédente et n'était pas encore rentré, me rendait plus fragile encore.

Respectant les usages, je la reçus dans le grand salon, froid et sans charme comparé à celui qu'elle avait meublé avec tant de goût. Je me levai à son entrée et nous nous embrassâmes. Une fois assise, elle me scruta de son regard toujours aussi acéré.

– Ta sœur te transmet toute son affection. Elle est fière comme un paon et l'enfant se porte à merveille.

– Dieu soit loué.

– Et toi, Alessandra ? Tu as l'air en bonne santé.

– Je le suis.

– Et ton mari ?

– Il va bien, lui aussi.

– Je suis désolée de le manquer.

– Oui... Je suis sûre qu'il sera bientôt de retour.

– Parfait. Vos relations sont...

– Idylliques, répondis-je fermement.

Elle marqua le coup et essaya encore.

– Cette maison est très calme. Comment passes-tu ton temps ?

– Je prie, ainsi que vous me l'avez suggéré. Et pour répondre à votre prochaine question, je ne suis pas encore enceinte.

Ma naïveté la fit sourire.

– Je ne m'inquiète pas. Ta sœur a été, en la matière, plus rapide que n'importe qui.

– La naissance a-t-elle été facile ?

– Plus que la tienne, murmura-t-elle tendrement.

Je savais qu'elle cherchait, par cette allusion à ma venue au monde, à m'amadouer. Peine perdue.

– Maurizio est un homme riche, aujourd'hui.

– Oui, mais il aurait préféré un garçon.

– Peu importe. Il avait misé quatre cents florins sur une fille. Pas d'héritier, mais un bon début pour une dot. Je demanderai à Cristoforo de faire la même chose. Quand mon heure viendra.

Je savourai ma formule, digne d'une épouse modèle.

– Alessandra ?

– Oui ? dis-je d'un ton presque enjoué.

– Est-ce que tout va bien, mon enfant ?

— Bien sûr. Vous n'avez plus de souci à vous faire à mon sujet. Je suis mariée, souvenez-vous...

Elle aurait souhaité en dire davantage, mais je la sentais déconcertée par la jeune femme maîtresse d'elle-même qu'elle avait à présent devant elle. Je laissai le silence se prolonger.

— Mère, combien de temps avez-vous passé à la cour ?

— Comment ?

— Mon époux m'a fait partager ses souvenirs de l'époque de Laurent le Magnifique. Il m'a raconté que tous les courtisans vantaient votre beauté et votre esprit.

Elle n'aurait pas été plus désarçonnée si je l'avais physiquement agressée. Jamais je ne l'avais vue éprouver autant de difficulté à trouver ses mots.

— Je... je n'ai pas... Je n'ai jamais fait partie de la cour. Je m'y suis rendue en simple visiteuse... Quelquefois... Quand j'étais jeune. Mon frère m'y a emmenée. Mais...

— Donc vous connaissiez mon mari ?

— Non, non... Je veux dire... S'il avait été là, je l'aurais certainement croisé, mais je ne le connaissais pas. Je... C'était il y a très longtemps.

— Je m'étonne quand même que vous ne m'en ayez jamais parlé, vous qui avez toujours tenu à ce que nous connaissions l'Histoire. Ne pensez-vous pas que cela nous aurait intéressés ?

— C'était il y a longtemps, répéta-t-elle. J'étais très jeune... À peine plus âgée que toi aujourd'hui.

Avec cette différence qu'en ce moment précis je me sentais terriblement vieille.

— Mon père fréquentait-il la cour, lui aussi ? Est-ce ainsi que vous vous êtes rencontrés ?

Question perfide. Il me paraissait clair que si mon père s'était frotté à de si grands personnages, il aurait été intarissable sur le sujet.

— Non, répliqua-t-elle en retrouvant une contenance. Notre mariage a eu lieu plus tard. Tu sais, Alessandra, bien que ta passion pour le passé soit admirable, je crois que nous ferions mieux de parler du présent.

Elle s'interrompit avant d'ajouter :

– Il faut que tu saches que ton père ne va pas bien.

– Pas bien ? Comment ?

– Il est... tendu. L'invasion et les revers de fortune de Florence l'ont beaucoup affecté.

– J'aurais cru qu'ils auraient, au contraire, favorisé ses affaires. D'après ce que j'ai appris, la seule chose que les Français nous aient proposé de payer, ce sont nos étoffes.

– Oui. Mais ton père a refusé de leur en vendre.

En entendant cela, je ne l'en aimai que davantage.

– Je crains que ce refus ne l'ait fait passer pour un opposant, poursuivit-elle. J'espère que cela ne nous nuira pas à l'avenir.

– De toute façon, il savait sans doute qu'il ne devait plus s'attendre à être nommé à la Seigneurie. À partir de maintenant, le gouvernement ne sera plus composé que de Pleurnichards, dis-je, employant à dessein le terme péjoratif, ce qui sembla l'alarmer. Ne vous inquiétez pas, précisai-je. Je n'utilise pas ce mot en public. Mon mari me tient informée des bouleversements qui secouent la ville. Tout comme vous, je suis au courant des nouvelles lois : contre le jeu, la fornication... et la sodomie.

Une fois de plus, mes propos la laissèrent sans voix. Son désarroi était presque palpable. Ce ne pouvait être possible. Que ma propre mère ait laissé une telle chose se produire...

– Oui, la sodomie. Un péché si effroyable que je n'ai appris que récemment ce qu'il signifiait vraiment. Mon éducation a souffert de certaines lacunes...

– On n'évoque jamais ce genre de choses dans les familles honorables.

Cette fois, elle était aussi crispée que moi. Sa trahison ne faisait plus de doute, même si j'avais du mal à y croire. Je sentis monter en moi une telle fureur que sa présence dans la même pièce que moi me parut insupportable. Je me levai, prétextant une tâche quelconque. Mais elle ne bougea pas.

– Alessandra...

Je la considérai froidement.

– Ma chère enfant, si tu es malheureuse...

213

– Malheureuse ? Pourquoi ? En quoi mon mariage pourrait-il faire mon malheur ?

Elle se leva à son tour, vaincue par mon agressivité.

– Ton père aimerait que tu viennes le voir. Ces jours-ci, le délabrement de ses affaires l'a miné. Notre État n'est pas le seul à connaître une période tourmentée. Et trop de politique perturbe le commerce. Je crois qu'une visite de sa fille préférée le distrairait un peu. Tout comme moi.

– Vraiment ? J'aurais cru la maison égayée par mes frères, maintenant que les autorités sanctionnent rudement les folies des jeunes gens.

– Luca a, en effet, changé de comportement. J'ai bien peur que Savonarole n'ait fait, en sa personne, un nouvel émule. Garde cela à l'esprit lorsque tu auras affaire à lui. Quant à Tomaso, eh bien, nous le voyons peu, ces temps-ci. C'est une autre source de tracas pour ton père.

Et elle baissa les yeux.

Elle avait gagné la porte et je n'avais toujours rien dit. Elle se retourna.

– Oh, j'allais oublier. Je t'ai apporté quelque chose. De la part du peintre.

– Le peintre ?

La douleur douce que je connaissais si bien se lova de nouveau au creux de mon estomac. Pourtant, notre vie avait été tellement troublée que je n'avais guère eu l'occasion de penser à lui.

– Voilà, dit ma mère en sortant de son sac un paquet enveloppé dans de la mousseline. Il me l'a donné ce matin. C'est ton cadeau de noces. Je crois qu'il a été déçu que nous n'ayons pas fait appel à lui pour décorer un coffre de mariage, quoique ton père lui ait expliqué que nous n'avions pas eu assez de temps.

– Comment va-t-il ?

– Il a commencé les fresques. Mais nous ne serons autorisés à les voir qu'une fois terminées. Le jour, ses assistants l'aident. La nuit, il travaille seul. Il ne quitte la maison que pour aller suivre les offices. C'est un jeune homme étrange. Depuis son arrivée chez nous, je ne lui ai pas dit plus de cinquante mots. J'ai l'impression qu'il a eu du mal, après le calme de son monastère, à s'habituer à l'agitation de notre ville. Mais ton père croit toujours en lui. Espérons que ses fresques seront aussi ferventes que sa foi.

Elle se tut. Peut-être espérait-elle m'adoucir avec la promesse d'autres potins. Mais je ne fis rien pour l'aider. Elle m'embrassa rapidement et s'en alla.

Je défis la mousseline. Elle révéla, peint à la détrempe sur un panneau de bois de la taille d'une grande bible d'église, un portrait de Notre-Dame. Le soleil de Florence faisait vibrer ses couleurs. On apercevait, en arrière-plan, des monuments de la ville : son grand Dôme, la perspective complexe de ses loggias et de ses places, ses plus belles églises. La Vierge était assise au centre, les mains, peintes de façon merveilleuse, paisiblement croisées. Son auréole d'or, privilège de la mère de Dieu, éclairait le monde.

Elle était toute jeune. L'éclat de ses yeux, leur audace indiquaient clairement qu'elle regardait quelqu'un. Aucun signe, cependant, d'un ange heureux de lui annoncer la bonne nouvelle ; pas de trace, non plus, d'un bébé endormi ou vagissant qui l'aurait remplie de joie. Son visage était long, trop joufflu pour être beau, sa peau n'avait en rien la pâleur tant prisée des jeunes fille à la mode. Mais il y avait en elle une gravité, une intensité troublantes.

On devinait autre chose : une interrogation silencieuse, comme si elle cherchait à comprendre ce qu'on lui demandait et laissait entendre qu'elle pourrait très bien ne pas obéir. Bref, on discernait en elle une forme de rébellion que je n'avais encore jamais perçue chez une Madone. Mais cette rébellion, je la connaissais bien. Car le visage que je contemplais, c'était le mien.

26

Je restai éveillée une grande partie de la nuit, à m'interroger à la fois sur la culpabilité de ma mère et sur la Madone si profane du peintre. Comment ma mère avait-elle été capable d'une telle trahison ? Quelle pensée avait poussé le peintre à créer une telle œuvre ? Assise près de la fenêtre de ma chambre, je songeai aux caprices du destin qui m'avaient amenée d'une espérance si grande à un désespoir aussi profond. Ce fut à ce moment-là que le premier flocon surgit des ténèbres et passa devant les vitres. La neige tombant rarement à Florence, j'en fus, en dépit de ma détresse, émerveillée. Et je restai là, à la regarder. Ainsi assistai-je aux prémices de la tempête.

Elle fit rage pendant deux nuits et deux jours ; le vent charriait des tourbillons si denses que l'on pouvait à peine, en plein jour, voir de l'autre côté de la rue. Lorsqu'elle cessa enfin, la ville, métamorphosée, évoquait un paysage de campagne, avec des congères ensevelissant souvent le rez-de-chaussée des maisons. Des rideaux de glace pendaient des toits, comme de grandes cascades de cristal. C'était si beau que l'on avait l'impression d'avoir sous les yeux l'œuvre de Dieu, le symbole d'une pureté nouvelle. D'autres y voyaient le signe que Notre-Seigneur se tenait toujours au côté de Savonarole et avait décidé, la chaleur n'ayant pas consumé le péché, de le pétrifier sous le froid.

Sur le fleuve gelé que les Florentins, ruinant les bateliers, traversaient à pied, les enfants allumèrent des feux de joie.

Des années plus tôt, une tempête du même genre s'était abattue sur la ville. Aux carrefours, les gens érigeaient des statues de neige. Dans les jardins du palais Médicis, l'un des apprentis de l'école de sculpture de Laurent le Magnifique avait façonné un lion, emblème de la cité. L'animal paraissait si vivant que Laurent avait fait ouvrir les grilles pour que tous les citoyens puissent venir l'admirer. Mais cette fois, de telles réjouissances n'étaient pas de mise. À la tombée de la nuit, la ville replongeait dans un silence si pesant qu'on aurait pu croire que ses habitants, eux aussi, avaient gelé. La demeure de mon mari était tellement froide que nous aurions pu aussi bien passer notre temps dehors.

Au cours de la deuxième semaine, la neige se mua en glace noire et il devint périlleux de s'aventurer en ville. L'obscurité de l'hiver, qui semblait devoir durer toujours, rejaillit sur nos âmes. Séparé de Tomaso par la force des choses, mon mari cachait de moins en moins son impatience. Nerveux au point d'en oublier sa politesse, il finit par m'éviter, se réfugia dans son cabinet. Son attitude me blessa plus que je n'aurais voulu l'admettre. Enfin, un matin, faisant fi du temps, il quitta la maison et, le soir, ne rentra pas.

S'il pouvait s'en aller, je le pouvais aussi. Le lendemain, laissant un mot à Erila, je partis, seule, rendre visite à ma sœur.

L'air glacé coupait le souffle, meurtrissait les narines. Les gens marchaient avec lenteur, préoccupés de l'endroit où ils posaient le pied. Certains portaient des sacs remplis de gravier et de terre qu'ils semaient devant eux, comme des graines. Du sel aurait été plus efficace, mais c'était une denrée trop précieuse pour être gaspillée. Je n'avais rien de tout cela et faillis tomber plusieurs fois. Malgré la courte distance qui séparait nos maisons, le bas de ma robe, lorsque j'arrivai chez ma sœur, était déchiré et maculé d'une croûte noirâtre.

Plautilla me reçut avec transport. Sidérée mais ravie, elle me conduisit près du feu, riant de ma témérité et de mon imprudence. Moins grandiose, plus récente et sans courants d'air, sa maison était à l'opposé de la mienne. Des feux brûlaient dans la plupart des pièces. L'animation familiale qui y régnait me rappela mon enfance. Ses traits apaisés contrastaient avec mon nez et mon visage bleus ; Plautilla paraissait épanouie et il émanait d'elle une plénitude qu'accentuait son embonpoint, presque aussi fort qu'avant son accouchement.

Même si elle avait mis sa fille au monde le même jour que Notre-Dame, la naissance avait été beaucoup moins humble. Il faut dire à sa décharge que, sa réclusion forcée ayant coïncidé avec l'invasion, elle n'était pas sortie depuis le début de sa grossesse et ignorait à quel point les choses avaient changé. Tout de même : s'il avait pris à la Police somptuaire la fantaisie de venir inspecter la chambre d'enfant, la plus grande partie des meubles et des vêtements du nourrisson aurait fini dans la rue. Heureusement, nous n'en étions pas là. Pas encore.

Ma sœur me laissa cajoler ma petite nièce emmaillotée, qui brailla consciencieusement dans mes bras jusqu'à ce que la nourrice lui donne le sein qu'elle téta à grand bruit, avec l'avidité d'un agneau, sous l'œil comblé de sa mère, aussi impavide et sereine que sa grosse poitrine épargnée par la gloutonnerie du nouveau-né.

— Je comprends maintenant que c'est pour cela que les femmes ont été créées, soupira Plautilla. Mais j'aurais aimé qu'Ève nous épargne le martyre de l'enfantement. Tu n'imagines pas à quel point l'on souffre. Dieu a accordé une grande grâce à Notre-Dame en lui épargnant cette épreuve-là.

Elle fourra un autre bonbon dans sa bouche.

— Regarde-la. Le tissu crème de papa ne lui fait-il pas des langes magnifiques ? C'est ce que tu dois désirer, toi aussi : un enfant. Ne s'agit-il pas d'une création bien plus extraordinaire que tes griffonnages ?

J'acquiesçai de bonne grâce. Toutefois, dans la mesure où elle ne serra sa fille contre elle que deux ou trois fois durant mon séjour et passa le reste du temps à composer le trousseau qui, dans le courant de la semaine, accompagnerait la petite et sa nourrice à la campagne, je finis par me demander en quoi cette naissance modifiait sa vie. Quant à Maurizio, il témoigna, les rares fois où je le vis, un ennui profond. Les responsables politiques, dont il faisait partie, avaient pour l'heure d'autres soucis que les bébés.

— Maman dit que tu vas bien mais que tu es devenue modeste. Cela se voit à la simplicité de ta mise.

— Elle correspond à l'état actuel du monde. Je m'étonne que l'on ne t'en ait pas parlé.

— Pourquoi sortirais-je de chez moi ? J'ai tout ce qu'il me faut ici.

— Et après son départ ? Que vas-tu faire ?

— D'abord, récupérer un peu. Ensuite, nous songerons à en concevoir un autre, dit-elle avec un sourire entendu. Maurizio ne connaîtra de repos que lorsque nous posséderons une armée de garçons pour servir la nouvelle République.

— Tant mieux. Si vous vous dépêchez, ils deviendront les nouveaux guerriers de Dieu.

— À propos de guerriers, as-tu croisé Luca, récemment ? Non ? Eh bien, tu ne le reconnaîtrais pas. Il est venu voir Illuminata voilà deux jours. N'est-ce pas un nom adorable ? Comme une lumière nouvelle dans le ciel... Selon lui, c'est un prénom qui sied à notre temps et sanctifie le fruit de mes entrailles. Imagine notre Luca utilisant un tel langage, poursuivit-elle en riant. Figure-toi qu'il avait l'air affreux. Il avait le nez tout bleu d'avoir patrouillé dans les rues, et les cheveux ras comme un moine. J'ai pourtant entendu dire que d'autres, plus jeunes, ressemblaient à des anges.

« Mais ils cognent comme des diables », pensai-je en me souvenant du groupe sur la place. Je jetai un coup d'œil à la nourrice, perdue, semblait-il, dans la contemplation d'Illuminata qui, en retour, la fixait sans ciller. Était-elle, elle aussi, une fidèle du nouvel État ? Il était difficile de savoir, ces temps-ci, devant qui il valait mieux se taire.

Plautilla capta mon regard et chuchota :

— Ne t'inquiète pas. Elle vient de la campagne. Elle nous comprend à peine.

Une lueur fugitive, dans les yeux lourds de la femme, m'assura du contraire.

— Devine ce que Luca m'a offert comme cadeau de naissance. Un recueil des sermons de Savonarole. Tu te rends compte ? Sorti tout droit de l'imprimerie. On les imprime, maintenant. En quelques mois, m'a-t-il raconté, trois imprimeurs ont ouvert dans la Via dei Librai. Tu te rappelles le mépris de maman pour les acheteurs de volumes fabriqués ? Elle disait : « La beauté des mots est... » Quoi, déjà ?

– « ... transfigurée par la plume qui les copie. Car les copistes ajoutent leur amour et leur dévotion au texte initial ».

– Tu as une de ces mémoires ! Enfin, tout ça n'existe plus. Même les gentilshommes se procurent des livres imprimés. C'est une vraie ruée. Réfléchis-y. À peine prononcés, les prêches du moine se retrouvent entre tes mains. Ainsi, on peut les déclamer à ceux qui ne savent pas lire. Pas étonnant qu'il ait tant de disciples.

Elle raffolait peut-être des colifichets, mais elle n'était pas bête, ma sœur. Si elle était allée écouter dans la cathédrale les tirades enflammées du moine, elle aussi aurait peut-être ressenti un mélange d'émerveillement et d'effroi. Mais les joies du mariage et de la maternité avaient assoupi son cerveau.

– Tu as raison, répondis-je. À ta place, j'attendrais quand même encore un peu avant de les réciter à Illuminata.

Le morne regard de la nourrice s'anima imperceptiblement. Elle écarta un instant le bébé de son sein, provoquant des hurlements qui mirent un terme à la conversation. Pendant le reste de mon séjour, je n'abordai plus le sujet.

Quand j'arrivai chez moi, trois jours plus tard, la glace commençait à fondre.

Au coin de notre rue, le dégel avait révélé le cadavre éventré d'un chien à demi gelé, attaqué par les asticots qui avaient survécu au froid. Je ne sais si l'odeur qui s'en dégageait était celle de la vie ou de la mort. J'aperçus le cheval de Tomaso attaché dans la cour, près de celui de Cristoforo. Couverts d'écume, flanc contre flanc, comme deux bons compagnons, tous deux attendaient patiemment que le valet d'écurie ait fini de les bouchonner. Il interrompit sa tâche pour me saluer d'un bref signe de tête. Je lui rendis son salut. J'eus l'intuition que ce n'était pas la première fois qu'il s'occupait des deux bêtes.

Je croisai Erila avant d'avoir pu regagner ma chambre. Alors que je m'attendais qu'elle me réprimande pour mon absence, elle m'accueillit avec une gaieté presque exagérée.

– Comment va ta sœur ?

– Elle s'empâte. Dans tous les sens du terme.

– Et la petite ?

– Difficile à dire. Elle n'arrêtait pas de vomir son lait. Mais elle de la voix. Elle survivra.

– Ton frère Tomaso est là.

Fut-ce un effet de mon imagination ? J'eus l'impression qu'elle me scrutait avec attention.

– Vraiment ? dis-je avec indifférence. Quand est-il arrivé ?

– Le lendemain de ton départ, répondit-elle, affectant la même indifférence.

Savait-elle donc, elle aussi ? Avait-elle toujours su ? Est-ce que tout le monde était au courant, sauf moi ?

– Où sont-ils, maintenant ?

– Ils viennent juste de descendre de cheval. Je... je crois qu'ils sont dans le grand salon.

– Peut-être pourrais-tu leur annoncer que je suis rentrée. Non, non... Tout bien réfléchi, je m'en chargerai moi-même.

Je la contournai et montai rapidement les escaliers avant de perdre tout courage, sentant son regard dans mon dos. Le lendemain de mon départ... La lubricité de mon mari me faisait honte pour lui. Et pour moi.

Sans hâte, je poussai la porte. Ils s'étaient confortablement installés. Les restes d'un souper encombraient encore la table, l'arôme d'un bon vin se mêlait à des parfums d'épices. La cuisinière, semblait-il, les avait soignés. Ils se tenaient devant le feu, tout près l'un de l'autre, même s'ils ne se touchaient pas. Un œil non exercé aurait simplement vu deux amis partageant en toute innocence une douce chaleur. Mais je sentais la violence de leur attirance mutuelle, plus brûlante que les bûches qui craquaient dans l'âtre.

Se pliant aux nouveaux codes en vigueur, Tomaso était vêtu

de façon moins provocante qu'autrefois. Je notai que son visage devenait un peu joufflu. Il fêterait bientôt ses vingt ans. Pas tout à fait un homme ; assez âgé, toutefois, pour être passible des peines les plus sévères. Était-ce hier que Plautilla m'avait raconté que l'on tranchait le nez des jeunes Vénitiens convaincus de sodomie, supplice infamant réservé d'ordinaire aux prostituées ? J'avais compris alors le sens de la mutilation infligée au jeune homme assassiné, le jour de mon mariage, sur les marches du Baptistère. Au cours de toutes mes années de conflit avec Tomaso, je ne lui avais jamais souhaité un sort aussi cruel. J'eus peur que ce fût à présent le cas.

Il m'aperçut le premier.

— Bonjour, petite sœur, me lança-t-il avec une jovialité où je perçus de l'appréhension.

D'une voix mal assurée, tant j'avais du mal à prononcer son nom, je répondis :

— Bonjour, Tomaso.

Du même mouvement onctueux, mon époux s'écarta de son amant et se tourna vers moi.

— Bienvenue chez nous, ma chère. Comment se porte votre sœur ?

— Elle s'empâte, dans tous les sens du terme.

Bénie soit la mémoire...

Suivit un ballet confus à l'issue duquel nous nous retrouvâmes, Cristoforo et moi, dans deux fauteuils, Tomaso sur un petit divan. L'époux, l'épouse et le beau-frère : charmant tableau de famille où se faisaient face trois membres de l'élite cultivée de Florence.

— Et le bébé ?

— Il va bien.

Silence... Principale vertu de la femme, selon Savonarole, après l'obéissance. Mais pour être une vraie femme, il faut avoir un vrai mari.

— Plautilla t'en veut un peu, dis-je enfin à Tomaso. Tu es le seul, paraît-il, à ne pas lui avoir rendu visite.

— Je sais, murmura-t-il en baissant les yeux. J'ai été très occupé.

« À découper au ciseau les colifichets de tes vêtements »,
pensai-je. Mais il portait toujours la ceinture d'argent, ce qui
me mortifia.

– Je m'étonne que tu sortes aussi souvent. J'aurais cru, ces
temps-ci, la ville moins attrayante pour toi.

– Eh bien... Je n'ai pas vraiment...

Il jeta un rapide coup d'œil à Cristoforo et se tut, obéissant
à l'injonction qu'il avait reçue de me ménager.

Le silence revint. Je regardai mon mari. Il soutint mon
regard et me sourit. Sourire que je lui rendis à peine. Il annonça
d'un ton badin :

– Tomaso me racontait que les partisans du moine nettoient
les couvents, qu'ils enlèvent les œuvres d'art non conformes
à sa vision de la décence, les ornements et les vêtements sacer-
dotaux trop luxueux.

– Que vont-ils faire de toutes ces richesses ?

– Nul ne le sait. Mais nous pourrions sentir sous peu une
odeur de bois brûlé.

– Ils n'oseraient pas.

– La question n'est pas là. Tant que le moine aura le peuple
avec lui, il fera ce qu'il voudra.

– Détruira-t-il aussi ce qui subsiste de la collection
Médicis ?

– Non. Il ordonnera sans doute de le vendre aux enchères.

– Puis il se procurera la liste des acheteurs. Il vous faudra
tempérer votre amour des belles acquisitions, Cristoforo.
Sinon, nous serons montrés du doigt pour d'autres raisons.

Il hocha la tête, sensible à la sagesse de mon raisonnement.
Je m'adressai à Tomaso.

– Et toi, que penses-tu de l'attitude de notre moine envers
le Rinascimento ? lui demandai-je, raillant son inculture. Je
suis sûre que cela t'obsède jour et nuit.

Il répliqua par une grimace. « Garde tes pieds de nez pour
toi, pensai-je. Tu as fait plus de mal dans ta vie que l'on ne
t'en a fait. » Comme il se taisait, je poursuivis :

– Luca, paraît-il, a rejoint les combattants de Dieu. Espérons que tu ne t'es pas fait un ennemi.

– De Luca ? Non. Ce qu'il aime, c'est la bagarre. Puisqu'il ne peut pas se battre contre les Français, il tape sur les pêcheurs. C'est là qu'il trouve son plaisir.

– Chacun le trouve où il peut. Mère dit que tu n'es jamais à la maison.

Je pris mon temps avant d'ajouter :

– Elle sait, pour toi, non ?

Cette fois, il eut l'air inquiet.

– Non. Qu'est-ce qui te fait dire ça ?

– C'est l'impression qu'elle m'a donnée. Luca s'est peut-être laissé aller à des confidences sur ta conduite.

– Je te l'ai dit. Il ne me trahirait jamais. De toute façon, il n'en sait pas assez.

« Moi, si », pensai-je. La tension entre nous augmentait. Je la sentais monter comme un relent dans ma gorge. Et je sentais mon mari, notre mari, devenir de plus en plus nerveux. Tomaso lui jeta un nouveau coup d'œil plus appuyé où l'on percevait de l'indolence, de la complicité, du désir. Pendant que je roucoulais au-dessus d'un berceau, ils avaient profité de mon absence pour se repaître l'un de l'autre. Cette maison, à présent, était peut-être la mienne, mais pour l'heure l'intruse, c'était moi. Cela me rendit folle de chagrin.

– Tu admettras qu'il y a dans notre famille une certaine symétrie : un fils va vers Dieu, l'autre vers le diable. Heureusement que les deux filles sont mariées. Tout le monde a dû être ravi lorsque tu as suggéré le nom de mon prétendant.

J'avais parlé d'une voix posée. Mais la perfidie de ma remarque le frappa.

– Et toi, bien sûr, répondit-il, aussi prompt qu'un aimant claquant sur du métal, tu étais irréprochable. Si j'avais eu une sœur moins méchante, les choses auraient peut-être été différentes.

– Ah, m'écriai-je, me détournant pour ne pas voir les signes d'avertissement de mon époux, c'est donc ainsi que cela s'est passé. Tu es né pur comme l'agneau. Mais ta sœur indigne est arrivée et t'a tellement humilié en brocardant ton incapacité à apprendre quoi que ce soit que tu t'es mis à haïr toutes les femmes. Si tu es devenu sodomite, c'est à cause de moi !

– Alessandra...

Derrière moi, la voix de Cristoforo était si calme que j'aurais presque pu ne pas l'entendre.

– Je te l'ai dit, murmura amèrement Tomaso, il n'y a aucun espoir. Elle ne pardonne pas.

– Oh, je vous crois plus coupable de ce péché que moi, seigneur, déclarai-je d'un ton glacial. Sais-tu, Tomaso, que nous parlons souvent de toi, Cristoforo et moi ? Il ne te l'a pas dit ? Nous évoquons ton charme. Et ta bêtise.

Mon mari se leva d'un bond.

– Alessandra !

Sa colère n'eut aucun effet. Je ne me contrôlais plus, comme si une digue, en moi, venait de céder.

– Bien sûr, nous n'employons pas ces mots, n'est-ce pas, Cristoforo ? Mais chaque fois qu'une de mes remarques sur un texte ou une œuvre d'art vous fait rire ou réfléchir, vous séduit bien plus qu'un clignement de paupière ou un geste d'invite... Chaque fois que le plaisir de nos entretiens vous détourne un instant de l'obsession de son corps, j'ai le sentiment de remporter une petite victoire. Peut-être pas pour Dieu, mais au moins pour l'humanité.

Je ne voulais pas me comporter ainsi ! J'avais imaginé une scène tellement différente ! Courtoise, pleine d'esprit, j'aurais donné à notre entretien un tour léger, insouciant, en me moquant de façon subtile, sans méchanceté, de l'ignorance de mon frère, sous l'œil admiratif et amusé de mon époux.

C'était impossible. J'éprouvais trop de haine, ou trop d'amour...

Ils me considérèrent avec un mélange de dédain et de pitié. Et soudain, tout s'évanouit : ma témérité et ma confiance, ma monstrueuse confiance s'échappèrent par la blessure que je venais de m'infliger. Ce qui aurait dû être leur honte était devenue la mienne. J'aurais rallié sur-le-champ les Pleurnichards si quelqu'un, parmi eux, avait pu me délivrer de ma peine.

225

Je me levai, tremblant de la tête aux pieds. Les yeux de mon mari étaient froids. Soudain, je le trouvai vieux, mille fois plus vieux que Tomaso.

– Mon cher époux, lui dis-je, je suis désolée. Je crois avoir oublié les termes de notre pacte. Pardonnez-moi et permettez-moi de me retirer dans ma chambre. Bienvenue à toi, mon frère. J'espère que tu apprécieras ton séjour.

Je tournai les talons. Sans un mot, Cristoforo me regarda m'en aller. Il ne me suivit pas. Tout en fermant la porte, je les imaginai s'enlaçant avec un long soupir, emmêlés comme les voleurs et les serpents de Dante, au point que je n'aurais pu reconnaître mon mari de mon frère. Et la tendresse, la virulence de cette image ne firent qu'accroître ma détresse.

27

Immobile sur le seuil, elle n'osait pas entrer. Cette crainte m'effraya. Car jamais elle n'avait eu peur de moi, même à l'époque où, enfant, je la traitais si mal.

– Va-t'en, Erila, criai-je en enfouissant ma tête sous les couvertures.

Cela ne fit que la décider. Elle traversa la chambre, grimpa sur le lit et passa ses bras autour de moi. Je la repoussai.

– Va-t'en.

Mais elle resta.

– Tu le savais ! Tout le monde le savait et tu ne m'as rien dit !

– Non ! s'exclama-t-elle en me forçant à la regarder. Non. Si je l'avais su, crois-tu que je t'aurais laissé l'épouser ? Le crois-tu vraiment ? Jamais ! Je savais qu'il était débauché et se satisfaisait de ce qui lui tombait sous la main. La plupart des hommes sont ainsi : pourvu qu'il y ait un trou... Ta mère et moi avons eu tort de trop te protéger, en te laissant ignorer ce secret de Polichinelle : les hommes comme lui passent sans ciller d'un sexe à l'autre. S'ils n'ont pas de femme disponible, ils se rabattent sur un garçon. Ce n'est peut-être pas très catholique, mais c'est comme ça.

La crudité de son langage me détendit presque. Ou, du moins, me poussa à l'écouter.

– La plupart du temps, ces messieurs s'assagissent en se mariant. Leurs gitons se dessèchent, mais les femmes, elles, mouillent toujours pour eux. Et puis il faut bien faire des enfants. J'ai donc cru, peut-être parce que j'avais envie de le croire, qu'il se comporterait de la même façon avec toi. Dès lors, pourquoi t'aurais-je prévenue ? Je n'aurais réussi qu'à rendre cette première nuit plus pénible encore.

Cette première nuit... « Les femmes fortes n'en meurent pas. » Mais nous n'allions pas aborder le sujet maintenant.

— Et Tomaso ? bafouillai-je en ravalant mes sanglots.

— Il y avait des rumeurs. Mais c'est un provocateur, ton frère. Ç'aurait pu être un de ses jeux. J'aurais peut-être dû mieux écouter. En ce qui concerne ses relations avec ton mari, là, vraiment, je ne savais rien. S'il y avait eu des bruits là-dessus, j'en aurais eu connaissance. Or je n'ai rien entendu.

— Et ma mère ?

— Grands dieux, elle n'était au courant de rien !

— Oh, mais si ! Elle a connu Cristoforo à la cour, quand elle était jeune. Il m'a dit qu'il l'avait rencontrée.

— Et après ? C'était une oie blanche, encore plus naïve que toi. Comment peux-tu la soupçonner d'une chose pareille ? Cela lui briserait le cœur.

Elle, pourtant, avait brisé le mien.

— Elle ne savait peut-être rien. Mais maintenant, elle sait. Au moins pour Tomaso. Je l'ai lu sur son visage.

— De nombreux secrets n'en sont plus, aujourd'hui. Les Pleurnichards, eux aussi, raffolent des ragots. Et les confessionnaux sont pleins de courants d'air. Le plus probable, c'est que Luca, ce nouvel ange de Dieu, a parlé.

Bravo pour ta perspicacité, Tomaso...

— Mais si personne ne savait, comment l'as-tu découvert ?

— Je te signale que je vis ici.

— Les serviteurs sont tous au courant ?

— Bien sûr. Et, crois-moi, s'il ne les payait pas aussi bien, ils ne seraient pas les seuls. Ils le vénèrent. Même pour ses péchés. Toi aussi, d'ailleurs. Et ça, c'est encore pire.

Elle resta près de moi jusqu'à ce que je m'endorme, mais mon chagrin se coula dans mes rêves. Le serpent revint me tourmenter. Il avait le regard concupiscent du lutteur et pous-

sait des sifflements lascifs en rampant contre moi. Mon hurlement m'éveilla en sursaut. Je me rendis compte que je n'avais
crié que dans mon cauchemar. Autour de moi, tout était calme.

Près de la porte, la paillasse d'Erila était vide. Ma peur ne
me quittait pas. Couverte de sueur, j'entendais encore le serpent siffler dans le noir. J'étais abandonnée dans la maison du
péché et le diable allait venir me prendre. Je me forçai à me
lever pour allumer la lampe. Les ténèbres refluèrent dans les
coins de la pièce. Je fouillai désespérément mon coffre et
trouvai, tout au fond, mes dessins, ma plume et mes craies.
On peut prier de multiples façons. Puisque le diable profitait
de mon sommeil pour se faufiler dans mon lit, je veillerais et
essaierais de prier Dieu grâce à ma plume en faisant apparaître
une image de Notre-Dame qui intercéderait en ma faveur.

Mes mains tremblaient lorsque je m'emparai du bâton de
craie noire. Après avoir déplié le morceau d'étoffe de mon
père qui enveloppait ma lame, je commençai à tailler l'extrémité du bâton, retrouvant avec plaisir le bruit du métal contre
la craie. Mais la pénombre et la moiteur de mes doigts me
rendaient maladroite. La lame glissa soudain, entaillant profondément ma main et mon avant-bras.

Le sang jaillit instantanément. Fascinée, je le regardai
s'épaissir, se répandre le long de mon bras puis goutter sur le
sol. Je me souvins d'une histoire que m'avait racontée
Tomaso. Un fou qui croupissait en prison s'était ouvert les
veines pour écrire sur le mur une phrase proclamant son innocence. Une fois le premier mot tracé, il lui avait été impossible
de s'arrêter. On l'avait retrouvé le lendemain matin, vidé de
son sang, recroquevillé au pied du mur couvert de lignes
noires. Et moi, qu'aurais-je pu écrire ? Le sang se déversait
de plus en plus vite. J'aurais pu l'endiguer, comme Erila me
l'avait appris. Pas tout de suite. Je glissai sous ma blessure la
petite coupe de céramique qui contenait, en été, la pommade
contre les moustiques. Une petite mare de sang en remplit
bientôt le fond. Le liquide de la vie. L'encre de Dieu ; trop
précieuse pour le papier. La douleur ne tarderait pas à venir.
Il me faudrait un morceau de tissu pour bander la plaie. Celui

qui enveloppait la lame était trop petit. Quant à mes vêtements, ils avaient trop de valeur. Je fis glisser ma chemise de nuit par-dessus ma tête. Elle ferait très bien l'affaire. Tout à l'heure... Je devais d'abord choisir mon pinceau : celui de menu-vair, à la pointe aussi fine qu'un rayon de soleil. Éclairée par la lampe, ma silhouette se reflétait dans le miroir poli. Je revis le serpent dansant sur le bras huileux du lutteur, son corps scintillant au soleil. La transpiration perlait sur ma peau. Rassasiés, mon mari et mon frère dormaient à présent dans les bras l'un de l'autre. Jamais je n'éprouverais cette satiété. Mon corps resterait pour moi une terre étrangère, inexplorée. Personne ne le caresserait, ne s'émerveillerait de sa douceur. Je plongeai le pinceau dans le sang, l'appliquai sur mon coude gauche, puis remontai le long de mon bras et de ma poitrine, la barrant d'une oriflamme écarlate.

– Dieu du ciel !

Elle s'était précipitée sur moi. La coupe s'était brisée, aspergeant le plancher.

– Laisse-moi exister !

Elle m'arracha le pinceau des mains et leva haut mon bras, le serrant violemment pour contenir l'hémorragie.

– Laisse-moi exister, Erila ! criai-je de nouveau, d'une voix pleine de colère.

– Pas de cette manière. Tu es encore sous l'influence de ton rêve. Tu te débattais et gémissais tellement que je suis allée te chercher à boire.

De son autre main, elle saisit ma chemise, l'enroula autour de la plaie.

– Tu me fais mal ! Laisse-moi ! Je vais bien !

– Oh oui, aussi bien qu'une folle.

J'éclatai de rire. Ses yeux s'emplirent d'effroi. Elle m'attira contre elle, m'étreignit à m'étouffer.

– Je vais bien, je vais bien, répétai-je encore, tandis que mon rire se muait en sanglots et que, soudain, la douleur de la blessure me brûla au fer rouge, m'offrant une souffrance plus puissante à combattre que mon apitoiement sur moi-même.

28

Après cette nuit, je fus malade un certain temps. Erila était si inquiète qu'elle éloigna de moi ma lame et mes pinceaux jusqu'à ce que ma violence se dissipe. Je dormis beaucoup, perdis tout appétit, tout goût de vivre. La plaie suppura, provoquant des vagues de fièvre. Erila me soigna avec des herbes et des cataplasmes. La blessure finit par se refermer et laissa une cicatrice que j'ai encore. Pendant toute cette période, Erila veilla sur moi avec la férocité d'un chien de garde, si bien que lorsque mon mari, le premier jour, vint s'enquérir de mon état, j'entendis leurs éclats de voix de l'autre côté de la porte.

Plus tard, quand, me voyant devenir plus calme, elle eut repris confiance et que j'eus retrouvé assez de sens de l'humour pour savourer son ironie, je lui demandai ce qui s'était passé entre eux. Pour ma plus grande joie, elle mima la scène devant moi : lui, le chien battu, d'abord discret, puis pressant et menaçant ; elle, l'esclave noire à demi sorcière, lui débitant des fables sur mon cœur brisé et une fausse couche sanglante.

Ce gros mensonge me fit presque rire.

– Tu ne lui as pas raconté ça !

– Pourquoi pas ? Il veut un enfant. Il est temps qu'il réalise qu'il ne l'aura pas avec ton frère.

– Mais...

– Il n'y a pas de mais. D'après ce que tu m'as dit, il a conclu un pacte avec toi. Il doit s'y tenir. S'il aime le parfum des trous de balle, c'est son affaire. Tomaso n'est que sa putain, sa friandise. Toi, tu es la maîtresse de maison. Et il ferait mieux de te traiter comme telle.

— Qu'a-t-il répondu ?

— Oh... Qu'il ne s'était pas rendu compte, qu'il était désolé et que... Du bla-bla-bla. Ils ne savent pas quoi dire sur ces histoires de femmes. Dès qu'on leur parle de ce sang-là, même les amateurs de chattes dégueulent.

— Erila !

Enfin, j'avais ri pour de bon.

— Ton langage est pire que celui de Tomaso.

— Au moins, je me conduis mieux que lui. Vous, les « dames », vous vivez dans les nuages. Vous devriez écouter ce qu'ils racontent sur vous. Soit vous êtes des saintes, les yeux au ciel et nimbées de votre auréole, soit des chiennes avec le feu où je pense. Je ne suis pas sûre de savoir ce qu'ils préfèrent. Ce que vous avez de mieux à faire, c'est de choisir le bon rôle au bon moment. Ma mère disait que nous avions assez de dieux, chez nous, pour que chaque femme en ait au moins un à ses côtés. Vous, vous n'en avez que trois en un, et ce sont tous des mâles. Même le petit oiseau.

Cette définition du Saint-Esprit était si irrespectueuse que je ne pus m'empêcher de glousser.

— J'espère qu'elle ne débitait pas ces blasphèmes en public.

— Quelle importance ? Tu oublies que, selon les lois sur l'esclavage, elle n'avait pas d'âme.

— Elle est morte païenne ?

— Elle est morte dans la servitude. C'était tout ce qui comptait pour elle.

— Mais tu vas à l'église, Erila. Tu connais tes prières aussi bien que moi. Es-tu en train de me dire que tu n'en crois pas un mot ?

— J'ai grandi dans une autre langue, sous un autre soleil. Je crois ce que je dois croire pour me préserver.

— Et quand tu seras libre, est-ce que ça changera les choses ?

— Nous en parlerons lorsque cela arrivera.

Nous savions toutes les deux que prendre mon parti contre

Cristoforo ne constituait pas pour elle le meilleur moyen de s'affranchir.

— Quels que soient les secrets que tu gardes au fond de ton cœur, lui dis-je, Dieu les verra. Il saura que tu es bonne et t'ouvrira les bras.

— Quel Dieu ? Le tien ou celui du moine ?

Elle avait raison. Jadis, quand j'étais enfant, tout paraissait simple. Il n'y avait qu'un Dieu qui, même s'il laissait parfois éclater Sa colère, m'enrobait de Son amour lorsque, la nuit, je m'adressais directement à Lui. La beauté et la complexité du monde ne faisaient que renforcer, à mes yeux, la nécessité de Sa présence. Tout ce que l'homme créait découlait de Lui et Le glorifiait. Ce n'était plus vrai. Les plus grandes œuvres humaines semblaient s'opposer directement à Lui, du moins au Dieu qui, à présent, gouvernait Florence. Ce Dieu-là avait une telle obsession du diable qu'il en devenait insensible à la beauté, à tel point qu'il ne voyait dans notre science et notre art que des émanations du mal. Dès lors, je ne parvenais plus à reconnaître le vrai Dieu. Simplement, l'un tonnait plus fort que l'autre.

— Tout ce que je sais, poursuivis-je, c'est que je ne veux pas vivre avec un Dieu qui vous condamnerait à l'enfer, toi ou mon mari, sans vous avoir d'abord écoutés.

Elle me regarda avec affection.

— Tu as toujours été bienveillante ; même autrefois, quand tu cherchais à te faire passer pour une petite fille sans cœur. Pourquoi te soucierais-tu de lui ?

— Parce que... Parce que je crois qu'il ne peut pas s'empêcher d'agir comme il le fait. Et parce que je pense qu'à sa manière il tient à moi.

Y croyais-je vraiment ? Elle secoua la tête, comme si nous étions pour elle une race étrangère à laquelle elle ne comprenait rien.

— C'est peut-être vrai. Mais ce n'est pas une raison pour lui pardonner.

Elle se tut, se leva et me tendit la main.

— Qu'est-ce qu'il y a ?

– Il faut que je te montre quelque chose. Il y a longtemps que j'attends ce moment.

Elle m'entraîna hors de l'antre caverneux de ma chambre et me fit traverser le sol dallé jusqu'à l'entrée d'une petite pièce qui, dans une autre maison, aurait pu être celle d'une chambre d'enfant. Elle tira une clé de sa poche, la glissa dans la lourde serrure et poussa la porte.

Un atelier tout neuf. Voilà ce que j'avais devant moi : un établi, un bassin de pierre, quelques seaux et, sur la table proche de la fenêtre, une rangée de flacons, des boîtes et de petits paquets mous, tous étiquetés, posés à côté de pinceaux de diverses tailles. Non loin de là se trouvaient une tablette à moudre, en porphyre, et deux vastes panneaux de bois prêts à être taillés et apprêtés avant le premier coup de pinceau.

– Il l'a fait installer pendant que tu étais malade. Et j'ai rapporté ça de ton coffre.

Erila désigna le manuscrit écorné du manuel de Cennini, sur lequel j'avais versé tant de larmes amères, car il me proposait toutes les connaissances possibles sans me donner les moyens de les mettre en pratique.

– C'est le bon, non ?

J'acquiesçai et me dirigeai vers la table. Je débouchai quelques flacons, plongeai mes doigts dans les poudres : le noir épais, le jaune triomphant du safran de Toscane et le profond *giallorino*, avec la promesse de toute la variété de verts de centaines d'arbres et de plantes. L'éclat de tant de couleurs me rappelait le premier matin de soleil sur la ville gelée, après la neige. Je me sentis sourire. Et les larmes me montèrent aux yeux.

Ainsi, à défaut d'un amour impossible entre nous, mon mari m'offrait le pouvoir des alchimistes.

Tandis que je concoctais un festival de couleurs, la glace fondit et le printemps arriva. Mes doigts, noirs de peinture, devinrent calleux à force de moudre. J'avais tant à apprendre ! Erila m'aidait, dosant et mélangeant les poudres, préparant le bois. Il me fallut cinq semaines pour peindre sur bois mon

Annonciation. Je m'absorbai tout entière dans la fabrication du beau bleu de la robe de Notre-Dame, mélange d'indigo et de blanc d'argent, de l'ocre des tuiles et de l'auréole d'or de mon ange Gabriel, qui formait un contraste lumineux avec l'encadrement sombre de la fenêtre, à l'arrière-plan. Au début, ma main fut beaucoup moins ferme qu'avec la plume et ma gaucherie me désespéra plus d'une fois, mais petit à petit ma confiance grandit assez pour me donner envie, une fois le tableau terminé, d'en commencer aussitôt un autre. Ainsi guéris-je peu à peu, oubliant mon chagrin, mon ressentiment contre mon mari et mon frère.

Enfin, ma curiosité se réveilla et je commençai à trouver pesante la retraite que je m'imposais. Erila joua son rôle à la perfection, me rapportant ma dose de commérages, comme une mère oiseau régurgitant la nourriture dans le bec de son petit.

L'atmosphère de Florence, lors de notre première sortie ensemble, me choqua. Le printemps tirait à sa fin. Engoncée dans sa piété, la ville se figeait dans un ennui lugubre. Le claquement des grains de chapelet remplaçait celui des talons des prostituées, et les seuls garçons présents dans la rue ne pensaient qu'à sauver les âmes – par n'importe quel moyen. Nous en croisâmes quelques-uns, qui patrouillaient en bande sur la place de la Cathédrale : des gamins de huit ou neuf ans, fiers d'appartenir à la milice de Dieu. Selon Erila, leurs parents les encourageaient et achetaient tous les ballots d'étoffe blanche qu'ils pouvaient trouver pour confectionner leurs tuniques d'anges. Même les riches portaient des vêtements ternes. Le blanc dominait partout, rendant la ville monochrome. Ces changements sidéraient les étrangers qui séjournaient à Florence. Venus faire du commerce, ils se demandaient s'ils assistaient à l'avènement du royaume de Dieu sur Terre ou à des bouleversements beaucoup plus sinistres.

Pour le pape Borgia, la question ne se posait pas. On racontait qu'il avait installé sa maîtresse au Vatican et distribuait, comme des fruits confits, des chapeaux de cardinaux à ses enfants. Quand il cessait de faire l'amour, il faisait la guerre.

Le roi de France et ses troupes, trop épuisés par les délices de Naples pour gagner la Terre sainte, se repliaient vers le nord. Décidé à ne pas subir l'humiliation d'une seconde occupation, même temporaire, Alexandre VI forma une ligue de cités-États et leva une armée pour les renvoyer chez eux, la queue entre les jambes.

Une seule ville refusa de se joindre à la coalition. Du haut de sa chaire, Savonarole déclara Florence exempte de ce devoir. Après tout, qu'était le Vatican, sinon une version plus riche, plus corrompue, des couvents et des monastères qu'il avait juré de purger ?

Pendant les longues soirées d'hiver, avant que le désir de Cristoforo ne l'éloigne de moi, nous avions beaucoup parlé du conflit. La piété agressive de Savonarole menaçait non seulement le train de vie du pape mais aussi les fondements mêmes de l'Église. La gloire de Dieu ne se mesurait pas seulement au nombre d'âmes sauvées. L'influence politique de la papauté, la magnificence des bâtiments et des œuvres d'art qui éblouissaient les dignitaires étrangers, bouche bée devant les fresques de la chapelle Sixtine, exaltaient la puissance et le rayonnement du catholicisme. Mais de telles merveilles entraînaient des dépenses considérables. Nul, à Rome, ne permettrait à un prieur au nez de faucon, hanté par la mortification, d'y mettre un terme.

C'était l'unique défi susceptible de le vaincre. Au cours des derniers mois, l'opposition interne, à Florence, s'était effondrée comme une maison de torchis emportée par les crues. J'avais peine à croire qu'un ordre ancien ait pu être balayé aussi facilement. Selon Cristoforo, ceux qui, craignant et haïssant Savonarole, ne faisaient pourtant rien pour le renverser, car son pouvoir était trop fort, ressemblaient à ceux qui jadis éprouvaient la même répulsion pour les Médicis. Ils pensaient que leur tyrannie bienveillante, en dépit ou à cause de son prestige, privait Florence de sa vigueur républicaine et de sa pureté. Mais, ajoutait mon mari, lorsqu'un État est trop sûr de lui, seuls des hommes frustes et sans cervelle osent l'affronter à découvert. La dissidence, concluait-il, est un art qui doit s'exercer dans l'ombre.

Or même les foyers de contestation étaient devenus muets. L'Académie platonicienne, autrefois fierté de la ville et temple du nouveau savoir, s'était écroulée. Un de ses plus grands chefs de file, Pic de la Mirandole, qui s'apprêtait à prononcer ses vœux de dominicain, était un partisan avéré de Savonarole. Et des membres de familles aussi loyales que les Rucellai rêvaient des cellules de San Marco.

Ces nouvelles me rappelèrent ma propre famille.

L'engouement récent pour le blanc ruinait les teinturiers de Santa Croce. Je me souvins des enfants près du fleuve, avec leurs jambes maigres et leur peau tatouée. En enlevant leurs couleurs aux vêtements, on ôtait aux ouvriers le pain de la bouche. En dépit de ses prêches en faveur de l'égalité, Savonarole n'avait aucune notion de la valeur du travail, seul moyen d'assurer aux pauvres une existence décente sans recourir à la charité. Ainsi s'exprimait mon mari. Parfois, au cours de nos conversations, je songeais à tout le bien qu'il aurait pu accomplir au service de l'État si les affaires publiques l'avaient passionné autant que les fesses arrondies des jeunes garçons. Comme on le voit, je me mettais, dans mon amertume, à parler comme mon frère.

Mon père partageait les difficultés de ses employés. Bien sûr, contrairement à eux, sa fortune lui permettait de survivre. Mais ses profits déclinaient. « Je crois qu'une visite de sa fille favorite le distrairait », m'avait suggéré ma mère. Même si elle m'avait offensée, je ne parvenais pas à l'oublier, lui. Son image raviva aussitôt celle du peintre et me fit entrevoir tout ce que nous pourrions désormais partager, maintenant que j'avais commencé, moi aussi, à me servir d'un pinceau...

29

Les vieux serviteurs nous accueillirent, Erila et moi, comme des enfants prodigues. Maria elle-même, avec son esprit obtus et ses petits yeux de fouine, parut heureuse de me voir. Depuis mon départ, la maison s'était un peu assoupie. J'y avais peut-être autrefois semé le trouble, mais ce désordre, c'était la vie. Moi aussi, l'on me trouva changée. Ma maladie avait affiné mes traits, creusé mes joues. Qu'allait dire mon père en se retrouvant, face à sa fille cadette, devant une femme ?

Il me faudrait attendre pour le savoir. Mes parents étaient partis prendre les eaux et ne rentreraient pas avant plusieurs semaines. J'aurais dû les prévenir de mon arrivée.

Tout, dans la maison, me parut étranger, tel un endroit que je n'aurais exploré qu'en rêve. Maria m'apprit que Luca était présent et se restaurait dans la salle à manger. Je le trouvai penché sur son assiette, aussi glouton qu'à son habitude et mâchant avec bruit, la bouche ouverte. Pour un ange, il avait l'air horrible. Plautilla avait raison : sa coupe de cheveux était un désastre. Elle allongeait sa tête, soulignait les marques de petite vérole qui picoraient sa peau.

Je marchai jusqu'à la table et m'assis près de lui. Il est préférable, parfois, de connaître son ennemi.

— Bonjour, mon frère, dis-je en souriant. Tu as changé ta façon de t'habiller.

Il se renfrogna.

— Je suis en uniforme, Alessandra. Tu devrais savoir que je fais à présent partie des combattants de Dieu.

– Voilà une grande nouvelle. Tu devrais quand même te laver de temps à autre. Quand le gris se salit, il tourne au noir.

Il resta silencieux un moment, essayant de distinguer, dans mes propos, le sarcasme du constat. Si j'avais gagné un florin pour chaque minute passée à attendre que Luca saisisse le sens d'une de mes remarques, j'aurais fait fortune.

– Tu sais quoi, Alessandra ? Tu parles trop. C'est ce qui te perdra. Notre vie n'est qu'un court intermède avant la mort et ceux qui se bercent du son de leur propre voix au lieu d'écouter celle du Christ rôtiront en enfer. Ton mari est avec toi ?

Je secouai la tête.

– Alors, tu ne devrais pas te trouver là. Tu connais aussi bien que moi les nouvelles lois de notre sainte République. Les femmes que n'accompagnent pas leur époux incitent au péché et doivent rester chez elles.

– Luca, si seulement tu avais eu autant de mémoire pour les choses importantes !

– Surveille ta langue, petite sœur. Ta fausse culture est l'œuvre du diable. Elle te conduira plus sûrement au bûcher qu'une pauvre vieille qui ne marmonne que les Évangiles. Tes chers Anciens ne sont plus qu'une caste de hors-la-loi.

Jamais il n'avait été aussi bavard. Serrant les poings sur la table, il brûlait de transformer ses mots en actes. Sa cruauté à mon égard avait toujours été plus physique que celle de Tomaso. Et plus fourbe. Ma mère le surprenait rarement avec les phalanges rougies, et les bleus apparaissaient plus tard. Tomaso avait raison. Luca avait toujours été une brute. À présent, il ne subissait plus l'influence de son frère aîné. Mais nous ne savions pas encore dans quelle mesure sa nouvelle loyauté pourrait nuire à notre famille.

Je me levai, les yeux au sol.

– Je sais, répondis-je d'une voix mielleuse. Je suis désolée, mon cher frère. Dès que je serai rentrée chez moi, j'irai me confesser et implorer la miséricorde de Dieu.

Il me regarda, déconcerté par ma docilité soudaine.

– Très bien. Si tu y mets assez d'humilité, Il te pardonnera.

Avant que j'aie gagné la porte, il s'était replongé dans son assiette.

Lorsque je lui demandai des nouvelles du peintre, Maria balbutia :
— Nous ne le voyons plus. Il vit dans la chapelle.
— Comment ça, il vit dans la chapelle ?
Elle eut un geste d'impuissance.
— Il s'y est installé... En permanence... Il ne sort jamais.
— Et les fresques ? Il les a terminées ?
— Personne ne le sait. Il a renvoyé ses apprentis le mois dernier. Ils ont eu l'air soulagé de s'en aller.
— Je croyais qu'il allait à l'église. C'est ce que m'a dit ma mère.
— Je ne sais rien là-dessus. Je crois qu'il y allait, avant... Mais pas maintenant. Il n'a pas quitté la chapelle depuis le dégel.
— Le dégel ? Il y a des semaines qu'il a eu lieu. Pourquoi mon père n'est-il pas intervenu ?
— Votre père ?
Elle hésita un instant.
— Votre père n'est plus tout à fait lui-même.
— Comment cela ?
Elle jeta un coup d'œil à Erila.
— Je ne peux pas en dire plus.
— Et ma mère ?
— Euh... Elle prend soin de lui. Et puis il y a Tomaso et Luca. Elle n'a pas le temps de s'occuper des barbouilleurs.
Tout comme Lodovica, Maria ne témoignait guère d'estime pour l'art. Trop de bruit pour de pauvres gribouillages. Mieux valait réciter ses prières en fermant les yeux.
— Pourquoi ne m'a-t-elle pas appelée à son secours ?
Je connaissais la réponse. Elle m'avait demandé mon aide. Mais, dans ma fureur, je n'avais pas réagi.
Maria me regardait, attendant que je lui dise ce qu'elle devait faire. Tout le monde m'avait toujours considérée comme le bébé de la famille : précoce, mais incapable de me

prendre en main, sans parler des autres... Que s'était-il passé pour que je change à ce point ? Moi-même, je n'en avais aucune idée.

— Je vais aller le voir. Où sont les clés ?

— Elles ne serviront à rien. Il s'est barricadé de l'intérieur.

— Et l'autre entrée, à la sacristie ?

— Même chose.

— Il faut bien qu'il se nourrisse...

— Chaque jour, nous déposons une assiette devant la porte.

— La porte principale ou celle de la sacristie ?

— Celle de la sacristie.

— Comment le sait-il ?

— On frappe.

— Et il sort ?

— Pas tant qu'il y a quelqu'un de l'autre côté. Un jour, le cuisinier a attendu. Mais il ne s'est pas montré. Maintenant, tout le monde s'en moque. Nous avons des choses plus inté-ressantes à faire.

— Donc, personne ne l'a vu ?

— Non. Mais la nuit, il fait du bruit.

— Quel genre de bruit ?

— Lodovica, qui dort mal, dit qu'elle l'a entendu pleurer.

— Pleurer ?

Elle haussa les épaules, comme si elle n'avait plus rien à ajouter.

— Et mes frères ? Ils ont essayé ?

— Maître Tomaso est rarement là. Quant à maître Luca... À mon avis, il le croit à l'église.

D'une certaine façon, il ne se trompait pas.

Le cuisinier, que j'interrogeai à l'étage, devant ses four-neaux, se montra flegmatique. Si le peintre refusait de manger, c'était son affaire. En tout cas, il n'avait pas touché à son assiette depuis quatre jours. Peut-être Dieu le nourrissait-Il ? Après tout, Jean-Baptiste avait bien vécu de sauterelles et de miel...

— Ce devait être moins bon que ton pâté de pigeon.

Il me gratifia d'un grand sourire.

– Tu as toujours aimé la bonne chère, Alessandra. Depuis ton départ, tout est plutôt calme, ici.

Je m'assis à son côté, regardant ses doigts manipuler des gousses d'ail avec la dextérité d'un prêteur alignant ses pièces d'or. Toute mon enfance était là, dans les odeurs et les arômes de cette cuisine : poivre rouge et noir, gingembre, girofle, safran, cardamome, et l'âcre douceur du basilic pilé sur place. Un empire commercial sous le hachoir.

– Prépare-lui quelque chose de bon, dis-je. Un plat dont le fumet lui mettra l'eau à la bouche. Il a peut-être faim, aujourd'hui.

– Ou alors il est mort.

Il avait parlé sans cruauté, évoquant une simple possibilité. La courtoisie chevaleresque de mon père lors de l'arrivée du peintre, en cette nuit de printemps, voilà si longtemps, me revint en mémoire. Je me souvins de notre excitation : un véritable artiste allait vivre sous notre toit, immortaliser les membres de notre famille. Nous y avions vu la preuve du prestige de notre maison, un gage pour l'avenir. Tout cela semblait appartenir au passé.

Laissant Erila et les autres serviteurs bavarder avec le cuisinier, je descendis les escaliers et traversai la cour vers la tanière du peintre. J'ignorais ce que je cherchais. L'adolescente effrontée que j'avais été jadis m'accompagnait. Quel conseil aurais-je donné, aujourd'hui, à cette gamine pleine de curiosité et d'enthousiasme ? Qu'avait-elle fait, à l'époque, pour que tout se passe si mal ?

La porte n'était pas verrouillée. L'endroit sentait le renfermé. Dans la première pièce, Marie et l'ange Gabriel, autrefois si vivants, s'écaillaient sur le plâtre rongé par l'humidité, tels des vestiges d'un temps révolu. La table où le peintre empilait ses dessins était vide et, sur le mur, le crucifix avait disparu.

Des traces noires, au-dessus du seau abandonné dans un coin, attirèrent mon attention. Elles grimpaient en spirale jusqu'au plafond et je crus tout d'abord à des taches de peinture.

Mais lorsque j'y eus posé la main, que je ramenai vers moi, j'étalai entre mes doigts des traces de suie.

Alors je me penchai sur le seau.

Le feu n'avait pas eu raison du crucifix. Quoique en morceaux, il s'était à peine consumé. Soit le peintre l'avait brisé avant d'essayer de le brûler, soit, rendu furieux par l'impuissance des flammes, il l'avait retiré du brasier pour le fracasser contre le mur. La croix était sectionnée en deux endroits. Le torse et les jambes du Christ s'étaient détachés du bois, les clous retenant encore les pieds. Je m'en emparai avec soin. Même mise en pièces, cette sculpture évoquait toujours la Passion.

Le feu allumé au fond du seau n'avait pas été assez fourni pour l'anéantir. Le peintre avait alimenté le foyer avec du papier tassé de façon trop compacte pour laisser passer l'air. On avait l'impression qu'il avait agi de façon précipitée, comme s'il avait eu quelqu'un, ou quelque chose, sur les talons. Je plongeai les mains dans les restes carbonisés. Les pages du fond s'effritèrent entre mes doigts avant de se disperser à l'air libre comme des flocons de neige grise, perdues à tout jamais. Mais les pages plus proches du sommet n'étaient qu'en partie brûlées, et pour certaines carbonisées seulement sur les marges. Je les transportai dans la première pièce, mieux éclairée, et les posai délicatement sur l'établi.

Elles se divisaient en deux séries : les dessins de moi et ceux représentant les corps.

Reproduit des dizaines de fois, mon visage était partout. Il s'agissait d'études pour la Madone, de variations sur le même regard perplexe et grave, que je ne reconnus pas tout à fait comme mien, en partie, je suppose, parce que je n'avais jamais été dans la vie réelle aussi calme ni aussi silencieuse.

Ensuite, venaient les corps. D'abord, l'homme éviscéré que j'avais déjà vu. Cinq ou six dessins exposaient ses entrailles de façon plus détaillée. Je tombai ensuite sur un autre cadavre. Celui-là avait été étranglé. Il gisait à plat sur le sol, tel un pendu décroché depuis peu, la corde enfoncée dans son cou, le visage boursouflé et meurtri, avec une marque qui aurait pu être celle d'un drap enserrant ses jambes.

Et puis il y avait les femmes. La première était vieille et nue. Les muscles de sa poitrine pendaient mollement. Elle était couchée sur le flanc, un bras enroulé autour de la tête, comme si elle cherchait à se protéger de la mort. Des plaies maculaient tout son corps, et son autre bras avait une posture étrange, le coude pointé dans le mauvais sens, comme une poupée brisée. Mais ce fut la plus jeune qui m'effraya le plus.

Renversée sur le dos, elle aussi était nue. Et elle aussi, je l'avais déjà vue. C'était la jeune fille qui, sur le canevas des fresques de la chapelle, gisait sur sa civière, attendant le miracle de Dieu qui la ressusciterait des morts. Mais cette fois, il n'y aurait pas d'intervention surnaturelle. Car sur ces dessins, elle était non seulement morte mais mutilée. Un rictus de souffrance et de terreur déformait ses traits. Et, dans son ventre ouvert, on distinguait, au milieu des viscères et du sang, la forme frêle d'un fœtus.

— Le cuisinier vous fait dire que le repas est prêt, mademoiselle Alessandra.

La voix de Maria fit bondir mon cœur dans ma poitrine.

— Un moment, dis-je, rassemblant en hâte les feuilles et les cachant dans les plis de ma robe.

Erila et Maria m'attendaient au soleil. Erila me jeta un coup d'œil soupçonneux.

— Qu'est-ce que tu as bien pu trouver là-bas ? demanda-t-elle tandis que nous montions l'étroit escalier menant à la porte de la sacristie, elle me précédant et portant le plateau.

— Quelques dessins, sans plus.

— J'espère que tu sais ce que tu fais, ajouta-t-elle d'une voix rogue. La moitié des serviteurs pensent qu'il a perdu la boule. Ils disent qu'il a passé la plus grande partie de l'hiver à dessiner des carcasses d'animaux qu'ils avaient jetées. À la cuisine, ils croient qu'il a l'œil du diable.

— C'est possible. Mais on ne peut quand même pas le laisser mourir de faim.

– En tout cas, tu n'entreras pas là-dedans toute seule.

– Ça ira. Il ne me fera pas de mal.

– Et si tu te trompes ? répliqua-t-elle en se tournant vers moi alors que nous atteignions le sommet. S'il était vraiment fou ? Tu les as vus dans la rue. Trop de Dieu enflamme les cervelles. Qu'il t'ait embobinée avec ses pinceaux ne veut pas dire qu'il n'est pas dangereux. Tu veux mon avis ? Ça ne te concerne pas. Tu as ta propre maison et assez de souci pour occuper une armée. Laisse quelqu'un d'autre s'en charger. Après tout, ce n'est qu'un peintre.

Bien sûr, elle avait peur pour moi. Elle se souvenait de cette nuit d'égarement où mon sang était devenu ma peinture. Et comme elle n'était pas idiote, mon Erila, je pris ses propos au sérieux. La souffrance et la terreur de cette jeune femme avaient pénétré en moi. Qu'elle et les autres aient été peints d'après nature ne faisait aucun doute. Mais où se trouvait le peintre au moment de leur mort ? Toute la question était là. Je repensai à son mélange de panique et de douceur. Mes sarcasmes du premier jour et la violence avec laquelle il avait réagi me revinrent en mémoire. Je me rappelai aussi son début de confiance timide quand j'avais posé pour lui, ses paroles sur la façon dont Dieu guidait sa main depuis son enfance. Au fond de moi, je savais que, même égaré et dément, il ne me ferait aucun mal.

Quant à ma nouvelle maison, je n'y trouverais jamais la moindre chaleur. J'y étais une étrangère. Et je le resterais toujours, à moins de trouver des compagnons d'infortune pour alléger ma solitude.

– Je sais ce que je fais, Erila, déclarai-je avec une détermination tranquille. Je t'appellerai en cas de besoin. Promis.

Elle me répondit par ce petit claquement de langue que j'adorais, car il disait tant de choses en se passant de mots, et je sus qu'elle me laisserait faire.

Elle posa le plateau près de l'entrée, pour que le fumet du repas rampe sous la porte. Il me renvoya l'écho des milliers de matin où, enfant, j'avais jeûné avant la messe, coupable de trouver le goût du corps du Christ sur ma langue moins délec-

245

table que l'arôme de viande rôtie qui, venu de la cuisine, m'assaillait à mon retour. Je n'arrivais pas à imaginer ce que l'on ressentait en le respirant après des jours de privation.

Je me redressai et fis signe à Erila. Elle frappa vigoureusement à la porte.

— Votre nourriture est là ! Le cuisinier m'a chargée de vous dire que si vous n'y faites pas honneur, il ne vous en enverra plus. Il y a du pigeon rôti, des légumes aux épices et un flacon de vin.

Elle tambourina une seconde fois.

— Dernière tentative, monsieur le peintre.

Je lui fis de nouveau signe et elle dévala les escaliers en martelant les marches de pierre de ses talons. Elle s'arrêta en bas et leva les yeux vers moi.

J'attendis. Tout d'abord, rien ne se produisit. J'entendis enfin un craquement. Les verrous cliquetèrent et la porte s'entrouvrit. Une silhouette sortit en traînant les pieds, se pencha pour ramasser le plateau.

Je surgis de l'ombre, comme la nuit où je lui avais barré le chemin dans la cour. Il parut aussi effrayé qu'à ce moment-là. Il recula, tenta de refermer la porte. Mais il portait le plateau avec une maladresse étrange et semblait avoir perdu la maîtrise de ses gestes. Je glissai mon pied dans l'entrebâillement. Il avait moins de force que moi et la porte céda sous mon poids. Il bascula vers l'arrière, lâchant le plateau, dont le contenu tomba, le vin aspergeant le mur. La porte claqua derrière moi.

Nous étions tous deux à l'intérieur.

30

Il laissa le plateau dans l'obscurité, là où il était tombé, traversa la sacristie d'une démarche de cancrelat, gagna le centre de la chapelle. Je ramassai le plateau de bois, sauvai ce que je pus de nourriture ; le vin, lui, était perdu. Puis je le suivis.

La chapelle empestait l'urine et les excréments. Jeûner n'empêche pas de faire ses besoins, du moins pendant un certain temps. Inquiète des endroits où je mettrais les pieds, j'attendis que mes yeux s'habituent à la pénombre avant de poursuivre. L'échafaudage était toujours en place, mais un cordon entourait le chœur, aux murs dissimulés par des bâches. Tout ce qu'il fallait pour travailler reposait en ordre sur les tables : poudres, pilon, mortier, pinceaux. À côté trônait un grand miroir concave identique à celui que mon père, quand sa vue faiblissait, utilisait pour refléter les dernières lueurs du jour. Dans un coin plus éloigné, se trouvait un seau au couvercle de bois. La puanteur venait de là.

Il faisait plus froid que dans le reste de la maison. Et humide. C'était ce qu'il avait toujours connu. Il avait grandi au milieu de la pierre, sans présence humaine pour la réchauffer, et sous une lumière glacée. Que m'avait dit mon père à son sujet ? Qu'il avait peint tous les murs qui l'environnaient jusqu'à ce qu'il n'en reste plus un seul à couvrir. Mais pas cette fois. Pas ici. Ici, en dehors du chœur voilé par les bâches, il n'y avait rien.

À présent, je le voyais : assis contre un coin de mur, replié sur lui-même. Il ne me regardait pas. Il semblait ne rien regarder. Il ressemblait à un animal cerné par la meute. Doucement, je m'approchai de lui. Malgré mes mots de bravoure, je n'en menais pas large. Erila avait raison. Trop de religion fêlait le cerveau de ceux qui, hantés par Dieu, ne discernaient plus ce qu'il y avait d'humain en eux. On les croisait dans la rue, soliloquant, riant, pleurant. La plupart avaient l'air inoffensif, comme des ermites perdus. Pas tous. Certains étaient effrayants.

Je m'arrêtai à quelques pas de lui. La Madone qui avait mon visage et les corps vidés de leurs entrailles s'interposaient entre nous. J'ouvris la bouche, ignorant encore ce que j'allais dire.

– Sais-tu comment ils t'appellent, dans la cuisine ? m'entendis-je murmurer. Uccellino. Le petit oiseau. En hommage au peintre et par révérence pour ton talent, mais aussi parce que tu leur fais peur. Ils croient que tu attends la tombée de la nuit pour t'envoler par la fenêtre. Le cuisinier est convaincu que c'est pour ça que tu ne touches pas à sa nourriture. Parce que tu as trouvé mieux ailleurs. Il est vexé, comme le serait tout bon cuisinier.

Il parut ne pas m'avoir entendue. Il se balançait légèrement, les bras autour de lui, les mains sous les aisselles, les yeux clos. Je m'avançai encore, le dominant de toute ma taille. Je m'assis à mon tour, sentant la pierre froide à travers le fouillis de ma robe. Il avait l'air si seul que j'avais envie de le réchauffer par mes paroles.

– Quand j'étais enfant et qu'on ne cessait de vanter la beauté de notre ville, on m'a raconté l'histoire d'un artiste qui travaillait pour Cosme de Médicis. Il s'appelait Fra Filippo.

Je m'exprimais d'une voix très douce, comme Erila autrefois, lorsqu'elle me parlait pour m'endormir.

– Tu connais son œuvre. Sa Madone dégage une telle sérénité qu'on croirait son pinceau inspiré par le Saint-Esprit. Après tout, c'était un moine. Eh bien, non. Ce bon frère était tellement torturé par la chair qu'il négligeait ses pinceaux pour s'en aller errer en ville, accostant toute femme qui voulait bien de lui. Le grand Cosme de Médicis en conçut une telle irritation, autant parce qu'il n'achevait pas ses tableaux qu'à cause de ses péchés, qu'il décida de l'enfermer la nuit dans son atelier. Mais, le second matin, quand il vint le voir, il trouva la fenêtre ouverte, les draps noués sur l'appui et Filippo envolé. Dès lors, il lui rendit la clé. Il accepta tout ce dont son peintre avait besoin pour réaliser son œuvre, même s'il le désapprouvait.

Je m'interrompis. Rien, dans son comportement, n'avait changé. Pourtant, je savais qu'il m'écoutait. Je le sentais dans mon corps.

– Avoir un tel feu au fond de soi peut être parfois difficile à supporter. Cela doit te pousser à avoir un comportement que, toi-même, tu comprends à peine. Dans mes pires moments, il m'est arrivé, à moi aussi, d'agir de manière bizarre. Quand, par la suite, je me suis demandé pourquoi, j'en ai simplement conclu qu'à ce moment-là c'était nécessaire. Et, comparée à toi, je n'ai pas le moindre talent.

Il tremblait de tous ses membres. Le premier après-midi, dans sa chambre, sa hargne m'avait fait frissonner. Mais pas comme cela. Sa frayeur était d'une tout autre nature. Je plaçai les restes du repas entre nous, poussai le plateau vers lui.

– Pourquoi ne mangerais-tu pas quelque chose ? C'est bon.

Il secoua la tête, cligna des yeux. Il n'était pas encore prêt. J'observai son visage. Il avait la peau aussi blanche qu'une céramique de Della Robbia. Je le revis rampant au plafond, rougi par la chaleur des flammes tandis qu'il dessinait la grille qui deviendrait le paradis. À l'époque, il était plein d'énergie et de visions. Que s'était-il passé dans son paradis ?

– Je t'ai sans doute parlé plus que n'importe qui dans cette maison, lui dis-je. Pourtant, je ne connais même pas ton nom. Tu es « le peintre » depuis si longtemps que c'est ainsi que je pense à toi. Je ne sais rien de toi. Sauf que le doigt de Dieu est sur toi et te donne une force qu'il ne m'insufflera jamais. J'en ai éprouvé une telle jalousie que je n'ai peut-être pas deviné ton chagrin. Si c'est le cas, je suis navrée.

J'attendis. Toujours rien.

– Tu es malade ? C'est ça ? Ta fièvre est revenue ?

– Non.

Sa voix était si basse que je l'entendis à peine.

– Je n'ai pas chaud. J'ai froid. Si froid.

Je me penchai pour le toucher, mais il se recroquevilla davantage. Et un éclair de souffrance bouleversa ses traits.

– Je ne comprends pas ce qui t'arrive, chuchotai-je. Mais je peux t'aider.

– Non. Tu ne peux pas m'aider. Personne ne peut m'aider. Nouveau silence. Puis :

– Je suis abandonné.

– Abandonné ? Par qui ?

– Par Lui. Par Dieu.

– Que veux-tu dire ?

Il se contenta de secouer à nouveau la tête, avec violence, et de serrer plus fortement ses bras autour de lui. Puis, à ma grande horreur, il se mit à sangloter : assis là, glacé, avec ces pleurs qui descendaient lentement le long de ses joues, comme ces statues miraculeuses de la Vierge qui versent des larmes de sang pour ramener les sceptiques à la foi.

Pour la première fois, il me regarda dans les yeux. J'eus l'impression que lui, le peintre, ce jeune homme timide venu du Nord, n'était plus là, qu'il n'y avait plus, à sa place, qu'un gouffre de tristesse et de terreur.

– Dis-moi, je t'en prie. Il n'y a rien de si terrible que l'on ne puisse confier à quelqu'un.

Derrière moi, la porte s'ouvrit et j'entendis des pas discrets. Ce ne pouvait être qu'Erila. J'étais là depuis trop longtemps et elle devait se ronger les sangs.

– Pas maintenant, murmurai-je sans bouger.

– Mais...

– Pas maintenant.

– Tes parents ne vont pas tarder.

C'était un bon mensonge, destiné autant à le mettre en garde qu'à m'aider. Je me tournai vers elle. Il n'y avait aucune ambiguïté dans son regard. D'un signe, je lui indiquai que j'avais bien saisi son conseil.

– Reviens quand ils arriveront.

Je me détournai. Nouveaux bruits de pas. La porte se referma.

Le peintre n'avait toujours pas bougé. Je pris un risque. J'extirpai les dessins de ma robe, en étalai certains sur le sol, à côté du plateau, de telle sorte que les entrailles de l'homme se retrouvèrent près du pigeon rôti.

— Je sais depuis longtemps, dis-je doucement. Je suis allée dans ta chambre. Je les ai tous vus. Est-ce de cela que tu ne peux parler ?

— Ce n'est pas ce que tu crois, répondit-il d'une voix sombre. Je ne leur ai fait aucun mal. Je n'ai fait de mal à personne.

Il s'effondra. Cette fois, je vins à lui, et si ce n'était pas une chose à faire, ce n'était pas à moi d'en juger. Je vivais dans un monde où un mari prenait sa femme comme un taureau couvre une vache, où les hommes s'enlaçaient et se pénétraient avec une passion et une ferveur à faire rougir les saints. Toute notion de conduite convenable ne signifiait plus rien. Je l'entourai de mes bras. Il laissa échapper un gémissement, de chagrin, ou de désespoir. Il était froid comme un mort, et si maigre que je sentais ses os.

— Dis-moi, peintre, dis-moi...

Sa voix, lorsqu'elle me parvint, était basse, haletante : un pénitent cherchant les mots justes.

— Il disait que le corps humain était la plus grande création de Dieu et que, pour la comprendre, il fallait aller sous la peau. Que c'était le seul moyen d'apprendre à lui restituer la vie. Je n'étais pas tout seul. Nous étions six ou sept. Nous nous rencontrions la nuit, dans une salle de l'hôpital Santo Spirito, près de l'église. Les corps, disait-il, appartenaient à la ville. C'étaient des gens qu'aucune famille ne viendrait réclamer ou des criminels décrochés des gibets. Il disait que Dieu comprendrait. Car notre art exalterait Sa gloire.

— Il ? Qui est ce « il » ?

— J'ignore son nom. Il était jeune mais pouvait dessiner n'importe quoi. Une fois, on a amené un garçon de quinze ou seize ans. Il était mort de quelque chose au cerveau, mais son corps était merveilleusement intact. Le maître a dit qu'il était

251

trop jeune pour avoir été corrompu. Il a dit que cet adolescent serait notre Jésus. J'allais le mettre dans ma fresque. Mais avant que j'aie pu le peindre, le maître est revenu avec sa Crucifixion. Elle était sculptée en cèdre blanc. Le corps était si parfait, si vivant qu'on sentait chaque muscle, chaque tendon. J'étais sûr que c'était le Christ. Je n'ai pas pu...

Il s'effondra de nouveau. Je le lâchai et me redressai pour pouvoir le contempler, constater les ravages que ses mots produisaient sur lui.

– Et plus Dieu passait à travers lui, plus Il s'éloignait de toi. C'est ce qui s'est passé ?

– Tu ne comprends pas... Non, tu ne comprends pas. Je n'aurais jamais dû me trouver là. C'était un mensonge. Ce n'était pas Dieu qui était dans la pièce, mais autre chose. Le pouvoir de la tentation. Après l'entrée des Français à Florence, le maître est parti. Disparu... Les corps ont cessé d'arriver. On a fermé la salle. On a parlé de cadavres trouvés en ville. Une fille éventrée, le couple, l'homme éviscéré. Nos corps... Nous ne savions pas... Je veux dire... Je ne savais pas.

Il secoua la tête.

– Ce n'était pas Dieu, dans cette pièce.

Et il martela avec colère :

– C'était le diable. Le frère affirme que plus nous peignons l'homme au lieu de Dieu, plus nous Le bafouons. Le corps est Son mystère. Sa création. Nous n'avons pas à l'étudier, mais à l'adorer. J'ai cédé à la tentation de la connaissance. J'ai désobéi et Il m'a abandonné.

– Oh non, non... C'est Savonarole qui parle, pas toi. Il veut que les gens aient peur, qu'ils croient que Dieu va les rejeter. C'est ainsi qu'il les tient dans ses griffes. Ce peintre, quel qu'il soit, avait raison. Que peut-il y avoir de mal à comprendre les merveilles de Dieu ?

Il ne répondit pas.

– Et même si c'était mal, Il ne t'abandonnerait pas pour cette raison, ajoutai-je, terrifiée à l'idée de le perdre encore une fois. Ton talent Lui est trop précieux.

— Tu ne comprends pas. C'est parti, parti... J'ai fixé le soleil
et il a incendié mes yeux.

— Ce n'est pas vrai ! J'ai vu ces dessins. Il y a trop de vérité
en eux pour qu'ils ne procèdent pas de Dieu. Tu es seul, perdu,
et ta peur t'a mené au désespoir. Il faut que tu te persuades
que tu pourras voir de nouveau et ce sera vrai. Tes mains
feront le reste. Donne-les moi, peintre. Donne-moi tes mains.

Il se balança en reniflant puis, lentement, les déplia, les
écarta de son corps et me les offrit, les paumes vers le bas.
Lorsque je les pris entre les miennes, il poussa un cri de douleur, comme si mon contact les avait brûlées. Je fis glisser
mes doigts jusqu'au bout des siens, froids comme la glace, les
retournai doucement.

Cette douceur ne suffirait jamais. Au centre de ses paumes
s'ouvraient deux blessures, deux trous sombres de sang coa-
gulé, la chair se boursouflant sur les bords, où l'infection pro-
gressait. L'emplacement des clous.

— Grands dieux ! Qu'est-ce que tu t'es fait ?

Mon cœur se pétrifia. Et cette fois, j'eus vraiment peur ;
peur que son désespoir ne m'envahisse moi aussi. On m'avait
déjà parlé de cette mélancolie qui pousse certains êtres, perdus
dans leur quête de Dieu, à se détruire pour soulager leur souffrance. Inquiète de l'influence qu'il aurait pu avoir sur nous,
ma mère avait dû renvoyer un de mes précepteurs, atteint de
ce mal. Elle m'avait dit que certains y voyaient l'œuvre du
diable. Elle pensait simplement qu'il s'agissait d'un trouble
de l'esprit qui, même si la plupart du temps il n'était pas
mortel, pouvait perturber très longtemps une âme.

— Tu as raison, dis-je en m'écartant de lui, tu as péché.
Mais pas de la façon que tu crois. Tu as péché par désespoir.
Car le désespoir est un péché. Tu ne vois plus, parce que tu
as éteint la lumière qui était en toi. Et tu ne peux plus peindre
parce que tu as été tenté par l'autodestruction.

Je me levai.

— Quand t'es-tu fait ça ? Et où en es-tu avec les fresques ?

J'avais haussé le ton. Il resta silencieux, les yeux au sol.

— Si tu ne me le dis pas, je regarderai moi-même.

Je le redressai. Rudement. Je savais que je lui faisais mal.

– Tu es trop égoïste, monsieur le peintre. Quand tu avais du talent, tu refusais de le partager. Maintenant qu'il t'a quitté, tu en es presque fier. Tu ne t'es pas seulement jeté dans le désespoir. Tu as péché contre l'espoir. Le diable doit se réjouir.

Je le pris par la main, l'entraînai vers le côté gauche du chœur. Il me suivit sans résistance jusqu'aux bâches qui dissimulaient les parois et les voûtes du chœur, comme si son corps n'obéissait plus à sa volonté, mais à la mienne. Pourtant, c'était mon propre cœur que je sentais cogner dans ma poitrine.

– Allez, montre-moi ces œuvres que Dieu réprouve. Je veux les voir.

Il me dévisagea un moment. Et je perçus, en cet instant, au-delà de sa détresse, une sorte de reconnaissance, de compréhension. Enfin, il dénoua la corde qui fixait la première bâche à un piquet, la faisant rouler jusqu'au sol.

Je m'étais préparée à subir un choc ; mais pas celui-là. Je m'étais attendue à quelque chose de mauvais, d'incohérent, ou de profané. Or ce qui me cloua sur place en dépit de la faiblesse de la lumière, ce fut le triomphe de la beauté.

Terminée depuis peu, la fresque resplendissait sur la paroi. Elle racontait, en huit tableaux, la vie de sainte Catherine : la silhouette élancée et sereine de ses jeunes années, magnifiée par des couleurs vibrantes, la maison de son père, ses miracles. Comme la Vierge de l'antre du peintre, elle n'exprimait pas seulement la paix de Dieu, mais une exubérance et une grâce tout humaines.

Je me tournai vers lui ; il m'évita. L'intimité qui nous avait liés un bref instant n'existait plus. Il était de nouveau prisonnier de ses démons. Je dénouai la corde de la deuxième bâche. Elle s'affaissa lentement, libérant la fresque de la seconde paroi, qui allait des triomphes de sainte Catherine à sa mort.

C'était là que commençait à se glisser l'hérésie.

En bonne Florentine, je connaissais l'histoire d'innombrables saints, leurs tentations, leur courage, leur martyre. Certains avaient un mouvement d'effroi face à leur supplice, mais, au moment de la mort, la certitude du paradis les transfigurait. Or cette sainte Catherine-là ne semblait sûre de rien. Dans la cellule où elle attendait son exécution, l'angoisse, en elle, étouffait la sérénité. Et dans la scène finale, après la destruction miraculeuse de la roue sur laquelle elle aurait dû périr, elle jetait en direction de la foule, alors qu'on la tirait vers l'épée du bourreau, un regard chargé de reproche et d'effroi.

La dernière bâche couvrait le mur du fond et le plafond voûté. En marchant vers le treuil qui la maintenait en place, je sentis de la sueur mouiller la base de ma nuque.

J'étirai la tête vers le haut alors que la toile s'affalait. Sur le mur du fond, une myriade d'anges aux ailes de plumes de colombes, de paons et de centaines d'oiseaux imaginaires, levaient les yeux vers Dieu.

Il était là, au milieu du plafond, sur un trône d'or, dans sa puissance et sa gloire, entouré de saints irradiant une lumière sublime. Le diable au corps poilu et noir se détournait de Lui. Ses trois têtes jaillissaient de son cou, chacune auréolée d'ailes de chauve-souris. Il serrait entre ses griffes le Christ et la Vierge Marie, à moitié engloutis dans une de ses bouches aux dents de chien.

31

Nous transportâmes le peintre jusqu'à la voiture à deux chevaux de mon père. Il se montra docile. Son combat intérieur semblait s'être apaisé et il accepta notre sollicitude avec reconnaissance. En réalisant ce que nous étions en train de faire, Maria tenta mollement de s'interposer ; mais elle avait déjà abdiqué son autorité et se contenta de geindre en me demandant ce qui se passait. Je lui répondis ce que j'avais écrit dans la lettre que je laissais à ma mère : j'avais trouvé le peintre malade dans la chapelle et je l'emmenais chez moi pour le soigner.

C'était la stricte vérité. Tous ceux qui purent l'observer tandis que nous l'aidions à marcher s'en rendirent compte. Il faillit s'évanouir dans l'escalier puis vacilla sous le soleil de la cour, grelottant et claquant des dents. Après l'avoir enveloppé dans des couvertures, nous l'installâmes à l'arrière de la voiture. Avant de quitter la chapelle, Erila et moi avions remis les bâches en place, verrouillé les deux portes et emporté les clés. Si elle avait pensé quelque chose de ce qu'elle avait aperçu sur les murs, elle ne m'en parla pas.

Il faisait presque nuit lorsque nous franchîmes le portail. Je m'étais assise à l'arrière. Erila menait l'attelage. Jamais je ne l'avais vue aussi nerveuse. Nous avions choisi le pire moment, me dit-elle, pour traverser la ville. C'était au crépuscule que les jeunes affidés de Savonarole imposaient leur couvre-feu, expédiant chez eux sans ménagement des hommes et des femmes qui auraient pu être leurs parents, séparant de façon

256

arbitraire le bon grain de l'ivraie et s'en prenant avec violence à ceux qu'ils suspectaient de dépravation. Mieux valait, me dit-elle, avoir une histoire crédible à raconter, au cas où.

Ils nous arrêtèrent au coin du majestueux palais Strozzi, la plus grande demeure de la ville, dont la disparition de Filippo Strozzi avait interrompu la construction. Savonarole évoquait souvent cette mort dans ses prêches, pour illustrer l'absurdité de l'amour des richesses devant la promesse de la vie éternelle. Les Florentins s'étaient habitués à la façade non achevée de l'édifice et je ne parvenais plus à imaginer ce qu'il aurait pu être s'il avait été mené à bien.

Barrant la rue, aussi peu angéliques que possible avec leur tunique douteuse, les combattants de Dieu étaient une dizaine. Le plus âgé, qui me fit penser à Luca, leva la main. Erila immobilisa la voiture, si près de lui que les chevaux lui soufflèrent au visage.

– Bonsoir, honorables Florentines. Quelle urgence vous amène dans la rue après le coucher du soleil ?

Erila inclina très bas la tête, jouant à merveille son rôle d'esclave.

– Bonsoir à vous, seigneurs. Le frère de ma maîtresse est malade. Nous le ramenons chez elle pour le soigner.

– Si tard et sans chaperon ?

– Le cocher de mon maître participe aux prières du carême. Il faisait encore jour lorsque nous sommes parties, mais une roue de notre voiture s'est coincée dans une ornière et nous avons dû attendre avant d'être dégagées. Nous sommes presque arrivées.

– Où est votre malade ?

Elle lui montra l'arrière de la voiture. Le chef fit signe à deux de ses acolytes, dont l'un jouait avec une baguette. Ils se dirigèrent vers l'arrière, où le peintre dormait, la tête sur mes genoux. Le premier écarta les couvertures qui l'emmitouflaient, le second le piqua avec sa baguette.

Le peintre s'éveilla en sursaut, s'arracha de mes bras et recula fébrilement jusqu'à la paroi.

– Ne m'approchez pas, ne m'approchez pas ! Le diable est

en moi. Il tient le Christ entre ses dents et vous engloutira vous aussi.

— Qu'est-ce qu'il dit ? demanda l'ange crasseux, au nez aussi pointu que sa baguette.

— N'êtes-vous pas capables de reconnaître le langage des saints ? m'écriai-je vertement. Il parle en latin de la miséricorde et de l'amour du Christ qui, avec l'aide de ses fidèles, chassera le diable de Florence. Mon frère est un adepte du prieur. Il doit prononcer ses vœux à San Marco. La cérémonie est prévue pour la semaine prochaine. Voilà pourquoi nous devons le conduire chez moi et le soigner avant le grand jour.

L'ange se pencha vers le peintre et fronça les narines.

— Pouah ! Il pue !

— Il n'est pas malade. Il est saoul, dit l'autre, tandis que leur chef s'avançait vers nous.

— Faites-le tenir tranquille, maîtresse ! lança soudain Erila. S'il s'agite, ses furoncles risquent de crever. Et le pus est horriblement contagieux !

— Des furoncles ? Il a des furoncles ?

L'ange à la baguette fit un pas en arrière. Son chef, prenant les choses en main, comme tout chef qui se respecte, tenta de dominer sa frayeur.

— Pourquoi ne pas l'avoir dit tout de suite ? Écartez-vous de lui, tous ! Quant à vous, femmes, emmenez-le loin d'ici. Et, surtout, qu'il ne s'approche pas d'un monastère avant sa guérison.

Erila fit claquer les rênes et les chevaux partirent au trot. Gémissant à chaque cahot, le peintre s'enroula de nouveau dans la couverture. Une fois les anges hors de vue, je montai sur le siège du cocher.

— Va-t'en, dit Erila. Je ne veux pas de pus sur moi !

J'éclatai de rire.

— Depuis quand les combattants de Dieu ont-ils peur de quelques furoncles ?

— Depuis le début de l'épidémie, répondit-elle avec un large sourire. L'ennui, c'est que tu ne sors pas assez. Tant mieux, dans un sens. Ceux qui s'aventurent trop souvent dehors commencent à le regretter. Selon la rumeur, les Français ont infecté tous les trous où ils ont déversé leurs œufs. Ça a commencé avec les prostituées, puis ça s'est propagé. Tant que l'infection n'a concerné que des femmes, on l'a appelée le mal du diable. Mais depuis, les bons chrétiens se couvrent eux aussi de pustules et prétendent que Dieu les met à l'épreuve, comme... Comment s'appelait ce type, dans la Bible, à qui Il a envoyé toutes sortes de plaies pour...

– Job.

– C'est ça. Mais je ne sais pas si ses furoncles ressemblaient à ceux des Français : de grosses rougeurs purulentes, qui font un mal de chien et laissent d'affreuses cicatrices. En tout cas, d'après ce que je sais, ils sont bien plus efficaces pour la sauvegarde des bonnes mœurs que tous les sermons du moine.

– Erila ! Tes ragots valent leur pesant d'or. Tu aurais dû me laisser t'apprendre correctement à lire. Tu aurais pu écrire une histoire de Florence qui aurait fait pâlir Hérodote.

Elle haussa les épaules.

– Quand nous serons vieilles, je te dicterai et tu écriras. J'espère simplement que nous vivrons assez longtemps pour ça. Cela dépendra de toi. J'espère que tu sais ce que tu fais, ajouta-t-elle en désignant le fond de la voiture et en faisant de nouveau claquer les rênes sur la croupe des chevaux qui dressèrent les oreilles et accélèrent le trot alors que la nuit descendait sur la ville.

Ceux de Cristoforo et Tomaso n'étaient pas dans la cour et on n'apercevait aucune lumière dans la maison. J'ordonnai au valet d'écurie de transporter le peintre jusqu'à mon nouvel atelier, à côté de ma chambre. Je lui expliquai, en y disposant une couche avec l'aide d'Erila, qu'il s'agissait d'un membre de notre famille, un saint homme tombé malade en l'absence de mes parents. Erila me jeta un regard noir, que j'ignorai. Nous aurions pu loger le peintre dans le quartier des domestiques, où personne n'aurait compris ses divagations en latin. Mais s'il se mettait à délirer en toscan sur le pouvoir du diable

259

à Florence, mieux valait que ceux des serviteurs qui vénéraient le moine ne l'entendent pas.

Une fois le peintre installé, je fis venir, pour s'occuper de lui, le frère aîné du valet d'écurie. Filippo était un jeune homme robuste, né avec les tympans crevés. Sa surdité lui donnait l'air plus lent et plus stupide qu'il ne l'était. Elle conférait aussi à sa force muette une sorte de douceur qui avait séduit Erila. C'était le seul serviteur de mon mari pour qui elle éprouvait de la sympathie. Elle communiquait avec lui par signes et en avait fait son esclave dévoué. Je n'avais pas osé lui demander ce qu'elle lui accordait en échange de ses services. Elle lui ordonna de préparer un bain pour le peintre, puis de le déshabiller. Elle alla chercher dans sa chambre son sac de remèdes, qu'elle tenait de sa mère et dont les senteurs exotiques m'enchantaient depuis l'enfance. Outre des mains de guérisseuse, sa mère avait-elle possédé le pouvoir de soigner les maux de l'âme ? Erila se tourna vers moi.

– Dis-lui que nous allons le laver et bander ses mains. Assure-toi qu'il a bien compris.

Assis dans le fauteuil où ils l'avaient laissé tomber, penché en avant, il fixait le sol. Je m'accroupis près de lui.

– Tu es en sécurité, maintenant. On va s'occuper de toi, soigner tes mains. Ici, tu ne crains rien. Tu comprends ?

Il ne répondit pas. Je levai les yeux vers Erila. Elle me montra la porte.

– Et s'il...

– ... perd encore la tête ? On l'assommera. De toute façon, tu ne le reverras pas avant que nous l'ayons lavé et nourri. Profites-en pour inventer une histoire à l'intention de ton mari. Je l'imagine mal gobant ta fable du saint homme malade.

Et, cela dit, elle me poussa dehors.

Les premiers jours furent les pires. Les serviteurs baissaient la voix en nous croisant, mais les bavardages allaient bon train. De son côté, le peintre restait plongé dans un mutisme hébété, ce qui ne l'empêchait pas de se rebeller. Alors qu'il avait permis à Erila et à Filippo de bander ses mains, il refusait toujours de se nourrir. Erila ne mâcha pas ses mots.

– Il bouge les doigts. Il pourra donc peindre de nouveau. Mais personne ne lira plus sa ligne de vie dans sa paume. Pour le reste, je ne possède aucune plante, aucun onguent capable de le soigner. S'il continue à ne pas manger, il ne survivra pas.

Ce soir-là, je restai éveillée, guettant un signe de lui. Au plus profond de la nuit, il se mit à gémir et sangloter, comme si toute la douleur du monde s'échappait de lui. Devant sa porte, je me heurtai à Erila. Les plaintes avaient réveillé les autres et elle ne me laissa pas entrer.

– Il souffre tellement ! Il faut que je lui vienne en aide.

– Occupe-toi plutôt de toi ! Qu'un homme viole les lois de la propriété, qui s'en soucie ? Si son épouse fait la même chose, elle se condamne. Ce sont ses serviteurs, pas les tiens. Ils n'ont eu ni le temps ni le désir d'apprendre à t'aimer. Ils te trahiront et le scandale vous perdra tous les deux. Retourne te coucher. Je me charge de lui. Pas toi.

Effrayée, je lui obéis.

La nuit suivante, les pleurs furent moins violents. Lisant dans mon lit, je les entendis tout de suite. Encore troublée par ses avertissements, j'attendis qu'Erila réagisse. Rien. Peut-être avait-elle sombré, épuisée, dans un sommeil profond. Craignant que le peintre ne réveille de nouveau toute la maison, je me glissai hors de ma chambre.

L'étage était désert. Insensible au bruit, Filippo dormait à poings fermés devant la porte de l'atelier. Je le contournai avec précaution et entrai. C'était stupide, irréfléchi, inconsidéré. Tout ce que je peux dire, c'est qu'aujourd'hui encore je ne le regrette pas.

32

Une petite lampe à huile éclairait la pièce, y déversant une pâle lueur où flottait, parmi des senteurs de peinture, l'odeur de mes pinceaux, de mon encre et de mes poudres. Allongé sur la couche, il fixait la pénombre, comme au bord d'un lac de chagrin et de vide.

Je m'approchai et lui souris. Ses joues étaient mouillées, mais ses pleurs avaient cessé.

– Comment vas-tu, monsieur le peintre ?

Il ne réagit pas.

Je m'assis sur le rebord de la couche. Jadis, il se serait brusquement écarté. Cette fois, il resta immobile. Ses mains reposaient sur la couverture, protégées par un bandage propre. Pourraient-elles un jour tenir une plume ou un pinceau ?

– Je t'ai apporté quelque chose. Si tu dois finir vaincu par le diable, il serait bon que tu entendes la voix de ceux qui ont livré la même bataille que toi.

J'ouvris le livre que je lisais au moment où ses sanglots m'avaient alarmée. Même sans les illustrations de Botticelli pour les transfigurer, tant de mots tracés sur le papier constituaient en eux-mêmes un acte d'amour. J'y ajoutai le mien, récitant lentement les vers que je traduisais tant bien que mal en latin, cherchant à restituer du mieux possible la splendeur envoûtante de la langue italienne :

« Au milieu de la course de notre vie, je perdis le véritable chemin, et je m'égarai dans une forêt obscure : ah ! il serait trop pénible de dire combien cette forêt, dont le souvenir renouvelle ma crainte, était âpre, touffue et sauvage. Ses horreurs ne sont pas moins amères que les atteintes de la mort. »

Je continuai à lire le premier chant de *L'Enfer*, avec ses monstres et ses forêts opaques qui s'ouvraient pourtant sur une colline de lumière, symbole de l'espérance.

« Le jour avait commencé à renaître, le soleil s'élevait, entouré des mêmes étoiles qui l'accompagnaient au moment où l'amour divin créa cette œuvre sublime... »

Il avait fermé les yeux. Mais je savais qu'il ne dormait pas.

– Tu n'es pas seul, lui dis-je. D'autres que toi ont affronté les ténèbres, se sont cru délaissés par Dieu. Dante, lui aussi, a dû ressentir la même chose. Et son génie lui a rendu cette épreuve plus pénible, comme si, puisqu'il lui avait tant été donné, on exigeait plus encore de lui. Mais s'il a pu revenir sur ses pas, nous le pouvons nous aussi. Autrefois, je pensais que Dieu n'était que lumière. C'était ainsi que je l'imaginais. On m'affirmait qu'Il était partout, mais moi je ne le voyais pas. Pourtant, on peignait toujours avec une auréole d'or ceux qu'Il remplissait de Sa grâce. Et quand Gabriel s'adresse à Marie, ses mots pénètrent dans sa poitrine dans un flot de clarté. Enfant, je m'asseyais près de la fenêtre pour regarder le soleil traverser les vitres et j'étudiais, à diverses heures du jour, sa façon de se briser contre le verre avant de projeter sur le sol des taches éclatantes. J'y voyais la manifestation de Dieu Lui-même, chaque rayon enfermant la totalité du monde et Dieu dans son entier. À cette seule pensée, vertigineuse, mon esprit vacillait.

– Pas la lumière, murmura-t-il enfin, me regardant toujours.

Mes doigts se figèrent sur la page.

– Le froid, dit-il.

– Comment, le froid ?

Il prit une profonde inspiration, comme s'il respirait pour la première fois depuis très longtemps. J'attendis. Il essaya encore, et cette fois les mots surgirent.

– Le froid. Dans mon monastère... Parfois, un vent glacé venait de la mer et gelait les visages. Un hiver, la neige fut si épaisse qu'elle nous empêcha de pousser les portes pour aller chercher du bois. Un moine sauta par une fenêtre et plongea dans une congère. Il fallut un temps fou pour le dégager. Cette nuit-là, on me fit dormir près du poêle. J'étais petit, plus maigre qu'une écorce de bouleau. Le poêle s'est éteint. Alors, frère Bernard me prit dans sa cellule... C'était lui qui m'avait pour la première fois donné de la craie et du papier. Il était si vieux que ses yeux semblaient pleurer sans cesse. Mais il n'était jamais triste. En hiver, il avait moins de couvertures que les autres. Il disait qu'il n'en avait pas besoin, parce que Dieu le réchauffait.

La gorge sèche, il avala sa salive. Erila avait laissé une cruche de vin doux sur la table de chevet. Je remplis un petit verre, l'aidai à boire une gorgée.

– Mais cette nuit-là, le frère Bernard lui-même grelottait. Il m'allongea sur sa couche, près de lui, m'enveloppa dans une peau de bête, puis dans ses bras. Il me raconta des scènes de la vie de Jésus. Comment son amour était assez fort pour réveiller les morts, comment, avec cet amour au fond du cœur, nous pourrions réchauffer le monde... Quand je m'éveillai, il faisait jour. J'avais chaud. Lui était glacé. Je le recouvris de la fourrure, mais son corps était raide. Je ne savais quoi faire. Je sortis une feuille de papier du coffre glissé sous sa couche et je le dessinai, tel qu'il était. Il souriait. Je savais que Dieu l'avait veillé au moment de sa mort. À présent, Il était en moi et, en raison de la mort de frère Bernard, j'aurais chaud pour toujours.

Il avala sa salive. Je portai encore une fois le verre à sa bouche. Il but une autre gorgée. Nous nous retrouvâmes un instant dans la cellule du moine, attendant que la mort engendre la vie. Pensant au coffre sous le lit de frère Bernard, je m'emparai, sur ma table de travail, du papier et de la craie taillée que j'avais préparés pour le moment où ses doigts retrouveraient leur agilité.

– Je veux savoir à quoi il ressemblait. Dessine-le. Dessine ce moine pour moi.

Il contempla la feuille, puis ses mains. Ses doigts s'animèrent. Il se redressa, allongea le bras vers le morceau de craie, essaya de le saisir. La douleur le fit grimacer. Utilisant le livre comme support pour le papier, je le posai sur ses genoux.

Il leva la tête vers moi. Le désespoir tordit ses traits. Je refusai de m'apitoyer sur cette douleur.

– Il t'a donné sa chaleur, peintre. C'est le moins que tu puisses faire pour lui avant de mourir.

Sa main remua sur la page. Le trait monta, puis glissa. La craie lui échappa, tomba par terre. Je la ramassai, la replaçai entre ses doigts. Puis j'étalai ma main sur la sienne, emmêlant nos phalanges, prenant soin de ne pas toucher sa blessure, lui offrant la souplesse de mes muscles pour compenser sa faiblesse. Je dessinai les premiers traits avec lui, le laissant me guider. Lentement, maladroitement, les contours d'un visage grandirent sous nos doigts. Au bout d'un moment, sentant les siens s'affermir, je les libérai. Il souffrait toujours. Mais il acheva le dessin.

Le visage d'un vieil homme remplit la page, les paupières closes, un demi-sourire sur les lèvres. L'amour de Dieu y était encore discret, mais le néant ne le submergeait pas tout à fait.

Épuisé par cet effort, le peintre lâcha la craie. Ses doigts étaient devenus gris.

J'émiettai un peu de pain sur la table, le mélangeai au vin. Il le mâcha lentement, en toussant un peu. Puis il l'avala. Je recommençai : un petit morceau, une gorgée après l'autre.

Il finit par repousser le verre. Trop de pain et de vin le rendraient malade.

– J'ai froid, dit-il enfin. J'ai encore froid.

Alors, je m'étendis près de lui. Je glissai un bras sous sa tête. Il se détourna, recroquevillé comme un enfant. Je m'enroulai autour de lui. Et il se réchauffa entre mes bras. Sa respiration devint plus régulière, son corps s'alanguit contre le mien. Je me sentais paisible, et très heureuse. Si je n'avais pas eu peur de m'endormir à mon tour, nous aurions pu rester ainsi enlacés jusqu'au matin, jusqu'à ce que la maison s'éveille.

Je tentai, avec mille précautions, de dégager mon bras. Mon geste le perturba. En gémissant, il changea de position, me poussa, d'un coup d'épaule, vers le bord de la couche. Sa tête se colla à la mienne, son bras se déploya sur ma poitrine.

J'essayai encore. La lampe éclairait vaguement son visage décharné par la faim et à la peau presque translucide. Contrastant avec ses joues creusées, ses lèvres, étrangement, restaient gonflées. Son souffle m'enrobait. Erila et Filippo avaient fait du bon travail. Il sentait la camomille et son haleine exhalait l'arôme du vin doux. Je contemplai ses lèvres. Mon mari m'avait embrassée une fois sur la joue, devant la porte de ma chambre. C'était le seul baiser que j'étais destinée à recevoir d'un homme. On me prendrait brutalement pour que je donne naissance à un héritier, mais je resterais toujours vierge de tendresse, de passion. Ou, pour citer mon mari, mon plaisir serait ma propre affaire.

Je me penchai, mon visage touchant presque le sien. Sa respiration me parvenait par vagues douces et chaudes. Cette fois, notre proximité ne me faisait pas trembler. Au contraire, elle me rendait audacieuse. Son corps était si sec que je distinguais les crevasses à la surface de sa peau. Je mis un doigt dans ma bouche pour l'humecter. Ma salive était tiède, secrète ; une transgression en elle-même. Je fis courir le bout de mon doigt sur ses lèvres. Leur contact provoqua en moi un choc brutal, aussi angoissant que celui que j'avais ressenti lorsque j'avais saigné pour la première fois. Mon sang battait à mes oreilles, comme l'après-midi où j'avais cherché Dieu dans les rayons de soleil, sans Le trouver. Mes doigts descendirent de son visage vers son torse. Trop grande pour son corps émacié, la tunique qu'Erila et Filippo avaient dénichée pour lui dénudait ses épaules. L'extrémité de mes doigts était le plus fin des pinceaux. Je me souvins de mon propre sang sur ma poitrine. J'imaginai les teintes dont j'enduisais sa peau, qui se couvrait de bleu indigo, de jaune safran. Il tressaillit, s'agita dans son sommeil. Mes doigts s'interrompirent, restèrent en suspens, bougèrent à nouveau. Le safran devint ocre, puis pourpre. Bientôt, les couleurs lui rendraient la vie.

J'approchai encore ma bouche de sa bouche. Je savais très bien ce que je faisais. Et je n'avais pas peur. Mes lèvres rencontrèrent les siennes. Je le sentis remuer de nouveau. Sa bouche s'ouvrit et ma langue se mêla à sa langue.

Il était maigre comme un enfant. Je l'enlaçai, roulai sur lui. Je sentis son sexe durcir contre ma cuisse. Quelque part en moi, une étincelle s'alluma et se mit à flamber.

Alors il me rendit mon baiser. Sa langue était avide, maladroite, pleine de son goût. Soudain, nous fûmes unis. Nos mains tâtonnaient, s'affolaient. Enfin, il atteignit mon sexe. Je criai si fort que j'eus peur d'alerter toute la maison.

Je soulevai ma chemise, l'aidai à trouver sa voie à l'intérieur de moi. Pour la première fois, il ouvrit les yeux. Nous nous regardâmes, conscients d'accomplir l'irréparable. Il y avait dans ce regard une intensité telle qu'elle balaya tout regret, tout remords. Nous ne faisions aucun mal. Les hommes ne nous pardonneraient peut-être pas, mais Dieu, Lui, nous absoudrait.

Lorsque ce fut fini et qu'il se détendit contre moi, je le berçai et lui parlai comme une enfant, murmurant à son oreille tout ce qui me passait par la tête, pour l'empêcher de replonger dans ses frayeurs. Puis, lorsque je ne trouvai plus rien à dire, je me mis à réciter ces lignes du dernier chant de Dante, indifférente à ce qu'elles pouvaient avoir d'hérétique dans ma bouche :

« Ô grâce abondante, tu me permettais de contempler la splendeur éternelle, où mes regards s'absorbaient, et je vis dans toute sa profondeur qu'un amour réciproque avait réuni dans un seul volume ce qui est répandu dans le monde en plusieurs feuillets : les substances, les accidents et leurs effets y étaient comme confondus... Et ainsi que deux roues obéissent à une même action, ma pensée et mon désir, dirigés par un même accord, furent portés ailleurs par l'amour sacré qui met en mouvement le soleil et les autres étoiles. »

33

Une fois dans ma chambre, je me lavai, assaillie par mille pensées.

– Où étais-tu ?

Je sursautai.

– Erila, tu m'as fait peur !

– Tant mieux.

Jamais je ne l'avais vue aussi en colère.

– Où étais-tu ?

– Je... Euh... Le peintre s'est réveillé. Je... j'ai cru que tu dormais. Donc... je suis allée voir s'il allait bien.

D'un air méprisant, elle examina mes cheveux en désordre, mes joues, que je savais cramoisies.

– Je... j'ai réussi à lui trouver de quoi manger et du vin. Il dort, maintenant.

Elle se précipita sur moi, me saisit aux épaules et me secoua avec une telle violence que je poussai un cri.

– Regarde-moi ! Regarde-moi en face !

J'obéis. Elle capta mon regard, ne pouvant croire à ce qu'elle y discernait.

– Erila, je...

– Ne me mens pas !

Elle me secoua encore puis soudain me lâcha.

– N'as-tu rien entendu de ce que je t'ai dit ? Qu'est-ce que tu t'imagines ? Que j'agis pour mon propre compte ?

Elle ramassa le linge que j'avais laissé tomber près de la cuvette, le plongea dans l'eau, souleva ma chemise et frotta rudement ma poitrine, mon ventre et mon entrejambe, sans se soucier de me faire mal, comme une mère donnant son bain à un enfant récalcitrant. Je me mis à pleurer, mais cela ne l'arrêta pas.

Elle jeta enfin le linge dans la cuvette, me lança une serviette. Elle m'observa tandis que je me séchais de mauvaise grâce en ravalant mes larmes, essayant de dissimuler ma honte.

— Ton mari est rentré.

— Mon Dieu ! Quand ?

— Il y a à peu près une heure. Tu n'as pas entendu les chevaux ?

— Non, non.

— Moi, si ! Heureusement pour toi. Il te demande.

— Que lui as-tu dit ?

— Que tu étais fatiguée et que tu dormais.

— Lui as-tu raconté ?

— Raconté quoi ? Non, je ne lui ai rien dit. Mais je suis sûre que les serviteurs, eux, ne se gêneront pas, si ce n'est déjà fait.

— Parfait, répondis-je, tentant de paraître rassurée. Eh bien, je... Je lui parlerai demain.

Elle me considéra un moment, puis secoua la tête d'un air exaspéré.

— Tu ne comprends pas ! Dieu du ciel, comment est-il possible que ce que nous t'avons enseigné, ta mère et moi, n'ait servi à rien ? Les femmes ne peuvent pas se comporter comme les hommes. Ça ne marche jamais. Ils le leur font payer.

Son ton m'effraya. Et il me parut évident, tout à coup, que ceux qui ne seraient pas avec moi seraient contre moi.

— Il m'a garanti que je serais maîtresse de ma vie, répliquai-je avec colère. Cela faisait partie du pacte.

— Comment peux-tu être aussi stupide ? Tu n'as pas de vie. Pas comme lui. Il peut forniquer avec qui il veut, quand il veut. Personne ne lui jettera jamais la pierre. Mais on te lapidera, toi.

Je m'assis, un peu calmée.

— Je... je n'ai rien f...

– Non ! Pas ça ! Ne me mens pas encore une fois !

Je levai les yeux.

– C'est arrivé, c'est tout.

– C'est arrivé ? C'est tout ?

Elle éclata d'un rire à la fois sarcastique et hargneux.

– Eh, oui ! dit-elle. C'est toujours ainsi que ça se passe.

– Je n'ai pas... Personne ne doit savoir. Il ne parlera pas. Toi non plus.

Elle poussa un soupir furibond, comme devant un mioche à qui elle aurait seriné mille fois la même chose. Elle pivota sur ses talons et arpenta la chambre, martelant son angoisse. Elle s'arrêta enfin, se tourna vers moi.

– Il a joui ?

– Quoi ?

– Est-ce qu'il a joui ? Ma pauvre Alessandra, si tu avais autant de prudence que de cervelle, il y a longtemps que tu gouvernerais la ville. Est-ce que sa semence s'est déversée en toi ?

– Je... je n'en suis pas sûre. Peut-être. Je crois.

– Quand as-tu saigné ?

– Je ne sais pas. Il y a dix jours, peut-être quinze...

– Quand ton mari t'a-t-il prise pour la dernière fois ?

Je baissai la tête.

– Alessandra !

Elle m'appelait rarement par mon prénom, mais, là, elle ne pouvait s'empêcher de le répéter.

– J'ai besoin de savoir.

Je fondis de nouveau en larmes.

– Pas depuis... Pas depuis la nuit de noces.

– Doux Jésus ! Eh bien, il vaudrait mieux qu'il recommence. Bientôt. Est-ce que tu peux arranger ça ?

– Sans doute. Mais nous n'en avons pas parlé depuis un certain temps.

– Eh bien, parle-lui-en le plus vite possible. Et débrouille-toi pour que cela se fasse. À partir de maintenant, tu n'approcheras plus le peintre sans chaperon. Tu m'entends ?

– Mais...

— Non ! Pas de mais... Le mauvais sort est sur vous deux depuis la première fois que vous vous êtes vus. Mais vous étiez trop jeunes pour le savoir. Ta mère n'aurait jamais dû le laisser habiter la maison. Enfin, il est trop tard. Tu survivras. Quant à lui, s'il a été capable de trouver ta fente, il ne tardera pas à reprendre goût à la vie. Rien de tel que ce genre de résurrection pour réveiller l'appétit des hommes.

— Erila, tu ne comprends pas. Ce n'était pas comme ça.

— Ah, non ? Alors, c'était comment ? Il t'a demandé ta permission ou c'est toi qui t'es offerte ?

— C'est moi qui ai commencé, répondis-je. Tout est ma faute.

— Et lui, il n'a rien fait, peut-être ?

Je crois qu'elle aurait été soulagée de me voir retrouver mon sens de l'ironie. Je me contentai de hausser les épaules. Elle me jeta un regard noir. Soudain, elle s'avança et me prit brutalement dans ses bras, me couvant comme une mère poule. Et je sus que si elle me laissait une fois encore, mon courage, lui aussi, m'abandonnerait.

— Idiote, triple idiote.

Elle murmura de tendres insultes à mon oreille. Ensuite, elle s'écarta, prit mes joues entre ses mains, démêla, pour mieux me contempler, les mèches qui tombaient en désordre sur mon visage.

— Voilà, dit-elle doucement. Tu l'as fait. Enfin. Comment était-ce ? As-tu entendu la note ultime du luth ?

— Je... pas vraiment, murmurai-je, même si je savais bien que j'avais ressenti quelque chose.

— C'est parce que tu dois le faire plus d'une fois. Ils n'apprennent pas vite, les hommes. Ils s'agitent, ils se hâtent. La plupart ne s'améliorent jamais. Ils papillonnent, mais restent piètres. Certains, parfois, ont quand même l'humilité de se laisser guider... tant que la femme ne leur laisse pas deviner que c'est elle qui mène le jeu. Mais il faut d'abord que tu découvres ton propre plaisir. Tu en es capable ?

Je ris nerveusement.

271

– Je ne sais pas. Je crois... Mais... je ne comprends pas, Erila. Qu'es-tu en train de me dire ?

– Je te dis que si tu décides d'enfreindre les règles, tu dois apprendre à le faire mieux que personne. Mieux que toutes celles qui les tiennent en laisse. C'est le seul moyen de les battre à leur propre jeu.

– Je ne sais pas si j'y arriverai. À moins que tu m'aides...

Elle s'esclaffa.

– Quand ne l'ai-je pas fait ? Maintenant, couche-toi et dors. Demain, tu auras besoin de toute ta finesse. Comme nous tous.

34

Assis à sa table, Cristoforo lisait en sirotant du vin. Malgré l'heure matinale, il faisait déjà chaud. Nous ne nous étions pas vus depuis des semaines. Même si, en me regardant dans mon miroir, je n'avais pas noté de modification particulière, je ne savais pas s'il me trouverait changée. Lui, en revanche, avait vieilli. Les plis qui s'accentuaient autour de sa bouche lui donnaient un air sévère ; sa peau était plus rouge. Rien de surprenant à cela : une liaison suivie avec mon frère aurait épuisé une constitution plus jeune que la sienne. Je pris place en face de lui et il me salua. Je n'avais aucune idée de ce qu'il pensait.

— Bonjour, ma chère épouse.

— Le bonjour à vous, cher époux.

— Avez-vous bien dormi ?

— Très bien, merci. Je suis navrée de ne pas avoir été là pour vous accueillir.

Il eut un geste d'indulgence.

— Vous êtes totalement rétablie de votre... malaise.

— Oui.

Puis :

— J'ai peint.

Son regard s'éclaira. Cette nouvelle paraissait lui faire vraiment plaisir.

— Voilà une excellente nouvelle.

— Merci. Mon frère est avec vous ?

— Pourquoi ?

— Euh... J'aurais aimé le saluer.

— Il est rentré chez lui. Il ne va pas très bien.

— Rien de sérieux, j'espère.

— Je ne pense pas. Un léger accès de fièvre...

Je n'aurais pas de sitôt une telle opportunité.

— Seigneur, je dois vous avouer quelque chose.

— Oui ?

— Nous avons un hôte chez nous.

Il me dévisagea longuement.

— C'est ce que j'ai entendu dire.

Je parlai sans fard, insistant sur l'art, la beauté, les merveilles que le peintre pourrait créer et la crainte qu'il ne fût plus en mesure de le faire. Je crois que je m'en tirai assez bien, même si j'étais plus nerveuse que je l'aurais souhaité. Il ne détourna pas ses yeux des miens, même lorsque le silence s'installa entre nous à la fin de mon petit discours.

— Alessandra... Vous vous rappelez notre première conversation, n'est-ce pas ? Lors de notre nuit de noces...

— Oui.

— Vous vous souvenez donc que je vous ai demandé un certain nombre de choses, que vous avez approuvées. L'une d'elles était la discrétion.

— Oui, mais...

— Croyez-vous vraiment avoir été discrète ? Amener en voiture un homme en état de démence après avoir traversé toute la ville, en pleine nuit, jusqu'au palais où votre mari ne se trouvait pas ; l'installer ensuite dans une pièce proche de votre chambre...

— Il était malade.

Je n'allai pas plus loin. Inutile d'argumenter. Erila avait raison : j'avais bafoué toutes les convenances.

— Je suis désolée. Je me rends compte que j'aurais pu vous compromettre. Même s'il n'est pas...

— Ce qu'il est ou n'est pas importe peu, Alessandra. Ce qui compte, c'est la façon dont il est perçu. Toute la ville, ma chère, ne se soucie aujourd'hui que des apparences. Pas de la réalité. Vous êtes assez intelligente pour le savoir aussi bien que moi.

– Il ne peut pas rester, déclarai-je.

Ce n'était pas une question, mais une évidence.

– Non, il ne le peut pas.

– De... de toute façon, il va un peu mieux. Selon Erila, il s'est sustenté ce matin. Dans ces conditions, il s'empressera de regagner la demeure de mes parents. Il a un travail à terminer. C'est un peintre merveilleux, Cristoforo. Quand vous verrez notre chapelle décorée, vous le constaterez.

– Je n'en doute pas.

Il but une gorgée de vin.

– Nous n'en parlerons plus.

Il reposa son verre d'un geste lent, m'observa un moment.

– À présent, je dois vous faire part d'autre chose. Hier, deux de mes amis ont été arrêtés pour fornication. Ils ont été victimes du tronc de dénonciation de Santa Maria Novella. Vous saurez assez tôt de qui il s'agit. Ce sont des gens d'excellentes familles... Quoique moins bonnes que les nôtres.

– Que va-t-il leur arriver ?

– On va les interroger, les torturer pour les faire avouer et obtenir les noms de leurs complices. Aucun n'a de raison directe de m'impliquer. Mais une fois que l'on a tiré sur un fil, le vêtement tombe vite en morceaux.

Que ma transgression l'eût mis en colère ne m'étonnait plus. D'un autre côté, si j'avais été Erila, j'aurais tiré tout le parti possible de ce que je venais d'apprendre.

– Eh bien, seigneur, nous devrions trouver un moyen de vous protéger davantage.

Je marquai une pause.

– Est-ce qu'une épouse enceinte consoliderait votre réputation ?

– En tout cas, cela ne lui nuirait pas, répondit-il avec un sourire désabusé. Mais vous n'êtes pas enceinte. À moins que j'aie mal compris votre esclave. Elle m'a pourtant paru très claire.

– Non, je ne le suis pas, dis-je, me souvenant du mensonge

d'Erila. Mais je peux très bien le devenir. La période est favorable.

— Je vois. Et cela vous... agréerait ?

Je le regardai droit dans les yeux, sans ciller.

— Oui, cela m'agréerait beaucoup.

Je me levai, me penchai à travers la table et l'embrassai furtivement sur le front avant de quitter sa chambre pour regagner la mienne.

Je n'insisterai pas sur cette seconde expérience. Ni meilleure ni pire que la précédente, elle renforça notre affection conjugale, la sollicitude et le respect qui faisaient presque de nous des égaux.

À l'inverse de la première fois, il ne s'en alla pas tout de suite. Comme de vieux compagnons, nous devisâmes devant des rafraîchissements, parlant d'art, de la vie et d'affaires politiques. Cette conversation accentua notre estime réciproque, le plaisir que nous éprouvions à nous trouver ensemble, même si la chair n'y avait pas sa part.

— Quand avez-vous appris cela ? Ce n'est pas encore de notoriété publique.

— Vraiment ? Alors, cela ne tardera guère. On ne peut garder longtemps un tel secret.

— Savonarole va-t-il obéir ?

— Mettez-vous à sa place, Alessandra. Vous êtes le dirigeant incontesté de la ville, vous la gouvernez bien mieux du haut de votre chaire que vous ne le feriez depuis la Seigneurie. Alors, votre ennemi, le pape, vous interdit de prêcher sous peine d'excommunication. Que faites-vous ?

— Tout dépendra du jugement que je crains le plus : celui du pape ou celui de Dieu.

— N'est-ce pas une hérésie de dissocier les deux ?

— À mes yeux, peut-être. Pour l'heure, je parle au nom de Savonarole. Et lui les différencie. Selon lui, Dieu vient en premier. Quoique... En matière politique, il n'agit pas n'importe comment. Le pape non plus.

— Vous apprendrez donc avec intérêt qu'une carotte adoucit le bâton.

— Laquelle ?

— Un chapeau de cardinal, s'il s'incline.

Je réfléchis un instant.

— Il n'acceptera pas. C'est peut-être un fou de Dieu, mais il n'est pas hypocrite. Il méprise la corruption de l'Église. Coiffer un chapeau de cardinal équivaudrait à empocher les trente deniers d'argent pour trahir le vrai Christ.

— Nous verrons bien.

— Cristoforo, demandai-je avec admiration, comment savez-vous tout cela ?

— Je ne passe pas tout mon temps dans les bras de votre frère...

La crudité de sa réponse me désarçonna.

— Je ne vous savais pas impliqué dans de telles affaires, poursuivis-je, me souvenant des commentaires de ma mère à son sujet.

— Par les temps qui courent, mieux vaut passer pour indifférent, vous ne croyez pas ? L'opposition la plus sûre est celle qui n'existe pas, jusqu'au moment propice.

— Dans ce cas, vous devriez prendre garde à ne pas vous confier à n'importe qui.

— C'est ce que je fais, prononça-t-il en me scrutant avec insistance. Ai-je commis une erreur ?

— Non.

Ma voix était ferme.

— Bien.

— Vous devriez quand même vous montrer prudent. Vous voilà devenu non seulement un ennemi moral, mais un adversaire politique.

— Très juste. Mais quand ils allumeront la paille sous mon bûcher, ce ne seront pas mes idées politiques qu'ils brûleront...

— Ne parlez pas ainsi. Cela n'arrivera pas. En dépit de sa puissance, le moine ne pourra affronter le pape éternellement. De nombreux Florentins pieux n'écouteront pas de gaieté de cœur les sermons d'un prêtre excommunié.

– Vous avez raison. Pourtant, le pape devra choisir son moment. S'il frappe trop tôt, il ne fera qu'encourager de futures rébellions. Il doit attendre que les premières failles apparaissent.

– Il faudrait qu'il vive centenaire. Il n'y a pas de failles.

– Vous ne prêtez pas assez l'oreille, ma chère épouse.

– Vous auriez dû être dans la rue lorsque ses guerriers nous ont arrêtées avec le peintre...

Son visage se ferma.

– Vous ne risquez rien. Ils ignoraient qui nous étions. Erila les a fait fuir en évoquant le « mal français ».

– Ah oui, les pustules... Nos chers libérateurs nous ont donc apporté autre chose que la liberté civile.

– Cela ne suffira pas à écorner son pouvoir.

– Je vous l'accorde. Mais que se passera-t-il si nous connaissons un été aussi torride que l'hiver a été glacial ? Si la pluie ne tombe pas et que la sécheresse détruit les récoltes ? Notre piété nouvelle s'accorde mal avec la recherche de la prospérité et notre cité n'a plus comme autrefois assez de réserves pour survivre. Pour en revenir à l'armée de fidèles du moine, un homme erre toujours dans la ville et étrangle ses victimes avec leurs propres boyaux.

– On a trouvé un autre corps ?

– La nouvelle n'est pas encore publique. Les sentinelles de Santa Felicità ont découvert, hier matin, des vestiges humains répandus sur l'autel.

– Oh...

– Mais quand ils sont revenus avec du secours, ces restes avaient disparu.

– Vous pensez que ses partisans se sont débarrassés du corps ?

– Quel corps ? Souvenez-vous : la réalité et l'apparence. Quand il était dans l'opposition, il aurait considéré une telle profanation comme un don du ciel. Aujourd'hui, elle a un parfum d'anarchie. Pire, peut-être. Songez-y. Si, alors que Florence se plie à Sa Loi, Dieu se montre cruel envers elle, les disciples du prieur se demanderont sous peu, et publiquement, s'il est dans le vrai.

– Est-ce une supposition de votre part, ou un fait porté à votre connaissance ? Car même une opposition qui n'existe pas a ses sources d'informations, internes et externes...

Il sourit.

– Nous verrons. Eh bien, dites-moi, Alessandra... Comment vous sentez-vous ?

J'avais couché avec deux hommes en quelques heures. L'un avait comblé mon corps, l'autre mon esprit. Si Savonarole était vraiment l'envoyé de Dieu sur Terre, j'aurais déjà dû éprouver la brûlure des flammes sous mes pieds. Or j'étais étrangement apaisée.

– Je me sens... pleine.

– Parfait. J'ai entendu dire que l'été était une période idéale pour la conception, si les deux époux s'unissaient, non sous l'emprise de la luxure, mais en se respectant. Prions donc pour l'avenir.

Le peintre s'en alla le lendemain matin. Erila le vit avant qu'il ne parte. Elle me rapporta plus tard qu'il s'était montré calme, poli avec elle, et l'avait laissée soigner ses mains. Les plaies commençaient à se cicatriser et, s'il restait faible, le repas qu'il avait pris l'avait rendu presque alerte. Elle lui confia les clés de la chapelle. Mes parents ne rentreraient pas avant plusieurs semaines ; aux dernières nouvelles, la santé de mon père, grâce aux eaux, s'améliorait. Le peintre retrouverait-il la force de s'attaquer aux fresques ? En tout cas, je ne pouvais plus rien pour lui.

Après son départ, je m'allongeai sur mon lit en me demandant quel genre d'enfant je souhaitais mettre au monde : un artiste ou un politique.

Troisième Partie

35

Les prédictions de mon mari se réalisèrent. Un été torride et poussiéreux s'abattit sur la Toscane. Alors que, deux ans plus tôt, lors des pluies de printemps, les bancs de Santa Croce avaient flotté jusqu'à la cathédrale, on respirait à présent, dans les rues, les nuages de poussière soulevés par les roues des voitures.

À la campagne, les olives séchèrent sur place. La terre craquelée devint si dure que l'on aurait pu la croire gelée. D'août à septembre, la canicule ne fit que croître. On évoqua bientôt le spectre de la famine. Sans eau pour laver leurs belles tuniques blanches, les Anges de Savonarole dégageaient une odeur qui n'avait rien de suave. De toute façon, ils se démenaient moins : il faisait trop chaud pour pêcher ; et presque trop pour prier.

Le pape agit ainsi que l'avait prévu mon époux : il ordonna à Savonarole de cesser de prêcher. Le moine refusa publiquement le chapeau de cardinal qui lui avait été discrètement proposé, déclarant qu'un autre rouge, celui du sang, lui conviendrait mieux. Fin politique, il se retira quand même dans sa cellule, pour demander à Dieu de l'inspirer. Cristoforo lui-même admira sa sagesse. Il était difficile de distinguer, dans son attitude, la sincérité de l'opportunisme. Ce saint homme était un mélange complexe d'arrogance et d'humilité.

La sécheresse, la lutte pour le pouvoir : sur tout cela, mon mari avait vu juste. Il ne s'était pas trompé non plus sur l'été, période favorable à la conception.

Je me réfugiai dans la pénombre de ma chambre, vomissant nuit et jour dans une bassine posée à mon chevet. Jamais je n'avais été aussi malade. Cela avait commencé deux semaines après l'absence de mes règles. Un matin, alors que je tentais de me lever, je sentis mes jambes se dérober sous moi, en proie à une nausée douloureuse suivie d'un renvoi brutal. Je ne parvins même pas jusqu'à la porte. Erila me découvrit crachant ma salive, parce qu'il n'y avait plus rien à évacuer.

– Félicitations.

– Je meurs.

– Non, tu es grosse.

– Comment est-ce possible ? Il ne s'agit pas d'un bébé. Je suis malade, c'est tout.

Elle éclata de rire.

– Réjouis-toi. C'est la preuve que l'enfant s'accroche. Les femmes qui ne sentent rien font souvent une fausse couche avant la troisième lune.

– Et pour les autres ? hoquetai-je entre deux renvois. Ça dure combien de temps ?

Elle épongea mon front avec un linge mouillé et répondit gaiement :

– Remercie Dieu de t'avoir donné une constitution robuste. Elle te sera utile.

Mon état ne fit qu'empirer. Certains jours, je pouvais à peine parler. Ma faiblesse présentait des avantages. Je ne pensais pas au peintre, à ses doigts sur le mur ou au contact de son corps contre le mien. Je ne me posais pas de questions sur mon mari, je n'en voulais même pas à mon frère. Et pour la première fois de ma vie, je ne regrettais pas mon absence de liberté. La maison était déjà un monde trop grand pour moi.

Mes relations avec les serviteurs se modifièrent. Ils cessèrent de chuchoter dans mon dos et disposèrent des bols aux endroits stratégiques de la demeure pour me permettre de vomir dès que l'envie m'en prenait. Ils me firent même des suggestions. Je me mis à manger de l'ail, à mâcher des racines de gingembre, à boire de la tisane. Erila courut tous les apothicaires de la ville à la recherche de remèdes. Elle passa tant de temps chez Landucci, la boutique proche du palais Strozzi, qu'elle se lia d'amitié avec son propriétaire, aussi loquace et cancanier qu'elle. Il lui fit parvenir un cataplasme d'herbes et de morceaux desséchés d'animaux morts, qui fut appliqué sur mon ventre. Il sentait encore plus mauvais que mes déjections, mais me soulagea quelques jours ; quelques jours seulement. Mon mari, plus accaparé que jamais par des activités qui, officiellement, n'existaient pas, s'inquiéta au point de convoquer un médecin. Ce digne praticien me prescrivit une potion qui me fit vomir encore plus.

Vers la mi-septembre, j'étais si mal en point, et depuis si longtemps, qu'Erila perdit sa belle humeur. Je crois qu'elle eut peur que je meure. Certains jours, je souffrais tellement que j'y aurais presque vu une délivrance. Je devins sombre, morose.

— T'es-tu interrogée sur ce bébé ? lui dis-je un soir, alors qu'assise près de mon lit elle m'éventait pour atténuer la chaleur infernale collant à ma peau comme une couverture détrempée.

— Quel genre d'interrogation ?

— Je me demande s'il n'est pas une sorte de châtiment. Un signe. S'il n'est pas vraiment l'enfant du diable.

Elle s'esclaffa.

— Où aurais-tu trouvé le temps de forniquer avec lui, cette nuit-là ?

— Je suis sérieuse, Erila. Je...

— Tu sais ce qui pourrait t'arriver de pire ? Que ta vie devienne si calme, si paisible que tu n'aurais plus aucune raison de te tourmenter. Tu suscites le drame comme un chien crevé attire les mouches. Et à moins que je ne me trompe du tout au tout, tu le feras toujours. C'est ce qu'il y a en toi de merveilleux et de consternant. Quant à attendre un enfant du diable... Fais-moi confiance. S'il voulait engendrer un héritier dans cette ville, il n'aurait que l'embarras du choix. Florence compte des milliers de candidates, bien plus dignes que toi de ses faveurs.

Cette semaine-là, ma sœur vint me rendre visite. La nouvelle de ma grossesse difficile avait dû se répandre.

— Regarde-toi ! Tu as une mine épouvantable. Ton visage n'a plus que la peau sur les os. Enfin, tu as toujours aimé te faire remarquer.

Elle était de nouveau enceinte et mangeait comme quatre. Mais elle me serra à m'étouffer, ce qui me fit comprendre qu'elle s'inquiétait pour moi.

— Pauvre amour... Ne t'en fais pas. Bientôt, tu siroteras du vin doux en dégustant du pigeon rôti. Notre cuisinier a mis au point une nouvelle recette : une sauce à la prune absolument divine.

Une nausée me souleva le cœur. J'eus peur de vomir sur sa robe et ses chaussures, ce qui, peut-être, ne m'aurait pas déplu.

— Comment va Illuminata ? demandai-je pour m'ôter cette idée de la tête.

— Elle profite de la campagne.

— Elle ne te manque pas trop ?

— Je l'ai vue à la villa, en août. Mais elle se développe bien mieux au grand air qu'ici, dans la chaleur et la poussière. Tu n'imagines pas le nombre d'enfants victimes de la canicule. Les rues sont pleines de petits cercueils.

— As-tu vu nos frères ?

— Tu ne sais pas ? Luca commande une brigade, à présent.

— Comment cela ?

— Je n'en ai pas la moindre idée. Mais il a trente anges sous ses ordres et a même été reçu par le frère.

— J'ai toujours su qu'un membre de notre famille finirait par être honoré. Et Tomaso ?

— Tomaso ! Tu n'es pas au courant ? Il est malade.

— J'espère qu'il n'attend pas d'enfant, minaudai-je.

— Oh, Alessandra !

Son rire fit tressauter ses joues. « Il me faudrait bâfrer pendant des semaines pour être aussi grasse », pensai-je. Elle poussa un petit soupir entendu.

— Enfin, quand je dis malade... En fait, il a des furoncles.

— Vraiment ?

– Il en est couvert. Beurk ! Il s'est enfermé à la maison et refuse toute visite.

Je jure que, pour la première fois depuis deux mois, je commençai à me sentir un peu mieux.

– Je me demande où il a bien pu attraper ça...

Elle baissa les yeux.

– Tu connais la rumeur, non ?

– Non.

– À son sujet.

– Et alors ?

– Je n'arrive même pas à prononcer le mot. Disons que ceux jugés pour la même faute que lui auront le nez tranché et les reins écorchés. Peux-tu concevoir que des hommes fassent des choses pareilles ?

– Si le péché n'existait pas, à qui Dieu pardonnerait-il ?

– Et notre pauvre mère... Imagine sa honte. Elle revient après des mois d'absence, pendant lesquels elle n'a cessé de veiller sur la santé de notre père, pour découvrir que son propre fils est... Enfin, grâce à Dieu, la plupart des membres de notre famille suivent le droit chemin.

– En effet. Grâce à Dieu.

– N'es-tu pas heureuse d'avoir choisi cette voie ?

– De tout mon cœur, répondis-je. Quand as-tu dit qu'elle était rentrée ?

J'envoyai Erila demander à ma mère de venir me voir l'après-midi même. Notre brouille avait assez duré et, quoi qu'elle ait su, j'avais besoin de son bon sens. Qu'elle pût également me donner des nouvelles du peintre ne me traversa l'esprit que plus tard.

Je fis l'effort de m'apprêter pour la recevoir. Erila m'habilla et installa deux fauteuils dans la galerie des statues. Une brise étouffante asséchait la pièce, mais sans altérer la fraîcheur de la pierre et du marbre, ce qu'elle apprécierait sans doute. Je me souvins du jour où, dans ma chambre, chez nous, nous avions discuté de mon mariage. Cette fois-là aussi, il faisait chaud. Mais mille fois moins qu'en ce début d'après-midi.

Erila l'introduisit. Elle avait vieilli. Son dos, jadis si droit, se voûtait légèrement. Elle était toujours ravissante. Pourtant, l'éclat de ses yeux s'était un peu terni.

— Où en es-tu de ta grossesse ? dit-elle, choquée par mon apparence.

— J'ai saigné pour la dernière fois au début de juillet.

— Onze semaines. Ah ! As-tu essayé la mandragore ?

— Euh... Non. Je crois avoir tout tenté, sauf ça.

— Envoie Erila en chercher. Je préparerai la tisane moi-même. Pourquoi ne m'as-tu pas fait appeler plus tôt ?

Je n'avais pas la force d'aborder le sujet maintenant.

— Je ne voulais pas vous inquiéter.

Elle se montra plus brave que moi.

— Non. Ce n'était pas la raison. Tu m'en voulais ! Je ne t'ai pas forcée à l'épouser, tu sais.

Devant mon air renfrogné, elle insista.

— Si, il faut que nous en parlions. Sinon, il y aura toujours un froid entre nous. Dis-moi : même si j'avais été au courant... Ce n'était pas le cas, mais même si... Est-ce que cela t'aurait arrêtée ? Tu désirais tellement ta liberté !

Je n'avais pas songé à cela auparavant. Comment aurais-je moi-même réagi, si j'avais su ?

— Je l'ignore. Vraiment, je l'ignore.

— Oh, mon enfant, bien que je ne...

— Mais vous l'aviez rencontré à la cour. Et vous avez eu une réaction si étrange lorsque je vous ai interrogée là-dessus. Je...

Elle m'interrompit d'une voix ferme.

— Alessandra, les apparences sont parfois trompeuses. J'étais très jeune ; et en dépit de ma culture, très ignorante. Sur bien des points.

« Comme moi », pensai-je. Donc elle ne savait rien...

— Et quand avez-vous tout découvert ?

Elle soupira.

— À propos de ton frère ? Je crois que je savais sans savoir depuis très longtemps. Au sujet de ton mari ? Il y a trois jours. Tomaso est persuadé d'être à l'agonie. C'est faux, mais quand un homme si bien de sa personne devient aussi laid, il ne peut qu'imaginer une issue fatale. Je crois qu'il mesure enfin les conséquences de ses actes. Il est submergé par le chagrin et la peur. Au début de la semaine, il a demandé un confesseur pour recevoir l'absolution. Ensuite, il m'a tout avoué.

– À qui s'est-il confessé ? murmurai-je d'une voix anxieuse, me souvenant des propos d'Erila sur les confessionnaux « pleins de courants d'air ».

– À un ami de la famille. Nous ne risquons rien, du moins, vu la situation actuelle, pas plus que n'importe qui.

Nous gardâmes le silence un moment, chacune réfléchissant aux révélations de l'autre. J'étudiai les changements causés par sa fatigue. Beauté, esprit, culture : tel était le souvenir que mon époux avait gardé d'elle. Fallait-il que de tels privilèges fussent un péché ? Dieu s'évertuait-Il à nous ôter ce qu'Il nous avait donné ?

– Eh bien, mon enfant. L'eau a coulé sous les ponts depuis notre dernier entretien. Comment cela se passe-t-il ?

– Entre lui et moi ? Vous le constatez vous-même. Nous nous sommes arrangés pour rendre notre mariage viable.

– Oui, je m'en rends compte. Il est venu me parler avant que je vienne te voir. Il est... Comment dire ?

– Il est bon. Étrange, n'est-ce pas ?

Il y avait si longtemps que je rêvais de parler ainsi à ma mère, en toute confiance, de femme à femme, comme à quelqu'un qui avait suivi la même route que moi, même si elle n'était pas passée par les mêmes épreuves.

– Et mon père ?

– Il... Il va un peu mieux. Il apprend à accepter les choses. C'est déjà une guérison en soi.

– Et lui ? Sait-il, pour Tomaso ?

Elle secoua la tête.

– Eh bien, Plautilla le sait, elle... Et elle est outrée.

Pour la première fois, je la vis sourire.

– Elle a toujours adoré être scandalisée. Cette fois, au moins, elle a une bonne raison.

– Et vous, maman ? Qu'en pensez-vous ?

– Alessandra, les temps sont si difficiles... Je crois que Dieu observe tout ce que nous faisons et nous juge moins sur nos réussites que sur le combat que nous menons lorsque le chemin est escarpé. Est-ce que tu pries, ainsi que je te l'ai conseillé ? Vas-tu régulièrement à l'église ?

– Uniquement quand je suis certaine de ne pas vomir sur mon banc, répondis-je, souriant à mon tour. Mais, oui, je prie.

Je ne mentais pas. Je n'avais cessé de prier au cours des derniers mois, allongée sur mon lit, torturée par l'angoisse, suppliant le Seigneur de protéger mon bébé, d'en faire un être vigoureux et sans tache.

– Alors, tu seras secourue, mon enfant. Crois-moi : Il écoute tout ce que nous Lui disons, même s'Il semble parfois ne pas entendre.

Ses paroles me mirent du baume au cœur. Le Dieu qui régnait sur Florence nous aurait pendus tous les deux avec nos entrailles, mon enfant et moi. Mais le Dieu que reflétaient les yeux de ma mère n'était pas aussi cruel. Quant à elle, son intelligence lumineuse m'avait manqué plus que je n'aurais jamais osé l'admettre.

– On vous a dit, à propos du peintre ?

– Oui. Maria m'a tout raconté. Elle m'a assuré que tu avais fait preuve d'un grand sens des responsabilités.

J'éclatai de rire.

– Moi ? C'est la meilleure ! Comment va-t-il ?

Et, pour la première fois depuis des mois, je laissai son image se matérialiser devant moi.

– Eh bien, il est toujours aussi peu bavard, mais il a l'air de se remettre du mal, quel qu'il soit, qui l'a terrassé.

– Ce n'était pas grand-chose. Je pense que la solitude et le poids de son travail l'oppressaient... Et la chapelle ?

– La chapelle ? Oh, elle est merveilleuse. Un rayon de soleil dans notre vie. *L'Assomption*, au plafond, coupe le souffle. Le visage de Notre-Dame est très frappant... pour ceux qui connaissent notre famille.

Je fixai le sol pour dissimuler le plaisir qui rosissait mes joues.

– Heureusement, elle est tout en haut. De toute façon, qui me reconnaîtrait, à présent ? Vous n'êtes pas fâchée ?

– Il est difficile de s'emporter contre la beauté. Il y a en elle une grâce si inattendue... Et puis, comme tu dis, peu de gens la contempleront avec le même œil que nous. Sauf que ta sœur, bien sûr...

– ... sera outrée.

Cette fois, nous sourîmes toutes les deux.

– Elle est donc terminée ?

– Pas tout à fait. Mais il nous a promis que tout serait prêt pour la première messe.

– Quand aura-t-elle lieu ?

– Luca brûle d'impatience, Tomaso est, pour une fois, reclus à la maison et Plautilla raffole des cérémonies. Si la mandragore fait son effet, nous pourrions la prévoir pour le début du mois prochain. Ce sera réconfortant de voir la famille réunie, tu ne crois pas ?

36

Le remède de ma mère se révéla aussi inefficace que les autres. Peut-être n'eut-il pas le temps d'agir. Au quatrième mois de ma grossesse, j'étais si maigre que je ressemblais plus à une victime de la famine qu'à une femme enceinte. Soudain, aussi vite qu'ils s'étaient déclenchés, mes vomissements cessèrent. Un matin, à mon réveil, alors que je me penchais machinalement sur la bassine, je me rendis compte que mes nausées ne me harcelaient plus. J'avais l'esprit clair, l'estomac apaisé. Je me renversai contre l'oreiller, posai ma main sur mon ventre dont j'étais encore la seule à discerner la rondeur.

— Merci, murmurai-je. Et bienvenue.

Ma mère nous avait demandé d'arriver la veille de la messe, afin qu'Erila puisse contribuer aux préparatifs et que les membres de la famille profitent un peu les uns des autres. L'été était fini. Il faisait moins chaud, mais la sécheresse persistait. Soulevée par les voitures et les sabots des chevaux, une poussière suffocante imprégnait les vêtements des passants dont certains me parurent aussi décharnés que moi. Conséquence des mauvaises récoltes, les étals du marché, à moitié vides, ne proposaient que des légumes et des fruits racornis. Aucun signe de l'homme au serpent. Seuls les prêteurs sur gage et les apothicaires faisaient de bonnes affaires. L'épidémie elle aussi s'était éloignée, mais elle avait laissé ses cicatrices sur ceux qui en avaient réchappé.

Toute la maisonnée sortit pour nous accueillir. Pas lui, qui vivait toujours en retrait, mais Maria, Lodovica et les autres serviteurs. Tous feignirent de ne pas remarquer ma maigreur. Ma mère m'embrassa sur les deux joues et me conduisit jusqu'au cabinet où mon père passait désormais ses journées.

Assis à la table, des binocles sur le nez, il consultait des livres de comptes empilés devant lui. Il ne m'entendit pas entrer. Il continua à faire courir son doigt sur les colonnes de chiffres, remuant silencieusement les lèvres et écrivant, en marge, une foule de notes. Il évoquait plus un prêteur des rues qu'un marchand prospère. Mais peut-être ne l'était-il plus. Enfin, il m'aperçut.

– Ah, Alessandra, dit-il d'une voix sifflante.

Il se leva. Il avait l'air beaucoup plus petit que dans mon souvenir, comme si quelque chose, au fond de lui, s'était creusé et que le reste de son corps se recroquevillait pour combler ce vide.

Il m'étreignit et je sentis ses os contre les miens.

– Assieds-toi, mon enfant. Il faut que nous parlions.

Pourtant, après avoir débité les banalités d'usage, m'avoir félicitée pour ma grossesse et questionnée sur mon époux, il se replongea dans ses colonnes de comptes.

Preuve écrite de sa réussite, ces grands livres, bien tenus et précis, faisaient depuis des années sa joie et sa fierté. Mais, pour l'heure, il semblait y repérer une multitude d'erreurs qu'il soulignait en faisant claquer rageusement sa langue, avant de les corriger.

Ma mère vint à ma rescousse quelques minutes plus tard.

– Que fait-il ? lui demandai-je alors que nous sortions sur la pointe des pieds.

– Il... Il gère ses affaires, ainsi qu'il l'a toujours fait, répondit-elle d'une voix enjouée. Bien... Maintenant, je voudrais te montrer autre chose.

Elle m'entraîna vers la chapelle.

Ce que je découvris me stupéfia. Là où il n'y avait eu jadis que de la pierre froide baignée d'une froide lumière, s'alignaient deux rangées de bancs en noyer, aux extrémités ornées de têtes sculptées. On avait préparé l'autel, orné en son centre d'une délicate représentation de la Nativité qu'éclairaient, fichés dans de longs chandeliers d'argent, de grands cierges dont la flamme montait vers les fresques du chœur.

– Oh !

Ma mère sourit, me laissa m'avancer seule vers l'autel. La porte se referma derrière moi. À l'exception du bas de la moitié du mur gauche, encore masqué par une bâche, les fresques étaient terminées : complètes, cohérentes, superbes.

– Oh, répétai-je.

À présent, sainte Catherine d'Alexandrie marchait au supplice, simple étape sur son voyage vers la lumière, avec gravité et sérénité, les traits transfigurés par une joie presque enfantine.

Peint à la gauche de l'autel, mon père faisait face à ma mère. Les yeux rayonnant de pitié, tous deux étaient de profil, à genoux et vêtus de sombre. Pour un homme qui avait commencé sa carrière dans la boutique d'un drapier, c'était une apothéose. Quant à ma mère, au regard si aigu, elle restait toujours aussi vive, aussi gracieuse.

Ma sœur tenait le rôle de l'impératrice rendant visite à Catherine dans sa cellule. Fidèlement reproduites, les couleurs éclatantes de sa robe de mariée éclipsaient presque la tranquille beauté de la sainte. Luca s'adressait à elle. Sa physionomie de taureau et la dureté de son regard trahissaient une certaine fatuité qu'il prendrait sans doute, lui, pour de l'autorité. Quant à Tomaso, son souhait se réalisait : il était guéri, figé pour la postérité dans une suprême élégance, aussi intelligent, semblait-il, qu'un grand érudit. Quelle que soit, dans les générations à venir, la famille qui se recueillerait ici, les jeunes filles de la maison le vénéreraient avec un mélange de dévotion et de désir. Pauvres ingénues...

Moi ? Eh bien, ainsi que l'avait prescrit ma mère, j'étais au ciel, si haut qu'il fallait de bons yeux et risquer un torticolis pour me reconnaître. Peu importait : tout ce que le peintre avait peint auparavant au plafond avait été effacé. Le diable avait disparu, et avec lui tout signe de cannibalisme et de terreur. À sa place trônait Notre-Dame, nimbée d'une lumière irréelle, non pas charnelle mais éthérée, enfin comblée par tout ce qu'on attendait d'elle.

La tête en arrière, je tournai sur moi-même jusqu'à ce que ma perception se brouille et que les fresques dansent devant mes yeux, comme si les personnages s'animaient. Il y avait longtemps que je n'avais éprouvé une telle joie.

Je tournai une dernière fois. Il était là, devant moi.

Bien vêtu, bien nourri. Si nous nous étions étendus ensemble à ce moment, il aurait pris plus de place que moi sur le lit. Ma maladie avait émoussé en moi tout désir. Restait la crainte que mon esprit soit devenu aussi gourd que mon corps.

– Qu'est-ce que tu en penses ?

Il s'exprimait en toscan, presque sans accent. Incapable de cacher le bonheur qui me submergeait, je m'écriai :

– C'est magnifique ! C'est... c'est florentin !

Puis, après une pause :

– Et toi, tu vas bien ?

Il acquiesça, dardant ses yeux sur les miens comme s'il cherchait à interpréter leur éclat.

– Tu n'as plus froid ?

– Non. Mais toi...

– Je sais, répondis-je très vite. Tout est parfait, maintenant. Je me sens bien mieux.

« Il faut que tu lui dises, pensai-je. Il le faut. Au cas où personne ne l'aurait fait... »

Impossible. Il resta là, à me regarder. Je le regardai aussi. Cela dura longtemps. Quiconque serait entré à ce moment-là aurait tout deviné en une seconde. Si quelqu'un entrait... Je me souvins de toutes les fois où cette crainte m'avait assaillie : dans sa chambre, la première fois, dans la chapelle, en pleine nuit, dans le jardin... « L'innocence est plus dangereuse que l'expérience », disait Erila. Innocents, nous l'étions encore. Pourtant, nous savions ; nous avions toujours su. J'avais tellement envie de le toucher que mes mains me faisaient mal.

Ma voix me parvint de très loin, plus légère que l'écume des œufs battus en neige.

– Voilà. Ta chapelle est finie.

– Pas encore. Il reste quelque chose à terminer.

Enfin, il m'offrit sa main. Mes doigts glissèrent sur sa paume. Ses cicatrices étaient si rêches que je me demandai s'il sentait mon contact. Il m'entraîna vers le mur de gauche. Déroulant la parcelle de bâche qui subsistait encore, il dévoila, au milieu de la fresque, un petit espace blanc délimité par les contours d'une femme assise, sa robe déployée à ses pieds, le visage tourné vers une fenêtre où se posait un oiseau : sainte Catherine jeune fille, sur le point de quitter la demeure de son père. Le plâtre étalé à la place de sa silhouette était encore humide.

– Ta mère m'a dit que tu serais là ce matin. Le plâtre est tout frais. Je l'ai posé tout à l'heure. À toi de jouer.

– Mais... Je ne suis pas cap...

Ma voix s'étrangla. Il eut un large sourire.

– Capable de quoi ? De peindre une jeune fille qui s'apprête à défier ses parents et le monde entier pour suivre son propre chemin ?

Il saisit un pinceau, le brandit devant moi.

– Dans les dessins que tu as faits de ta sœur, les étoffes de ton père sont plus fluides que l'eau. Le mur est moins indulgent que la page. Mais tu ne dois pas en avoir peur. Toi moins que personne.

Les yeux rivés sur la tache de plâtre, j'avais des fourmillements dans tout le corps. Il avait raison. Cette jeune fille, je la connaissais. Je partageais tout ce qu'elle ressentait, sa fébrilité, son impatience. Dans ma tête, je l'avais déjà peinte.

– J'ai préparé de l'ocre, un rose chair, deux rouges. Dis-moi s'il te faut d'autres couleurs.

Je lui pris le pinceau des mains. Je ne savais ce qui me mettait le plus mal à l'aise : le défi de la fresque ou le danger que nous représentions l'un pour l'autre. Le premier coup de pinceau et la couleur chatoyante glissant sur le mur dissipèrent mes appréhensions.

Nous ne parlions pas. Il s'activait près de moi, préparant les couleurs, nettoyant les pinceaux. Catherine apparut bientôt tout entière, la solidité de ses jambes de paysanne soulignée par la robe qui les dissimulait. Son expression se précisa, s'anima : le courage, l'espérance, la grâce. Fatigués de serrer le manche du pinceau, mes doigts finirent par s'engourdir.

— Il faut que je me repose, dis-je en m'écartant du mur.

Je repris mon souffle et, soudain, vacillai. Il me saisit par le bras.

— Qu'est-ce qui ne va pas ? J'en étais sûr. Tu es malade.

— Non. Je...

Je savais que j'aurais dû le lui dire. Une fois encore, je n'y parvins pas.

Je ne pouvais plus respirer. Je n'avais aucune idée de ce que j'allais faire. Peut-être ne nous retrouverions-nous plus jamais seuls, de toute notre vie. C'était ici, dans cette chapelle, que nous nous étions séduits, même si à l'époque nous n'en avions pas conscience.

— Je ne...

— Je voulais...

Il fut plus rapide que moi.

— Je voulais te voir... Comme tu ne venais pas, je commençais à croire...

Ses bras m'enlacèrent. Je reconnus son corps, si familier, comme si, pendant tout ce temps, je l'avais gardé vivant au fond de ma mémoire. Et le désir m'inonda, comme une source chaude.

Le grincement de la porte de la sacristie nous sépara avec une telle brusquerie qu'il est fort possible qu'il ne nous ait pas vus. Sa démarche trahissait sa souffrance, mais aussi la colère. Peu importait. Comparée à lui, j'étais plus belle qu'Adonis et Vénus réunis. Les furoncles agressaient son visage. Il en avait trois, un sur la joue gauche, un autre sur le menton, le troisième au milieu du front, tel l'œil du Cyclope. Ils étaient gras, bourrés de pus. Il s'avança en clopinant. Il était clair qu'il en avait aussi entre les jambes. Je me précipitai vers lui.

— Tomaso, comment vas-tu ? Comment évolue ton état ?

Il n'y avait aucun triomphe dans ma voix. La souffrance ne

nous rend-elle pas charitables, tous autant que nous sommes ?

— Moins bien que le tien. Néanmoins, Plautilla a raison : tu ressembles à un épouvantail. Nous formons une belle paire, tous les deux, ajouta-t-il en ricanant. Alors ? C'est pour quand ?

— Euh... pour le printemps. Avril ou mai...

— Un héritier pour Cristoforo, hein ? Bien joué, petite sœur. Je ne pensais pas que tu irais jusque-là.

Je sentis le peintre se raidir à mon côté.

— Tu n'ignores sans doute pas que j'attends un enfant, lui lançai-je gaiement. Mais ma grossesse m'a rendue malade et ne se voit pas encore.

— Un enfant ?

Il me fixa d'un air hébété. Le calcul n'était pas difficile à faire, même pour un frère convers.

Je lui rendis son regard. Quand on aime un homme pour son honnêteté, on ne peut lui reprocher de la montrer.

Tomaso nous dévisagea tous les deux.

— As-tu vu la chapelle ? lui dis-je, me tournant dans sa direction avec une aisance qui aurait fait pleurer de joie mon professeur de danse. Ne la trouves-tu pas merveilleuse ?

— Très belle, oui.

Il nous scrutait toujours.

— Ta ressemblance est très...

— Flatteuse, en effet. Mais nous nous comprenons, le peintre et moi, n'est-ce pas ? C'est étonnant comme les secrets peuvent arrondir les angles. J'ai entendu dire que ma sœur t'avait veillée pendant ta... malencontreuse indisposition. Quand, déjà ? Au début de l'été, non ? Il y a combien de mois, exactement ?

— À propos de secrets, susurrai-je d'un ton suave, signe immanquable de vitriol entre nous, maman m'a appris que tu t'étais confessé.

« Allez, pensai-je, laisse-le tranquille. Tu sais que seuls toi et moi sommes experts à ce jeu. Les autres capitulent trop facilement. »

Il se renfrogna.

– Très juste... Comme c'est gentil à elle de te tenir au courant...

– Elle sait à quel point je me soucie de ton bien-être spirituel. Pourtant, tu as dû avoir un choc en réalisant que tu n'allais pas mourir, après tout.

– Oui. Mais cela a ses avantages.

Il ferma les yeux, comme s'il savourait ce moment.

– Puisque je me suis sincèrement repenti, je suis sauvé. J'en retire un grand réconfort, ainsi que tu l'imagines. Toutefois, je dois avouer que cela me rend plus intolérant envers les péchés d'autrui.

Et il fixa de nouveau le peintre.

– Bon. Comment se porte Cristoforo ?

– À merveille. Tu ne l'as pas vu ?

– Non. Comme tu peux le constater, ma compagnie n'est plus très aguichante.

Cette fois, je perçus de la peur dans sa colère. Comme cela devait lui être pénible d'avoir été tant aimé sans donner en retour la moindre tendresse et de craindre à présent d'être abandonné...

– Tu sais, Tomaso, je crois que votre amitié ne repose pas uniquement sur ta beauté.

Pendant une seconde, je baissai ma garde.

– Si cela peut te consoler, je ne le vois plus que rarement. Il est très pris, en ce moment.

– Je n'en doute pas.

Son arrogance masquait mal son chagrin. Je me demandai s'il n'allait pas pleurer.

– Bien. Nous parlerons davantage une autre fois. Je t'ai assez dérangée.

D'un geste, il désigna la fresque presque achevée.

– Je t'en prie. Retourne à ton... Enfin, à ce que tu faisais avant mon intrusion.

Il s'en alla, toujours clopinant. Lorsqu'ils crèveraient, ses furoncles le libéreraient-ils de son amertume ? Cela dépendrait des cicatrices. Si elles ne le défiguraient pas trop, peut-être se montrerait-il moins hargneux. En ce qui concernait ses soupçons, mieux valait ne pas me tourmenter. Cela ne ferait que me rendre plus fragile au moment de l'affrontement, s'il devait avoir lieu.

Je me tournai vers le peintre. Avait-il conscience du piège qui risquait de se refermer sur lui ? Je ne me sentis pas le courage de lui en parler.

— Je dois finir la robe de la sainte, déclarai-je sèchement.

— Non. J'ai besoin de...

— S'il te plaît... Ne me demande rien. Tu vas bien, la chapelle est terminée, je suis enceinte. Nous avons toutes les raisons de remercier le ciel.

Je m'emparai du pinceau et marchai vers le mur.

— Alessandra !

Ma main resta en suspens. Depuis que nous nous connaissions, c'était la première fois qu'il m'appelait par mon prénom. Je me retournai.

— Tu ne peux pas me laisser comme ça. Tu le sais.

— Non ! Ce que je sais, c'est que mon frère est dangereux et qu'il nous tient à sa merci. Tu comprends ? Maintenant, nous devons nous comporter comme des étrangers. Tu es le peintre. Moi, je suis une des filles du maître, et je suis mariée. C'est le seul moyen de nous sauver.

Je fis de nouveau face au mur. Mais ma main tremblait trop. Je tentai de la calmer, tout comme les battements de mon cœur. Il était là. Son désir me cernait, m'emprisonnait. Il m'aurait suffi de m'y abandonner, de le laisser m'envelopper.

J'appliquai le pinceau sur le mur, projetant mon émoi dans la peinture. Il finit par me rejoindre. Lorsque ma mère vint me chercher, elle nous trouva travaillant côte à côte, en silence.

Elle ne fit aucun commentaire. Mais, cette nuit-là, elle renvoya Erila dans le quartier des domestiques et coucha près de moi, dans mon ancienne chambre. Moi qui, jadis, avais eu tant de courage pour braver, pieds nus, les ténèbres de la maison, je restai pétrifiée sous le drap, certaine qu'elle ne dormait que d'un œil.

37

La chapelle fut consacrée par l'évêque qui ne s'attarda pas, mangea et but tout son soûl, puis nous quitta en emportant de magnifiques pièces d'étoffe et un calice d'argent. Sans doute avait-il un endroit où les cacher. Car si les anges venaient à apprendre l'existence de tels cadeaux, ils les transporteraient de son palais jusqu'à leurs carrioles en moins de temps qu'il ne mettait à réciter le *Je vous salue Marie*.

Ensuite, le confesseur de Tomaso célébra la messe. Lié depuis longtemps à notre famille, il m'avait enseigné les premiers rudiments du catéchisme et avait écouté mes premières confessions. La liste de mes turpitudes le ravissait. Douée très jeune pour le drame, j'avais tendance à noircir mes péchés, pensant ainsi attirer l'attention de Dieu. On aurait pu me rétorquer, puisque je ne m'étais jamais repentie de ces faux aveux, que j'étais damnée depuis l'enfance ; mais le Dieu sous le regard duquel j'avais grandi montrait plus de mansuétude que de sévérité et je m'estimais assez aimée pour qu'Il continue de m'absoudre.

Le service fut très simple : un bref sermon sur la grâce et le courage de sainte Catherine, le pouvoir de la prière, la richesse des fresques et la joie de voir le Verbe magnifié par l'art. La mine sévère de Luca, assis au deuxième rang, tempéra un peu le lyrisme du prêtre. Depuis qu'il servait le moine, mon frère avait grossi ; selon certaines rumeurs, la menace de famine avait, au cours des dernières semaines, provoqué une nouvelle vague de recrutements dans la milice de Dieu. Sa bonne santé lui donnait l'air content de lui, imbu de son importance. Notre conversation avait d'abord été cordiale, jusqu'à ce que j'évoque l'interdiction du pape et le trouble qu'elle devait jeter dans l'esprit de ses disciples. Luca éructa, se lança dans une diatribe contre la corruption de l'Église et clama que Savonarole étant le champion du peuple, seul Dieu avait le droit de l'exclure de sa chaire, quand Il le voudrait et sans tenir compte des injonctions du maquereau de Rome.

Les positions des deux camps paraissaient inconciliables. En s'obstinant à prêcher, Savonarole défierait ouvertement l'autorité officielle, ce que le pape ne pourrait accepter. Pour autant, emploierait-il la force pour briser cette rébellion ? Sûrement pas. Dès lors, allions-nous vers une sorte de schisme ? Si je ne supportais pas l'idée d'une Église condamnant l'art et la beauté, approuvais-je pour autant qu'elle monnaye le salut de ses ouailles, qu'elle laisse ses évêques et ses papes ponctionner ses richesses pour que leurs bâtards vivent comme des princes ? Toutefois, un schisme était inconcevable. L'un des deux adversaires devrait donc se soumettre.

J'observai les autres membres de ma famille. Au premier rang, mon père et ma mère, très droits, surveillaient leur maintien. Le moment dont j'avais tant rêvé était enfin arrivé. En dépit de nos revers de fortune, nous gardions la tête haute, sauf Tomaso qui, assis tout seul, semblait s'apitoyer sur lui-même, plus conscient de sa laideur qu'il ne l'avait été de sa beauté. Venaient ensuite Plautilla et Maurizio, recueillis et sérieux, puis mon époux et moi. Une famille florentine ordinaire. N'importe qui aurait pu, en prêtant l'oreille, entendre le chœur de nos péchés et de notre hypocrisie chuchoter au fond de nous.

Le peintre se tenait au fond. Je sentais sur moi son regard. Nous avions passé la matinée à nous frôler sans jamais nous rejoindre, comme deux courants contraires. Tomaso, qui nous surveillait du coin de l'œil, nous oublia dès que Cristoforo apparut. Les deux hommes se rencontrèrent brièvement devant une table de rafraîchissements dressée dans la cour, aussi tendus que deux chevaux de guerre, ce que ma mère et moi feignîmes de ne pas remarquer. Ils se parlèrent à peine. Lorsque nous fûmes appelés pour nous rendre à la chapelle, Tomaso tourna brusquement les talons. J'évitai le regard de mon mari, mais ne pus m'empêcher de noter l'expression de Luca au moment où ils passaient devant lui. Je me remémorai le commentaire qu'avait fait ma mère sur Tomaso, voilà long-temps : « Les liens du sang l'emportent sur tout le reste. » Même sur les convictions ?

— Vous aviez raison à propos du peintre.

Rentrés chez nous, mon époux et moi devisions dans son jardin clos à l'abandon, regardant le soleil se coucher, un peu empruntés l'un et l'autre.

— Il a du talent. Mais étant donné l'atmosphère qui règne en ville, il ferait mieux de gagner Rome ou Venise pour trouver un nouveau mécène.

Il se tut un instant.

— Il est heureux que votre esprit ne soit pas sujet au vertige. Combien de temps avez-vous posé pour lui ?

— Quelques après-midi. Mais cela ne date pas d'hier.

— Alors, j'applaudis encore plus. Il a capté en vous à la fois l'enfant que vous étiez et la femme que vous êtes devenue. Comment un tel homme a-t-il pu s'effondrer si soudain ?

Non, mon mari n'avait rien d'un naïf...

— Sa foi a chancelé, répondis-je d'un ton calme.

— Ah, la pauvre âme... Et vous l'avez aidé à la raffermir ? Vous avez accompli une œuvre salutaire, Alessandra. On dis-cerne chez lui une grande douceur. Il a de la chance que la ville ne l'ait pas corrompu davantage.

Nouveau silence.

— À présent, je dois vous annoncer quelque chose : l'infec-tion que Tomaso a contractée est... contagieuse.

La peur me noua l'estomac.

— Êtes-vous en train de me dire que vous êtes malade ?

— Non. Mais nous pourrions finir par l'être tous les deux.

— Dans ce cas, où a-t-il été contaminé ? demandai-je d'une voix blanche.

Il rit, sans gaieté.

— Ma chère, poser la question revient à y répondre. Votre frère m'a fait perdre la tête la première fois que je l'ai vu, il y a trois ans, dans un tripot proche du Ponte Vecchio. Il avait quinze ans, et la fougue d'un poulain. Je crus à un engouement réciproque. Sans doute était-ce déraisonnable de ma part.

— J'aurais pu vous le dire. Quand saurons-nous avec certitude ?

— Ce mal est nouveau pour nous tous. La seule raison d'espérer, c'est qu'apparemment il n'est pas mortel. Mais nous ne disposons d'aucun remède pour l'enrayer. Tomaso a été atteint très vite ; peut-être parce qu'il a été contaminé tôt. Nul ne le sait.

Je pensai au proxénète pendu au pont Santa Trinita, le ventre ouvert. On y avait vu un châtiment réservé à ceux qui, entre autres, fournissaient aux Français tout ce qu'ils demandaient. J'en vins à m'interroger à nouveau sur l'assassin, sur ses motivations morales. Et sur sa colère.

— Il y a pire encore, murmura Cristoforo. Une autre maladie vient de frapper la cité.

Je le regardai et il baissa les yeux.

— Oh, doux Jésus, non ! Quand ?

— Voilà une semaine, peut-être plus. La morgue a reçu les premiers cadavres il y a quelques jours. Les autorités vont tenter de garder le secret le plus longtemps possible, mais il sera vite éventé.

Nous ne prononçâmes pas le mot. Pourtant, il flottait déjà dans l'air, entrait par les fenêtres, se glissait sous les portes, le long des rues et dans chaque maison jusqu'aux murs de la ville, porteur d'une terreur plus contagieuse que le fléau lui-même. Soit la pitié des Florentins agréait tellement à Dieu qu'Il avait décidé de rappeler à Lui les meilleurs d'entre eux, soit... Ce que suggérait ce « soit » était si épouvantable qu'il valait mieux ne pas y penser.

38

La peste fondit sur Florence ainsi qu'elle le faisait toujours, sans rime ni raison, sans prévenir et sans qu'il soit possible de préjuger de sa durée, ni des dommages qu'elle causerait, semblable à un incendie qui détruit cinq maisons ou cinq mille, selon la direction du vent. La ville gardait encore les traces de la grande catastrophe qui, un siècle et demi plus tôt, avait anéanti la moitié de sa population. Tant de moines, à l'époque, avaient péri, tombant comme des quilles dans leurs cellules, que la foi des survivants en avait été ébranlée. Les églises et les couvents regorgeaient de tableaux de ce temps-là, hantés par le Jugement dernier et la proximité de l'enfer.

Florence, aujourd'hui, était toute différente : un État pieux encadré par une armée d'anges, sous la houlette d'un grand prédicateur. Si l'on pouvait considérer l'épidémie de furoncles comme une juste punition frappant les fornicateurs, il en allait tout autrement de la peste. S'il s'agissait vraiment d'un châtiment divin, qu'avions-nous fait pour le mériter ? À cette interrogation, Savonarole ne proposait aucune réponse.

La nouvelle de son retour en chaire se propagea aussi vite que le fléau. J'aurais tout donné pour l'entendre prêcher. Mais la peste avait une prédilection pour les gens déjà affaiblis. S'il n'avait tenu qu'à moi, j'aurais pris le risque de la narguer, uniquement pour satisfaire mon insatiable curiosité. Or il me fallait, à présent, penser pour deux. Je me résignai à un compromis : j'accompagnerais Cristoforo en voiture jusqu'à la cathédrale, pour regarder passer le flot des fidèles. Ensuite, je rentrerais, le laissant pénétrer dans l'édifice.

Que la foule fût plus clairsemée que d'habitude n'échappa à personne. Cette baisse d'affluence avait des causes évidentes : la peur de la contagion, sans compter la maladie elle-même. Seul un esprit mal tourné aurait pu en déduire une diminution de l'emprise du moine. Mon mari me raconta qu'il n'avait rien perdu de sa véhémence et que tous les assistants avaient senti, comme chaque fois, le feu de Dieu les embraser. Mais dans les rues, que sa voix n'atteignait pas, tous n'étaient pas malades. Certains semblaient simplement épuisés, victimes d'une autre souffrance : la faim. À tel point qu'il deviendrait bientôt difficile de séparer les deux désastres.

À la vérité, alors que la ville vénérait encore le prieur, applaudissait son courage et ses liens avec Dieu, elle exigeait aussi d'être nourrie ; ou qu'au moins soit atténuée son indigence.

Mon époux analysait la situation avec sa finesse coutumière. Les Médicis, disait-il, qui n'avaient pas plus l'oreille de Dieu que les simples citoyens (quoique beaucoup plus d'argent), avaient adopté une stratégie simple pour s'assurer la fidélité du peuple. S'ils ne pouvaient lui garantir le salut, ils pouvaient au moins le gaver de divertissements. Ces joutes, ces parades colorées et bruyantes, parfois licencieuses, ravissaient même les plus pauvres, les rendaient fiers de leur ville, et il leur restait toujours la possibilité, après les débordements liés à ces festivités, de se confesser le lendemain. Pendant ces brèves périodes, ils oubliaient leur dénuement. Ils avaient l'impression, sous les Médicis, d'exister, de vivre ; non de se préparer à la mort.

Bien entendu, le moine ne pouvait approuver ces célébrations profanes. Il n'y aurait ni carnavals ni joutes dans la nouvelle Jérusalem. La joie qu'il prônait, et qui venait de Dieu, impliquait la résignation à la souffrance. Or la souffrance finit par lasser. D'où la nécessité d'offrir aux miséreux, pour leur faire oublier leur désarroi, des spectacles religieux.

Je dois reconnaître que le Bûcher des Vanités fut une idée de génie et que le moine la justifia avec une éloquence irrésistible : si Florence souffrait, c'était parce que Dieu l'avait choisie entre toutes et que son sort faisait l'objet de Son entière sollicitude. Lui, Savonarole, mortifiait et affamait son corps pour en faire le parfait réceptacle du Seigneur. De même, la cité devait accepter les privations dignes de Son immense amour. Le renoncement aux richesses superflues apporterait des grâces infinies. De toute façon, quel besoin avions-nous de tels colifichets ? Cosmétiques, parfums, textes païens, jeu, art impudique : ces artifices nous détournaient de Dieu, gâtaient notre piété. « Livrons-les aux flammes. Que nos vanités retournent au néant et partent en fumée. Alors, la grâce descendra sur nous. » Même si j'extrapole la pensée du moine, qui n'alla peut-être pas jusque-là, j'ajouterai qu'une telle purge soulagerait aussi la détresse des pauvres : en poussant à l'humilité ceux qui amassaient trop de richesses, elle apporterait à ceux qui ne possédaient rien le réconfort de savoir que personne n'en jouirait à leur place.

Au cours des semaines suivantes, les vanités récoltées par les Anges s'entassèrent sur un gigantesque bûcher octogonal dressé sur la place de la Seigneurie. Erila et moi le regardâmes grandir avec un mélange d'horreur et de respect. On ne pouvait nier que la cité se sentait revivre. L'érection du bûcher fournit du travail à des nécessiteux qui, autrement, seraient morts de faim. Les gens avaient un sujet de conversation, se passionnaient enfin pour quelque chose. Hommes et femmes vidèrent leur garde-robe, les enfants se dépouillèrent de leurs jouets. Ceux qui affichaient jadis leur opulence découvraient ainsi les joies du sacrifice.

Cet enthousiasme n'était néanmoins pas partagé par tout le monde. Quelques-uns, si leur avait été laissée la liberté de choix, auraient préféré s'abstenir. Il fallut faire intervenir les Anges, mesure appropriée dans la mesure où la famine et la maladie les avaient plongés dans l'oisiveté. Certains, utilisant à merveille la rhétorique que leur avait inculquée le moine, se montraient plus persuasifs que d'autres. J'en vis un convaincre une dame élégante de lui céder le bracelet qu'elle dissimulait sous sa manche et lui faire avouer qu'elle agrémentait sa chevelure de mèches postiches. Tous deux se séparèrent enchantés l'un de l'autre.

Les Anges sillonnaient la ville en carriole. Celle de tête s'ornait, comme la proue d'un navire, d'une touchante statue de l'Enfant Jésus sculptée par Donatello. Beuglant des cantiques et des actions de grâce, ils investissaient chaque maison, chaque institution, demandant aux occupants ce qu'ils avaient l'intention d'abandonner. Cette frénésie de dépouillement devint un véritable snobisme, des maîtresses de maison mettant un point d'honneur à faire preuve d'un zèle plus admirable que leurs voisines. Toutefois, dans quelques demeures, les visites rappelèrent les méthodes de l'Inquisition. Pour qu'elles donnent le bon exemple, les Anges s'étaient d'abord attaqués aux familles les plus riches. Si on leur livrait ce qu'ils voulaient, ils remerciaient et s'en allaient. Sinon, ils se servaient. Bien sûr, les dons étaient volontaires, mais ces adolescents maladroits n'avaient pas leur pareil pour stimuler la générosité en piétinant quelques verres de Murano ou en lacérant deux ou trois tapisseries. Nos envahisseurs eux-mêmes ne s'étaient jamais comportés avec une telle brutalité. Il aurait cependant fallu faire preuve d'une témérité suicidaire pour oser parler à haute voix de « pillage ».

Ils se présentèrent chez nous un matin. Assise à l'étage, j'avais suivi leur progression depuis une fenêtre, tandis qu'ils descendaient la rue, leur chant éraillé, discordant et rauque rythmé par le vacarme des roues. La règle, en matière d'art, était bien connue : il ne devait pas y avoir d'images d'hommes ou de femmes nues dans une maison où vivaient des jeunes filles. Or toutes les demeures en abritaient, au moins parmi les servantes. Selon ces critères, la galerie de statues de mon époux serait considérée comme obscène. Pour l'heure, elle était fermée et Cristoforo en gardait la clé sur lui. Nous avions disposé dans la cour un grand coffre rempli d'offrandes : luxueux vêtements passés de mode, cartes à jouer, bibelots divers, éventails, plus un affreux miroir doré. Ma grossesse me rendant plus anxieuse que d'habitude, j'avais peur que cela ne suffise pas. Cristoforo, lui, ne s'inquiétait pas outre mesure. Les hommes actuellement au pouvoir, me dit-il, connaissaient l'existence de telles collections et y regarderaient à deux fois avant de trahir leurs propriétaires. Dans un climat aussi instable, le vent pouvait tourner à tout moment. Et la première qualité d'un politicien averti consiste, précisément, à anticiper les changements pour pouvoir retourner sa veste au bon moment.

Lorsque les Anges arrivèrent, nous leur ouvrîmes les portes en grand. Suivie de Filippo, qui acheva de remplir le coffre, Erila leur apporta un plateau de rafraîchissements.

Dans la charrette, un adolescent de dix-sept ou dix-huit ans, enfoncé jusqu'aux genoux dans un amas de livres et de costumes, faisait de la place pour les nouvelles offrandes. Je le vis jeter sans ménagement dans un coin une peinture sur bois représentant des nymphes et des satyres nus, qui se craquela et s'écailla en tombant.

On chuchotait que les amateurs d'art n'étaient pas les seuls à se dépouiller. Des artistes, avec à leur tête Fra Bartolomeo et Sandro Botticelli, renonçaient à leurs œuvres. Bien sûr, Botticelli était vieux et avait plus besoin de l'amour de Dieu que de mécènes. Mon mari insinuait que, pour gagner le paradis, il aurait eu tout intérêt à confesser d'autres péchés de chair que celui commis avec des femmes. Pour ma part, je ne pouvais m'empêcher de penser à la description que Cristoforo m'avait faite de sa naissance de Vénus jaillissant de la mer. Que de tels tableaux aient été mis en sûreté hors de la ville me rassurait. Au moins, les nymphes et les satyres jetés dans la charrette ne manqueraient à personne : les jambes des femmes étaient trop courtes, leur chair plus molle que de la pâte à pain.

– Bien le bonjour, belle dame. Avez-vous quelque chose à brûler ? Chapelets de nacre, éventails de plumes ?

C'était un garçon bien fait de sa personne, qui avait dû grimacer en rasant ses cheveux et en enfilant sa tunique sale. En d'autres temps, il aurait très bien pu me donner la sérénade sous ma fenêtre après une nuit de beuverie en ville. D'autant que son angle de vision lui cachait le renflement de mon ventre.

Je secouai la tête, incapable de ne pas sourire. Peut-être s'agissait-il d'une réaction purement nerveuse.

– Et ces peignes dans vos cheveux ? Ne sont-ils pas bordés de perles ?

Je tâtai le sommet de ma tête. Erila m'avait coiffée le matin même, mais je ne me souvenais plus des ornements qu'elle avait placés dans ma chevelure. En tout cas, ils n'étaient pas ostentatoires. Je les retirai quand même. Mon geste dénoua des mèches, qui tombèrent dans mon dos. Le jeune homme les regarda se dérouler, me décocha à son tour un sourire contagieux : les Anges eux-mêmes étaient peut-être las de la piété. Je lui jetai mes peignes, qu'il ramassa en me saluant bien bas.

– Allons ! cria-t-il ensuite à ses compagnons, qui se demandaient s'ils devaient fouiller la maison. Si nous perdons du temps dans chaque demeure, nous allons rater l'holocauste.

La charrette s'ébranla. Je suis sûre d'avoir vu le garçon glisser les peignes dans sa poche.

Le lendemain matin, le bûcher avait la taille d'une église. Les fagots furent allumés à midi, dans un concert de trompettes, de cloches et de cantiques entonnés par une foule immense. Mais toutes les voix ne s'élevaient pas vers le ciel. Certains Florentins, comme nous, n'étaient là que pour jouir du spectacle.

Bousculées par la populace, Erila et moi assistâmes à une scène qui me brisa le cœur. Quelques jours plus tôt, un collectionneur vénitien avait envoyé un message à la Seigneurie, offrant vingt mille florins en échange de la sauvegarde de ses œuvres d'art. Pour toute réponse, son effigie fut plantée au sommet du bûcher. Le mannequin avait été habillé de façon luxueuse, sa tête couverte de faux cheveux de femme, et ses vêtements garnis de pétards. Au moment où les flammes l'atteignaient, les pétards explosèrent. L'effigie se mit à tressauter avec furie, sous les rires et les quolibets de la foule. L'odeur de cheveux brûlés qui accompagna sa destruction me parut de mauvais augure. Bientôt, ce serait de la chair humaine qui rôtirait sur la place.

Les prières et les chants se poursuivirent toute la journée, sous la férule des Dominicains et des Anges. Tous ceux qui avaient des yeux pour voir remarquèrent l'absence d'une confrérie de marque : celle des franciscains. Les pauvres, qui les avaient toujours aimés, se détournaient d'eux, et ils commençaient à remettre en question le pouvoir de Savonarole. Mais ils ne pouvaient enrayer son triomphe.

Le bûcher flamba presque toute la nuit. Pendant des jours, les cendres de nos vanités recouvrirent la ville d'une neige grise qui s'amoncelait sur le rebord de nos fenêtres, souillait nos vêtements et emplissait nos narines du triste parfum de l'art anéanti.

Cette fois, lorsqu'il apprit ce qui s'était passé, le pape excommunia le moine.

39

En prenant connaissance de la bulle d'excommunication, Savonarole se retira dans sa cellule avec son fouet et son livre de prières. Il ne ferait ni ne dirait rien avant que Dieu ne lui eût parlé directement. Tout en ne doutant pas de sa sainteté, certains s'interrogèrent sur sa condamnation. Même indigne, le pape était toujours le représentant de Dieu sur Terre et, sans respect de l'autorité, aucun État, aucun gouvernement ne pouvait se maintenir.

Pendant que le moine priait, la peste s'acharnait sur les fidèles. Son monastère ne put y échapper et de nombreux moines le désertèrent. De plus en plus fanatiques, les adeptes de la nouvelle Jérusalem voyaient, eux, des ennemis partout. Les sodomites arrêtés et emprisonnés furent traînés dans les rues, fouettés et mutilés en public. L'une des relations de mon époux, Salvi Pazzini, échappa de justesse au chevalet et à l'estrapade puis au bûcher. Effrayées par le retentissement qu'aurait eu un supplice aussi infamant, les autorités reculèrent à la dernière minute et l'enfermèrent, pour le restant de ses jours, dans un asile d'aliénés.

À Noël, Savonarole donna sa réponse en célébrant la grand-messe dans la cathédrale, devant une foule exaltée. Il avait tellement maigri que sa robe semblait ne recouvrir qu'un squelette et que son nez était aussi effilé que la faux de la mort, mais sa voix tonnait comme le canon. La réplique du pape ne se fit pas attendre. Il dépêcha des ambassadeurs auprès de la Seigneurie et exigea, soit que fût emprisonné « ce fils de l'iniquité », soit qu'il fût envoyé, enchaîné, à Rome. En cas de désobéissance, sa colère s'abattrait sur la ville. Alors que le gouvernement tergiversait, Savonarole réagit en le mettant dans le même sac que le Borgia. Colporté par ses disciples, l'anathème qu'il lança en chaire fit le tour de Florence.

– Dites à tous ceux qui ne rêvent que de puissance et de gloire qu'un siège les attend... en enfer. Et dites-leur que l'un d'eux y brûlera avant les autres.

Nul ne sait par quel moyen le pape reçut cette diatribe.

Je ne souviens plus de la chronologie exacte des faits dans les mois qui suivirent. Je sais simplement que le peste frappa notre maison peu après le jour de l'An. La fille de la cuisinière, frêle fillette de sept ou huit ans, s'en alla la première. En dépit de tous nos soins, elle mourut en trois jours. Filippo la suivit. Son agonie, qui dura une semaine, fut plus d'autant plus pénible qu'il ne put entendre nos paroles de réconfort, ni nous faire part de ses souffrances, ce qui me remplit de chagrin. Il mourut seul, au milieu de la nuit. Lorsque Erila le découvrit, à l'aube, je ne pus retenir mes sanglots.

Ce jour-là, mon mari et moi nous affrontâmes pour la première fois. Il voulait m'expédier loin de la ville, aux eaux thermales, à l'est, ou dans les collines du Sud, où l'air, selon lui, serait plus pur. Je buvais chaque matin des potions à l'aloès, à la myrrhe ou au safran, censées me prémunir contre la contagion, et j'étais devenue plus robuste depuis que les vomissements avaient cessé. Mais je n'avais pas encore recouvré tous mes moyens et je crois que, malgré ma curiosité, j'aurais fini par me laisser convaincre si les événements ne nous avaient rattrapés.

Nous nous trouvions encore dans la chambre de Cristoforo lorsque nous fut annoncée l'arrivée d'un serviteur de mes parents.

Il nous tendit un mot de ma mère :

« La petite Illuminata est morte d'un accès de fièvre. Je me serais précipitée chez Plautilla, mais ton père est malade et je

313

crains la contagion si je quitte la maison pour celle de ta sœur. Si tu vas bien et te sens assez solide pour te déplacer, ton réconfort lui sera précieux. Je ne vois personne d'autre à qui m'adresser. Prends bien soin de toi et de la petite âme dont tu as la charge. »

Plautilla avait à peine vu Illuminata depuis qu'elle l'avait envoyée à la campagne en compagnie de sa nourrice, presque une année plus tôt. Ce ne serait ni la première ni la dernière fois qu'un enfant ne passerait pas le cap du sevrage. De toute façon, ma sœur, qui avait toujours été plus sensible aux apparences qu'à l'amour vrai, en attendait déjà un autre.

Aussi ai-je honte de dire que je n'étais pas du tout préparée à ce qui m'attendait.

Ses gémissements nous assaillirent à peine fûmes-nous descendues de voiture. La gouvernante dévala les escaliers pour nous accueillir. Tout comme moi, Erila fut frappée par sa panique. Alors que nous parvenions à l'étage, la porte de la chambre s'ouvrit et Maurizio apparut, hagard. Venues du fond de la pièce, les plaintes de Plautilla se faisaient de plus en plus aiguës.

— Grâce à Dieu, vous êtes là. Elle ne cesse de pleurer depuis qu'elle a appris la nouvelle, tôt ce matin. Je n'arrive pas à la calmer. Rien ne peut la consoler. J'ai peur qu'elle ne tombe malade et ne perde le bébé.

Suivie d'Erila, j'entrai discrètement.

Plautilla s'était assise à même le sol, devant le berceau vide et prêt pour un nouveau nourrisson, les cheveux défaits, la robe échancrée sur la poitrine. Son ventre était plus rond que le mien. Les larmes flétrissaient son visage. Jamais je ne l'avais vue aussi négligée.

Je m'accroupis près d'elle. Ma robe se retroussa contre mon ventre. Nous ressemblions, toutes les deux, à deux oies grasses attendant d'être plumées. Je posai ma main sur elle. Elle recula et hurla :

— Ne me touche pas ! Ne me touche pas ! Je sais qu'il t'a demandé de venir, mais personne ne me consolera. Je savais que cette femme la tuerait. Elle avait des yeux de folle. Il faut que Maurizio aille chez elle et rapporte le corps. Je ne la laisserai pas nous abuser en nous rendant un cadavre déniché dans le village pour nous voler Illuminata. Oh, si j'avais tout donné au bûcher ! Je lui ai dit que ce n'était pas suffisant. Que Dieu punirait notre mesquinerie !

– Plautilla, cela n'a rien à voir avec les Vanités. C'est la peste...

Elle se boucha les oreilles, secoua violemment la tête.

– Non, non ! Je ne t'écouterai pas ! Luca m'a dit que tu essaierais de m'endormir avec de belles paroles. Tu ne sais rien. Ta tête parle, mais tu piétines ton âme. Je m'étonne que Dieu ne t'ait pas encore fait rendre gorge. Luca assure que ce n'est qu'une question de temps. Regarde bien ton bébé quand il naîtra. S'il vient au monde décharné et malade, aucun remède ne le sauvera.

Je jetai un coup d'œil à Erila. Son affection pour moi l'avait poussée à négliger ma sœur dont l'hystérie, en ce moment, confortait son manque de sympathie pour elle. Si nous ne parvenions pas à la raisonner, il nous faudrait trouver un autre moyen pour la calmer. Je lui signifiai tout cela en un seul regard. Elle acquiesça et, sans bruit, quitta la pièce.

– Plautilla, écoute-moi. S'il s'agit vraiment du jugement de Dieu, ton chagrin est en soi un péché. Si tu continues à te lamenter, tu mettras un terme à ta grossesse et tu auras une autre mort sur la conscience.

– Tu ne comprends rien ! Tu prends ton opinion pour la vérité. Tu crois tout savoir. Mais c'est faux !

Ses sanglots redoublèrent. Je la laissai pleurer, bouleversée autant par la violence de son ressentiment envers moi que par son chagrin.

– Je sais que tu l'aimais. Mais tu n'as rien à te reprocher. Tu n'aurais rien pu faire pour la sauver.

– Tu te trompes ! Oh, jamais je n'aurais dû cacher mes perles ! J'ai failli les donner, oui, j'ai failli. Mais elles sont si belles ! Luca assure que l'aveu de nos faiblesses nous rapproche de Dieu. Mais qu'est-ce qu'Il veut, à la fin ? Toutes les nuits, je prie pour mes péchés. Mais cette sévérité me glace. En fait, elles n'étaient même pas belles, ces perles... Et quand je les portais, je n'en aimais pas moins Dieu pour autant. N'avons-nous pas le droit de nous occuper de nous ? Je ne comprends plus rien.

Elle commençait à s'apaiser. Quand je tendis de nouveau la main, elle ne la repoussa plus. J'écartai les mèches mouillées qui tombaient sur son visage. La sueur et les larmes faisaient reluire sa peau. Pourtant, elle avait toujours l'air si... avenante.

— Tu as raison, Plautilla. Je ne sais rien. Je me fie trop à ma tête, et pas assez à mon cœur. Il me semble néanmoins que Dieu nous aime davantage quand nous ne nous lamentons pas. Ce n'est pas ton égoïsme qui a tué Illuminata. C'est la peste. Dieu ne l'a pas rappelée à Lui pour te punir, mais parce qu'Il l'aimait plus que quiconque. Il est normal que tu la pleures, mais tu ne dois pas permettre à ta douleur de te détruire.

Elle resta silencieuse un long moment. Puis :

— Tu crois vraiment ?

— Oui, j'en suis persuadée. On nous a induites en erreur. On a voulu remplacer, en nous, l'amour par la peur.

— Je... je ne sais pas. Tu as toujours été si franche, si directe... Si Luca était là, il dirait...

— Tu le vois souvent ?

— Il nous rend visite avec les garçons qu'il commande. J'ai l'impression qu'il se sent mieux ici que chez nos parents. Enfin... Il a toujours été plus gentil avec moi que Tomaso et toi. Quand nous étions ensemble, nous nous trouvions moins bêtes.

Ses mots me poignardèrent. Quels dommages mon arrogance n'avait-elle pas causés à ma famille ?

— Pardonne-moi, Plautilla. Je n'ai pas été une bonne sœur pour toi. Mais si tu veux, à partir de maintenant, je vais me rattraper.

Elle se pencha vers moi, tomba dans mes bras. Nos ventres se touchèrent, comme ceux de Marie et d'Élisabeth. Les voies de Dieu étaient impénétrables. Avait-il fallu un tel chagrin et tant de larmes pour que nous nous rendions compte enfin à quel point, elle et moi, nous nous aimions ?

Nous restâmes enlacées jusqu'à ce qu'Erila revienne avec une potion qu'elle avait préparée. Plautilla la reçut de ses mains puis nous laissa la bercer jusqu'à ce que le sommeil apaise son visage, lui restituant toute sa beauté.

– Je ne crois pas que c'est ce que Dieu voulait, dis-je en la contemplant : diviser et briser les familles. Cet homme est en train de détruire la ville.

– Plus maintenant, répliqua Erila. À présent, c'est lui-même qu'il est en train de détruire.

40

Nous ne partîmes qu'à la nuit tombée. Terrifié à l'idée d'affronter seul le chagrin de sa femme, Maurizio tenta de nous retenir. Mais nous avions toutes les deux envie de rentrer ; nous déclinâmes poliment son invitation.

Une petite bruine froide accentuait l'obscurité de la ville, semblant accompagner en douceur les changements qui se profilaient. Depuis l'excommunication, l'opposition, petit à petit, relevait la tête. Des jeunes gens issus de familles persécutées par le régime s'affichaient dans les rues et osaient en venir aux mains avec les Anges. La nuit précédant le sermon du moine, des inconnus avaient badigeonné sa chaire de graisse animale. Et, au beau milieu de son prêche, quelqu'un avait laissé tomber un grand coffre qui, volant en éclats au milieu de la nef, avait provoqué la panique parmi les fidèles. Pour une fois, la voix des dissidents couvrait celle du maître.

Pour regagner notre demeure, il nous fallut longer le palais Médicis, interdit d'accès et pillé depuis longtemps, dépasser le Baptistère puis suivre la Via Porta Rossa. Au milieu de la rue, la silhouette d'un dominicain en robe sombre nous barra le chemin, capuche baissée, les mains enfouies sous les manches. Il leva le bras, nous força à nous arrêter.

– Bonsoir à vous, filles de Dieu.

J'inclinai la tête, imitée par Erila.

– Vous errez bien tard dans les rues, mes chères sœurs. Vous n'ignorez pas que notre bien-aimé Savonarole condamne de telles errances. Êtes-vous seules ?

– Voyez vous-même, mon père, répondit Erila. La sœur de ma maîtresse vient de perdre son enfant, victime de la peste. Nous lui avons apporté réconfort et prières.

– Voilà une action charitable, approuva l'homme, le visage toujours dissimulé par sa capuche. Dieu vous en envoie une autre. Je viens de découvrir, tout près d'ici, sur le parvis d'une église, une femme blessée. J'ai besoin de votre aide pour l'emmener à l'hôpital.

– Bien sûr, dis-je. Souhaitez-vous monter dans notre voiture, ou nous conduire jusqu'à cette malheureuse ?

– Hélas, la ruelle est trop étroite pour que vous vous y engagiez. Laissez votre voiture. Ensemble, nous aiderons la pauvre créature à marcher jusqu'ici.

Nous descendîmes, attachâmes le cheval. Derrière nous, la rue était déserte. Et sombre la ruelle qu'il nous indiqua. Sa robe de moine ne me rassurait en rien. Dominant ma peur, je lui emboîtai le pas, Erila à mes basques. Il marchait vite, le capuchon toujours baissé, sa robe luisant sous la pluie. Peu de temps auparavant, les dominicains investissaient la cité comme si elle leur appartenait. Mais celui-là rasait les murs, signe que le vent tournait.

Venu des ténèbres, un cri, de surprise ou de douleur, me fit sursauter. Suivit un rire sauvage. Je jetai un coup d'œil nerveux à Erila.

– Sommes-nous encore loin, mon père ? demandai-je alors que, après avoir traversé la Via delle Terme, nous nous engagions dans une autre ruelle.

– C'est là, mon enfant, à Santi Apostoli. Entendez-vous les pleurs ?

Je n'entendais rien. La masse sombre de l'église des Saints-Apôtres apparut sur la gauche. Ses portes étaient fermées. Dans l'ombre se profilait une silhouette féminine recroquevillée sur les marches, le menton sur la poitrine.

Erila courut vers elle et s'accroupit. Aussitôt, elle tendit la main pour m'empêcher d'avancer.

– Mon père, dit-elle très vite, elle n'est pas malade. Elle est morte. Il y a du sang partout.

— Non ! Elle respirait encore lorsque je l'ai quittée. J'ai essayé d'arrêter le flot avec mes mains.

Il leva les bras, laissant retomber ses manches. Même dans le noir, on distinguait les taches de sang. Il s'accroupit à son tour près de la femme.

— Pauvre, pauvre petite... Elle a rejoint le Seigneur.

Sans doute. Mais son voyage avait dû être pénible. J'aperçus, par-dessus l'épaule d'Erila, le fouillis sanglant de sa poitrine. Pour la première fois depuis des semaines, une nausée me secoua. Erila se releva brusquement, aussi interdite que moi.

— Prions pour elle, déclara le frère. Quelle qu'ait pu être sa pauvre vie, nous l'aiderons à gagner le ciel.

D'une voix épaisse et rauque, il se mit à chanter. Aussitôt, je le reconnus. Je me souvins d'une autre nuit d'angoisse, d'une silhouette qui m'avait fait frissonner d'effroi. Je reculai d'un pas. Tout d'un coup, son chant s'interrompit.

— Allons, mes sœurs, ordonna-t-il rudement. À genoux, toutes les deux.

Erila me fit un rempart de son corps.

— Pardonnez-nous, mon père. Il faut que nous partions. Ma maîtresse attend un enfant et risque d'attraper froid si nous ne rentrons pas chez nous.

Il me lorgna sous le nez, comme s'il me voyait pour la première fois.

— Un enfant ? Conçu selon les lois divines ?

Son capuchon se renversa, découvrant un visage d'une pâleur lunaire, et vérolé. « Comme de la pierre ponce », songeai-je. Un dominicain aux traits grêlés, pour qui Florence n'était que l'antre du mal. Quand Erila m'avait-elle raconté cette histoire ? Elle aussi se la rappelait, j'en avais l'intuition... Elle me poussa derrière elle et répondit :

— Un enfant sanctifié par le mariage, mon père. Et proche de son terme. Nous vous enverrons du secours une fois rentrées. Nous habitons tout près.

Il la fixa, puis baissa la tête. Touchant la poitrine ensanglantée de la femme, il se remit à chanter.

Je tournai les talons. Erila se releva, me prit la main et m'entraîna. Nos paumes étaient moites. Nous courûmes sans nous retourner, trébuchant plusieurs fois jusqu'à la voiture.

– Que s'est-il passé là-bas ? haletai-je alors qu'elle faisait enfin claquer les rênes sur la croupe du cheval.

– Je n'en sais rien. Mais je peux te dire une chose : cette femme était morte depuis un certain temps. Quant à lui, il puait le sang.

Les portes étaient ouvertes. Le valet d'écurie et Cristoforo nous attendaient dans la cour.

– Grâce à Dieu, vous voilà de retour. Où étiez-vous ?

– Je suis désolée, dis-je alors qu'il m'aidait à descendre. On nous a retardées. Nous...

– J'ai envoyé des hommes fouiller toute la ville à votre recherche. Vous n'auriez pas dû vous attarder autant.

Il serra fortement ma main.

– Je sais, je suis désolée, répétai-je. Mais nous sommes là, saines et sauves. Allons nous asseoir au chaud. Je vous raconterai tout ce que nous avons vu cette nuit.

– Il y a plus urgent.

Derrière nous, le valet d'écurie dételait le cheval. Cristoforo attendit qu'il ne puisse plus distinguer nos paroles. Erila se tenait près de nous. Percevant l'hésitation de mon époux, je lui fis signe de s'éloigner.

– Que se passe-t-il ? Dites-moi.

– J'ai de mauvaises nouvelles.

– Mauvaises ? Pires que la mort d'un enfant ? Pires qu'un meurtre ?

Il parut ne pas m'avoir entendue.

– Tomaso a été arrêté.

– Arrêté ? Quand ?

– Cet après-midi.

– Mais qui...

Je m'interrompis.

– Luca. Bien sûr...

Je me tus encore. Dans la lueur des torches, nous nous regardâmes. Il me fallut du temps pour trouver mes mots.

— Il s'agit sûrement d'un simple avertissement. Il est jeune. Sans doute veulent-ils l'effrayer. Tout ira bien. Tomaso n'est pas idiot. S'il ne peut faire preuve de bravoure, il rusera.

Cristoforo eut un sourire triste.

— Alessandra, ce n'est pas une question de bravoure, mais de temps...

Puis, d'une voix si posée que je la reconnus à peine :

— Je ne me suis pas assez soucié de lui, ces derniers mois.

— Trêve de regrets, répliquai-je. Pensez à vous. Rien n'est perdu. Vous l'avez dit vous-même : Savonarole ne règne plus en maître. Ils n'oseront pas s'en prendre à vous. Vous portez un nom trop illustre et leur pouvoir chancelle. Rentrons. Nous parlerons mieux à l'intérieur.

Nous passâmes une grande partie de la nuit au coin du feu, comme au début de notre mariage, avant que la jalousie ne me ronge. Cette fois, c'était lui qui avait besoin d'aide. Et je partageais son angoisse. Pourtant, tout ce que je m'efforçai de lui dire ne le consola pas. Que ressent-on lorsqu'un être cher souffre et que l'on ne peut, même en se bouchant les oreilles, rester sourd à ses cris ? Dieu sait que je n'aimais pas beaucoup mon frère. Mais ce qui risquait de lui arriver me nouait les entrailles. Alors lui, mon mari, qui avait tant adulé ce corps et l'avait si souvent tenu dans ses bras, quel effroi devait-il ressentir en songeant à ce qu'il en resterait après les ravages de l'estrapade ?

— Parlez-moi, Cristoforo. Cela aide... Vous avez sans doute pensé à ce moment, à ce que vous feriez l'un et l'autre s'il survenait...

— Tomaso ne s'est jamais préoccupé de l'avenir. C'était son génie. Il vivait seulement dans l'instant, le rendait si intense... On avait l'impression, grâce à lui, qu'il durerait toujours.

— Il va se retrouver face à lui-même. Nul ne connaît son courage avant d'y être confronté. Peut-être nous surprendra-t-il tous les deux...

— Il a peur de la souffrance.

– Comme nous tous.

L'horrible supplice de l'estrapade m'avait souvent hantée, comme il obsédait tous les Florentins. Parfois, en été, quand on passait devant les fenêtres ouvertes de la prison du Bargello, on entendait des cris. On se dépêchait. On se rassurait en se disant qu'on ne connaissait pas les gens hurlant derrière ces murs, qu'il s'agissait de criminels, de pécheurs et que, de toute façon, on ne pouvait rien pour eux. Mais on imaginait.

Ce supplice brise la volonté en broyant le corps. À l'inverse des autres tortures endurées lors de la question – tenailles, brûlures, chevalet, fouet –, dont les traces finissent par s'estomper, l'estrapade vous marque pour toujours. Ceux qui, les mains solidement nouées dans le dos, ont été hissés au bout d'une corde avant qu'on les laisse retomber de tout leur poids, encore et encore, ne s'en remettent jamais. Leurs tendons et leurs muscles se déchirent, leurs jointures se déboîtent. Quand on les décroche enfin, ils s'affalent sur le sol comme des poupées de chiffon. Pour les bonnes âmes, ce supplice est idéal puisqu'il rappelle la crucifixion, les bras de Notre-Seigneur étirés par le poids de son torse cloué à la croix. Ceux qui en ont réchappé et qu'on croise dans les rues, des années plus tard, marchent en tremblant, roulant d'un côté à l'autre, désarticulés, tenant à peine sur leurs jambes.

– Alessandra...

– Pardon ?

– Vous êtes fatiguée. Pourquoi n'iriez-vous pas vous coucher ? Nous n'avons pas besoin d'attendre tous les deux.

– Permettez-moi de rester avec vous. Savez-vous dans combien de temps nous serons fixés ?

– Non. J'ai rencontré, avant son exil, un de ceux qu'ils ont torturés. Il m'a raconté que certains livrent les noms tout de suite, pour échapper à la douleur. Mais les aveux obtenus sans la question ne sont pas pris en compte.

– Ils avouent donc deux fois. Avant et après. Je me demande s'ils dénoncent les mêmes personnes.

Il haussa les épaules.

– Nous verrons bien.

Petit à petit, telles celles de saint Pierre veillant sur le Christ dans le jardin des Oliviers, mes paupières s'alourdirent. La journée avait été si longue...

— Venez.

Il était debout devant moi. Je lui tendis la main. Il m'emmena dans ma chambre, m'aida à me mettre au lit.

— Voulez-vous que j'appelle Erila ?

— Non, laissez-la dormir. Je vais me reposer un instant.

Je fermai les yeux. Après un moment, je sentis le matelas se creuser. Avec mille précautions, pour ne pas me réveiller, Cristoforo venait de s'allonger près de moi. Je respirai lentement, pour lui faire croire que je dormais. Nous restâmes ainsi, côte à côte, comme deux gisants de pierre au fond d'une chapelle. Enfin, il posa sa main sur le renflement de mon ventre. Je pensai à Plautilla, à l'enfant qu'elle avait perdu, au dominicain touchant la femme ensanglantée, puis à Notre-Dame, si radieuse, si confiante. Alors, le bébé remua.

— Ah, chuchota Cristoforo. Le voilà prêt pour la grande aventure.

— Oui... murmurai-je d'une voix ensommeillée. Il donne de bons coups de pied.

— Il aura l'esprit plus brillant qu'un florin neuf.

— Et l'œil assez aigu pour distinguer une vraie statue grecque d'une copie. Espérons surtout qu'il aura le droit d'aimer sans crainte Dieu et la beauté, dans un monde où l'art fera de nouveau la gloire de Florence.

La chaleur de sa paume se répandait sur mon ventre.

— Oui, répondit-il. C'est tout ce que je souhaite.

Il se tut et je ne dis plus rien. J'avançai ma main, l'étalai délicatement sur ses phalanges.

Les coups résonnèrent à l'aube, m'éveillant en sursaut. Cristoforo avait déjà quitté ma chambre. Ma grossesse était si avancée que j'eus du mal à m'extraire du lit et à descendre les escaliers jusqu'à la cour dont on avait ouvert les portes. Erila me guettait sur le perron. Le messager, lui aussi, était là.

Je m'attendais à des soldats ou, pis encore, à Luca à la tête de sa brigade. Je ne vis qu'un vieil homme.

– Mademoiselle Alessandra !

Il me fallut du temps pour le reconnaître. C'était le mari de Lodovica : épuisé, hors d'haleine.

– Andrea ! Que se passe-t-il ?

Il avait l'air si accablé que le pire me vint aussitôt à l'esprit.

– Mon père ? C'est mon père ! Il est mort !

– Non, non. Votre père va bien.

Il reprit son souffle.

– Je viens de la part de votre mère. Elle m'a chargé de vous dire... Les soldats sont revenus à la maison tôt ce matin. Ils ont emmené le peintre.

Ainsi donc, Tomaso avait parlé, et de façon perfide.

41

Dans mon sein, rien ne bougeait. Je tâtai mon ventre, cherchant le renflement d'une jambe, d'une fesse. J'appuyai un
peu plus fort. Rien. J'essayai de ne pas m'affoler. Le sommeil
ressemble à la mort, même avant la naissance.

– Alessandra...

J'ouvris les yeux. La silhouette de Cristoforo se profilait à
contre-jour, dans le soleil du matin. Devant lui, assise à mon
chevet, ma fidèle Erila me dévisageait. Je captai son expression. « Fais attention, me disait-elle. À présent, chacun de tes
pas te met en danger. Et je ne serai pas toujours là pour
t'aider. »

Je lui souris. Je ne pouvais que m'en remettre à elle, qui
lisait les lignes de la main et déchiffrait les signes dans les
graines de tournesol répandues au hasard. Je la voulais près
de moi, pour toujours. Elle m'apprendrait ses secrets, que je
transmettrais à mon tour à mon enfant. « J'ai compris, lui
répondis-je en silence. Je ferai de mon mieux ».

Ma propre voix me parut très lointaine.

– Que s'est-il passé ?

– Tout va bien. Vous avez eu un malaise, c'est tout, murmura mon mari d'un ton soulagé.

– Et l'enfant...

– Il dort, j'en suis sûre, coupa Erila. C'est ce que tu devrais
faire, toi aussi. Trop d'émotion pourrait vous nuire à tous les
deux.

Je me redressai, lui serrai brièvement la main.

– Merci, Erila. Tu peux nous laisser, maintenant.

Elle opina sèchement et s'en alla, ses cheveux dénoués semblables à un essaim de mouches en colère.

Je souris à Cristoforo.

– Ils ne vous ont pas emmené. Mon soulagement a dû être trop violent.

Aussitôt, une nausée me secoua. « Maintenant, je sais, pensai-je. Je sais ce que vous ressentez : cette terreur aveugle qui vous submerge lorsque vous imaginez ce qu'ils endurent. »

– Cristoforo, je suis heureuse que ce ne soit pas vous. Si heureuse... Mon frère... Il a laissé parler sa haine envers moi. Il...

Je m'interrompis, me souvenant des yeux d'Erila. Puis :

– Il aurait pu dénoncer une dizaine d'autres personnes. Mais il n'ignore rien de mon amour de l'art, de tout ce que je dois aux encouragements du peintre.

J'eus du mal à affronter son regard.

– Lui aussi, ils vont le torturer, n'est-ce pas ?

– Si son nom a été prononcé, oui. C'est la loi.

– Mais il ne connaît rien. Ni personne. Qui pourrait-il leur livrer ? Pourtant, ils n'en tiendront aucun compte. Vous savez ce qui va se passer, Cristoforo. Vous n'ignorez pas ce qu'ils vont faire : ils vont continuer, continuer encore jusqu'à ce qu'il parle. Ils vont désarticuler ses bras. Et sans ses bras...

– Je sais, Alessandra, répliqua-t-il. Je sais très bien ce qui se passe ici.

– Je suis désolée.

En dépit de mes efforts, je pleurais à chaudes larmes.

– Tout est ma faute.

Je tentai de me lever.

– Je dois y aller.

Il m'arrêta d'un geste.

– Ne soyez pas stupide.

– Si. Il faut que j'y aille. Il le faut. S'ils ne me croient pas, ils pourront toujours m'interroger. La loi interdit de torturer les femmes enceintes. Ils seront obligés de me croire sur parole.

— C'est absurde ! Ils ne vous écouteront pas. Vous ne ferez qu'aggraver la situation, nous impliquer dans cette sale affaire.

— Cette sale affaire ! Mais...

— Par le sang du Christ ! J'ai déjà envoyé...

Nos voix se heurtaient, coupantes, agressives. J'imaginais Erila près de moi, cherchant à éloigner l'orage.

— Qu'avez-vous dit ?

— J'ai dit... si vous preniez la peine de me laisser parler... que j'ai déjà envoyé quelqu'un à la prison.

— Qui ?

— Un homme qu'ils seraient susceptibles d'écouter. Vous pouvez penser ce que vous voulez de votre frère, et je partage peut-être votre avis, mais faites-moi la grâce de croire que je ne laisserai jamais un innocent souffrir à ma place.

— Ne me dites pas que vous avez avoué ?

Il eut un rire amer.

— Je ne suis pas brave à ce point. Mais j'ai trouvé un moyen d'intervenir auprès de personnes influentes. Vous êtes restée inconsciente quelques heures. L'Histoire va plus vite que l'Arno en crue et les choses changent à toute allure, alors même que nous parlons... Le pouvoir du moine est menacé. Hier, le supérieur des franciscains l'a publiquement attaqué, affirmant qu'il n'était pas un prophète mais un dangereux illuminé et que les Florentins, s'ils continuaient à le suivre, risquaient d'être damnés. Pour le confondre, il le somme de se soumettre au jugement divin. L'ordalie : la preuve par le feu...

— Quoi ?

— Tous deux entreront simultanément dans les flammes pour savoir si Savonarole est vraiment le protégé de Dieu.

— Doux Jésus ! Que nous arrive-t-il ? Sommes-nous devenus des barbares ?

— Sans nul doute. Mais ce n'est que du spectacle. Et en des temps troublés comme le nôtre, ce genre de divertissement empêche de penser. Une passerelle a déjà été dressée sur la place de la Seigneurie, au-dessus de haies de fagots enduits d'essence de térébenthine et de poudre à canon.

— Et si Savonarole triomphe ?

– Ne soyez pas naïve, Alessandra. Aucun d'eux ne l'emportera. Cette comédie ne fera que satisfaire la populace. De toute façon, Savonarole a déjà perdu. Il a annoncé ce matin que le service de Dieu était plus important que de telles épreuves, et désigné un autre frère pour affronter l'ordalie à sa place.

– Mais alors, il sera accusé de tricherie et de lâcheté.

– Même si lui ne voit pas les choses ainsi, c'est ce que pensera le peuple. Plus important... Cela signifie que la Seigneurie ne le soutient plus. Ses membres attendent cette occasion depuis l'excommunication.

– Vous pensez donc...

– Que la fin est proche. Personne ne voudra rester fidèle à un homme dont le pouvoir vacille. Dès lors, ceux qui torturent pourraient bien se retrouver sur le chevalet. Autrefois, on achetait son impunité grâce à ses relations et à une bourse bien garnie. Souhaitons que ce temps revienne.

– Vous allez monnayer leur sortie de prison ?

– Si j'y arrive, oui.

– Seigneur !

Je fondis de nouveau en larmes.

– Mon Dieu, nous sommes en pleine folie ! Qu'allons-nous devenir ?

Il secoua tristement la tête.

– Nous ferons ce que nous pourrons. Nous assumerons la vie qui nous a été donnée, tout en priant pour que Savonarole ait tort et que Dieu, dans Son infinie bonté, aime autant les pécheurs que les saints.

42

Vers minuit, Cristoforo reçut un message et partit sur-le-champ. Dehors, l'agitation de la ville rappelait l'effervescence d'autrefois. On entendait, en ouvrant les fenêtres, le tumulte venu de la place.

Je me retirai, avec Erila, dans mon atelier. Je ne cessai de penser à ce matin-là, juste avant mon mariage, quand la *Vacca* s'était mise à carillonner et que ma mère m'avait interdit de sortir pour aller voir ce qui se passait. Comme elle qui, me portant dans son sein, avait assisté aux violences provoquées par le complot des Pazzi, je redoutais, enceinte à mon tour, des débordements sanglants. Je me concentrai sur la peinture pour essayer d'endiguer ma panique. Sans succès.

Juste avant l'aube, la grande porte s'ouvrit et les pas de mon époux résonnèrent sur les marches de pierre. Réveillée comme par un claquement de doigts, Erila bondit hors de sa couche. Debout à mon tour, je me serais précipitée vers lui si elle ne m'avait retenue d'un coup d'œil impératif.

— Bienvenue chez vous, mon cher époux.

— Votre peintre vient d'être relâché.

— Oh...

Alors que je portais ma main à ma bouche, je sentis encore, sur moi, le regard d'Erila.

— Et... Tomaso ?

Il attendit quelques secondes avant de répondre :

— Nous n'avons pu obtenir aucune information sur lui. Il n'est plus en prison. Nul ne sait où il a été emmené.

– Il est donc vivant quelque part ! Vous le trouverez.

– Espérons-le.

Cela n'avait rien de rassurant. Mon frère ne serait pas le premier prisonnier à disparaître sans laisser de traces. Pas Tomaso, pourtant ; non, pas lui... Il avait été trop gâté par la vie pour finir au fond d'une charrette, recouvert d'un linceul de fortune.

– Quoi d'autre ?

Erila nous écoutait. Je posai ma main sur son bras.

– Cristoforo, elle n'ignore rien de ce qui nous concerne. Je réponds d'elle comme de ma vie. Au point où nous en sommes, rien ne s'oppose à ce qu'elle entende ce qui va suivre.

Il la fixa comme s'il la remarquait pour la première fois. Elle inclina humblement la tête.

– Eh bien, dit-il, que voulez-vous savoir d'autre ?

– Ont-ils été... ?

– Nous avons eu de la chance. Les geôliers s'intéressaient plus aux péripéties du jour qu'à leur travail. Lorsque nous avons découvert votre protégé, il n'avait pas encore subi le pire.

Je brûlais d'envie de l'interroger plus avant, mais je ne savais comment m'y prendre.

– Ne vous tourmentez pas, Alessandra. Votre peintre bien-aimé se servira bientôt d'un pinceau.

– Merci.

– Ne me remerciez pas trop tôt. Les charges retenues contre lui demeurent. En tant qu'étranger, il sera condamné au bannissement avec effet immédiat. J'ai parlé à votre mère et écrit une lettre d'introduction à des relations à Rome. Il y sera en sécurité. Si son talent est intact, il aura toutes les occasions de le faire valoir. Il est déjà en route.

Qu'avais-je cru ? Que sa liberté ne me coûterait rien ? Déjà en route... Je perçus soudain, sur le visage de mon mari, une infinie tristesse.

– Qu'allez-vous faire à propos de Tomaso ?

– Nous continuerons à chercher, grommela-t-il avec un

haussement d'épaules. S'il est toujours à Florence, nous finirons par le trouver.

Il avait l'air si las... Il y avait une carafe de vin sur la table. Je remplis un verre, le lui tendis. Il but une longue gorgée, appuya sa nuque contre le dossier de son fauteuil. Il me parut vieilli, tout d'un coup, flétri par les angoisses de la nuit. Je posai ma main sur la sienne.

— Et en ville, que se passe-t-il ? L'ordalie a-t-elle eu lieu ?

— Cela tourne à la farce. Le supérieur des franciscains jure à présent qu'il n'entrera jamais dans les flammes avec un autre adversaire que Savonarole. On lui a donc, à lui aussi, substitué un autre moine.

— Dans ce cas, l'épreuve ne prouvera rien.

— Non, hormis la réalité du feu. Ils pourraient tout aussi bien traverser l'Arno et déclarer vaincu celui qui aurait les pieds mouillés.

— Pourquoi la Seigneurie n'annule-t-elle pas toute l'affaire ?

— Parce que la foule a les nerfs à vif et que cela provoquerait une émeute. Nos dirigeants ne peuvent que limiter les dégâts en désavouant les frères. Ils ressemblent à des rats qui voudraient quitter le navire mais ont peur de l'eau. Cela ne les empêchera pas de suivre le spectacle depuis leurs fenêtres.

— Comment avons-nous pu tomber si bas ? Et vous ? Assisterez-vous à cette mascarade ?

— Certes non. J'ai mieux à faire qu'applaudir à l'humiliation de ma patrie. Et toi, Erila ? Je me suis laissé dire que tu en savais plus sur Florence que tous nos gouvernants. Seras-tu de la fête ?

Elle leva froidement les yeux et murmura :

— Je n'aime pas l'odeur de chair brûlée.

— Tu as raison. Tout ce que nous pouvons espérer, c'est que Dieu intervienne.

C'est ce qui se produisit.

L'histoire est devenue légendaire. On raconte encore, à Florence, comment les deux moines se déconsidérèrent, jacassant et caquetant jusqu'à ce Dieu interrompe cette farce en provoquant un orage.

Si l'orgueil est le pire des péchés, les dominicains sont les seuls à blâmer. L'ordalie était prévue en début d'après-midi, la veille du dimanche des Rameaux. Les franciscains se présentèrent les premiers, sous un ciel plombé, se comportant, selon leurs partisans, avec piété et humilité. Leurs rivaux, qui avaient appris de leur chef le pouvoir de la mise en scène, arrivèrent outrageusement en retard. Ils apparurent sur la place à la tête d'une véritable procession, précédés par un grand crucifix, accompagnés d'une masse de fidèles psalmodiant le *Laudate* et chantant des psaumes. Derrière eux, s'avançait Savonarole en personne. Fier et plein de défi, il brandissait très haut une hostie consacrée.

C'en était trop pour les franciscains. Ils exigèrent que l'hostie soit immédiatement retirée des mains impures de cet excommunié. Les choses empirèrent quand le candidat du prieur, le frère Domenico, clama son intention de pénétrer dans les flammes à la fois avec l'hostie et le crucifix. Le franciscain refusa. Enfin, après d'interminables négociations, durant lesquelles les haies se transformèrent en brasier, le frère Domenico accepta de se séparer du crucifix mais insista pour garder l'hostie.

Ils se disputaient encore comme des enfants lorsque Dieu, que leur chahut et leur arrogance exaspéraient, ouvrit le ciel par un énorme coup de tonnerre, déversa des trombes d'eau sur les flammes et recouvrit la place d'une épaisse fumée. Il s'ensuivit une telle confusion que la Seigneurie, décrétant qu'une autorité supérieure venait de se substituer à elle, mit fin à ce fiasco et ordonna à la foule de se disperser.

Cette nuit-là, Florence macéra dans le jus empoisonné de la honte et de la déception.

43

– Lève-toi. Chut. Vite. Surtout, pas un bruit.

C'était Erila, penchée sur moi, tout habillée.

Elle m'ordonna de me vêtir. J'obéis, non sans mal : le bébé était si avancé que le moindre geste devenait pénible.

Elle m'attendait au bas des marches. C'était le moment le plus sombre de la nuit. Elle posa un doigt sur mes lèvres, me prit la main et m'entraîna vers l'arrière de la maison, jusqu'à la porte de service. Elle la déverrouilla et se glissa dehors. Je la suivis. Les derniers vestiges de l'hiver flottaient dans l'air. Il faisait froid.

– Il faudra marcher un certain temps, Alessandra. Tu en es capable ?

– Pas avant que tu me dises où nous allons.

– Non. Pas de questions. Fais-moi confiance. Nous n'avons pas beaucoup de temps.

– Dis-moi au moins si c'est loin.

– Assez. La Porta di Giustizia...

La porte des gibets ? Sans me laisser le temps de l'interroger, elle s'enfonça dans l'obscurité.

Nous n'étions pas les seules. Échauffés par les événements de la journée, des bandes d'hommes encombraient les rues, à la recherche de mauvais coups. Tête couverte, nous prîmes des ruelles transversales, où la nuit était plus dense encore. À deux ou trois reprises, Erila s'arrêta brusquement, m'empêcha d'avancer et prêta l'oreille. J'eus, une fois, la certitude d'entendre quelque chose ou quelqu'un derrière nous. Elle revint sur ses pas, s'immobilisa encore, puis me força à accélérer l'allure. Nous dépassâmes les restes d'une barricade dressée dans la journée. Évitant la place, nous poursuivîmes ensuite notre chemin vers le nord, près de la maison de mon père, avant de couper derrière l'église Santa Croce et de rejoindre la Via de' Malcontenti, cette voie sombre que remontent les condamnés, assistés par les frères vêtus de noir.

Désormais à l'étroit, le bébé remuait. Je sentis un coude, peut-être un genou, étirer la peau de mon ventre.

– Erila, s'il te plaît... Tu vas trop vite.

Elle s'impatienta.

– Fais un effort. Ils ne nous attendront pas.

Derrière nous, les cloches de Santa Croce sonnèrent la troisième heure. Les rues, à présent, s'ouvraient sur des prés et sur les jardins du monastère, qui donnaient sur la porte cernée par l'épaisseur des murailles. L'endroit était désert.

– J'espère que nous n'arrivons pas trop tard, chuchota Erila.

Elle me poussa dans l'ombre d'un grand arbre.

– Ne bouge pas d'ici. Je reviens.

Elle disparut. Les jambes tremblantes, je m'adossai au tronc. Je crus entendre un bruit sur ma gauche. Je me retournai, mais il n'y avait rien. Trois heures. À la porte, on allait relever la garde. Pourquoi cette heure était-elle si importante ?

– Erila ?

Toujours rien. Le silence était total, la nuit plus impénétrable encore qu'en ville. Une vive douleur, très brève, poignarda mon ventre. Difficile de savoir si c'était l'enfant ou la peur. Soudain, Erila émergea des ténèbres. Elle accourut vers moi, saisit ma main.

– Nous devons repartir. Tout de suite. Je sais que tu es fatiguée. Pourtant, il ne faudra pas traîner.

– Mais...

– Pas de mais. Je te dirai tout, je te le promets ; pas maintenant. Pour le moment, tu marches.

Jamais je n'avais perçu une telle terreur dans sa voix. Elle me guida, me soutenant par le coude. Nous retrouvâmes bientôt l'entrelacement des ruelles. Sans cesse aux aguets, Erila cherchait à percer les ténèbres. La grande façade de brique de l'église Santa Croce surgit devant nous. Je haletai :

— Si je ne me repose pas, je vais m'effondrer.

Elle acquiesça, sans cesser de surveiller les alentours. Quelques rayons de lune éclairaient vaguement la façade de la grande église, dont la rosace unique, tel l'œil du Cyclope, surplombait la place plus paisible qu'un lac.

— Maintenant, dis-moi.

— Plus tard.

— Non. Tout de suite. Je ne bougerai pas d'ici tant que tu ne m'auras pas expliqué.

— Doux Jésus ! Nous n'avons pas le temps !

— Alors, nous resterons ici.

Vaincue par mon entêtement, qu'elle connaissait si bien, elle capitula.

— Très bien. Cette nuit, pendant que tu dormais, j'ai surpris, depuis ma chambre, une conversation dans le quartier des domestiques, entre ton mari et le valet d'écurie. Il lui a ordonné d'aller porter un laissez-passer à la Porta di Giustizia. Il a ajouté : « C'est urgent. » Un homme, un peintre, quitterait la ville à la troisième heure et aurait besoin du document pour être autorisé à partir. Je te jure que c'est ce que j'ai entendu. Voilà pourquoi je t'ai emmenée. Je pensais...

— Que je pourrais le rencontrer là-bas. Alors, où était-il ?

— Pas à la porte, en tout cas. Le valet non plus.

— C'était la mauvaise porte. Nous devons aller à...

— Non. Je ne suis pas sourde.

Pause. Puis :

— Je crois qu'on voulait que j'entende.

— Pourquoi ?

Elle jeta un coup d'œil alentour.

— Je pense que ton mari...

— Non, mon Dieu, non ! Il ne sait rien. Comment serait-ce possible ? À part toi et moi, personne n'est au courant.

— Et ton frère ? Tu crois qu'il n'a pas tout deviné le jour où il vous a surpris dans la chapelle ?

— Il s'est peut-être douté de quelque chose, mais je ne vois pas quand il aurait pu parler à Cristoforo. Je n'ai cessé de les observer quand ils étaient ensemble. Il ne lui a rien dit. Et ils ne se sont pas vus depuis, puisque Tomaso reste introuvable.

Elle me fixa, puis regarda ses pieds.

– Tu crois que c'est faux ?

La panique me serra la gorge, comme une nausée.

– Doux Jésus ! Si tu avais raison... Si c'était un piège...

– Je ne pense plus rien. Tout ce que je sais, c'est que si nous ne rentrons pas tout de suite, nous serons démasquées.

Sa voix tremblait d'effroi. Elle n'aimait pas se tromper, mon Erila, et ce n'était pas le moment de flancher. À mon tour de la rassurer.

– Je suis heureuse que tu l'aies fait, tu comprends ? Heureuse. Ne t'inquiète pas. Je me sens bien. Allons, rentrons.

Nous repartîmes en marchant le plus vite possible, tout près l'une de l'autre. Si quelqu'un nous avait suivies, nous nous en serions rendu compte. Le bébé se tenait tranquille, mais le terme ne tarderait pas. Une douleur sourde me laboura le ventre, se dissipa aussitôt. Des cris retentissaient tout autour de nous. Nous croisâmes, au sud de la cathédrale, une troupe bruyante de jeunes gens en armes se dirigeant vers le parvis. Erila me poussa dans l'ombre et les laissa passer. D'ici quelques heures, serait célébrée dans la cathédrale la messe du dimanche des Rameaux. Savonarole ne pouvant prêcher lui-même, un de ses disciples monterait en chaire à sa place. Je ne donnais pas cher de ses chances d'arriver au bout de son sermon.

La douleur revint. Je poussai un cri. Erila se retourna ; mon affolement se refléta dans son regard.

– Ce n'est rien, lui dis-je en essayant de rire. Juste une crampe.

– Dieu du ciel, l'entendis-je murmurer.

Je saisis sa main, la serrai de toutes mes forces.

– Tout va bien. Nous avons fait un pacte, le bébé et moi. Il ne naîtra pas dans une ville dirigée par Savonarole. Or le moine n'a pas encore été chassé. Viens. Nous ne sommes plus très loin. Peut-être pourrions-nous ralentir un peu le pas...

337

La maison était plongée dans le silence et la nuit. Nous nous faufilâmes par l'entrée de service avant de nous engager dans les escaliers. La porte de mon mari était close. J'étais si fatiguée qu'Erila dut m'aider à me déshabiller. Mes douleurs l'inquiétaient. Elle me donna quelques gouttes d'une potion de sa mère puis s'allongea sur une paillasse, sur le seuil de la chambre. À deux mains, avant que le sommeil ne me gagne, j'enserrai mon ventre, dont le volume atteignait presque ma cage thoracique. Le bébé était descendu et pesait fortement sur ma vessie. Si on se fiait au calendrier, il nous restait encore trois semaines : le temps d'installer dignement la nourrice et la sage-femme.

— Sois patient, mon tout petit, chuchotai-je. Tu n'auras plus longtemps à attendre. La ville et la maison seront bientôt prêtes pour toi.

Sensible à ma prière, l'enfant me laissa m'endormir.

44

Lorsque je m'éveillai, Erila était partie. Un grand calme régnait dans la maison. Je me sentais lourde de sommeil : la potion avait fait son effet. Je restai allongée un moment, essayant de déterminer l'heure d'après la lumière qui m'environnait. Ce devait être l'après-midi, et tout le monde faisait sans doute la sieste. Ma douleur était revenue, comme si l'on frottait mes entrailles avec une brosse.

Je marchai jusqu'à la porte, appelai Erila. Pas de réponse. J'enfilai un peignoir et descendis lentement les escaliers. Les cuisines et le quartier des domestiques étaient déserts. Près de l'office, dans le petit réduit où étaient entreposés les sacs de farine et la viande salée, quelqu'un chantonnait. Je reconnus la fille aînée de la cuisinière. Assise par terre devant une pile de raisins, elle entassait les grains en petits tas avant de les gober. Plus robuste que sa cadette, elle avait survécu à la peste, mais son esprit était moins développé que son corps.

– Tancia ?

Elle sursauta, cacha les raisins sous sa robe.

– Où est ton père ?

– Mon père ? Il est parti à la guerre.

– Quelle guerre ?

– La guerre contre le moine, dit-elle fièrement.

– Et les autres serviteurs ?

Nous n'avions jamais échangé que quelques mots et elle avait toujours eu peur de moi. Avec mes cheveux défaits et mon gros ventre, je devais lui paraître plus monstrueuse encore.

— Réponds-moi. Il n'y a personne, ici ?

— Le maître a dit que tout le monde pouvait y aller. Sauf moi.

— Et mon esclave est en ville, elle aussi ?

Elle me considéra d'un œil morne.

— La femme noire, dis-je avec impatience. Erila. Elle est là-bas, avec les autres ?

— Je ne sais pas.

À ce moment-là, la première vague de douleur me submergea. Avec une force inouïe, une ceinture de fer comprima le bas de mon abdomen. J'eus l'impression que mes entrailles allaient jaillir et se répandre sur le sol. La respiration coupée, je dus m'accrocher au chambranle de la porte pour garder mon équilibre. Le spasme dura une dizaine de secondes, puis s'apaisa. « Pas maintenant. Mon Dieu, je vous en prie. Je ne suis pas prête. »

Alors que je reprenais mon souffle, la fillette contempla mon ventre.

— Le bébé est gros, maîtresse.

— Oui, oui... Tancia, écoute-moi.

Je m'efforçai de parler très distinctement.

— J'ai besoin que tu fasses quelque chose pour moi. Je veux que tu ailles apporter un message chez ma mère, près de la Piazza Sant'Ambrogio. Tu comprends ?

Elle me dévisagea, puis eut un petit rire.

— Je ne peux pas, maîtresse. Je ne sais pas où c'est. De toute façon, le maître a dit que les autres pouvaient aller voir la guerre, mais que je devais rester là.

Je fermai les yeux. « Je vous en prie, mon Dieu, si je dois accoucher maintenant, au moins, donnez-moi Erila. Ne me laissez pas seule dans la maison avec cette demi-folle. » Cela ne pouvait se passer ainsi. C'était trop tôt. J'étais simplement épuisée, angoissée. J'allais regagner ma chambre, dormir encore. À mon réveil, la maison serait de nouveau pleine de vie et tout irait bien.

Je grimpai l'escalier avec précaution. En atteignant le premier étage, je distinguai un bruit venu de la galerie de statues ; un raclement de chaise ou le grincement d'un volet. Je longeai prudemment le couloir, les mains en coupe sous le ventre, et poussai la porte.

À l'intérieur, un soleil printanier nimbait d'une lumière dorée le carrelage et les sculptures, s'attardait sur le *Lanceur de disque*.

– Bonjour, ma chère épouse.

À mon tour de sursauter. Je me retournai et le trouvai assis à l'autre bout de la salle, un livre sur les genoux, devant *Bacchus* qui semblait, engourdi par l'ivresse, vaciller sur son socle.

– Cristoforo ! Vous m'avez fait peur ! Que se passe-t-il ? Où sont tous les autres ?

– Ils regardent passer l'Histoire, comme vous étiez autrefois si désireuse de le faire. La populace a interrompu le service à la cathédrale, ce matin. Les dominicains ont fui jusqu'à San Marco et sont, depuis, assiégés dans leur monastère.

– Doux Jésus ! Et Savonarole ?

– Il s'est barricadé avec eux. La Seigneurie a ordonné son arrestation, qui ne saurait tarder.

Ainsi donc, cela s'achevait. La douleur, à nouveau, me lacéra. De toute évidence, ce bébé avait la tête politique. Il était sûrement l'enfant de mon mari.

– Et Erila ?

– Erila ? Ne me dites pas que vous envisagez qu'elle ait pu vous abandonner. Je croyais qu'elle vous accompagnait toujours, où que vous alliez.

Il s'interrompit. Je réalisai trop tard ce que ces mots signifiaient.

– Vous avez dormi longtemps, Alessandra... Vous avez dû veiller cette nuit. Qu'est-ce qui a pu provoquer cela ?

– Je... je suis fatiguée, Cristoforo, et je crois que l'accouchement pourrait avoir lieu plus tôt que prévu.

– Dans ce cas, vous devriez retourner vous coucher.

À présent, aucune équivoque ne subsistait. Cette politesse froide... Quand était-elle apparue pour la première fois ?

Était-il déjà si différent lorsqu'il m'avait annoncé la nouvelle de la libération du peintre ? Avais-je éprouvé un tel soulagement qu'en dépit des avertissements d'Erila je n'avais pas remarqué son changement d'attitude ?

— Avez-vous des nouvelles de Tomaso ?

— Qu'est-ce qui vous fait demander cela ?

— Je... je priais simplement pour qu'on le retrouve.

Il désigna les statues qui, dans leur immobilité, avaient l'air de nous écouter.

— Les grands artistes, affirme-t-on, n'expriment que la vérité. Êtes-vous d'accord avec cela, Alessandra ?

— Je ne sais pas. Je suppose, oui.

— Et diriez-vous qu'un bébé est une œuvre de Dieu ? Une œuvre d'art ?

— Certainement.

— Dans ce cas, serait-il impossible d'y détecter un mensonge ?

Ma peau devenait froide et moite.

— Je ne vois pas ce que vous voulez dire, répondis-je, percevant le léger tremblement de ma voix.

— Non ?

Pause.

— Votre frère est sauf.

— Remercions Dieu ! Comment va-t-il ?

— Il est... changé. Je crois que c'est le mot juste.

— Lui ont-ils... ?

— Quoi ? Extorqué la vérité ? On ne peut pas savoir, avec Tomaso. Parfois, il ment de façon plus crédible que lorsqu'il parle sans détour. Sur des quantités de sujets...

— Peut-être devriez-vous vous en souvenir avant de croire tout ce qu'il vous racontera, répondis-je doucement.

— Peut-être. À moins que cette disposition ne soit propre à l'ensemble de la famille Cecchi.

— Je ne vous ai jamais menti, Cristoforo.

— Vraiment ?

Il soutint mon regard.

— Suis-je le père de votre enfant ?

Je pris une grande inspiration. Il n'y avait plus moyen de reculer, maintenant.

– Je l'ignore.

Il continua d'affronter mon regard. Puis il posa son livre et se leva.

– Bien. Merci, au moins, de votre honnêteté.

– Cristoforo... Ce n'est pas ce que vous croyez...

– Je ne crois rien, répliqua-t-il froidement. Un enfant : c'était notre pacte. Si j'ai bonne mémoire, cet accord impliquait moins la fidélité que la discrétion. Toute la faute vient de ce mariage. Le passé de votre mère aurait dû me mettre en garde. À présent, excusez-moi. J'ai des affaires importantes à traiter.

– Que voulez-vous dire par le « passé » de ma mère ?

Il avait déjà gagné la porte.

– Non, Cristoforo, ne partez pas, je vous en prie. Ce n'est pas la vérité non plus.

Je me tus. Que pouvais-je ajouter ? Quels mots auraient pu traduire mon affection aussi bien que ma peine ?

– Vous devez savoir ce que j'ai ressenti...

Tout au fond de moi, je sentis de nouveau l'emprise de la ceinture de fer, plus forte, cette fois.

– Ah ! Le bébé... Je vous supplie de rester... Simplement jusqu'au retour d'Erila. Je ne peux pas le faire seule.

Il me jaugea. Peut-être croyait-il à un autre mensonge. Ou peut-être mon corps, qui lui avait tant répugné même quand il était intact, ne lui offrait-il plus que la vision d'une femme bientôt vidée de son sang.

– Je vais envoyer quelqu'un, dit-il.

Il tourna les talons et sortit.

Alors qu'il refermait la porte, la douleur se déversa, plus implacable que des muscles d'acier entaillant ma chair. J'imaginai le serpent dans le jardin d'Éden. Il murmurait à l'oreille d'Ève puis, après l'avoir séduite, s'enroulait autour de son ventre et serrait, serrait jusqu'à ce qu'un fœtus difforme glisse hors de son sein. Ainsi étaient nés, ensemble, la douleur et le péché. Cette fois, la souffrance me cassa en deux. Je m'appuyai contre *Bacchus* jusqu'à la fin de la contraction. Elle fut plus longue, plus profonde. Je comptai jusqu'à vingt, puis trente. Ce ne fut qu'à trente-cinq qu'elle commença à refluer. Si le bébé respectait notre pacte, Savonarole devait déjà avoir été capturé...

Bien sûr, le travail de l'enfantement avait souvent été évoqué. Quelle femme enceinte, après Ève, n'en avait entendu parler ? Je savais qu'il débutait par une série de douleurs régulières, dont l'intensité augmentait peu à peu tandis que le vagin s'ouvrait pour permettre au bébé de sortir. En modulant ma respiration et en bandant mes nerfs, je pourrais trouver un moyen de les supporter, sachant qu'elles ne dureraient pas toujours. Ensuite, le bébé se retournerait et sa tête commencerait à forcer. Dès lors, la femme ne pouvait que pousser et prier pour que le Seigneur l'ait dotée d'un corps qui ne se déchirerait pas, comme cela était arrivé à ma tante et à ma mère.

Je n'allais pas penser à elles maintenant. Il fallait d'abord que je regagne ma chambre. J'étais à mi-chemin au moment de la seconde contraction. Cette fois, j'y étais préparée. Je m'agrippai au balustre de pierre et essayai de compter encore, expirant avec force en poussant des gémissements rauques. La douleur monta, atteignit son paroxysme, s'y maintint quelques instant puis décrut. « Tu peux le faire », pensai-je. Pourtant, mes cris avaient dû être plus forts que je ne l'avais réalisé, car j'aperçus Tancia qui, du vestibule, levait vers moi des yeux terrorisés.

– Tancia... Je...

Je ne terminai pas ma phrase. En me redressant, je ressentis soudain une terrible envie d'uriner. Je tentai désespérément de me retenir, mais la pression, trop violente, m'en empêcha. Nous entendîmes toutes les deux le claquement, sec comme un coup de fouet contre un mur, tandis que quelque chose s'ouvrait en moi et qu'une eau sanglante aspergeait les dalles. Elle jaillissait de mon ventre, coulait en cascade le long de mes jambes et sur le sol, puis se déversait en bas, dans le vestibule. Tancia poussa un hurlement de panique et s'enfuit.

Je ne sais plus comment je regagnai ma chambre. La vague suivante fut si féroce que j'en eus les yeux inondés de larmes. Je tombai à genoux, les mains sur le rebord du lit. La douleur était partout, dans mes reins, dans mon dos, dans ma tête. Cette fois, l'apogée sembla se prolonger indéfiniment. J'essayai de respirer, mais chaque inspiration était courte, superficielle. Quand la bouche d'acier relâcha son étreinte, je m'entendis pleurer de peur.

– Alessandra !

La voix venait de loin, de très loin.

– Tiens bon, mon enfant. Mets-toi à quatre pattes.

Plus proche, à présent, impérative :

– À quatre pattes ! Cela t'aidera.

J'obéis, dans un brouillard. Alors que mes mains touchaient le sol, je sentis deux paumes appuyer fermement sur le bas de mon dos. La vague montait de nouveau, de plus en plus.

– Respire, reprit la voix. Un, deux. Voilà. Encore. Un, deux. Inspire, expire...

La vague reflua puis, enfin, mourut.

Je relevai la tête, croisai un regard à la fois effrayé et fier. Je sus alors que tout allait bien se passer. Ma mère était là.

Je m'écroulai contre elle.

– Je...

– Ne gaspille pas ton énergie. Combien de temps entre les contractions ?

– Quatre, cinq minutes. Mais elles commencent à se succéder plus rapidement.

Me soutenant du mieux qu'elle put, elle fit tomber les oreillers du lit, les étala par terre, me cala contre eux.

– Écoute-moi, dit-elle. Erila est partie à la recherche de la sage-femme qui est dans la rue, comme tout le monde. Elles arriveront bientôt. En attendant, tu devras agir par toi-même. N'y a-t-il personne d'autre dans la maison ?

– Tancia, la fille de la cuisinière.

– Je vais la chercher.

– Non, ne me laissez pas !

Elle était déjà sur le palier, appelant d'une voix aussi forte qu'une cloche d'église. Si Tancia avait pu se permettre de m'ignorer, là, elle filerait doux. La douleur apparut de nouveau. Ma mère revint à la hâte. Cette fois, elle fut avec moi dès le début, me massant le bas du dos pour diluer la douleur.

— Alessandra, écoute-moi. Tu dois trouver le moyen d'absorber la souffrance. Pense à l'agonie de Notre-Seigneur sur la croix. Sois avec lui et le Christ t'aidera à la supporter.

Mais j'avais trop péché pour que le Christ m'assiste maintenant. C'était mon châtiment et il durerait toujours.

— Je ne peux pas !

— Si, tu peux ! cria-t-elle, presque en colère. Regarde le coffre de mariage qui te fait face. Concentre-toi sur un visage ou un personnage, et continue à le fixer tout en respirant. Allez, mon enfant, utilise ton si grand esprit pour tordre le cou à cette maudite douleur. Maintenant, respire.

Quand je retombai ensuite sur les oreillers, je vis Tancia à la porte, les yeux agrandis par l'horreur. Alors que ma mère lui aboyait ses instructions, je ressentis une furie soudaine, plus forte encore que ma peur ; et je m'entendis glapir et jurer comme une possédée. Toutes deux me regardèrent d'un air sidéré. Je crois que Tancia se serait encore enfuie si ma mère n'avait claqué la porte.

— Tu veux pousser ? C'est ce que tu sens ?

— Je ne sais pas. Je ne sais pas ! Que se passe-t-il après ? Comment m'y prendre ?

Un large sourire illumina ses traits.

— Exactement comme tu as fait le bébé. Fais ce que dicte ton corps. Dieu et la nature feront le reste.

Brusquement, tout changea. Au-delà de mon épuisement, surgit un besoin irrépressible de pousser, de forcer l'enfant à sortir de moi. Je tentai, sans y parvenir, de me redresser.

— Oh, ça vient, je le sens.

Elle me saisit par le bras.

— Lève-toi. Cela fera plus mal sur le sol. Tancia ! Viens par là, ma fille. Aide ta maîtresse à se redresser. Mets tes coudes sous ses aisselles. Voilà. Rassemble-toi. Cale son dos bien droit contre toi. Allez, rassemble-toi, prends son poids. Soulève-la. Maintenant !

La fillette était peut-être stupide, mais elle avait de la force. Je me suspendis à ses bras, tremblant de tous mes membres, les jupes relevées jusqu'aux épaules, les jambes grandes ouvertes, mon ventre énorme sous moi tandis que ma mère s'accroupissait à mes pieds. Quand le besoin arriva, je poussai jusqu'à ne plus pouvoir respirer, jusqu'à ce que je sente mon visage s'empourprer et mes yeux se mouiller, et ce fut comme si mon anus et mon sexe se déchiraient.

– Et encore. La tête est là. Je la vois. Elle est prête à sortir. Pousse !

Impossible. Aussi soudain qu'il avait surgi, le besoin m'abandonna et je retombai, frissonnante et molle, entre les bras de Tancia. Les larmes inondaient mes joues, des mucosités coulaient de mes narines. J'aurais sangloté si je n'avais eu peur de l'énergie que cela m'aurait demandé. Sans me laisser le temps de récupérer, le terrible besoin d'expulser le bébé m'envahit de nouveau. À chaque poussée, je me sentais sur le point d'exploser. Quelque chose n'allait pas du tout. La tête était déformée, si large qu'elle ne passerait jamais. Cet enfant conçu dans le péché expiait avec moi. Nous resterions liés pour toujours, suspendus l'un à l'autre et subissant de perpétuels tourments tandis qu'il essaierait, jusqu'à la fin des temps, de se faufiler hors de mon corps. Ma panique redoubla.

– Je ne peux pas... Je ne peux pas. Je suis trop étroite. C'est le châtiment de Dieu !

Autoritaire mais tendre, comme elle l'était avec moi depuis dix-sept ans, ma mère répliqua :

– Quoi ? Tu t'imagines que Dieu a le temps de se soucier de tes péchés ? Alors que Savonarole est torturé pour hérésie et forfaiture ? On entend ses hurlements sur la place. Quelles sont tes fautes comparées aux siennes ? Garde ton souffle pour le bébé. Voilà. Il vient. Le voilà. Pousse, pousse pour sauver ta vie. Allez ! Oui, oui, encore ! Il est là. Il est presque là !

– Je ne peux pas, soufflai-je en ouvrant la bouche pour respirer. J'ai peur. J'ai peur.

Cette fois, elle ne cria pas. Elle s'agenouilla, prit mon visage entre ses mains et, très doucement, le débarrassa de ses souillures.

— Alessandra... Tu as le plus grand cerveau que j'aie jamais vu chez une fille. Tu n'es quand même pas parvenue aussi loin pour mourir sur le plancher de cette chambre ! Encore une dernière poussée. Une seule et ce sera fini. Je t'aiderai. Écoute-moi et fais tout ce que je te dirai. Est-ce que ça revient ? Oui ? Respire à fond. La plus grande inspiration de ta vie. Oui, c'est ça. Bien. Maintenant, retiens ton souffle. Et pousse. Pousse. Ne respire plus. Pousse. Encore. POUSSE !

— Aaaaah !

Mon hurlement envahit la pièce. Et ma chair se déchira pour, enfin, laisser passer la tête.

— Oui, oui !

Je la sentis glisser en force. Et j'éprouvai un soulagement comme je n'en avais jamais connu.

— Il est là. Il est sorti. Oh, regarde, regarde-le !

Tancia s'effondra avec moi. Je vis à mes pieds un petit lutin luisant, visqueux, flétri, recroquevillé, couvert de sang et d'excréments.

— Oh, c'est une fille, dit ma mère d'une voix étouffée. Une ravissante, merveilleuse petite fille...

Elle saisit le petit corps gluant, le pendit par les pieds. Il s'étrangla, comme si son nez et ses poumons étaient remplis d'eau. Elle gifla sa croupe. L'enfant poussa alors un cri vibrant et furieux, première protestation contre le monde dans lequel il venait d'entrer.

Nous n'avions ni couteau ni ciseaux. Ma mère coupa donc le cordon avec ses dents, avant d'étaler le bébé sur ma poitrine. Je tremblais tellement, j'avais tant de mal à le tenir, que Tancia dut le rattraper pour l'empêcher de tomber. Mais je pus ensuite le serrer contre moi. Et pendant que ma mère massait mon ventre pour expulser le placenta, je restai étendue par terre, avec ce petit animal chaud, visqueux et chiffonné blotti entre mes bras.

Ainsi naquit ma fille. Comme il n'y avait pas de nourrice,

Tancia et ma mère, après l'avoir lavée et langée, me l'apportèrent à nouveau. Avec une sorte de sentiment religieux, nous la regardâmes se frayer en aveugle un chemin jusqu'à mon sein, ses gencives se fixant sur mon mamelon avec une force si inattendue qu'elle me fit gémir, ses mâchoires minuscules aspirant goulûment, aspirant encore, jusqu'à ce que le lait jaillisse. Et ce ne fut qu'une fois rassasiée, comme une tique gorgée de sang frais, qu'elle retomba sur ma poitrine et consentit à s'endormir, m'autorisant à sombrer à mon tour dans le sommeil.

45

Au cours des jours qui suivirent, je tombai amoureuse : éperdument, profondément, irrévocablement. Et si mon mari avait vu ma fille, nul doute qu'il aurait, lui aussi, été conquis par le miracle de ses ongles, la gravité de son regard qui ne cillait jamais et l'étincelle de divinité qu'il y avait en elle.

Dehors, l'Histoire continuait. Le règne de Savonarole sur la nouvelle Jérusalem s'acheva le matin de l'assaut contre San Marco. Les moines qui lui étaient restés fidèles se battirent mieux que des soldats. On parla beaucoup de la force ahurissante d'un certain père Brunetto Datto, géant à la peau grêlée qui jouait du poignard avec une délectation particulière. En dépit de leur courage, tous finirent par être submergés. La foule envahit les lieux et trouva Savonarole en prière sur les marches de l'autel. Il fut traîné, enchaîné, jusqu'à la tour fortifiée du palais de la Seigneurie, où le grand Cosme de Médicis avait été emprisonné soixante ans plus tôt, sous l'accusation de trahison contre l'État. Mais Cosme avait eu les moyens de charmer et de corrompre ses geôliers. Le frère Jérôme, lui, connut un sort beaucoup moins enviable.

Il fut d'abord soumis à l'estrapade, puis au chevalet. Le corps anéanti, il reconnut trois crimes : fausses prophéties, hérésie et trahison, racontant à ses tortionnaires tout ce qu'ils voulaient entendre à condition qu'ils mettent fin à son supplice. Il fut décroché et conduit dans sa cellule. Là, il se rétracta, clama qu'il avait été brisé par la question, non par la vérité, en appela à Dieu pour le ramener vers la lumière. Remis

350

en présence du chevalet, il avoua une seconde fois. Le supplice fut prolongé jusqu'à ce qu'il n'ait plus assez de voix, ni le courage de nier encore.

Ainsi Florence fut-elle délivrée de la tyrannie d'un homme qui, après avoir voulu offrir la cité à Dieu, découvrait que le Seigneur l'avait abandonné. Même si j'avais toutes les raisons de le haïr, j'eus pitié de lui. À mon chevet, Erila se moqua de ma compassion. Tout le monde savait, me dit-elle en riant, que la maternité accentuait la sensiblerie des femmes.

Deux jours passèrent, sans un mot de mon mari.

Le matin du troisième jour, je m'éveillai sous un soleil radieux. Devant ma porte, Erila et ma mère conversaient à voix basse, avec animation.

— Que se passe-t-il ? lançai-je depuis mon lit.

Elles se retournèrent, échangèrent un rapide coup d'œil. Ma mère s'avança vers moi.

— Ma chère enfant... Il y a des nouvelles. Sois courageuse...

— Cristoforo... C'est Cristoforo, n'est-ce pas ?

Elle me prit la main, plongea ses yeux dans les miens. Puis elle parla.

Après l'assaut de San Marco, la violence s'était déchaînée. Le sang avait coulé. Certains avaient profité du tumulte et de la confusion pour assouvir de vieilles rancunes, traquer d'anciens ennemis. D'autres n'avaient tué que pour des motifs crapuleux. On avait découvert de nombreux cadavres, dont celui d'un homme assassiné à l'arme blanche dans la rue de La Bocca, proche du Vieux Pont, endroit malfamé où, la nuit, prostituées et gigolos monnayaient leurs faveurs. Dans la lumière de l'aube, quelqu'un avait reconnu des vêtements de bonne facture et la noblesse d'un visage familier.

Glacée, je me redressai et me figeai, comme les statues de la galerie.

— Tu dois te montrer courageuse, Alessandra, poursuivit ma mère. De tels malheurs nous sont envoyés par Dieu. Il ne nous appartient pas de contester Sa volonté.

Elle me soutint un moment. Puis, constatant avec satisfaction que je ne m'effondrais pas, elle ajouta doucement :

– Ma chérie, ton mari n'a pas d'autre famille que toi. On te demande, si tu t'en sens la force, d'aller reconnaître son corps.

Nous avions trouvé une nourrice. Incapable de m'en séparer, j'emmenai quand même le bébé avec moi. Groupés sur le perron, les serviteurs nous regardèrent partir, accablés par cette mort brutale qui bouleversait leur existence et menaçait leur avenir. En cours de route, nous nous arrêtâmes au Baptistère pour déclarer l'enfant. Cette démarche devait être accomplie au plus soixante heures après l'accouchement. On glissait un haricot, blanc pour une fille, noir pour un garçon, dans la boîte des naissances placée devant les fonts baptismaux, sous la coupole dorée ornée de mosaïques qui retraçait la vie de Notre-Seigneur. Cristoforo ne s'étant pas soucié de cette formalité avant sa disparition, nous étions juste dans les temps.

Dehors, sous un soleil aveuglant, les vestiges des émeutes, pierres, bâtons, vêtements lacérés, encombraient les rues. La peste avait tué tant de monde qu'il avait fallu installer une morgue provisoire sur l'autre rive du fleuve, à l'hôpital de Santo Spirito. Tandis que nous étions entraînées vers le fond de l'église, je pensai à mon peintre, aux nuits qu'il avait passées à dessiner des corps mutilés, éventrés, déchiquetés par la violence des hommes. Serrant plus fortement l'enfant contre moi, je marchais moi-même comme une enfant, derrière Erila et ma mère.

Rogue et puant la bière éventée, le gardien de la morgue nous reçut à la porte, devant un dossier de fortune rempli de colonnes de chiffres et de noms tracés d'une écriture hésitante. Avec son élégance et sa clarté habituelles, ma mère lui raconta notre histoire. Quand elle eut terminé, il se leva pesamment et nous précéda dans la pièce.

On aurait cru un champ de bataille après la fuite d'une armée vaincue. Des rangées de corps gisaient à même le sol, enveloppés de suaires grossiers. Il y avait tant de sang sur certains d'entre eux qu'ils donnaient l'illusion de vivre encore, d'agoniser sans bruit sous leur linceul. Pas de cérémonie pour tous ces anonymes, gueux et nobles mêlés, sans distinction ni privilèges.

La dépouille de mon époux reposait sur une paillasse, au fond de la pièce. S'arrêtant devant elle, le gardien s'adressa à moi.

– Vous êtes prête ?

Je donnai le bébé à ma mère. Elle me sourit.

– Ne te révolte pas, mon enfant. La puissance qui est ici à l'œuvre nous dépasse toutes les deux.

L'homme se pencha et rabattit le linceul. Je fermai les yeux. Je les rouvris aussitôt, sur le visage sanguinolent d'un homme entre deux âges que je n'avais jamais vu.

Près de moi, Erila laissa échapper un cri déchirant.

– Ô maître, ô maître, qui a bien pu vous faire cela ?

Je me retournai vivement. Elle se précipita dans mes bras, m'étreignit en gémissant.

– Pauvre maîtresse ! Ne regardez pas, ne regardez pas, c'est trop affreux ! Qu'allons-nous devenir, maintenant ?

– Es-tu folle ? soufflai-je avec horreur en tentant de la repousser. Ce n'est pas Cristoforo !

Elle continua à geindre, collée à moi comme une sangsue. Je lançai à ma mère un regard désespéré. Le gardien nous contemplait d'un air affligé. Habitué au chagrin des femmes, sans doute s'attendait-il au pire.

Ma mère jeta un coup d'œil au corps puis me dévisagea, pleine de compassion.

– Ma chère, très chère fille, déclara-t-elle d'une voix forte, je sais ce que tu dois ressentir. Qu'il est dur d'admettre que Dieu permette de tels drames, qu'il ait pu t'enlever, sans raison, l'homme que tu aimais ! Pleure-le, pleure ton Cristoforo et laisse-le reposer en paix. Il est dans un monde meilleur, à présent. Viens, mon enfant. Partons.

Hébétée, je la fixai sans comprendre. Puis je fondis en larmes. L'épuisement de mon accouchement et l'horreur de cette mascarade me firent sangloter si bruyamment que l'enfant s'éveilla en sursaut et, à son tour, se mit à pleurer. Toujours accablé, le gardien nous raccompagna jusqu'à la porte.

Il prit sa plume et traça une grande croix à côté du nom de mon mari.

À notre retour, Erila, qui avait retrouvé son entrain dès notre départ de la morgue, nous apporta du vin épicé dans la vaste et inconfortable pièce de réception, où je m'étais toujours sentie mal à l'aise. Elle insista pour que je prenne une potion de son cru, avant de m'étreindre et de me laisser face à ma mère, le bébé dans les bras.

— Eh bien, demandai-je d'une voix engourdie, où est-il ?

— Parti.

— Parti où ?

— À la campagne. Avec Tomaso. Le matin de ton accouchement, c'est lui qui est venu me chercher. Il m'a raconté ce qui s'était passé entre vous. Puis il a tout manigancé. Il s'est arrangé pour que le corps soit découvert. Dans son pourpoint, avait été glissée une lettre écrite de sa main qui mènerait jusqu'à nous. Je suis désolée du choc que t'a causé l'identification. Je ne t'ai pas mise au courant, car je craignais que, dans ton état, tu sois incapable de jouer la comédie.

Elle s'exprimait clairement, sans émotion, comme un homme d'État chargé d'assumer de graves problèmes et de les expliquer à un peuple désorienté. Mais je n'avais pas sa sérénité.

— Je... je ne comprends pas. Pourquoi ? Était-il si dramatique que le bébé ne soit pas de lui ? Parce que...

— Parce que ce pourrait être le cas ? Ne t'inquiète pas, Alessandra. Je sais tout. Je ne suis pas là pour te juger. Il existe un autre tribunal pour cela, et j'imagine que toi et moi l'affronterons ensemble un jour.

Elle soupira.

— Cela n'avait rien à voir avec le bébé. Il se sentait... Enfin, je ne vais pas parler à sa place. Il m'a demandé de te donner ceci. Il serait plus sage tu que le détruises ensuite.

Elle exhuma une lettre de son corsage. Je la saisis d'une main tremblante. Ma fille pleurnichait dans mes bras. Je la calmai et brisai le sceau.

Je reconnus tout de suite l'écriture de mon époux, si élégante, tellement différente des vulgaires gribouillis du registre de Santo Spirito. Le seul fait de la regarder m'émerveilla.

Ma chère Alessandra,

Lorsque vous lirez cette lettre, je serai parti. Et vous aurez, avec l'aide de Dieu, mis au monde un bel enfant. Tomaso a besoin de moi. Les dommages qui lui ont été infligés sont effrayants. La perte de sa beauté et son corps martyrisé ne font que rendre plus indispensable ma présence auprès de lui. C'est mon propre désir qui a fait de lui ce qu'il est et cette culpabilité me ronge. Il est donc de mon devoir de réparer le mal dont je porte la responsabilité. C'est également mon souhait. Si nous restions ensemble, vous et moi, le remords me hanterait jusqu'à la fin de mes jours, et je serais pour vous et l'enfant un compagnon plein d'amertume.

Ma mort vous ouvre un avenir différent. Puisque je n'ai d'autre famille que vous, j'ai rédigé un testament qui alloue assez d'argent à Tomaso pour nous assurer à tous deux une existence aisée, et vous lègue le reste de mes biens. Ces dispositions pourront paraître singulières et susciter des interrogations chez certaines personnes, mais elles sont légales, exécutoires et seront honorées. Votre avenir vous appartient. Vous êtes encore assez jeune pour vous remarier. Vous pouvez choisir de retourner au sein de votre famille, ou même, si vous en avez l'audace, de vivre seule. Je ne doute pas un instant de votre courage. Toutefois, je crois que votre mère a, là-dessus, un avis que vous devriez écouter.

Je vous supplie de me pardonner les mots très durs que j'ai prononcés contre vous dans la galerie. En dépit de notre pacte, je me suis plus attaché à vous que je ne l'aurais cru et votre trahison m'a profondément heurté, tout comme la mienne vous a blessée. Je voudrais que vous sachiez que j'ai éprouvé pour vous des sentiments aussi profonds que possible. Et que ces sentiments dureront toujours.

Le clef jointe à cette missive ouvre le placard aux manuscrits de mon étude. Vous serez surprise par son contenu. J'ai bien conscience que certains y verraient un vol, mais comme nous savons tous deux que ces pages auraient pu servir de butin de guerre ou, pis encore, de combustible pour le bûcher, je préfère les savoir entre vos mains plutôt que dans celles de gens mal intentionnés.

Vous avez compris notre grand art mieux que nombre d'hommes que j'ai connus. Votre père aurait été fier de vous.

Votre époux affectionné,

Cristoforo Langella

Lentement, je refermai ma main sur la clef, avant de lire la lettre une deuxième fois. Puis une troisième. Enfin, ma mère me l'arracha, pour empêcher mes larmes d'en imbiber l'encre et de la rendre indéchiffrable. Erila avait raison. La maternité ramollit le caractère des femmes. Nous finirions par aimer n'importe qui, même ceux qui nous ont abandonnées et trahies. À présent, je devrais élever ma fille sans mari, sans même la protection de son grand-père naturel.

« Votre père aurait été fier de vous. » Cette petite phrase en apparence anodine résonnait en moi comme le sang qui battait à mes tempes. Je levai les yeux vers ma mère. Elle ne baissa pas les siens. Il me fallut du temps pour trouver la force de murmurer :

— Vous connaissiez les termes de cette lettre, n'est-ce pas ?

— Ceux qui concernent ton avenir et mon passé, oui. Nous les avons évoqués avant qu'il la rédige. Le reste ne concerne que vous deux.

Là encore, elle ne se détourna pas. J'avais toujours eu d'elle l'image d'une femme calme, réfléchie, qui avait utilisé toute son intelligence pour contenir mes révoltes et répondre à mes interrogations. Jamais je n'aurais soupçonné qu'elle avait pu, elle aussi, vivre des tempêtes semblables à celles que je traversais, ni que son acceptation de la volonté de Dieu et sa croyance en son infinie miséricorde venaient peut-être d'un tourment caché. Je sais maintenant qu'il n'est pas facile pour une fille de considérer sa mère comme un être à part, ayant sa propre vie et des désirs non soumis aux siens. Cet égoïsme, je l'ai, depuis, pardonné à ma fille. Et je suis sûre que ma mère, elle aussi, m'avait pardonné. Ce jour-là, elle n'éluda pas mes questions et ne me mentit pas. Je crois même que ses aveux la soulagèrent.

– Bien, dis-je enfin. La dédicace de Laurent de Médicis, sur l'exemplaire des *Discours* qu'il offrit à mon mari, était datée de 1478. L'année de ma conception. Vous ne fréquentiez plus la cour, me semble-t-il... Votre frère, dont l'étoile ne cessait de grandir, vous avait trouvé un beau parti. N'est-ce pas ce qui nous a été raconté ?

– Si. À l'époque, j'étais déjà mariée. Et puisque nous en parlons, tu dois savoir, même si tu penses aujourd'hui le contraire, que ce ne fut pas une union malheureuse. Mon époux m'avait déjà donné trois enfants à qui Dieu, dans Sa grande bonté, avait épargné la maladie ou une mort précoce. J'étais vraiment comblée. Cependant, ce que tu dis à propos de cette année-là, Alessandra, n'est pas l'exacte vérité. Je suis revenue brièvement à la cour. Mais pas de façon publique...

Elle se tut. J'attendis. L'air, autour de nous, paraissait immobile. Elle se força à sourire et reprit :

– Mon frère avait des amis si extraordinaires ! Cultivés, profonds, intelligents... Pour une jeune fille qui avait appris à penser et à s'exprimer, c'était le paradis avant le Jugement dernier. Il régnait à la cour une atmosphère enivrante. Comment ne pas succomber à la beauté, au talent... ? Conscient des dangers qui me guettaient, mon frère m'avait donc mariée. Mais il n'avait quand même pas le pouvoir de m'empêcher d'être rappelée... Laurent et sa cour passèrent le début de l'été 1478 dans sa villa de Careggi. Je fis partie de ses rares invités privilégiés... C'était il y a longtemps.

Elle s'interrompit à nouveau. Je crus qu'elle ne poursuivrait pas, qu'elle s'était déjà entraînée à oublier. Elle reprit son souffle.

– Il y avait de la musique, de la conversation. Et puis l'art, la nature... Même les jardins ressemblaient au paradis terrestre. La beauté du corps y était autant prisée que celle de l'esprit. On y voyait une étape sur le chemin de l'amour de Dieu. On ne m'avait pas appris à être coquette. J'étais aussi sérieuse et, d'une certaine façon, aussi innocente que toi. Mais comme toi, j'étais fascinée par l'intelligence, et l'étude, et l'art. Et alors que j'avais, quelques années plus tôt, résisté de toutes mes forces, j'étais, cet été-là, amoureuse depuis trop longtemps pour ne pas m'abandonner.

Je revis ses larmes au-dessus du corps de Laurent le Magnifique, dans la chapelle du couvent de San Marco. Que m'avait murmuré Tomaso à l'oreille ? Qu'en dépit de sa laideur, son amour de la poésie pouvait embraser les cœurs les plus froids. Je soupirai, contemplai le visage radieux et paisible du petit être blotti entre mes bras. Le nez de ma fille s'allongerait-il à mesure qu'elle grandirait, son menton deviendrait-il de plus en plus pointu ? Cela dépendrait également de son vrai père. Quel qu'il fût.

— Au moins, je sais d'où vient ma laideur.

— Alessandra, tu n'es pas laide. Tu as en toi une telle beauté que tu as presque tourné la tête d'un sodomite.

Sa façon provocatrice de prononcer ce mot m'enchanta. Elle avait l'air aussi ravie que moi lorsque je l'avais lancé à la face de Cristoforo, le jour de nos noces. Nous restâmes assises encore un moment au fond de cette pièce vieillotte et sans charme, dans le silence de l'après-midi que troublait seulement le souffle de ma fille, enfin en paix, sachant qu'il n'y avait plus de secrets entre nous.

— Bien, conclus-je. Et maintenant, que se passe-t-il ?

— Tu connais le choix aussi bien que moi.

— Je ne me remarierai pas. Un second mariage priverait ma fille de ses droits.

— C'est vrai.

— Et je ne peux retourner chez vous. J'ai ma propre vie, à présent. Je suppose donc que je dois vivre seule.

— Ce ne serait pas judicieux. Notre cité se montre cruelle envers les veuves. Ta fille et toi serez rejetées, isolées, montrées du doigt...

— Nous vous aurons toujours.

— Pas éternellement.

Cette seule pensée me glaça.

– Alors, que faire ?

– Il y a une possibilité que nous n'avons pas encore envisagée.

Sa voix s'affermit.

– T'unir à Dieu.

– M'unir à Dieu ? Moi ? Une veuve toquée de peinture, flanquée d'une esclave noire et d'un nourrisson ? Enfin, maman, quel couvent nous accepterait ?

Un léger sourire joua sur ses lèvres.

– Eh bien, celui dont tu as toujours rêvé, Alessandra.

46

La jeune veuve, accompagnée de ses pinceaux, de sa servante noire et de son nouveau-né, quitta la ville le 10 mai de l'an de grâce 1498.

Nous ne fûmes pas les seules, ce jour-là, à faire nos adieux. Il avait été érigé, sur la place de la Seigneurie, un nouveau bûcher où Savonarole et ses deux fidèles dominicains flamberaient après avoir été garrottés. En fin de compte, Florence aurait son lot de chair rôtie.

Erila demanda à assister au supplice, ne fût-ce que pour pouvoir raconter plus tard la fin de l'histoire. Je le lui interdis. Je ne voulais pas que la souffrance ternisse le monde ensoleillé, si nouveau pour elle, où ma fille venait d'entrer. Notre voiture peina contre la foule qui affluait vers la place. L'humeur du peuple n'était guère à la fête. Même s'il avait été haï, celui que les Florentins allaient voir mourir avait aussi été aimé. La violence et la cruauté déclenchées par son arrestation faisaient regretter à nombre d'entre eux cette nouvelle Jérusalem qui les avait tant fait rêver. Un bref instant, les pauvres avaient cru à un monde meilleur. Cette espérance illusoire leur laissait un goût amer.

Ceux qu'il avait terrorisés s'étaient acharnés sur Savonarole. Les jours précédant le procès, de nouvelles rumeurs sur la démence de l'ancien maître avaient parcouru la ville, comme une âcre fumée portée par le vent. On racontait que son plus fidèle disciple, ce fameux père Brunetto Datto qui avait combattu avec une telle férocité lors de l'assaut final et devait ce jour-là périr avec lui, avait avoué sous la torture des crimes innommables. Il avait, disait-on, éventré une jeune fille au fond d'une rue sombre, lacéré sa chair à coups de dents, arraché les organes génitaux de prostituées et de leurs clients dans l'église de Santo Spirito, empalé un jeune sodomite à la pointe de son épée. À cette horreur, s'ajoutait l'exaltation avec laquelle il confessait ses forfaits, affirmant n'avoir agi que sur ordre du Seigneur, pour ramener les pécheurs dans le droit chemin. Ses blasphèmes écœurèrent jusqu'à ses bourreaux. Ils fourrèrent un bâillon dans sa bouche en menaçant d'y mettre le feu s'il n'arrêtait pas de proférer ses obscénités.

Erila elle-même, pourtant si friande de ragots, trembla en me rapportant ces détails. Et pour cause... Avant d'être réduit au silence, le dominicain avait révélé l'emplacement d'un dernier corps : celui d'une jeune prostituée aux seins coupés, pourrissant dans la crypte des Saints-Apôtres.

Je me souvins de la voix sombre qui m'avait interpellée lors de mon escapade nocturne, avant mon mariage, puis de la grande frayeur qui, après la scène si pénible chez Plautilla, nous avait submergées, Erila et moi. Je revis les mains sanglantes de l'homme au capuchon noir, son visage grêlé sous la pluie. Je compris enfin que Dieu, alors que je me croyais privée de Sa miséricorde, n'avait cessé de me protéger. Et, me réconciliant enfin avec Lui, je lui rendis grâces.

L'aube fut gaie. Erila m'aida à remplir pour la seconde fois mon coffre de mariage, à y entasser mes dessins, mes livres, et surtout, dissimulé sous un amas de vêtements, l'épais manuscrit non relié que j'avais retrouvé dans le cabinet de mon mari.

Nous rendîmes une ultime visite à ma famille, dans la vieille maison de Sant'Ambrogio. Morose selon son habitude, meurtri et sombre comme tous les vaincus, Luca réussit à me souhaiter bon vent avant de se retirer dans sa chambre. Enceinte jusqu'aux dents, Plautilla pleura jusqu'à ce que son mari la fasse taire avec une telle exaspération qu'elle n'ouvrit plus la bouche. Mon père m'offrit une pièce d'étoffe d'un beau rouge écarlate, sa couleur favorite, pour, dit-il, m'en faire un vêtement dans ma nouvelle demeure. Je savais, mais lui ne savait rien. Jamais il ne saurait. Je l'embrassai tendrement. Il prit son épouse par la main et la laissa le reconduire dans son étude, jusqu'à ses livres de comptes. Je garde d'eux l'image de ce couple uni et, avant que la porte se referme sur eux, l'éclat du regard de ma mère, si limpide.

Nous prîmes donc la route en ce resplendissant jour de mai avec, en guise de guides et d'escorte, le valet d'écurie accompagné de deux esclaves de Cristoforo, stimulés par la promesse d'une liberté qui leur serait octroyée dès la fin du voyage. Une brume de chaleur enveloppait la ville. Après avoir franchi la Porta di Giustizia, nous entendîmes un grand coup de tonnerre. Sur la place, la poudre venait d'embraser le bûcher. Accomplissant son office, le bourreau avait étranglé les trois moines avant de les livrer aux flammes. Nous fîmes le signe de croix et récitâmes une prière pour ceux qui s'envolaient vers Dieu, implorant Sa pitié pour tous les pécheurs, vivants ou morts.

La vallée disparut derrière nous. Alors que nous amorcions la pente douce qui menait vers les collines, nous vîmes, dans le lointain, la colonne de fumée s'élever au-dessus de l'océan des toits et se disperser dans le ciel sans nuages.

Quatrième Partie

47

Mon second mariage, celui de sœur Lucrezia avec Dieu, qui fit de moi une bigame, se révéla bien plus réussi que le premier.

Nous eûmes l'impression, en arrivant à Santa Vitella, de découvrir le paradis terrestre. Le couvent se niche au fin fond de la campagne toscane, loin à l'est de Florence, là où les collines boisées s'effacent progressivement devant un paysage plus doux de vignes et d'oliveraies, preuve du génie artistique du Créateur. Cette splendeur se retrouve à l'intérieur de ses murailles fortifiées, où vivait, à l'époque, une communauté prospère. Elle illumine les deux cloîtres, surtout le second, aux arches décorées par Luca della Robbia de trente-deux têtes de saints de céramique bleue et blanche, chacune subtilement, merveilleusement différente de la précédente, les jardins florissants, assez fertiles pour nous fournir la majeure partie de notre nourriture, le réfectoire et même la chapelle, modeste lors de mon arrivée mais qui devait s'agrandir et s'embellir au fil des ans. Tout cela dirigé par des femmes. Une république bâtie, sinon sur la vertu, du moins sur la créativité féminine.

Les moniales avaient toutes connu un destin singulier. Il y avait celles qui, ne s'étant pas adaptées au monde, s'en étaient retirées volontairement. Et puis les autres qui, aimant ses séductions tout en vénérant Dieu, en avaient pourtant été exclues. Issues comme moi de familles citadines fortunées, trop cultivées, trop indépendantes pour un monde encore trop conformiste, elles apportaient à Santa Vitella des dots qui, sans nous rendre riches, assuraient notre liberté.

Elles cultivaient le souvenir des robes qu'elles avaient portées, des livres qu'elles avaient lus, des jeunes gens qu'elles avaient embrassés ou rêvé d'étreindre. Derrière les portes closes, même si nous honorions Dieu et le priions souvent, nous laissions notre imagination vagabonder sans contrainte. Certaines, parmi nous, étaient plus superficielles que d'autres. Elles transformaient leur cellule en boudoir, passaient leur temps à commenter leur toilette ou à retailler leur habit pour montrer une mèche de cheveux, un petit bout de cheville, raffolaient du son de leur voix dans le chœur et cultivaient l'art du divertissement. Malgré la hauteur des murs et la solidité des serrures du portail, on pouvait entendre, certaines nuits, leur rire se mêler à des voix masculines plus profondes, dont les cloîtres nous renvoyaient l'écho.

Le péché de chair n'était pas notre obsession majeure. Il en existait d'autres, plus nobles. Une sœur originaire de Vérone vouait une telle passion aux mots qu'elle consacrait ses journées à la rédaction de pièces de théâtre où transparaissait entre les lignes, sous la moralité des intrigues et l'aspect édifiant du martyre subi par les héroïnes, la nostalgie d'amours impossibles. Nous les montions à l'intérieur du couvent, les couturières les plus habiles fabriquant les costumes et les plus exhibitionnistes d'entre nous assumant tous les rôles, masculins aussi bien que féminins. Il y avait aussi cette nonne de Padoue qui, encore plus fascinée par les livres que moi, avait pendant des années défié ses parents en refusant de se marier. Réalisant enfin que toute coercition serait inutile, ils nous l'avaient abandonnée. À l'inverse de sa famille, nous prîmes grand soin d'elle. Sa cellule devint notre bibliothèque, son esprit et sa culture l'un de nos trésors les plus précieux. Au cours des premières années, je passai de nombreuses soirées à débattre avec elle de Platon, de Dieu, de l'aspiration des hommes à la divinité. Elle suscita en moi des réflexions bien plus profondes que les précepteurs de mon enfance. Elle fut notre érudite, notre professeur, et me seconda par la suite dans l'éducation de Plautilla.

Plautilla...

Le premier mois, ma fille n'eut pas de nom. Mais bientôt, nous parvint de Florence la nouvelle que ma sœur était morte en mettant au monde un robuste garçon. Je commençai par pleurer puis baptisai mon enfant, gardant ainsi, en ce lieu retiré, la mémoire des miens.

Adulée, choyée, gâtée par les religieuses, Plautilla évolua d'abord en toute liberté, comme une enfant sauvage, avant de se transformer, quand elle eut l'âge de commencer à apprendre, en une princesse de la Renaissance. À douze ans, elle lisait et écrivait trois langues, savait broder, jouer de la musique, la comédie et, bien sûr, prier. L'absence d'enfants, dont elle ne souffrit guère, développa en elle une gravité d'adulte. Dès que je me rendis compte de l'acuité de son œil et de la dextérité de sa main, je sortis de mon coffre mon vieux manuel de Cennini, aiguisai un épais bâton de craie noire, préparai un panneau de buis, de l'os pilé mélangé à de la salive et une pointe d'argent. Personne n'eut besoin de lui faire prendre conscience de son talent. Elle comprit tout de suite, se mit d'instinct au dessin et à la gravure. Même si son regard de chat, d'un gris tirant sur le vert, ne m'en avait déjà donné la certitude, j'aurais su à ce moment-là, sans l'ombre d'un doute, de qui elle était la fille.

Erila, elle aussi, s'était épanouie. Réservé aux esclaves, le statut de *conversa* la condamnait à des tâches serviles. Mais notre communauté n'étant pas un couvent traditionnel, je pus acheter son affranchissement. Elle ne tarda pas à se trouver un nouveau rôle : faire les emplettes des nonnes à qui elle racontait ce qui passait dehors, envoyer leur courrier depuis le village voisin où elle se procurait pour nous des objets de luxe prohibés, ce qui lui permit d'amasser une petite fortune. Redoutée autant qu'adorée, enfin libre, elle aurait pu nous quitter, mais elle était devenue si indispensable, non seulement aux moniales mais aussi à Plautilla et à moi, dont elle était toute la famille, qu'elle choisit de rester parmi nous.

L'hiver qui suivit notre arrivée, la construction d'une nouvelle chapelle bouleversa mon existence. Notre mère supérieure, femme de caractère qui, si elle n'avait succombé au charme d'un riche voisin marié, aurait été à présent à la tête d'une noble famille de Milan, dirigeait notre monastère avec tact et fermeté, trouvant un juste équilibre entre la règle de notre ordre et nos aspirations. Gérant nos finances avec autant de compétence que les banquiers Médicis, elle rassembla sans peine les fonds nécessaires.

Moins charmant et plus vénal qu'elle, épargné par le bras décharné de Savonarole, qui n'avait jamais atteint notre lointaine campagne, l'évêque nous rendait visite deux ou trois fois par an. Volubile et courtois, il nous tenait volontiers au courant de l'évolution de l'art dans les grandes villes italiennes. Pour nous remercier de notre hospitalité et des raffinements de notre table, qui témoignaient de notre façon non orthodoxe de célébrer Dieu, il nous donna sa bénédiction et approuva les plans dessinés par la mère supérieure elle-même, férue d'architecture. Lumineuse, de proportions classiques, la chapelle sortit donc de terre. Mais ses murs étaient froids ; et nus.

On fit donc appel à moi. Ainsi eus-je enfin mon propre chœur à peindre.

Je passai l'été dans ma cellule, travaillant les esquisses pendant que Plautilla confectionnait des guirlandes de fleurs dans le verger, entourée de jeunes novices gazouillantes qui voyaient en elle leur plus joli jouet.

J'avais pris comme sujets la vie de Jean-Baptiste et la Vierge Marie. Ne disposant que de mes seuls souvenirs, sans maître pour me guider, je m'inspirai des illustrations de Botticelli, étudiant sa manière d'animer en quelques traits de plume mille silhouettes différentes, d'exprimer avec une aisance souveraine la joie des élus et le désespoir des damnés.

La réalisation des fresques fut une affaire de longue haleine. Plautilla avait presque sept ans quand je m'y attaquai. Je ne pus, au début, lui enseigner que le peu que je savais : une jeunesse consacrée aux livres et la robe de sainte Catherine ne suffisent pas pour faire une experte. Mais grâce à ses contacts, Erila dénicha à Vérone un jeune homme tout juste sorti de l'atelier de son maître, passionné par sa vocation et surtout, affirma-t-elle, assez maître de lui pour passer sans en être troublé ses journées en compagnie de religieuses attachées aux délices de ce monde. Ses conseils nous furent profitables. Lorsqu'il s'en alla, vingt mois plus tard, les échafaudages étaient construits, j'étais capable d'appliquer mon propre plâtre sur les murs, et Plautilla avait appris à broyer et à mélanger nombre de mes pigments. Elle pourrait bientôt ajouter sa propre touche à mon travail.

Petit à petit, la chapelle se colora, se remplit de pécheurs et de saints. Les visites de l'évêque me stimulaient. Il revenait souvent de Rome. Il ne mentionna jamais mon peintre. Mais il me parla de la grandeur de cette cité, dont le prestige en était arrivé à surpasser celui de Florence. Elle le devait en grande partie, me dit-il, au talent d'un jeune Florentin, d'une foi si intense et si personnelle que le pape lui-même ne parvenait pas à le discipliner. Son œuvre la plus récente, commandée par sa ville natale, était une statue géante de David taillée dans un seul bloc de marbre défectueux, si imposante que les pauvres Florentins n'avaient trop su quoi en faire. Ils avaient dû abattre des arcades et détruire des maisons pour la déplacer de l'atelier jusqu'à la place de la Seigneurie. Ce David s'apprêtant à terrasser Goliath, dont les proportions sidéraient tous ceux qui le voyaient, se dressait à présent devant le palais, comme un avertissement aux ennemis de la République. Mais, ajouta l'évêque, on vantait également avec chaleur une œuvre beaucoup plus ancienne, exécutée alors qu'il était encore adolescent : une crucifixion grandeur nature en cèdre blanc, au Christ si jeune, si beau que ceux qui l'admiraient en avaient les larmes aux yeux.

Je connaissais enfin le nom de Michelangelo Buonarroti, et je m'émerveillai que le destin ait conduit mon peintre dans la ville où vivait l'homme qui l'avait subjugué. Mais je ne pensais à lui que par intermittence. Les poètes ont beau clamer le contraire, une passion que plus rien n'entretient s'affadit et s'étiole. Peut-être fallait-il y voir l'effet de la miséricorde de Dieu qui, depuis la naissance de Plautilla, m'avait libérée des griffes d'un désir impossible à assouvir. Ainsi, comme les couleurs au soleil, l'image de mon amant s'estompait doucement.

Le rituel et l'ordre finirent par me procurer un certain plaisir. Mes journées étaient simples, immuables : lever à l'aube pour la prière ; puis application du plâtre sur la portion de mur que je décorerais ce jour-là. Une pause pour le repas du matin : en été, viande froide, courgettes frites et confiture de légumes ; en hiver, jambon fumé, pâté aux épices et bouillon. Il fallait ensuite appliquer la peinture avant que le plâtre sèche et que la lumière du soleil ne tombe sous les fenêtres, m'empêchant de poursuivre. Ma vision se réduisait maintenant à la transformation d'un carré de plâtre humide en formes et en couleurs qui ne pourraient être comprises qu'une fois l'ensemble terminé.

Ainsi, après tant d'orages, Alessandra Cecchi apprit les vertus de la patience. Chaque soir, quand elle posait ses pinceaux et traversait le cloître pour regagner sa cellule, elle se sentait apaisée et heureuse.

Cette paix dura de nombreuses années, jusqu'au printemps 1512.

48

La moitié de la chapelle était presque terminée quand on m'annonça, une fin d'après-midi, que j'avais de la visite.

Grâce au libéralisme de notre institution, les visiteurs n'étaient pas rares. J'en recevais un peu moins que les autres. Au début, ma mère passait tous les ans quelques semaines au monastère, pour admirer la croissance de sa petite-fille. Mais, récemment, sa vue avait baissé et elle se consacrait à plein temps à mon père invalide. Une lettre, quelques mois plus tôt, m'avait donné les dernières nouvelles de la famille. Luca avait épousé une pondeuse qui lui faisait des fils à la chaîne. Maurizio, qui, après la mort de ma sœur, s'était remarié avec une femme plus riche mais moins bien née que Plautilla, était de nouveau veuf. De Tomaso et Cristoforo, pas un signe ; comme s'ils s'étaient évanouis dans les airs. Parfois, je les imaginais dans une villa élégante proche d'une grande cité, vivant comme deux survivants d'une guerre brutale, chacun attentif aux besoins et aux humeurs de l'autre, jusqu'à ce que meure l'un d'eux. Au cours de toutes ces années, rien n'était venu contredire mes divagations.

Rien, non plus, n'avait rappelé mon visiteur, car c'était un homme, à mon bon souvenir.

Je demandai qu'il fût introduit dans la salle de lecture où nous entreposions notre modeste mais précieuse collection de livres et de manuscrits, profanes et sacrés. Je le rejoindrais après avoir lavé mes pinceaux et mes mains. J'avais oublié que Plautilla avait déjà pris place devant l'écritoire, pour illustrer un psautier récemment copié. Ouvrant doucement la porte, je les vis avant qu'ils ne m'aperçoivent, assis côte à côte à la table, dans la lumière dorée de ce début de soirée.

— Tu vois, maintenant ? Le trait est plus fin de cette façon, dit-il en lui rendant la plume.

Elle examina la page.

— Qui avez-vous dit que vous étiez ?

— Un vieil ami de ta mère. Tu illustres souvent la parole de Dieu ?

Elle ne répondit pas. Même si elle avait eu de longues conversations avec notre jeune artiste de la chapelle, les hommes l'intimidaient.

— Je te pose la question parce que tu as une plume pleine de vie. Je me demande si la force qui s'en dégage ne risque pas d'amoindrir celle des mots.

Elle fit claquer sa langue, tic qu'elle tenait d'Erila.

— Comment pouvez-vous croire une chose pareille ? Plus l'image est glorieuse, plus elle rapproche du Christ celui qui prie. Écrivez à un endroit le nom de Notre-Seigneur, placez en face un dessin de Lui. Lequel stimule le plus votre dévotion ?

— Je ne sais pas. Est-ce important ?

— Tout à fait ! Celui qui a dit cela est un grand homme. Peut-être ne le connaissez-vous pas. Son œuvre est tout à fait moderne. Il s'appelle Leonardo da Vinci.

Il éclata de rire.

— Leonardo ? Jamais entendu parler de lui. Comment sais-tu que c'est lui qui a dit cela ?

Elle le toisa avec un grand sérieux.

— Nous ne sommes pas aussi isolées qu'on pourrait le croire. D'où avez-vous dit que vous veniez ?

— Il vient de Rome, dis-je en traversant l'obscurité de la pièce jusqu'à la lumière du soleil. *Via* Florence, et un monastère du bord de mer où le vent d'hiver est si froid qu'il pétrifie les cils et gèle les narines.

Il se retourna et nous nous regardâmes. Je l'aurais reconnu tout de suite, avec ou sans ses vêtements élégants. Il était bien plus robuste qu'autrefois et la maturité rehaussait sa beauté. Car il était beau, et il le savait. La confiance en soi est un dangereux défaut : trop faible, elle vous perd ; trop forte, elle vous entraîne vers les péchés qui en découlent.

Et moi ? Que voyait-il dans la religieuse au visage luisant de sueur qui se tenait devant lui, dans son habit de travail maculé de peinture ? Ma silhouette n'avait pas changé. J'étais toujours plus gauche qu'une girafe. J'évitais depuis longtemps de me contempler dans les miroirs qui, si nous avions respecté la règle, n'auraient jamais dû se trouver dans notre couvent. Et j'avais éprouvé un certain plaisir à renoncer aux artifices de la séduction. Mes doigts accomplissaient le travail d'un homme, avec mes pinceaux et parfois, pour reprendre l'expression joyeusement impudique d'Erila, dans mes recoins secrets. J'étais ainsi passée du stade de jeune fille à celui de femme sans m'en apercevoir.

– Maman ?

– Plautilla ?

Elle nous observait tous les deux. Il y avait à présent, dans la pièce, deux paires d'yeux de chat. Cette harmonie me fit sourire. Je m'approchai de Plautilla, lui caressai la tête.

– Pourquoi ne t'arrêtes-tu pas, ma fille ? La lumière, dehors, est magnifique. Sors et, pour une fois, inspire-toi de la nature.

– Je suis trop fatiguée.

– Alors, allonge-toi au soleil et laisse ses derniers rayons éclaircir tes cheveux.

– Vraiment ? Je peux ?

Inquiète à l'idée que je puisse changer d'avis, elle rassembla vite ses affaires et s'en alla. Sa démarche me rappela celle de sa tante le jour où, secouant les mêmes nattes de cheveux noisette et rassemblant ses affaires, elle s'était précipitée hors de la chambre, nous laissant, ma mère et moi, évoquer l'épineuse question de mon mariage. C'était si loin... Pourtant, j'eus l'impression de vivre cette scène pour la première fois.

Mon peintre et moi restâmes silencieux un instant, avec la moitié de notre vie entre nous.

— Elle a un joli coup de plume, déclara-t-il enfin. Tu as été un bon professeur.

— Je n'ai rien eu à lui apprendre. Elle est née avec l'œil vif et la main ferme.

— Comme sa mère ?

— Comme son père, plutôt, même si je doute que ses premiers maîtres puissent le reconnaître aujourd'hui dans ses nouveaux atours.

Il écarta son manteau pour en exposer la doublure vermillon.

— Tu n'approuves pas ?

— J'ai vu de meilleures teintures dans la fabrique de mon père. Mais c'était une autre époque. Les artistes, en ce temps-là, se souciaient plus des couleurs de leurs tableaux que de leur toilette.

Il sourit, comme si ma langue de vipère lui rappelait de bons souvenirs. Son manteau se referma.

— Comment nous as-tu trouvées ?

— Cela n'a pas été facile. J'ai écrit de nombreuses fois à ton père, mais il n'a jamais répondu. Voilà trois ans, j'ai sonné chez toi, à Florence. Il n'y avait personne et les serviteurs, des inconnus, n'ont rien voulu me dire. Et puis, cet hiver, j'ai passé une soirée en compagnie d'un évêque bavard. Il affirmait connaître, dans un de ses couvents, une nonne qui décorait une chapelle avec l'aide de sa fille naturelle.

— Je vois. Je suis ravie que Rome t'ait offert de tels compagnons de beuverie. J'espérais quand même que le peintre que j'ai connu jadis fréquenterait des gens plus intéressants que l'évêque Salvetti. Tu étais sans doute trop soûl pour retenir son nom.

— Je m'en souviens très bien, au contraire. Mais j'ai surtout été frappé par ce qu'il m'a raconté, répondit-il sans se formaliser de mon agressivité, qu'il prenait pour ce qu'elle était : une défense instinctive contre mes sentiments. Je vous cherche toutes les deux depuis si longtemps, Alessandra...

Tout au fond de moi, l'incendie se ralluma. Erila avait

raison : ne plus penser aux hommes ne sert à rien ; cela nous rend plus vulnérables quand ils reviennent.

– C'était il y a une éternité. Nous ne sommes plus les mêmes.

– Tu n'as pas changé, dit-il. Tes doigts sont toujours aussi sales.

Je les recroquevillai derrière moi, ainsi que je l'avais fait si souvent étant enfant.

– Ta voix s'est adoucie, observa-t-il.

La mienne était toujours aussi peu aimable lorsque je répliquai :

– Quant à toi, ta timidité a disparu.

– Ma timidité ?

Il se tut un moment.

– Une partie s'en est allée lors de ce voyage en enfer, au cours des semaines passées dans la chapelle. Et une autre m'a été arrachée dans la prison de Bargello. Le reste, je le garde au fond de moi. Rome n'est pas une ville pour les timides. Mais tu ferais mieux de ne pas me juger selon les apparences. Lorsque j'étais jeune homme, j'ai rencontré une fille bien mise et à la langue bien pendue. Pourtant, elle avait l'âme plus haute que n'importe quelle dévote.

Sa sincérité me toucha. Quelque chose remua au fond de moi. Mais cette émotion me ramenait si loin en arrière que je fus incapable d'y distinguer le plaisir de la crainte.

La porte s'ouvrit sur le frais visage d'une jeune novice. Elle venait d'arriver de Venise. Ses parents avaient eu le plus grand mal à la garder à la maison la nuit et elle nous causait encore bien des soucis. Elle gloussa en nous voyant, puis se retira avec un grand sourire.

– N'existe-t-il pas, dans ton couvent, d'endroit plus isolé ?

Je capitulai et le conduisis dans ma cellule, dont je verrouillai la porte. Cette pièce qui jusque-là avait été assez vaste pour contenir l'ensemble de ma vie me parut soudain minuscule. Mon peintre se détendit en apercevant, au-dessus de mon lit, une étude grandeur nature de la naissance de la Vierge, nourrisson potelé conçu d'après une centaine de croquis de notre fille.

— Est-elle dans ta chapelle ?

— Ce n'est qu'une esquisse.

— Pourtant, les personnages ont l'air vivant. Comme la femme et l'enfant dans la *Naissance de la Vierge* de Ghirlandaio. J'ai revu sa chapelle lors de mon dernier passage à Florence. Il m'arrive de penser que jamais rien de meilleur n'a été peint.

— Vraiment ? Ce n'est pas ce que nous dit notre évêque. Il ne jure que par les nouvelles modes de Rome.

— Je ne suis pas sûr que tu les apprécierais. Tu les trouverais un peu... charnelles.

— L'homme est aussi important que Dieu, dis-je en repensant à ma dernière conversation nocturne avec notre érudite.

— Entre certaines mains, oui.

— Et dans les tiennes ?

Il s'écarta de la fenêtre. Dehors, de jeunes sœurs traversaient le cloître pour aller assister aux vêpres, mêlant leur rire au son des cloches.

— Il est parfois difficile de lutter contre le courant.

Il se retourna.

— Sache que je n'ai mis mes beaux vêtements que pour toi.

Il y avait tant à dire... J'avais du mal à respirer, comme si un feu aspirait l'air qui nous séparait.

— Quant à toi, sache... sache que je me suis donnée à Dieu. Et qu'il m'a pardonné mes péchés.

— Je sais. J'ai, moi aussi, fait ma paix avec Lui. Mais dans cette paix, pas un jour ne s'est écoulé sans que je pense à toi.

Il fit un pas vers moi, me forçant à reculer. J'avais tant joui de ma quiétude, de l'oubli. Allais-je les rejeter maintenant ?

— J'ai un enfant. Et une chapelle à décorer, dis-je. Je n'ai plus de temps pour de telles choses.

Peine perdue. L'ancienne Alessandra renaissait, aussi exaltée qu'autrefois. Son désir jaillissait comme une tête de dragon émergeant d'un long sommeil. Lui aussi le sentait. Nous étions si proches que son souffle m'enrobait. En dépit de la poussière et de la saleté de la route, son odeur était plus douce que dans mon souvenir. Dans une autre vie, j'aurais été brave et lui craintif. J'aurais fait preuve d'audace. À présent, c'était son tour. Il me prit la main, noua mes doigts aux siens. L'amour qui nous avait toujours liés, même quand nous en ignorions tout, nous emprisonnait. Je fis une dernière tentative.

– J'ai peur. J'ai vécu de façon différente, ces dernières années. Maintenant, j'ai peur.

– Tu oublies que j'ai eu peur en mon temps.

Il m'attira à lui et m'embrassa : doucement, tendrement. Son goût était si chaud...

– Maintenant, je ne crains plus rien.

Et son sourire éclaira nos deux visages.

– Il y a si longtemps que j'attends ce moment, Alessandra Cecchi.

Il me déshabilla lentement, plia mes vêtements avec soin sans me quitter des yeux, jusqu'à ce que je me retrouve nue devant lui. Je tremblais d'appréhension à cause de mes cheveux, jadis ma seule gloire et qui jamais plus ne retomberaient dans mon dos comme un fleuve de lave noire. Une fois ma guimpe retirée, ils apparurent dans toute leur misère, courts et drus comme de l'herbe. Il rit et les ébouriffa, jouant avec eux comme s'il n'en avait jamais vu d'aussi beaux.

Certains hommes, m'avait-on dit, aiment prendre les religieuses. Péché ultime, adultère contre Dieu. Il faut, pour oser braver cet interdit suprême, être ivre de sang ou d'alcool. Lui n'était ni l'un ni l'autre. Il était fou de tendresse ; sûr de lui, en même temps impérieux, comme s'il tenait à me faire profiter de ses années d'expérience, m'aider à rattraper le temps perdu.

On prétend qu'au paradis la lumière de Dieu transfigure la matière et révèle l'essence de la chair et des choses. Tandis que la lumière baissait dans ma cellule, je pus, alors que nos corps se mêlaient, accéder enfin à son âme. Et, après tant d'années, j'entendis la note ultime du luth.

Par égard pour son talent de peintre, la mère supérieure l'autorisa à séjourner un certain temps parmi nous. La nuit, il m'enseignait l'art d'aimer, et le jour il me secondait dans la chapelle. Il rectifiait mes erreurs, rehaussait mes scènes trop ternes, y insufflait la vie. Mes défauts lui sautaient aux yeux. Il les corrigeait, mais ne me les reprochait pas.

Quand il n'était pas avec moi, il s'occupait de Plautilla. Leur complicité grandissait de jour en jour. Je me retirais sur la pointe des pieds pour les laisser seuls, leur permettre de mieux se connaître, de se rendre indispensables l'un à l'autre.

Plus ils passaient du temps ensemble, plus l'évidence s'imposait à moi.

Même sans lui, le départ de Plautilla n'aurait été qu'une question de temps. Je l'avais toujours su. Ma fille n'aurait jamais pu rester dans notre couvent, si libéral qu'il fût, sans prendre le voile. Jamais je ne m'y serais résolue. Son avenir était trop prometteur pour se cantonner aux murs d'un monastère et je n'avais plus rien à lui apprendre. Elle avait presque quatorze ans ; l'âge où un jeune talent doit trouver un maître pour s'épanouir. Si Uccello avait pu former sa propre fille dans son atelier, mon peintre lui aussi en serait capable. Or, il n'existait qu'une ville assez audacieuse pour balayer les conformismes et accueillir parmi ses artistes une jeune femme libre : Rome.

En accord avec son père, je décidai qu'ils s'en iraient avant les grandes chaleurs de l'été. Tout d'abord, effarée à l'idée de se séparer de moi et de tout abandonner pour une existence incertaine, Plautilla refusa. À l'inverse de ma mère, dont la sévérité n'avait fait qu'augmenter ma révolte, je me montrai persuasive et tendre. Puis, constatant que la raison ne produisait aucun effet, je lui racontai une histoire ; celle d'une jeune femme que son amour de la peinture avait conduite à de tels égarements qu'il ne lui restait qu'un rêve : offrir à sa fille ce qu'elle n'avait pas obtenu elle-même. Plautilla m'écouta. Convaincue et bien plus obéissante que je l'avais été, elle accepta enfin de me quitter.

Je rangeai dans sa malle le manuscrit de *La Divine Comédie*, enveloppé dans du velours. Je n'en avais plus besoin et il méritait mieux que le coffre moisi d'une nonne vieillissante. Avant que je m'en sépare, mon peintre l'ouvrit une dernière fois en ma présence. En voyant ses doigts en caresser les dessins avec un respect presque religieux, je sus qu'il en prendrait grand soin, tout comme moi. Ainsi, cette œuvre trouverait son chemin vers la postérité.

49

Nous passâmes, lui et moi, notre dernière nuit dans ma cellule, sur ma couche inconfortable, moites et collés l'un à l'autre, rassasiés, épuisés par le plaisir. Il faisait chaud. Il plongea ses doigts dans un bol d'eau et traça une ligne mouillée qui, de ma main, remonta le long d'un bras, traversa ma poitrine jusqu'à l'autre bras, s'arrêtant un instant sur la mince cicatrice pâle qui barrait mon poignet.

— Raconte-moi encore.

— Je te l'ai déjà raconté des dizaines de fois. La lame a glissé et...

— ... tu as peint ton corps avec ton sang, reprit-il en souriant. Et où t'es-tu peinte ? Là, sur l'épaule ? Puis là, sur les seins ? Et puis là ?

Sa main descendit vers mon ventre et mon sexe.

— Non ! Jamais je n'aurais osé !

— Je n'en crois rien. En tout cas, ça devait être joli, ce rouge sur ta peau mate. Mais il y a d'autres couleurs qui t'iraient bien.

Je souris et laissai sa main où elle était. Demain je remettrais mon habit, retournerais à ma chapelle et redeviendrais religieuse. Demain.

— Si tu savais combien de fois j'ai peint ton corps en imagination...

— Et une fois en réalité, sur le plafond de la chapelle.

— Tu n'as jamais été le bon modèle pour la Madone. Tu avais des yeux trop provocants. Pourquoi crois-tu que j'aie eu si longtemps peur de toi ? Tu as toujours été Ève. Mais le serpent aurait fort à faire contre toi.

— Tout dépendrait des traits qui lui seraient donnés.

— Ah, tu crois toujours que c'était une femme, comme dans la fresque de Masolino ?

— Pourquoi pas ?

— Cette fois, ce sera différent.

C'est ainsi que le serpent, cette dernière nuit, se glissa entre nous. Ce blasphème, je ne le regrette pas. Son corps vert et vif argent grandit sous le pinceau de l'homme que j'aimais, s'enroula autour de ma poitrine, s'étira sur mon ventre avant de se couler dans ma toison, où il prit le visage de celui qui le créait. En le regardant travailler, je revécus des moments d'amertume, de détresse, de joie ; et le corps luisant du lutteur, sur la place du marché, surgit soudain de l'oubli.

Le lendemain matin, je cachai cette peinture païenne, qui faisait désormais partie de moi, sous les plis de mon habit. Puis je vis s'en aller mon amant et notre enfant.

J'avais dépensé une telle énergie à convaincre Plautilla de suivre son père que j'avais oublié de m'armer contre le chagrin, qui me submergea sans crier gare peu après leur départ. J'avais un jour reproché à mon amant son péché de désespoir. À présent, j'y succombais moi-même. Ma chapelle resta à l'abandon, la vie de la Vierge à peine commencée. La nuit, allongée sur mon lit, je retrouvais dans le corps sinueux du serpent la mémoire de mon désir. Mais l'été flamba comme un feu de forêt, et avec lui vinrent la sueur des nuits moites, la poussière, la saleté. Dès lors, les couleurs vives commencèrent à couler et à s'estomper, telles les belles étoffes de mon père laissées au soleil. Et mon esprit s'affadit avec elles.

Après avoir supporté ma peine quelque temps, la mère supérieure s'impatienta. Finalement, ce fut Erila, dont j'avais cru qu'elle aussi m'avait abandonnée, qui me sauva. Elle partit pour Florence. Les teinturiers de Santa Croce, qui formaient une confrérie très fermée, lui firent d'abord mauvais accueil, hésitant à confier leurs secrets à une inconnue. Mais nul ne résistait longtemps à Erila et elle obtint ce qu'elle voulait. En ce qui concernait le lutteur, me dit-elle une fois de retour à Loro Ciufenna après son long voyage, nul ne savait ce qu'il était devenu.

Elle arriva un soir, par un crépuscule sublime, ouvrit son petit sac de cuir et en étala le contenu sur le sol, près de ma couche : médicaments, onguents, tissus, aiguilles, grattoirs, plus une série de bouteilles minuscules. Chaque fiole renfermait une couleur sourde, trouble, de la densité de l'encre, beaucoup moins épaisse que de la peinture. Ce ne fut qu'une fois la peau piquée et la teinture distillée point par point dans les plaies que les teintes apparurent dans tout leur éclat, plus vibrantes que les premiers coups de pinceau de Dieu dans le jardin d'Éden. En les voyant se mêler à mon sang, je sentis, sublimant la douleur des piqûres, un reste de mon ancienne flamme danser au fond de moi. Cette première nuit, nous travaillâmes à la lueur d'une bougie. À l'aube, un morceau de la queue du serpent avait, lové sur mon épaule, retrouvé sa vigueur. Je laissai enfin reposer mon corps, harassée par le plaisir que m'avait procuré ma lutte contre la souffrance.

Le travail se poursuivit toute la journée et je devins plus résistante. Sous nos doigts de plus en plus habiles à manier l'aiguille, le serpent, ressuscité par les nombreuses petites blessures qui couraient sur ma peau, trouva, en s'enroulant de façon lascive sur ma poitrine et mon ventre, son propre chemin. Je le vis bientôt assez bien pour pouvoir me servir de l'aiguille sans aide. Ce fut donc moi qui, seule dans ma cellule, terminai la tête de mon amant. Et, à mesure que se dessinait sa langue plongeant vers mon sexe, ma douleur, si douce malgré la cruauté de l'aiguille, accompagna mon renoncement. Ainsi tournai-je le dos à mon appétit de vivre et retournai-je aux murs de ma chapelle.

Les années qui suivirent furent tumultueuses. Le printemps suivant, mon père mourut brusquement, assis à sa table, devant son boulier et ses livres de comptes. Luca reprit la maison et ma mère se retira dans un couvent de la ville, où elle fit vœu de silence. Dans sa dernière lettre, elle implorait pour moi la grâce de Dieu et m'exhortait à confesser mes péchés, comme elle avait avoué les siens.

Entre-temps, rappelés par une République aux abois, les Médicis, après dix ans d'exil, avaient regagné Florence, mais Jean de Médicis, élu pape sous le nom de Léon X, n'était qu'une pâle copie de son père. Ce demi-frère grassouillet – car c'était mon demi-frère, aussi ahurissant que cela puisse paraître – avait été élevé dans la flagornerie et le gaspillage. Sous son pontificat, Rome devint aussi grasse que lui. Même son art se boursoufla. Les lettres de mon peintre me parlaient d'une jeune artiste dont le talent serait bientôt aussi prisé que celui de nombreux hommes, mais également d'une ville se complaisant dans sa propre décadence, de banquets se prolongeant pendant des jours et de seigneurs si riches qu'ils jetaient leur vaisselle d'argent dans le Tibre après chaque festin, même si, rapportait la rumeur, ils envoyaient plus tard leurs serviteurs la repêcher.

L'année suivante, mon peintre et ma fille quittèrent l'Italie pour la France. Ils avaient été invités à Paris et à Londres, deux capitales où l'art nouveau était encore dans les limbes et où des artistes fidèle à l'ancienne manière avaient de meilleures chances de trouver des mécènes. Ils s'en allèrent donc avec leurs pinceaux et le manuscrit. Je suivis leur périple sur une carte que mon amie érudite s'était procurée pour moi chez un cartographe de Milan. Leur navire accosta à Marseille, d'où ils gagnèrent Paris. Mais leur invitation ne déboucha sur aucune commande lucrative et ils durent, pour survivre, vendre une partie de *La Divine Comédie*. Ils purent ainsi parcourir l'Europe. Leurs lettres évoquaient une mise en cause de plus en plus radicale de l'Église établie et de ce que certains considéraient comme un art idolâtre. Ils finirent donc par s'embarquer pour l'Angleterre dont le jeune roi, imprégné par l'esprit de la Renaissance, cherchait à attirer des artistes pour rehausser le prestige de sa cour. Les premières années, ils me firent parvenir des missives pleines d'anecdotes sur ce pays pluvieux dont les habitants parlaient une langue aussi rugueuse que leurs manières. Je ne pus m'empêcher de penser au monastère où le père de Plautilla avait grandi et aux caprices du destin qui l'avaient ramené vers la grisaille de son enfance. Ensuite, les lettres cessèrent d'arriver ; et il y a plusieurs années que je n'ai plus entendu parler d'eux.

Je n'eus guère le temps de me lamenter. Peu après la fin des travaux de la chapelle, l'Église reprit notre couvent en main. Notre créativité devenait trop voyante. Les murmures finissent toujours par atteindre les mauvaises oreilles. Quand notre évêque mourut, fut désigné, pour lui succéder, un homme d'une tout autre étoffe. Ce prélat austère s'empressa de nous envoyer des inspecteurs qui reniflèrent partout l'odeur du diable : dans la coupe de notre habit, dans les étoffes parfumées qui tapissaient nos cellules et dans la plupart des livres de nos rayons. Seule ma chapelle échappa à leur vindicte car, à l'époque, l'aspect humain de cette forme d'art était devenue presque banale. Quant à mon corps, il ne concernait que Dieu et moi.

Presque toutes les sœurs acceptèrent cette nouvelle sévérité avec philosophie. Les rares religieuses qui résistèrent furent matées et transférées. Ce ne fut pas si terrible. Notre auteur dramatique s'en alla ainsi que la majorité des couturières et des visagistes, mais notre érudite resta, même si sa bibliothèque fut expurgée. Venue de l'extérieur, une nouvelle mère supérieure nous imposa sa piété et sa conception d'un Dieu revêche et sourcilleux. Une fois la chapelle terminée, je perfectionnai ma voix, bientôt assez forte pour me permettre de chanter aux offices, et cachai mes excentricités derrière mon livre de prières. Trop âgée, je ne représentais plus une menace, du moins tant que je restais docile. Bien sûr, je fus privée de mon matériel de peinture. On me laissa quand même mes plumes. Ainsi commençai-je cette histoire de ma vie, qui m'aida un temps à supporter la solitude et l'ennui pesant désormais sur notre couvent.

Ma plus grande perte fut Erila. Son indépendance et son sens du commerce n'avaient plus leur place dans notre communauté, aux règles désormais très strictes. Elle aurait dû, si elle avait souhaité rester, accepter le statut servile qu'elle avait toujours rejeté. De toute façon, elle s'était déjà construit une nouvelle existence. Avec mon aide et ses propres économies, elle monta une échoppe d'apothicaire dans la bourgade voisine. Cette agglomération paisible n'avait jamais vu une telle sorcière. Mais en dépit de sa peau, plus sombre encore depuis que ses cheveux blanchissent, ses remèdes et ses conseils l'ont vite rendue aussi indispensable qu'elle le fut autrefois pour les nonnes. La voilà transformée en personne respectable. Quand elle est autorisée à me rendre visite, nous rions ensemble de cette métamorphose et de la façon bizarre qu'a parfois la vie de mettre un terme à notre destinée.

J'ai terminé ce manuscrit voilà deux mois. C'est à ce moment-là que j'ai pris ma résolution. Non que mon chagrin perdure : ma mémoire baisse autant que ma vue. Mais la monotonie des jours et la perspective d'un lent glissement vers la décrépitude me sont insupportables. Ma décision arrêtée, c'est bien sûr Erila que j'ai appelée au secours, une dernière fois. L'idée de la tumeur vient d'elle. Elle a vu beaucoup de ces excroissances mystérieuses qui poussent sous la peau et le plus souvent, chez les femmes, près de leur poitrine. Elles se développent aussi bien au tréfonds du corps qu'à sa surface, dévorant les organes jusqu'à ce que ceux ou celles qui en souffrent périssent en pourrissant de l'intérieur. Il n'existe aucun remède contre leur prolifération et même les pseudo-médecins en ont peur. D'ordinaire, les malades se retirent loin de leurs semblables, comme des animaux blessés, hurlant leur douleur dans l'obscurité et attendant la mort.

Nous n'avons eu aucun mal à voler la vessie de porc dans la cuisine, pendant que les autres priaient. Erila m'a aidée à la remplir et à la fixer à ma poitrine, avant de me fournir les potions et les onguents qui me feraient vomir ou augmenteraient ma fièvre lorsque j'aurais besoin de feindre la maladie pour tenir les sœurs à l'écart. À la fin, c'est elle, aussi, qui m'apportera le poison, extrait des racines d'une des plantes médicinales qu'elle cultive dans son jardin. Il me fera souffrir, m'a-t-elle dit, et elle ne peut me garantir sa rapidité. Néanmoins, son efficacité ne fait aucun doute. Une question demeure : que fera-t-on de ma dépouille ? Une nouvelle mère supérieure dirige à présent notre couvent ; une des dernières survivantes du temps jadis : notre érudite qui, au fil des années, s'est découvert, dans la solitude, une vocation sincère. Je ne peux tout lui dire. Mais je l'ai suppliée d'avoir l'indulgence de laisser mon corps et mon habit intacts. Je n'ai aucune intention de la mettre dans l'embarras. Je l'aime et je la respecte trop pour cela. Me connaissant et gardant le souvenir de mes écarts passés, elle ne m'a pas interrogée plus avant et a accepté.

J'ai longtemps réfléchi au suicide, qui rend impossible le pardon de Dieu. Avant de me séparer du manuscrit, j'ai étudié les cercles de l'enfer. Le suicide est vraiment un grand péché, peut-être le plus grave de tous. Mais la façon dont Dante le présente me réconforte presque.

À chaque faute son châtiment. Ceux qui ont choisi de quitter la vie avant que leur heure n'ait sonné agonisent à jamais. Enracinées profondément dans la terre, leurs âmes, entrelacées à des arbres décharnés, servent de pâture à des milliers de harpies et d'oiseaux de proie. Parfois, des chiens furieux poursuivant des damnés traversent le bois et leur arrachent des lambeaux de chair.

Poursuivie par des chiens... J'ai toujours haï cette légende des Onesti. Peut-être étais-je destinée depuis toujours à subir le même sort que son héroïne. Pourtant, il n'y aura pas que de la souffrance. Dans l'enfer de Dante, le bois des suicidés jouxte la plaine de feu des sodomites. Parfois, ils s'en échappent et tentent de se débarrasser des flammes qui les consument sans cesse. Et, comme Dante l'aurait fait, il leur arrive d'avoir le temps de converser un moment avec les autres réprouvés, de parler d'art, de littérature, d'évoquer les péchés pour lesquels ils ont été condamnés. J'aimerais cela.

J'ai fait mes adieux. Un après-midi, j'ai ôté ma guimpe pour m'allonger dans le jardin, le visage au soleil, près du figuier que nous avons planté lors de notre arrivée et dont la croissance nous servait à mesurer celle de Plautilla. Je n'ai même pas pris la peine de bouger lorsque la jeune sœur m'a découverte et est partie en trottinant vers les bâtiments, pour annoncer ma « transgression ». Que savent-elles de moi, de toute façon ? Tout s'est passé il y a si longtemps... Les vieilles nonnes passent inaperçues. Les yeux humides, elles traînent les pieds, sourient et marmonnent au-dessus de leur potage ou de leurs prières, ce que j'ai admirablement appris à faire. Les moniales n'ont aucune idée de ce que je suis. La plupart d'entre elles ne savent même pas que c'est de mes doigts que sont nées les images qui luisent sur les murs de la chapelle où elles psalmodient les offices.

J'attends, dans ma cellule, la venue d'Erila. Elle m'apportera la potion et me dira adieu. C'est à elle que je remettrai mon manuscrit. Elle n'est plus l'esclave de qui que ce soit et fera de sa vie ce que bon lui semble. Tout ce que je lui ai demandé, c'est de déposer ce texte à la dernière adresse que m'ont donnée ma fille et le peintre, dans un quartier de Londres proche de Kings Court, nommé Cheapside. Mon père ne se serait jamais séparé d'un document ou d'un contrat important sans en conserver une copie et la preuve que son destinataire serait bien là pour le recevoir. Mais à Erila, je fais toute confiance. Elle m'a récemment parlé de voyages, avec l'avidité de ceux qui sont nés dans un endroit autre que celui où ils mourront. Si quelqu'un peut trouver ma fille, c'est bien elle. Je ne peux rien de plus.

La nuit descend, comme un manteau de chaleur et d'humidité. Une fois Erila partie, j'avalerai rapidement le poison. En accord avec les vœux de ma mère, je me suis préparée à la confession. On vient d'appeler le prêtre. Espérons qu'il aura le cœur bien accroché et saura tenir sa langue.

Épilogue

J'ai oublié une chose : ma chapelle.

Elle m'a pris tant de temps ! En un sens, elle fut l'œuvre de ma vie. Pourtant, j'en ai si peu parlé...

La vie de la Vierge et celle de Jean-Baptiste : les mêmes sujets que celui des fresques de Domenico Ghirlandaio dans la Capella Maggiore de Santa Maria Novella, que ma mère et moi avons admirées ensemble alors que j'avais tout juste dix ans. Ce fut ma première leçon d'Histoire. Pour moi tout comme pour mon peintre, elles constituent le sommet de l'art florentin. Florence a peut-être engendré de meilleurs artistes et des œuvres plus grandioses, mais les fresques de Ghirlandaio exaltent plus que les autres l'humanité et la gloire de notre grande cité, ce qui les rend à mes yeux si émouvantes, si vraies.

Cette primauté de la vérité ayant jadis été au cœur de notre nouveau savoir, je ne cacherai pas plus longtemps un fait qui me navre.

Ma chapelle est tristement médiocre. Si des partisans de l'art nouveau ont un jour l'occasion de la voir, ils y jetteront un œil puis passeront leur chemin, la considérant comme l'œuvre d'un artiste mineur né dans un grand siècle. Pourtant, il y a dans ces peintures un sens aigu de la couleur, passion qui ne m'a jamais quittée. Parfois, les étoffes de mon père y ondulent comme de l'eau et les visages des personnages reflètent un peu de ma personnalité. Mais leur composition est maladroite et nombre de silhouettes, en dépit de mes efforts, restent statiques, dénuées de vie. On pourrait dire, en se montrant à la fois indulgent et impartial, qu'il s'agit de la tentative d'une artiste vieillissante et sans expérience, qui fit de son mieux et mérite que l'on se souvienne d'elle pour son enthousiasme et sa ténacité.

Si cela sonne comme le constat d'échec d'une vieille femme parvenue au terme de sa vie, faites-moi la grâce de me croire lorsque j'affirme qu'il n'en est rien.

Car si vous confrontez cette œuvre à toutes celles, coffres de mariage, fresques, tableaux, gravures, dessins, peintures sur bois, sculptures, qui virent le jour en ces temps enivrants où nous avons mis l'homme en contact avec Dieu comme on ne l'avait jamais fait auparavant, vous la prendrez pour ce qu'elle est : une voix isolée, perdue dans le chœur immense de toutes les autres.

Et la musique de ce chœur fut si belle qu'en avoir été une petite parcelle suffit à justifier mon existence.

Note

La *Crucifixion* de cèdre blanc de Michel-Ange fut perdue pendant de nombreuses années après l'invasion de l'Italie par les armées de Bonaparte. Elle fut redécouverte dans les années 1960, et authentifiée de nouveau comme une œuvre du maître. Restaurée, elle se trouve à présent dans la sacristie de l'église Santo Spirito, sur la rive sud de l'Arno. Lorsqu'il était tout jeune homme, Michel-Ange travailla comme assistant de Domenico Ghirlandaio sur les fresques de la Capella Maggiore de Santa Maria Novella.

Les illustrations de Botticelli pour *La Divine Comédie* de Dante disparurent d'Italie peu après leur réalisation et errèrent à travers l'Europe au cours des siècles suivants. En 1501, par l'intermédiaire d'une des boîtes de dénonciation placées dans les églises, lui-même fut taxé de sodomie et comparut devant la Police nocturne. Les érudits se déchirent à propos de la véracité de cette accusation, qui pourrait n'être qu'une pure calomnie.

La Police nocturne sévit tout au long du XVe siècle et au-delà, traquant, à Florence, l'homosexualité et autres formes de fornication indécente. À l'exception des années de Savonarole, de 1494 à 1498, elle exerça ses fonctions avec beaucoup plus d'indulgence que dans les autres villes.

Au début du XVIe siècle, alors que les dots augmentaient et que les femmes non mariées devenaient de plus en plus nombreuses, on s'aperçut que certains couvents de l'Italie du Nord prenaient d'étonnantes libertés avec les règles et les mœurs. L'Église y mit bon ordre. Les couvents incriminés furent réformés ou définitivement fermés.

Remerciements

Ce livre s'appuie sur un contexte historique issu de sources contemporaines et des travaux d'innombrables érudits et historiens. Cet arrière-plan leur appartient en propre. Quant aux erreurs possibles, elles sont uniquement de mon fait.

Je n'aurais jamais pu mener ma tâche à bien sans l'affection, les encouragements et le soutien de Sue Woodman qui m'a donné plus qu'elle ne le saura jamais (même si je crois qu'elle s'en doute). Berenice Goodwin, éminent professeur d'art et amie très chère, a lu le manuscrit encore à l'état d'ébauche et a été une source précieuse d'inspiration, m'évitant des erreurs grossières et affinant ma compréhension de l'époque. Ma profonde reconnaissance va à Jaki Autur, Gillian Slovo, Eileen Quinn, Peter Busby et Mohit Bakaya, qui, chacun à leur manière unique, ont nourri mon esprit pendant ces temps difficiles. Pour leur assistance à Florence, je remercie Isabella Planner, Carla Corri et Pietro Bernabei. Merci également à Kate Lowe, dont l'érudition me fut précieuse. Et enfin à mon agent, Clare Alexander, pour son infinie patience et ses critiques toujours justifiées, et à Lennie Goodings, mon éditeur et ami de longue date, qui fut constamment à mes côtés. Pour ta ténacité et ta clairvoyance, Lennie, je reste ton obligée.

Note du traducteur
Les passages de La Divine Comédie *cités dans la version française de ce roman sont extraits de la traduction du chevalier Artaud de Montor (1772-1849).*

Composé par P.C.A.
44400 – Rezé

Impression réalisée sur CAMERON par

BRODARD & TAUPIN
GROUPE CPI

La Flèche

pour le compte des Éditions Michel Lafon
en mai 2004

Imprimé en France
Dépôt légal : mai 2004
N° d'impression : 23791
ISBN : 2-7499-0104-9
LAF 532